호접몽전

호접몽전

청빙 최영진 장편소설

4

모여드는 인재들

폭스코너

• **곽가 봉효** 젊은 천재 책사. 《삼국지연의》와 정사에서 조조가 가장 아끼던 참모 중 한 사람이다. 허약한 체질과 문란한 생활로 인해 요절하였다. 순욱의 천거로 용운을 찾아왔다.

• **순유 공달** 항렬로 따져 순욱의 조카지만 나이는 더 많다. 처음에는 동탁을 섬겼으나, 그의 전횡에 분노하여 암살을 계획하다 발각되었다. 그로 인해 사형당할 위기에 처했지만, 그 전에 동탁이 죽은 덕에 풀려난다. 이후로는 조조를 섬겼으며 곽가 사후 최측근이 되었다. 순욱의 천거로 용운을 찾아왔다.

• **사마랑 백달** 사마팔달 중 한 사람으로 사마의의 형이다. 조조에게 임관하여 여러 제도를 정비하였고 연주자사로서 치적을 쌓아 백성들에게 칭송받았다. 존재감이 없어서 종종 놀림받는다.

• **공융 문거** 공자의 후손으로 건안칠자 중 한 사람이다. 청렴함과 높은 학식으로 세간의 존경을 받았다. 황제의 부름에 관직을 받았는데, 당

시 황제를 옹립하고 야심을 드러내던 조조와 자주 대립하였다. 결국 조조의 형주 정벌을 비판했다가 처형당하고 일가족도 몰살당하였다. 이 책에서는 북해상으로 있던 중 유비 일행과 만난다.

• **방덕 영명** 마초의 충실한 부장으로 우직한 성격이다. 본래 마등을 모셨으나, 그의 사후 마초를 따르게 된다. 정사에서는 마초가 유비에게 항복할 때 결별하여 조조한테로 갔다. 맹장 관우와 대등하게 맞설 정도의 무력을 가졌다.

• **쌍편 호연작** 위원회 소속의 천강위로, 서열 8위. 겉모습은 교복 차림의 어여쁜 소녀지만 그 안에는 흉포함을 감추고 있다. 두 자루 쌍편으로 모든 것을 격파하는 강력한 무력의 소유자. 아군이든 적이든 외모를 몹시 따진다. 병마용군 또한 꽃미남인 백금이다.

• **표자두 임충** 위원회 소속의 천강위로, 서열 6위인 만큼 상상을 초월하는 무위를 가졌다. 특히, 천기인 절대심검은 베기로 마음먹은 대상을 무조건 베는 가공할 기술이다. 송강의 명으로, 용운에게 밀리고 있던 원소 진영에 가담했다. 병마용군은 최상 등급 바람 속성의 미령.

(*각 인물의 역사적 발자취에 대해서는 본문 안에 충분히 언급하고 있으므로, 여기서는 이 책 내에서의 특징만 설명하였습니다. 따라서 본래 역사와 다를 수 있습니다. -편집자 주)

차례

외전

1

순욱의 인맥들

용운은 겨우 표정 관리를 하며 말했다.

"아, 아닙니다. 드디어 부족한 일손을 보충할 수 있겠다고요. 문약 님께서 추천하는 분이라니, 기대됩니다."

다행히 순욱은 크게 이상하게 여기지 않았다.

"하하, 아슬아슬하게 출전 전에 인사드리게 되어 다행입니다. 좀 어수선하긴 하지만요."

"어디에 계십니까?"

"지금 대전 밖에서 기다리는 중입니다."

"저런, 어서 들어오라고 하세요!"

순욱이 손짓하자 하인이 서둘러 나갔다. 잠시 후, 각기 다른 세 남자가 들어왔다. 용운의 눈이 동그래졌다.

'세 명이나!'

초빙한 '이들'이란 순욱의 말에서, 한 사람이 아닐 거라고
는 예상했다. 그래도 셋은 기대 이상이었다.

'아, 진심 사랑해요, 순욱……'

미묘하게 순욱과 닮은 외모의 30대 서생. 불그스름한 얼
굴에 유난히 야윈 미청년. 표정이 잔잔하며 눈이 가늘고 긴
장신의 사내. 세 사람의 면면은 이와 같았다.

용운은 일부러 당장은 대인통찰을 쓰지 않았다. 그들이 누
구인지 순욱으로부터 직접 소개받는 쾌감을 맛보고 싶었기
때문이다.

'어차피 언제 보든 별 차이 없으니까, 능력치 확인은 소개
받은 후에 해야지. 으아, 가슴 떨려.'

대충 누구일지 짐작은 갔다. 순욱의 인맥에 대해 이미 알고
있었으니까. 거기다 그 사람들의 특징도 꿰고 있었다. 그래도
그들을 실제로 대면하고 영입하는 기분은 특별하리라. 이런
맛이라도 있어야, 당장 내일도 대규모의 전투를 앞둔 이 약육
강식의 무서운 세계에서 버티지 않겠는가. 부푼 가슴으로 기
다리는 용운에게, 순욱이 한 사람씩 소개하기 시작했다.

"먼저, 이 사람은 제 조카인 순유 공달입니다. 아시다시피
동탁을 암살하려다 발각되어 옥에 갇혀 있었는데, 동탁의 사

후 풀려나 장안에 머무르고 있던 것을 제가 불렀습니다.”

“아!”

용운은 낮게 감탄했다.

순유(荀攸) 공달(公達). 순욱의 조카지만 여섯 살이 위였다. 191년 현재는 대략 서른하고도 서넛은 됐을 것이다.

‘그러고 보니 순욱의 얼굴에 수염 기르고 관자놀이에다 흰 머리 붙인 느낌……. 순욱과 비슷한데 좀 더 조용하면서 차분, 아니 냉철 쪽에 가까운 분위기랄까? 카리스마 같은 게 있네.’

처음에는 동탁을 섬기다, 그의 전횡에 분노하여 암살 계획을 세운 게 발각됐다. 그 바람에 옥에 갇혀 죽을 날을 기다리던 중, 여포가 동탁을 죽이면서 풀려났다. 이후 정사에서는 스스로 촉군 태수가 되어 할거하려 했으나, 이미 유언이 길을 끊어버린 탓에 형주로 향했다고 기록하고 있다. 그 뒤 형주에 머물고 있다가 조조의 초빙을 받아 그의 군사가 된다.

원래대로라면.

‘순욱과는 달리 마냥 황실에 충성하는 스타일은 아닌 것 같아. 지금만 해도, 그랬다면 그냥 장안의 황제 곁에 남아 있었을 테니까. 그러고 보니 여포가 장안의 수비 임무를 맡겼다고 들었는데……. 뭐, 굳이 물어볼 필요는 없겠지.’

그와는 별개로 능력은 확실했다. 항상 조조의 곁에서 적절한 조언을 했으며, 복양 전투와 관도 전투 등 중요한 전투에서 활약했다. 순유가 병으로 죽은 후, 조조는 그의 얘기를 할 때마다 눈물을 흘렸을 정도로 아꼈다고 한다.

'야심이 없진 않지만, 자기 능력을 알아주고 적재적소에 쓰면 충성을 다하는 타입. 아마 여포의 뭔가가 이 사람에게 거슬렀을 테지.'

순유가 포권한 채 말했다.

"주목님, 말씀 많이 들었습니다. 숙부가 좀체 누구를 칭찬 하지 않는 사람인데, 주목님을 엄청나게 칭송하더군요. 궁금 해서라도 와봐야지 싶었습니다."

용운은 순유에게 마주 포권하며 답했다.

"문약의 과찬입니다. 제가 오히려 도움을 많이 받고 있습 니다. 이렇게 먼 길을 와주셔서 정말 감사합니다."

동시에, 그를 향해 대인통찰을 발동했다.

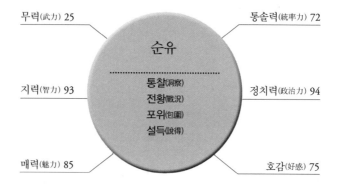

'와우!'

역시 친척인 까닭일까. 순욱과 비슷하면서 특기나 능력치가 미묘하게 달랐다. 특히, 순욱과는 달리 전쟁 계열 특기를 가진 게 마음에 쏙 들었다. 순욱으로부터 좋은 얘기를 이미 들은 덕인지, 처음부터 용운에 대한 호감도도 상당히 높았다.

그때였다. 순유 옆에 있던 야윈 청년이 불쑥 입을 열었다.

"방금 뭐 한 겁니까?"

헝클어지고 덥수룩한 곱슬머리에, 까칠한 수염. 그에게서는 낮부터 술 냄새가 풀풀 풍겼다. 대충 걸친 장포 앞섶으로, 갈비뼈가 드러났다.

사실, 세 사람이 대전에 들어왔을 때부터 용운이 가장 신경 쓰던 사람은 그 청년이었다. 그야말로 순욱을 통해 반드시 아군으로 영입하고 싶었던 누군가로 짐작된 까닭이었다.

대전의 분위기가 일순 얼어붙었다.

"……?"

뜻밖의 말에, 순욱은 물론이고 순유와 용운도 놀랐다. 물론, 용운의 놀람은 종류가 좀 달랐다.

'뭐지? 설마 대인통찰을 감지한 건가?'

순욱이 당황한 투로 말했다.

"어허, 봉효. 취했나? 주공, 죄송합니다. 이 친구가 술을 좀 즐겨서……."

"나 안 취했다. 이상하네. 분명히 자네 조카님을 보면서 뭔가를 했다고. 묘한 느낌이 들었어."

"이 친구 정말. 하긴 뭘 했다는 건가! 주공, 이 사람은 곽가 봉효라고 합니다."

역시 그였다.

예상은 했으나, 그 이름을 직접 듣자 새삼 전율이 일었다. 《삼국지》최고의 책사를 꼽을 때면, 단골로 다섯 손가락 안에 드는 남자. 젊은 나이에 요절한 비운의 천재. 그가 드디어 용운의 앞에 나타난 것이다. 아주 까칠한 모습으로.

청년은 순욱을 가볍게 밀치며 앞으로 나섰다.

"아, 내 소개는 내가 하지. 방금 문약이 말했다시피 이름은 곽가, 자는 봉효라고 합니다. 주목님이 업성을 꿀꺽한 실력이 제법 괜찮아서, 호기심을 이기지 못하고 와봤습니다. 근데 어째 직접 보니까 뭔가 영 구립니다만? 혹시 뭔 사술 같은 거 쓰십니까? 아니면 요즘 유행한다는 종교라도 믿으시나?"

가뜩이나 흰 순욱의 안색이 더욱 하얘졌다. 당사자인 순유도 당황한 기색을 감추지 못했다.

'난 아무것도 못 느꼈는데? 생각보다 훨씬 젊고 아름다워서 오히려 내가 놀랐을 뿐······.'

다만, 아직 소개받지 못한 나머지 한 남자만이 담담한 신색을 유지했다. 그저 흥미롭다는 듯 상황을 지켜볼 뿐이었다. 그는 처음 대전에 들어왔을 때부터 그랬다. 어지간한 일에는 흔들리지 않을 듯한 분위기. 그게 용운에게 깊은 인상을 주었다.

용운은 태연한 척하며 속으로 생각했다.

'그나저나 과연 곽가. 내가 순유에게 대인통찰을 쓸 때, 뭔가를 감지한 게 맞는 모양이야. 그러고 보니 조조도 그랬었지. 그런데 원래 멋대로인 성격인 건 알았지만, 이렇게까지 무례한 사람이었나?'

용운은 조금 오기가 생겼다. 어차피 대인통찰의 효과는 타인에게 보이지 않으며 증거도 없다. 또 곽가가 어디까지 감지할지 궁금하기도 했다. 그는 대담하게 정면으로 곽가를 바라보며 대인통찰을 사용했다. 곽가는 가볍게 눈살을 찌푸렸다.

"음!"

무력(武力) 15　　통솔력(統率力) 65

곽가

예견(豫見)
통찰(洞察)
간파(看破)
전황(戰況)
귀계(鬼計)
반계(反計)

지력(智力) 98　　정치력(政治力) 84

매력(魅力) 75　　호감(好感) 50

용운은 입이 떡 벌어지려는 것을 겨우 참았다.

지력 98에, 유니크로 짐작되는 특기가 두 개. 역시 희대의 천재라는 말이 아깝지 않은 능력치와 특기라고나 할까.

'그래, 이 정도면 좀 무례해도 돼……'

그랬다. 이 순유와 곽가야말로 용운이 순욱을 맞아들였을 때 기대했던 또 다른 수확이었다.

곽가(郭嘉), 자는 봉효(奉孝). 생전에 조조가 가장 아끼던 책사였다. 스무 살 때부터 신분을 숨긴 채 천하의 호걸들과 교류하며 속세를 떠나 생활하는 등 비범함을 보였다. 조조보다 원소를 먼저 찾았으나, 큰일을 할 수 없는 사람이라 여겨 떠났다.

'원래대로라면 여기서 나 대신 원소를 만났겠지.'

후일 곽가는 순욱의 추천으로 조조와 대면했다. 조조는 "나의 대업을 이루게 해줄 자"라고 곽가를 높이 평가했고 곽가 또한 "진정한 주군을 만났다"며 기뻐했다고 한다. 그 후 십일 년간 죽기 전까지 조조를 섬기며 무수한 조언과 계책을 내놓았다. 특히, 원소와 그 자식들을 정벌할 때 공이 컸다. 곽가 사후 적벽에서 패배한 조조가, "봉효가 살아 있었다면!" 이라고 탄식한 일화는 유명하다.

순간, 용운은 정신이 번쩍 들었다.

'헉!'

찬물을 덮어쓴 듯 등골이 서늘해지는 기분이었다. 50이던 곽가의 호감도가 순식간에 40으로 떨어진 것이다.

그가 불쾌하다는 투로 말했다.

"이상한 짓 하지 말라고 했잖습니까. 독심술 같은 건가요? 뭔지는 몰라도 나한텐 안 통합니다."

말뿐만이 아니라, 곽가는 그대로 돌아서서 나가려고 했다. 그러면서 곽가는 순욱에게 말했다.

"미안하네, 문약. 자네가 섬기는 사람은 나하고는 안 맞는 것 같으이."

"봉효, 대체 주공이 뭘 하셨다고 그러나?"

"설명하기 힘들다네. 그냥……."

용운을 힐긋 돌아본 곽가가 내뱉었다.

"기분이 나빠. 사람을 함부로 재본다고 할까."

용운은 그 말에 제법 충격을 받았다.

'헐. 나한테 기분 나쁘다고 한 사람은 처음이야.'

용운의 매력 수치는 매우 높았다. 평소에는 그 수치가 언변 등과 맞물려, 어지간하면 상대에게서 호감을 이끌어냈다.

그러나 용운이 상대하는 이들은, 철저하게 수치 데이터대로 결과가 나오는 프로그램이 아니었다. 그들에겐 다양한 요소가 영향을 끼쳤다. 첫인상, 취향, 자존심, 손익, 체면, 명분 등.

지금까지는 용운의 높은 매력 수치와 지력, 언변 등이 상승작용을 일으켜 어지간한 요소는 무시하고 호감을 이끌어 냈다. 하지만 곽가는 '간파' 특기로 용운의 대인통찰을 감지했다. 그리고 그게 정확히 뭔지는 몰랐지만 불쾌함을 느꼈다. 자신이 이해하기 힘든 미지의 대상에게 느끼는 거부감과도 비슷했다. 그와 같은 천재형일수록 직감이나 순간의 기분에 따라 일을 결정하는 경우가 많았다.

'곽가를 이대로 보내면 안 돼!'

그가 이 자리를 떠난다면, 원소에게 갔다가 결국 조조의 책사가 될 것이다.

용운은 서둘러 달려가 곽가의 앞을 막아섰다.

"잠깐만요!"

"……이제 힘으로 막으시려는 겁니까?"

"아니, 아닙니다. 불쾌했다면 사과할게요. 아까는 사술이나 독심술 같은 게 아니라…… 관상을 본 겁니다."

"관상?"

"예. 사실 관상을 조금 보는 재주가 있어서, 처음 만나는 이를 대하면 저도 모르게 습관적으로 그만……."

순간, 용운은 또 한 번 식은땀을 흘렸다.

가만히 듣고 있던 곽가의 머리 위로 붉은 글자가 떠오른 것이다.

통찰(洞察), 간파(看破)

'젠장, 책략계 특기 두 개를 동시에?'

곽가는 입꼬리를 비틀며 비웃듯 말했다.

"거짓말까지 하시는군요. 비키십시오."

순간, 용운은 비로소 깨달았다. 이 인간에게는 어설픈 거짓말은 안 통한다. 그리고 그게 발각될 때마다…….

'호감도가 낮아졌어. 이제 30이 되면 내게 적대감을 가질 거야. 그렇게 되면 돌이키기 어렵다.'

용운은 필사적으로 머리를 굴렸다. 이 상황을 어떻게 해야 하지? 설령 대인통찰에 대해 설명한다고 해도 그게 먹힐까? 내게는 당신의 능력과 특기가 모조리 보인다는 말이? 어차피 이대로 두면 곽가 영입은 물 건너간다.

'밀어붙여야 한다. 급한 김에 무심코 나온 말인데, 관상이라는 평계도 썩 나쁘진 않고.'

용운은 극약 처방을 써보기로 했다.

"휴, 역시 소문을 들었나 보네요."

용운을 지나쳐 걷던 곽가가 고개를 돌렸다.

"무슨 소립니까?"

"그래서 도망가는 거 아닙니까, 지금?"

"……도망?"

곽가는 아예 용운 쪽으로 돌아섰다. 주독(酒毒)으로 붉어진 얼굴이 더 달아올랐다.

용운은 그 얼굴을 보며 생각했다.

'나한테 임관하면 술부터 끊게 해야지. 운동도 시키고 매일 씻기고 보약도 먹이고 또⋯⋯.'

곽가가 한 걸음 다가서자, 용운의 뒤쪽에서 서늘한 기운이 풍겼다. 청몽이 경고의 의미로 살기를 드러낸 것이다. 지켜보던 사린도 용운의 앞을 막아섰다. 용운은 그녀들에게 침착하게 속삭였다.

"걱정 마. 저 사람 나보다 싸움 못해."

그 말에 깜짝 놀란 사린이 답했다.

"헐? 저 아찌, 어디 아파요?"

"⋯⋯머리가 좋은 대신 허약한가 봐. 술도 많이 마시고."

"아항. 맞아요. 술 마시면 약해지는데. 셋째 언니만 빼고."

최근 용운은 자신의 무력이 20으로 올랐음을 확인했다. 적어도 15인 곽가보다는 훨씬 강했다. 물론 그걸 믿고 곽가를 도발한 건 아니었다.

용운의 앞에 선 곽가가 화난 투로 말했다.

"선비의 명예를 모독했으니 제대로 설명하셔야 할 겁니다."

"괜찮습니다. 이해해요. 도망갈 만도 하죠."

"그러니까 무슨 소리요, 그게!"

지잉! 용운의 눈앞으로 언변 특기에 의한 글자들이 떠올랐다. 용운은 미리 생각해둔 내용에 더해, 언변 특기를 참고하여 말했다.

"음, 그러니까 이런 거지요. 봉효 님은 문약 님의 소개로 날 만나보기로 했습니다. 한데 오는 길에 흑산적의 십만 대군이 기주로 진군해온다는 소문을 듣고 덜컥 겁이 난 겁니다. 그래도 약속했으니 만나보기는 해야겠고, 혹시나 제가 붙잡을까 봐 두려워서 말도 안 되는 핑계로 도망치는 게 아니냐는 얘기죠."

불안한 기색으로 곽가를 주시하던 순욱과 순유 등이, 이번에는 용운에게 시선을 돌렸다. 맞불까지 놓으면 어쩌느냐는 듯한 표정이었다.

"……!"

곽가는 눈썹을 꿈틀거렸다. 그가 화를 참으려는 듯 천천히 말했다.

"……그 얘기는 며칠 전에 이미 들었습니다. 듣고도 여기 온 겁니다."

그랬을 것이다. 업현에도 이미 흑산적에 대한 소문이 파다했다. 용운은 숨기느니, 확실히 방비하는 모습을 보여줘 안심시키는 쪽을 택했다. 어차피 식량 비축과 징병을 해야 했다. 어설프게 감췄다간 혼란만 가중시킬 뿐이었다. 대신, 지금까지의 몇 개월 동안 해온 자신과 뛰어난 가신들의 통치를 믿기로 했다.

과연, 업현은 빠르게 안정됐고 오히려 인구가 늘기까지 했다. 업성의 방비 태세를 믿을 만하다 여긴 근처 다른 현에서 백성들이 이주해온 까닭이었다. 어차피 흑산적이 들이닥치면 군 하나는 통째로 초토화될 테니까. 완전히 타지로 갈 생각을 하지 않는 한 재앙을 피하긴 어려웠다. 이제 그마저도 늦었다. 흑산적이 무서워서였으면 아예 안 왔을 거란 얘기다. 용운은 알고도 도발한 것이다.

곽가의 말을 들은 용운이 대꾸했다.

"음, 그럼 더더욱 도망치시는 것이겠군요. 대체 제가 뭘 했다고 사술이니, 독심술이니, 거짓말이니 하시는지 모르겠지만…… 증거도 없이 절 불신하기부터 했으니까요."

곽가가 조금 멈칫했다.

"증거는 없지만, 느낌이……."

"느낌이라……. 너무 막연하네요. 저는 증거를 제시할 수 있습니다. 제가 봉효 님의 관상을 본 결과를 말씀드리지요. 참, 술을 즐기시는 건 누가 봐도 알 만하니 굳이 말하지 않겠습니다."

"……."

"우선, 앞날을 내다보는 통찰력이 뛰어나며…….”

용운은 말하면서 머릿속으로 기억의 탑을 열었다. 기억의 탑에 올라, 곽가의 방으로 들어갔다. 거기서 그에 대한 모든 내용을 확인했다. 단, 미래에 일어날 일들은 제외했다. 그렇게 정리한 것들을 그럴듯하게 엮어 말했다. 마치 관상을 보고 알아낸 것처럼.

"젊은 시절 방랑 수가 있어, 한동안 떠돌아다니거나 타지에서 은둔하는 생활을 했겠군요. 머리는 좋은데 다소 독선적이고 오만하여 재주 없는 이를 얕보는 습관이 있을 테고요. 다혈질인 대신, 결단력이 있어서 과감하게 행해야 할 때는 행하는 편이군요.”

"……나에 대해 조금 알아보면 다 알 수 있는 일들 아닙니까?"

"술뿐만 아니라, 여색도 즐기고 방탕하여 품행이 바르지 못하겠네요.”

"그런…….”

듣고 있던 순욱과 순유는 웃음을 참느라 애썼다. 용운이 관상을 빙자해, 곽가를 비꼰다고 여긴 것이다. 그러나 말이 길어지자 점점 웃음이 사라졌다.

"선천적으로 폐가 약하고 무엇보다 단명(短命)의 상입니다. 만약 여기서 절 떠나면, 그대는 절대 불혹(不惑)을 넘기지 못하고 죽습니다."

곽가는 코웃음을 쳤다.

"재미있군. 그럼, 반대로 말해서 주목님 곁에만 있으면 내명이 길어지기라도 한단 소립니까?"

"네."

"무슨 근거로?"

"제가 그렇게 만들 거니까요."

"……이거야 원. 관상에 장수법까지? 하하! 문약, 그대가 모시는 분이 설마 방술사(方術士, 기이한 술법을 부리는 사람)였나?"

순욱이 서릿발 같은 어조로 말한 건 그때였다.

"봉효, 내가 모시는 주공일세. 무례는 그쯤 하게. 그리고 주공 말씀대로 흑산적이 무서워 그러는 거면 그냥 가게나. 붙잡지 않을 테니."

용운은 속으로 화들짝 놀랐다. 동시에 조마조마해졌다.

'헐! 순욱, 화났나……. 아, 살살 도발하는 중이었는데. 순욱이 한 말 때문에 곽가도 진짜 화나서 가버리면 어떡하지?'

그런 곽가에게는 용운이 미처 말하지 못한 부분이 있었다. 분명 재능 없는 이를 얕보지만, 반대로 자신이 인정한 사람에겐 약한 일면이 그것이었다. 그리고 순욱은 곽가가 인정한,

몇 안 되는 사람 중 하나였다. 즉 곽가는 순욱에게 약했다.

순욱이 강하게 나오자 곽가는 오히려 불쾌감이 희석됐다. 더불어 호기심과 오기가 일었다.

'이 진용운이라는 자가 어떤 사람이기에, 불과 몇 달 사이에 문약이 저토록 빠졌단 말인가?'

팔짱을 낀 곽가가 말했다.

"좋아, 이렇게 합시다. 흑산적과의 전투에서 총군사를 맡겨주십시오. 그럼 증명해 보이지요. 흑산적 따위가 무서워서 도망치려 했다는 게 아님을. 그리고 그 싸움에서 이기면, 주목님은 제게 사죄하셔야 합니다."

"이보게, 봉효."

다시 나서려는 순욱을, 용운이 말렸다.

"괜찮아요, 문약. 좋습니다. 그리하죠."

곽가의 나이 이때 불과 스물하나. 오늘 처음 보는, 약관을 갓 넘긴 젊은이에게 선뜻 총군사를 맡기겠다고 한다. 곽가는 십중팔구 용운이 거절할 줄 알고 한 말이었다. 여기에는 그도 어이없어 했다.

"진심입니까?"

"그런 중요한 일을 두고 농담을 할까요? 설마, 봉효 님은 농담한 거였습니까?"

"……역시, 뭔가 이상한 분이군요."

"이상한 분이라……."

용운은 쓴웃음을 지었다.

곽가가 자신에게 총군사를 맡겨달라고 요구했을 때, 사실 용운도 적지 않게 당황했다. 짧은 순간, 여러 얼굴이 스쳐 지나갔다. 자존심 상해할 저수와 전풍. 늘 그렇듯 용운의 뜻을 따르겠지만, 걱정스러운 표정을 지을 진궁 등. 최악의 사태는 그렇게 해서 졌을 경우였다. 그랬다간 체면 따위가 문제가 아니게 된다.

그러나 어떤 예감이 들었다. 여기서 곽가의 말을 들어줘야 한다는. 용운의 강력한 무기 중 하나인 역사에 대한 지식은, 이제 앞으로 점점 더 효력이 줄어들 터였다. 원래의 역사와 너무 많은 것들이 바뀌었고 또 더 바뀔 것이기 때문이다. 거기서 오는 충격을 최소화하는 방법은 한 가지뿐이었다.

'날 보좌해줄 뛰어난 두뇌집단을 만드는 것.'

그러기 위해서 곽가의 참여는 필수였다. 특히, 그는 앞날을 내다보는 통찰력을 갖췄기에 더욱 도움이 될 것이다.

'하긴, 곽가를 총군사로 두고 참모는 전풍과 저수에, 두 개 부대의 장수와 부장으로 태사자, 장료, 조운, 장합이 있는데……. 병력이 치명적으로 열세인 것도 아니고. 조조도 나와 비슷한 병력으로 십만의 흑산적과 더 많은 청주 황건적을 물리쳤다. 여기서 지면 어차피 앞으로도 가망 없어. 아니, 반

드시 이긴다.'

이렇게 해서, 곽가는 대면 바로 다음 날 졸지에 전투에 참여하게 됐다.

"이미 최종 전술회의와 군 편성까지 마쳤습니다. 내일 바로 출진할 예정입니다. 거처를 내드릴 테니 그때까지 여독을 푸시지요."

한바탕 소란이 가라앉은 후였다. 차분한 분위기의 장신 청년이 입을 열었다.

"저, 이제 제 소개를 좀 해도 되겠습니까?"

모두 그를 잊고 있었다. 심지어 그에게서 깊은 인상을 받았던 용운까지도. 순욱이 깜짝 놀라 이마를 쳤다.

"어이쿠, 이런! 정말 미안하오, 백달. 봉효 저 친구 때문에 정신이 없어서."

"괜찮습니다. 이런 일이 한두 번도 아니고…….'

쓸쓸하게 말하는 그에게, 곽가가 놀리듯 말했다.

"이상하게 존재감이 없는 양반이라서. 큭."

"그만하게, 봉효. 주공, 이 친구는 명문 사마(司馬) 가의 장남으로, 이름은 랑(朗)이며 자는 백달(伯達)입니다."

용운은 '백달'이란 말을 듣는 순간, 이미 눈을 빛내고 있었다. 그는 순욱의 말을 들으며 생각했다.

'그리고 사마의의 형이기도 하지.'

사마의(司馬懿).《삼국지》를 조금이라도 아는 이라면, 한 번쯤 들어봤을 법한 이름. 흔히 제갈량 최대의 적수로 묘사되는 불세출의 전략가이다. 그러나 그가 역사의 무대에 등장하는 시기는 아직 몇 년이 흐른 후였다.

'지금 사마의가 열두 살이던가? 그래, 일단은 사마랑에게 집중하자. 고작 열두 살밖에 안 된 애에게 미리부터 너무 관심을 보여도 이상하니까.'

사마의를 찜해두는 것도 좋지만, 사마랑(司馬朗) 또한 놓쳐선 안 될 인재였다. 사마랑은 본래 낙양에서 벼슬을 했으나, 반동탁연합군이 결성됐을 때 고향으로 달아나려다 붙잡혀 옥에 갇혔다. 그는 동탁의 몰락을 예견하고 거기 휘말릴까 두려워 뇌물을 주고 풀려났다.

사마 가의 터전은 하내군이었다. 북으로는 용운이 있는 위군, 동으로는 조조가 있는 진류군과 맞닿은 지역이다. 또한 낙양으로 진입하는 길목이기도 했다. 사마랑은 반동탁연합군이 하내에 주둔할 것이며, 그로 인해 일대가 큰 피해를 볼 것임을 짐작했다. 이에 촌락의 원로들에게 이주하길 권유했으나 받아들여지지 않았다.

이후, 반동탁연합군은 과연 하내와 형양 일대에 모여들었다. 십만여의 거친 병사들이 눌러앉자 싸움, 약탈, 도둑질 등이 끊이지 않았다. 또 군내에서 연신 말과 식량을 조달했으며, 성에 안 차면 빼앗기도 했다. 주변이 엉망진창이 되는 건 순식간이었다. 사마랑의 식견이 대략 이와 같았다.

원래 역사대로라면 그는 내년쯤 조조의 초빙으로 임관하여, 내정에 뛰어난 솜씨를 발휘하기 시작한다. 용운은 사마랑에게도 대인통찰을 쓰려다, 곽가의 눈길을 의식하고 일단 참았다.

'호감도 35에서 겨우 붙잡아놨는데, 아무리 생각해도 거슬린다며 가버리면 큰일이니까. 곽가가 없을 때 보자.'

사마랑의 인사를 받은 용운이 지나가는 투로 물었다.

"형제가 매우 많을 상인데, 모두 잘 있습니까?"

"예? 아, 예. 잘들 있습니다. 정말 용하십니다."

"하찮은 재주입니다. 혹 이곳에서 임관하시게 된다면, 식솔을 모두 여기로 옮겨오게 하실 계획인가요?"

"아직 거기까지 생각해보진 않았습니다."

"그리하십시오. 만약 그렇게 하신다면 집과 토지, 하인을 제공하고 동생들의 교육 및 임관까지 책임지겠습니다. 제게는 위로 노식 선생부터 젊은이로는 저 순문약까지 뛰어난 학자가 많습니다."

사마 가문의 여덟 형제는 모두 재주가 뛰어나서 세상 사람들로부터 '사마팔달(司馬八達, 사마 가문의 여덟 달인)'이라 불렸는데, 그중 가장 뛰어난 인재가 이 사마랑과 사마의였다. 용운에게는 결코 밑지는 장사가 아닌 것이다.

뜻하지 않은 말에, 사마랑의 얼굴이 밝아졌다. 아무리 사마 가문이 명문에 부자라 해도, 형제가 여덟쯤 되면 교육비와 생활비만도 장난이 아니었다. 제대로 시키려니 더욱 그랬다. 용운은 그 사실을 짐작하고, 현대의 기업이 하듯이 복지 및 장학 혜택을 제안한 것이다. 대가로, 뛰어난 행정가 또는 참모를 여덟이나 얻는 셈이니 좋은 투자가 아닐 수 없었다.

'솔직히 사마의 하나만으로도 개이득.'

다행히 사마랑은 곧 긍정적인 답을 했다.

"그렇게 해주신다면 본가에 연락을 취해보도록 하겠습니다."

용운은 속으로 쾌재를 불렀다.

'좋아, 자연스러웠어. 이걸로 잘하면 사마의까지…….'

생각하던 그는 문득 우스워졌다. 사마의가 성인이 되려면 앞으로 팔 년이나 남은 것이다. 16세에 임관한다고 쳐도 사 년 뒤였다. 그때의 상황은 짐작이 되지 않았지만, 그때까지 이 세계에 있을 거라고 자연스럽게 생각하고 있지 않은가. 이건 적응인가, 체념인가.

'에휴, 모르겠다. 보험은 들어두면 좋은 거지.'

용운은 전투가 끝나면 세 사람에게 적당한 관직을 내리기로 하고 일단 자리를 파했다.

다음 날 아침, 용운은 사열을 위해 성문 밖의 벌판으로 나왔다. 그 자리에서 곽가를 총군사로 임명하고 지휘권을 부여할 예정이었다.

"주공, 정말로 그리하실 작정입니까?"

용운을 따라나온 순욱이 걱정스러운 투로 말했다. 잠을 잘못 잤는지 눈이 충혈되어 있었다. 곽가의 재주는 누구보다 그가 잘 알았다. 하지만 생면부지의 애송이가 총지휘권을 받는다고 하면 분명 반발이 있을 터였다. 그것은 흑산적과의 전투를 앞두고 자칫 치명적인 요소로 작용할 수도 있었다.

"뭐, 일단은 유연성을 좀 발휘해보지요."

곽가를 옆으로 부른 용운이 말했다.

"잠은 잘 주무셨나요?"

"예, 숙소가 좋더군요. 술도 쳤으면 더 좋았을 텐데요."

"전투 전이라 금주하는 시기이니 양해해주세요. 그럼 오늘의 계획에 대해 간단히 설명하겠습니다. 분명, 그대를 총군사로 임명한다는 사실에는 변함이 없어요. 하지만 역량을 제대로 발휘하려면, 무엇보다 장군과 병사들이 그대의 명령을 잘 따라줘야 할 겁니다. 그렇죠?"

"그래서 좋은 방도라도 있으신가요?"

"간단합니다. 지휘권을 주되, 명령은 제게 하세요. 그럼 제가 그걸 전달하겠습니다. 제 지시라면 거부감 없이 따를 테니까요."

"뭐요? 하하!"

한바탕 웃은 곽가가 비웃듯 말했다.

"과연 주목님이 제 지시를 따를 수 있겠습니까?"

"겁쟁이가 아님을 증명하는 데나 신경 쓰시지요. 아, 그 전에 이 전투에서 패하면 어차피 다 죽겠군요."

"크윽, 한마디를 안 지시는군요. 알겠습니다. 아주 혹독하게 부려드리지요. 지휘는 이런 식으로 이뤄질 겁니다. 한 번만 말씀드릴 테니 잘 들으십시오."

"한 번이면 충분합니다."

대화를 듣던 순욱은 자기도 모르게 감탄했다.

이로써 용운은 곽가의 계책을 따르면서도 수하들의 반발을 최소화하게 됐다. 그들에게는 용운이 명령하는 걸로 느껴질 것이기 때문이었다.

용운이 막 사열을 시작하려는 순간이었다. 병사 하나가 죽간통을 들고 다급히 달려왔다.

"주공, 급한 파발이 도착했습니다!"

2

전투 참모라는 생물

'급한 파발이라니. 뭐지?'

용운은 죽간의 봉인을 뜯어 내용을 보았다. 복양성에 있는 동군태수 왕굉(王宏)의 구원 요청이었다.

'동군이라. 그쪽에서도 흑산적의 움직임을 파악했나 보네. 어차피 협력해야 하는 곳인데 잘됐다.'

여포와 손잡고 동탁을 암살하여, 현재 천하에 이름을 떨치고 있는 사도 왕윤. 그의 형이 바로 왕굉이었다. 왕굉은 홍농태수를 지내던 시절, 임지의 환관이 작위를 팔아먹은 사건이 벌어지자 수십 명을 처형한 적이 있었다. 이천 석 품계의 고위관료라도 예외를 두지 않았다.

이 일화에서 드러나듯 왕굉은 담대하고 대쪽 같은 성품의 소유자였다. 형제가 비슷한 성격이라고 할 수 있었다. 그러나 이각과 곽사가 장안에 입성하여 왕윤을 죽이려 했을 때, 왕굉이 두려워 망설였다는 정사의 기록도 있다.

왕굉에 대해 되새긴 용운의 머리가 빠르게 회전했다.

'원래대로라면 장안을 장악한 이각에 의해 사형당할 사람인데, 그 이각과 곽사가 여포의 손에 이미 죽었으니 왕굉도 무사한 것이로구나. 그리고 보니 장안의 왕윤도 건재하겠네. 이 기회에 그 형제와 손잡아두는 것도 나쁘지 않겠다. 나중에 여포를 견제하기 위해서라도 말이야.'

어차피 하려던 일을 하면서 호감도 살 기회였다. 용운은 죽간을 최염에게 넘기며 말했다.

"계규, 즉시 동군태수에게 서신을 보내, 구원 요청에 응할 것이며 우리 쪽에서는 이미 토벌군을 일으켰음을 알리세요."

"예, 주공."

"아, 그리고 백마진은 동군에서 코앞이니, 동군태수는 그쪽으로 응원군을 보내 보급기지를 강화해달라고 하세요. 대신 앞에서 밀고 들어오는 흑산적은 내가 막겠다고."

"즉시 이행하겠습니다."

이걸로 미진하던 나머지 한 조각이 채워졌다. 후방의 지원까지 확보한 셈이 된 것이다. 출전을 앞두고 아슬아슬하게 곽가가 합류했으며, 시기 좋게 왕굉의 응원군도 기대할 수 있게 되었다. 뭔가 좋은 예감이 들었다.

최염이 물러가자, 토벌군 총지휘관을 맡은 조운이 와서 보고했다.

"주공, 전군 출정 준비를 마쳤습니다."

"수고하셨습니다, 형님. 마지막으로 지휘관과 군사들에게 전할 말이 있으니 모아주십시오."

그에게 일러, 네 장군과 참모들을 모두 불러모은 용운이 말했다.

"내일 있을 전투에 약간의 변경이 생겼습니다. 내가 직접 작전 지휘를 하게 되었습니다."

그 말에 가신들이 모두 깜짝 놀랐다.

"위험합니다, 주공!"

"아, 직접 나서서 싸우겠다는 게 아니에요. 뒤에서 지시만 할 겁니다. 늘 그랬듯 사천신녀가 날 경호할 거고요."

용운은 곽가에게서 미리 들은 대로 신호 체계를 전달했다. 붉은 기는 공격, 푸른 기는 수비와 연관되었다. 붉은 기를 크게 휘두르면 진격, 푸른 기를 휘두르면 대기, 두 개의 깃발이 다 올라오면 후퇴하는 식이었다. 깃발의 방향과 수, 북소리 등을 더하면, 그 조합만으로 수십 가지의 명령이 가능했다.

옆에서 살피던 곽가가 고개를 끄덕였다.

'정말 한 번만 듣고 다 외웠군. 최소한 아둔한 주인을 모시는 수고는 안 해도 되겠어.'

그의 얼굴로 얼핏 만족스러운 기색이 스쳤다.

양군의 군사 저수와 전풍 또한 범상치 않은 이들이라, 전달 방식을 금세 이해하고 암기했다. 그 밖의 세부적인 행동은 전령을 보내 지시하기로 했다.

듣고 있던 두 군사의 표정이 묘해졌다.

'희한하구나. 이건 전장에서 실전을 겪은 참모가 아니면 알 수 없는 방식인데…….'

'주공은 공손찬군의 군사 출신이긴 해도, 행정가나 정치가에 가깝다고 생각했는데. 사수관에서 여포를 패퇴시킨 참모가 정말 주공이었단 말인가? 알면 알수록 새로운 게 나오는 분이로군.'

용운의 말이 끝날 때쯤, 저수가 물었다.

"한데, 주공. 저분은 누굽니까?"

"아, 혹시 이름을 들어본 분이 있을지도 모르겠습니다. 곽가 봉효라고…….'"

전풍과 저수가 눈에 이채를 띠었다.

"곽가!"

그때 곽가가 가볍게 코웃음을 치며 외면했으므로, 용운은 서둘러 그를 막아서서 이목을 가렸다.

"문약의 추천으로 찾아온 지 얼마 안 되었습니다. 일단 전투를 치른 후에 관직을 내리고 차차 소개하도록 하지요."

용운의 말에 저수가 가볍게 농을 던졌다.

"하하, 인재가 점점 늘어나니, 승전을 축하할 겸 연회라도 한번 여셔야겠습니다. 주공."

"그럴까요?"

평소 진중한 전풍도 맞장구를 쳤다.

"그거 좋습니다."

무려 십만에 달하는 흑산적과의 전투가 코앞이었다. 그러나 가신들에게서 공포는 찾아보기 어려웠다. 그렇다고 방심한 것도 아니었다. 적당히 긴장한 가운데 여유를 유지하고 있었다.

이윽고 사열이 시작됐다. 병사들의 상태와 병장기 등을 살핀 용운은, 절대 죽지 말라는, 간단하면서도 간곡한 연설을 했다.

"여러분의 가족은 안전한 곳에서 보호받을 겁니다. 그러니 안심하고 싸워주세요. 그리고 반드시 살아서 다시 봅시다."

용운은 늘어선 병사들 사이로 걸어들어왔다. 그러면서 맑은 음성으로 뭔가를 말하기 시작했다.

"장일, 진호, 구용……."

잠시 어리둥절해하던 병사들의 입이 벌어졌다. 용운은 백인장 한 사람 한 사람을 호명하고 있었다. 어림잡아 오만의 병력이니, 백인장만 해도 오백에 가까웠다. 그들 각자의 이름을 모조리 외운 것이다. 그저 이름만 부르는 게 아니라, 대열을 돌아다니며 해당하는 사람과 시선을 맞추었다.

다른 사람은 몰라도, 백인장의 휘하에 있는 백 명의 병사들은 자기들 대장의 이름을 알고 있었다. 용운이 정확히 호명하고 지나갈 때마다, 백인장들은 몸을 쭉 펴고 서서는 힘차게 대답했다. 개중에는 눈물을 흘리는 자도 있었다. 곧 무슨 일이 일어나고 있는지 병사 전체가 알게 됐다. 용운의 순간기억능력을 모르는 그들에게는, 뭐라 형언하기 어려운 감정이 일었다.

병사들의 대부분은 징집병, 즉 백성들이었다. 이제껏 어떤 영주가 출진을 앞둔 백성을 이토록 살뜰히 보살폈단 말인가.

"주……."

한 병사가 용기를 내어 두 손을 들고 외쳤다.

"주목님, 천세!"

"천세, 천세, 천세!"

외침은 곧 순식간에 대열 전체로 퍼져나갔다.

"천세!"

"천세!"

"최고다! 주목님이 최고입니다!"

만세는 황제에게만 허락되어 있으며, 천세는 제후국의 왕이나 황족급이라야 허락되는 칭송의 표시였다. 본래 만세, 천세를 함께 썼으나 긴 시간이 흐르는 동안 변화된 것이다.

마침 성벽 위와 성문 앞에는 출진하는 남편, 자식, 형제를 마지막으로 보려는 백성들이 몰려와 있었다. 병사들의 외침에 그들까지 합세하니, 용운을 칭송하는 소리가 천둥처럼 울려 성벽을 뒤흔들 지경이었다.

저수는 얼굴에 흐뭇한 미소를 떠올리며 말했다.

"자공(공자의 제자)이 정치를 여쭈었다. 공자가 말하기를, 식량을 충족시키고 군비를 확충하며 백성들에게서 신뢰감을 얻는 것이라 했다. 자공이 다시 여쭈었다. 부득이한 사정으로 이 셋 중에서 버려야 한다면 무엇을 먼저 버려야 하느냐고. 공자가 이르길, 무기를 버리라 했다. 자공이 또다시 여쭈었다. 부득이한 사정으로 남은 둘 중에서 무엇을 버려야 한다면 어떻게 합니까. 공자가 답했다. 양식을 버려라. 예부터 죽음은 있었다. 그러나 백성들이 믿지 않으면 나라가 존립할 수 없다……."

그의 중얼거림을 들은 전풍이 대꾸했다.

"논어구려."

"이게, 우리가 미처 몰랐던 주공의 진정한 힘이지요. 저분은 진정한 정치가 뭔지 몸소 깨닫고 실천하는 분이오."

병사들의 열광이 가라앉는 데는 다소 시간이 걸렸다. 그런
후에도 사기는 최고조였다.

마침내 각 부대는 정해진 장소로 출발했다. 조가현과 연진
을 향해. 바야흐로 십만 흑산적 대군과의 전투가 코앞에 다가
와 있었다. 용운과 곽가가 함께 싸울 첫 전투이기도 했다.

후군에 돌아온 용운이 수레에 올라 말했다.

"자, 우리도 출발해볼까요?"

어느새 먼저 탄 곽가는 퉁명스럽게 내뱉었다.

"그거 몇 가지 전달하는 데 뭐 이리 오래 걸립니까?"

그는 사실, 좀 전 병사들의 환호에 감동했고, 그런 내색을
하지 않으려고 애쓰는 중이었다.

마부 겸 호위의 역할을 맡은 검후와 성월은 마차를 끄는 말
등에 앉아 있었다. 두 사람이 반사적으로 뒤를 돌아보았다.

곽가는 기죽지 않고 비스듬히 누우며 말했다.

"뭐? 왜요. 노려보면 어쩔 겁니까. 치시게요?"

검후가 눈을 가늘게 떴다. 드문 일이었다.

용운은 깨달았다. 아아, 무력이 15라도 겁대가리를 상실
한 사람도 있구나.

'모르긴 해도 검후의 딱밤 한 방으로 머리가 터져서 죽을

텐데……. 무지하면 용감하다더니. 절대 사신으로는 보내지 말아야겠다. 동맹이었던 나라도 적국으로 만들 인간이야. 하하.'

다행히 검후와 성월 등은 용운에게 곽가가 얼마나 중요한 사람인지 잘 알았기 때문에 참았다.

함께 수레에 있던 사린도 용운에게 까칠하게 구는 곽가가 못마땅하긴 매한가지였다. 그녀는 용운에게 냉큼 일러바쳤다.

"주군, 저 아저씨 술 마셨대요!"

"……그새를 못 참고. 술병이나 내놓으세요."

"안 마셨습니다. 들고 있어야 안심이 돼서."

"뻥 치지 마시죠."

"빈 병입니다."

병을 가로챈 사린이 흔들어 보였다. 찰랑찰랑. 맑고 고운 소리가 울렸다.

용운은 생긋 웃으며 술병을 받아, 술을 바닥에 부어버렸다. 그러자 곽가의 얼굴이 뭐 씹은 것처럼 변하고 말았는데, 순간적으로 성월의 얼굴도 일그러졌다. 본능적인 반응이었다. 주변에 풍기는 주향(酒香)에 두 남녀가 똑같이 입맛을 다셨다.

'응?'

'어?'

변경 사항은 후군에도 생겼다. 우선, 일만의 후군을 삼천과 칠천으로 나눴다. 용운과 곽가가 그중 삼천의 병력을 조가현과 연진의 바로 뒤쪽에 전진 배치했다. 전투보다 용운의 호위와 기동력을 중시한 부대였다. 흑영대원들도 상당수 포함되어 있었다.

진궁은 나머지 칠천의 병력으로 백마진에 주둔하기로 했다. 방어력이 뛰어난 철갑 보병과 궁병 위주였다. 이는 곽가의 지시에 따른 재편이었다.

'곽가는 백마진의 보급 거점마저도 필요 없다고 했지만.'

그러나 용운은 그러지 못했다. 병사와 백성들이 얼마나 힘들여 농사를 지었는지 옆에서 지켜봐왔다. 군량뿐만 아니라 진궁의 안위도 염려됐다. 이에, 칠천의 병력을 배정했음에도 불구하고 동군태수 왕굉의 지원병까지 요청한 것이다.

그러고 나자 그제야 안심이 됐다. 그런데 정작 용운 자신의 안위는 별로 걱정되지 않았다. 두려움보다는 곽가가 어떤 전술을 펼칠지에 대한 기대감이 더 컸다.

수레 옆으로 다가온 진궁이 걱정스레 말했다.

"주공, 정말 괜찮으시겠습니까?"

그는 말끝에 곽가를 한번 노려보았다. 갑자기 나타나서 용운의 옆자리를 꿰찬 그가 영 마음에 안 드는 눈치였다. 곽가도 지지 않고 마주 눈을 흘겼다.

'그래도 진궁이니까 이해해줬지. 고마워요.'

용운은 씩 웃으며 손가락으로 가리켜 보였다. 함께 수레 안에 있는 사린. 그리고 말에 탄 검후와 성월을. 청몽도 분명 가까이에 있을 터였다.

"보시다시피 걱정 안 하셔도 돼요. 그리고 그대가 백마진에서 든든히 버텨준다는 믿음이 있기에 이 작전을 실행할 수 있는 겁니다. 믿을게요."

진궁의 얼굴이 자부심으로 빛났다.

"신, 목숨 걸고 보급선을 유지하겠습니다."

"그래요. 이제 출발합니다. 공대도 조심해요."

진궁은 용운이 탄 수레가 멀어져서 안 보일 때까지 손을 흔들었다. 제법 긴 시간이었다.

곽가가 고개를 설레설레 저으며 말했다.

"다루기 쉬운 자로군."

그 말에 용운이 처음으로 날카롭게 쏘아붙였다.

"내 가신을 함부로 말하지 마세요."

"느낀 대로 말한 것뿐입니다."

"그럼 저것도 봤겠군요."

"음?"

곽가는 용운이 가리키는 방향을 보았다. 고개를 돌린 그가 움찔 놀랐다.

'어느새? 분명 출발할 때까지만 해도⋯⋯.'

이동 중인 후군의 뒤쪽으로, 식량을 가득 실은 우마차가 일사불란하게 따라붙고 있었다. 그 보급부대를 외곽에서 호위하는 기마대와 보병의 움직임 또한 질서정연하고 빈틈이 없었다. 용운과 석별의 정을 나누는 와중에도, 보급대의 편성을 마쳐둔 것이다. 곽가는 마지못해 말했다.

"제법 솜씨는 있는 자 같습니다."

"제법 솜씨 있는 게 아니지요. 내 가신들은 모두 천재적인 재주를 가진 이들입니다. 그리고 이제 그대가 실력을 증명할 차례고요."

"천재⋯⋯."

곽가는 이를 드러내고 웃었다.

"보여드리죠. 진짜 천재는 전장에서 어떤 행동을 하는지. 전투 참모라는 존재가 어떤 생물인지를 말입니다."

전투 참모라. 이제까지 책사며 모사를 자처한 가신은 있었다. 그러나 전투를 콕 집어 말한 이는 처음이었다.

순간, 용운은 문득 이런 생각이 들었다. 곽가가 처음부터 이 상황을 노리고 자신을 도발한 게 아닌가 하는. 실적도, 아무것도 없는 약관의 서생에게 처음부터 군 지휘권을 줄 리가 없지 않은가. 보통은.

'나야 곽가에 대해 아니까 수용한 거지만⋯⋯. 잠깐, 이

거, 어쩌면 내가 곽가를 도발한 게 아니라, 곽가가 나를 움직인 게 아닐까?'

백 번 말하는 것보다 한 번 실력을 보여주는 게 당연히 낫다. 그리고 흑산적과의 전투는 그 실력을 보이기에 최적의 무대였다.

'에이. 설마, 아니겠지.'

아침 일찍 출발한 용운군은 꾸준히 진군하여, 중간에 잠깐씩 휴식을 취했다. 밤이 깊을 무렵에는 조가현과 연진에 도착했다.

제일 먼저 닿은 것은 태사자의 부대였다. 광대한 중국 땅 기준으로 비교적 멀지 않은 거리였으나, 은밀기동(隱密機動, 소리와 흔적을 최대한 남기지 않고 이동하는 군사적 움직임)에 신경을 썼기에 시간이 조금 더 걸렸다. 이는 저수의 조언에 따른 것이었다.

"흑산적이 병사 수에서 우위라면, 아군은 정보력과 장수의 질적인 면에서 유리합니다. 아마 저들은 우리가 조가현과 연진까지 나와 있을 거라고 생각 못했을 겁니다. 이제까지는 모두 성안에 틀어박혀 문을 걸어 잠그고 대항하기 바빴으니까요. 그거야말로 흑산적이 바라는 형태입니다."

저수의 말에 태사자는 고개를 끄덕였다.

"동의합니다."

"바로 저곳."

저수는 손가락으로 한 지점을 가리켰다.

"저기가 흑산에서 나오는 길목입니다. 항아리의 주둥이 같은 모양이지요. 국양 님의 첩보에 의하면, 대군이 이동할 만한 통로는 저 길밖에 없습니다. 아군은 저 길목 앞에 넓게 펼쳐진 형태로 기다리고 있다가 공격합니다."

"그리고 기회가 닿으면, 제가 적장을 잡은 후 주공의 지시를 따르면 되겠군요."

"예. 거기까지가 첫 번째입니다."

용운과 곽가가 포함된 별동대는 태사자가 이끄는 병력의 후미에서 주변 지형 및 아군의 진형을 관찰하고 있었다. 기사(騎射)가 특기이며 등자와 철갑을 갖춘 기병 오천여 기가 산자락 어귀에 일사불란하게 늘어섰다. 태사자는 그 상태에서 병사들이 휴식을 취하도록 했다. 단, 언제든 반응할 수 있도록 각자의 말이나 무기는 바로 곁에 두었다. 식사도 육포를 씹는 것으로 대신했다. 병사들은 입을 우물거리면서, 흑산 어귀에서 결코 눈을 떼지 않았다.

용운의 지원과 태사자의 훈련을 받은 철기(鐵騎). 용운군이 자랑하는 최정예 부대였다. 공손찬의 그것은 백마로 이뤄져 백마의종이라 불리고, 여포의 기마대는 검은 갑주로 통일하여 흑철기라 불린다. 투구 끝에 푸른색 술을 달고 파랗게 물들인 짧은 피풍(披风, 망토)을 갑옷 위에 걸친 용운군의 철기는, 언젠가부터 청광기(靑光騎)라 불리고 있었다.

가만히 그 모습을 보던 곽가가 말했다.

"저수 공은 한복이 무너지면서 귀순했다 치고, 저런 장군과 병사들은 대체 어떻게 손에 넣은 겁니까?"

"도박으로 땄어요."

"……하긴, 어리석은 질문이었네요. 주목님 나름의 노력을 했겠지요. 저 태사자라는 장군부터 해서 부장인 장료, 또 다른 부대의 조운과 장합이라는 장수들까지. 모두 칼날처럼 벼려진 기세를 자랑하더이다. 장수들뿐만 아니라 참모진도 뛰어나고. 다른 건 몰라도 인재를 보는 눈 하나만은 인정해야 겠습니다."

"곧 그대도 그중 하나가 되겠지요."

"하나 더 인정해야 할 걸 빼먹었습니다. 말재주요."

두 사람은 대화를 나누면서도 수레를 몰아 주변 지형을 살폈다. 용운은 수레 안에서 잠깐 눈을 붙이기도 했다.

몇 시진이 지나, 막 동이 틀 무렵이었다. 미미한 땅 울림이 느껴졌다. 이어서 쇠 부딪치는 소리와 말 울음소리, 고함 등이 연이어 들려왔다. 기척을 감지한 청광기들이 말에 오르고 무기를 쥐었다.

"왔군. 공격 준비를 지시하십시오."

곽가의 말에, 용운이 붉은 기를 들었다. 그의 이름인 용(龍) 자가 쓰인 기였다. 기를 든 용운은 오만상을 찌푸렸다.

'헐, 뭐가 이렇게 무거워!'

공격과 관련된 붉은 기가 올라가자, 태사자 부대는 일제히 석궁의 시위를 당겨 돌기에 걸었다.

잠시 후, 흑산적 선봉이 산길에서 내려오기 시작했다. 약탈할 생각에 신이 났는지 낄낄대는 모양새가 군기라곤 찾아보기 어려웠다. 그때, 맨 앞에서 달려오던 자들이 비로소 태사자의 부대를 보았다.

흑산적들은 동쪽을 보며 달려 내려오고 있었다. 나름 야음을 틈타 이동하려는 생각에서였다. 밤새 어두컴컴한 산길을 달리다가, 막 해가 떠오르는 방향을 정면으로 마주하자 짧은 순간 시야가 좁아졌다. 물론 척후 따위도 없었다. 그 탓에 용운군을 확인하는 게 늦어버렸다. 이대로 달려가서 성을 둘러싸고 두들기면 될 줄만 알았던 것이다. 선두에 선 흑산적들이 대경해서 외쳤다.

"적……."

같은 시각.

조운은 연진 부근에 자리를 잡았다. 원래보다 조금 북쪽으로 전진한 배치였다. 그 상태로, 전풍에게서 설명을 듣고 있었다.

"조가현 인근은 대군이 매복할 만한 장소가 마땅치 않습니다. 그렇다면 흑산적이 산에서 나온 순간, 이미 대열을 갖추고 있는 우리 군을 보게 해야 합니다. 적이 나에 대해 이미 알고 공격 태세를 갖추고 있다는 사실은 굉장한 압박감을 주지요. 그것은 곧……."

조운이 그의 말을 받았다.

"대응이 늦어지겠군요. 허둥거리게 되고."

"그렇지요. 저수 님도 그 사실을 잘 알 겁니다. 이 전투는, 어쩌면 생각보다 훨씬 빨리 끝날지도 모릅니다."

흑산적 선봉들의 외침이 채 끝맺기도 전이었다.

곽가가 한발 앞서 내뱉었다.

"지금!"

용운은 즉시 붉은 기를 아래로 내렸다.

태사자의 입에서 공격 명령이 떨어졌다.

"쏴라!"

파파파파파팟! 팽팽하게 당겨진 시위가 풀리며 짧은 화살이 바람을 가르고 날아갔다. 중국에서는 서기 100년경에 이미 격자 조준기를 갖추고 연발로 쏠 수 있는 기관총 형태의 석궁까지 만들어진 상태였다. 기병들이 한 손으로 다룰 수 있도록 크기를 줄이고 반대로 위력은 높이는 일은, 좀 까다롭긴 했으나 불가능하진 않았다. 용운은 탁현의 거상, 장세평과 소쌍을 통해 필요한 재료는 뭐든 사들였다. 덕분에 무려 오천여 기의 청광기가 개량 석궁을 소지한 상태였다.

"윽!"

"커헉!"

화살에 맞은 흑산적들이 말에서 우수수 떨어졌다. 태사자가 다시금 소리쳤다.

"뒤로 천천히 물러나면서 재차 발사하라!"

퓨퓨퓨퓨퓻! 또 수천의 흑산적이 쓰러졌다. 흑산적들은 선두가 무너지는데도 꾸역꾸역 기어나왔다. 워낙 수가 많아서 아무렇게나 쏴도 맞았다.

태사자는 명령을 내리면서도 적진을 유심히 살폈다. 그러던 그의 눈이 일순간 번쩍 빛났다. 다른 흑산적보다 더 좋은 말에, 화려한 짐승 가죽을 덧댄 갑옷. 이목을 끌 것임을 알면서도 병졸과 똑같은 행색을 할 수 없는 게 장수의 숙명이었다. 그런 지휘관처럼 보이는 자를 발견한 것이다.

태사자는 등에 멘 활을 꺼내, 흑산적 지휘관을 겨냥하고 시위를 당겼다.

《삼국지연의》의 영향으로, 흔히 활 재주가 뛰어나 신궁(神

ㄲ)이라 불릴 만한 장수를 꼽으라면 사람들은 하후연이나 황충을 거론한다. 그러나 엄밀히 말하면 둘 다 태사자에게는 미치지 못했다. 그저 근접전을 즐기는 그의 성향상 멀리서 활만 쏘는 일이 많지 않았을 뿐. 사서에는 이런 태사자의 활 솜씨를 '백발백중'이라고 명료하게 기술해놓았다.

바람이 불고 있었다. 태사자는 그 바람을 읽는 데만 집중했다. 죽어가는 인간들의 악쓰는 소리와 두려움에 찬 말들의 비명, 광기에 찬 웃음소리와 울음소리도 모두 귓가에서 사라졌다. 그리고 곧, 바로 지금이라고 느껴지는 때가 찾아왔다.

그순간 태사자는 시위를 놓았다. 퓨웃! 허공을 가르고 날아간 화살은 여지없이 흑산적 지휘관의 미간을 꿰뚫었다. 이름 모를 지휘관은 몸을 한 바퀴 뒤집으며 낙마했다.

"두목님이 화살을 맞았다!"

흑산적 전열은 더욱 큰 혼란에 휩싸였다.

신이 난 태사자가 적진에 뛰어들려 할 때였다.

"장군, 퇴각 신호입니다."

등 뒤에서 장료가 외쳤다.

태사자는 김이 샜으나, 장료 또한 자신 못지않게 돌격하길 좋아하는 성격임을 알고 있었다. 무엇보다…….

'이번 전투는 주공이 직접 현장에서 지휘하는 첫 번째 전투. 내 머리로 이해하려 들지 말고 무조건 따른다.'

용운의 명령이었다. 사실은 곽가의 명이었지만.

태사자는 즉각 부대를 물렸다. 푸른 빛살, 청광기들이 질서정연하게 후퇴했다.

그때, 용운은 보았다. 틀어막혔던 입구가 열리자, 독이 오른 흑산적들이 새까맣게 몰려나오는 모습을. 태사자를 믿으면서도 손이 떨렸다.

'더럽게 많네…… . 성난 불개미 떼 같아.'

용운뿐만 아니라 태사자도 그 광경을 보았다. 적의 수가 십만에 달한다는 얘긴 들었으나, 눈앞에서 목격하자 간담이 서늘했다.

'예봉을 꺾었다고 해서 바로 이길 수 있는 수준이 아니다. 저기 뛰어들었다면 큰 낭패를 볼 뻔했구나.'

그는 장료와 함께 남쪽으로 말을 달렸다.

한편, 곽가는 전투가 시작되자 한껏 달아올라 있었다.

"달리라 명하시오. 남으로! 아니, 너무 빠르지 않게. 적들이 아슬아슬하게 쫓아올 수 있어서 도저히 포기를 못하도록. 바짝 약이 오르도록!"

'인간아, 그걸 어떻게 깃발로 말해.'

용운은 열심히 깃발을 휘둘렀다.

동시에 곽가는 전령을 불러 빠른 투로 외쳤다.

"당신이 달릴 수 있는 최고의 속도로 연진으로 향하시오. 가서, 북서쪽으로 우회하여 이동하라고 전하시오. 빨리!"

전령은 재빨리 수레를 떠나 준마를 몰았다. 그러는 와중에도 수레는 계속 달리고 있었다. 드르륵, 콰드드득. 콰득! 수레바퀴가 부서질 듯한 소리를 냈다. 먼지가 피어오르고 자갈이 어지러이 튀었다.

등 뒤에서 몇 만에 달하는 흑산적들이 분노에 찬 함성을 지르며 추격해오고 있었다. 검후가 겁먹은 말의 귓가에 다정하게 속삭였다.

"괜찮아, 아가. 아무 일 없을 테니 달리기만 하렴."

용운은 등에 식은땀이 흘렀다.

'미치겠네. 따라잡히면 끝이다. 설마 곽가의 작전이라는 게 흑산적을 연진으로 유인하는 거였나? 그때까지 붙잡히지 않고 달릴 수 있을까?'

흑산적을 지휘하는 장수는 백요(白橈)라는 자로, 이는 본명이 아닌 별명이었다.

현 총두령 장연의 본명은 저비연(褚飛燕)이었는데, 함께 도적단을 만들었던 장우각(張牛角)이 죽자 그의 성을 따 장씨가 됐다. 비연이란 이름 또한 제비처럼 빠르고 날래다 하여 얻은 것이다. 그 장비연이 변해 장연이란 이름으로 굳어졌다.

백요도 마찬가지였다. 유난히 피부가 희고(白), 기이할 정도로 유연한(橈) 몸을 가져 백요가 됐다.

다른 두령들의 이름도 대략 이와 같았다. 예를 들어, '우독'이란 자는 사람을 독하게 다뤄 그 이름을 얻었고 '좌자장팔'은 무려 팔 척이나 되는 수염 때문에 얻은 이름이었다.

선두에서 달리던 백요는 화가 머리끝까지 치솟았다. 반나절이면 복양성을 점령하여, 태수 왕굉의 목을 베어 성벽에 내다 걸 수 있으리라 자신했다. 복양성을 빼앗고 나면 업성, 나아가 기주 전체를 흑산적의 영역으로 만드는 것도 시간문제라 여겼다. 한데 적들이 대담하게 조가현에서 기다리고 있을 줄은 꿈에도 몰랐다.

'딱 봐도 이만도 채 안 되어 보이는 병력이군. 간덩이가 부은 겐가. 아니면 조금이라도 시간을 끌어보려는 수작인가. 어느 쪽이든 가만히 두지 않겠다.'

한창 열나게 달리던 백요는 문득 정신이 들었다. 수만의 흑산적이 전부 말을 가졌을 리가 없다. 자연 기병 위주로 이뤄진 지휘관급과 보병 사이의 거리가 벌어졌다. 그렇다 해도 어차피 워낙 수가 많아서 앞으로 조금 돌출된 정도였다. 그런데 백요는 이상하게 섬뜩함을 느꼈다. 그런 생각이 들게 된 결정적 원인은, 좀 전부터 앞에서 달리고 있는 적 지휘관의 수레였다.

어느덧 수레를 모는 마부의 얼굴이 보일 정도로 거리가 가까워졌다. 마부는 놀랍게도 여자였다. 그러나 백요는 그리 크게 놀라지 않았다. 그의 호위병들도 모두 여자로 이뤄진 까닭이었다. 황건적 시절 받아들인 여제자 겸 애인들이었다. 그녀들은 어지간한 남자 못지않은 완력과 무예를 자랑했다.

그런데 적 마부의 기색이 뭔가 이상했다. 가까워진 후에야 그것을 알 수 있었다. 정확히 말하자면…….

'왜 저렇게 태연하지?'

양 허리에 쌍검을 찬 여자가 힐끗 뒤를 돌아보았다. 두려워하기는커녕 차갑기 그지없는 눈빛이었다.

갑자기 평온해진 곽가가 흔들리는 수레에 정좌했다. 팔짱을 낀 그가 말했다.

"적기. 아래로 힘차게 한 번."

완전히 몰입한 그는 숫제 반말이었다. 그러나 용운뿐만 아니라 누구도 신경 쓰지 않았다. 용운이 붉은 기를 높이 치켜들었다가 아래로 힘껏 휘둘렀다. 그리고 두 번째 작전이 개시됐다. 방금의 적기는 사신(死神)을 호출하는 신호였다.

백요의 바로 뒤에서 따라오던 흑산적 부장 하나가 얼빠진 소리를 냈다.

"어, 어어?"

분명, 석궁을 쏘고 달아나는 적 부대의 뒤를 쫓고 있었다.

그런데 별안간 오른편에서 일련의 기마가 불쑥 튀어나오는 게 아닌가.

백요가 성난 소리로 외쳤다.

"이건 또 뭐야! 복병이냐?"

복병이라면 복병이었다. 그러나 한자리에 매복해 있는 게 아니라, 상황에 따라 이동하는 복병이었다.

문제의 기마대 선두에서 돌진하던 조운이 중얼거렸다.

"원호 님이 알려준 대로군. 조가현 방향으로 달려 올라가다가 도중에 벌판으로 이어지는 협곡이 있어. 아마도 끼어들 수 있는 거의 유일한."

그의 옆으로 따라붙은 장합이 말했다.

"잘라먹읍시다."

길게 말 안 해도 조운은 한 번에 알아들었다.

적기가 내려졌다.

적 지휘부와 수만의 보병들이 분리되어 있었다.

'그 사이로 난입.'

창을 비껴든 조운이 말에 박차를 가했다.

'포위되기 전에 적장을 잡고 대열을 흐트러뜨린다.'

백요는 이를 갈며 짐승처럼 으르렁댔다. 맨 앞에서 달려오는 적장은 자신을 목표로 하는 게 명확했다. 하지만 고작 이 정도 유인과 복병으로 이길 수 있다고 생각했다면 오산이었다.

'흑산적은 단순히 머릿수로만 승리를 거듭해온 게 아니란 말이다!'

백요는 옆이나 뒤를 공격받기 전에 말머리를 선회했다. 불리한 자세에서 단기전을 시작하기 싫었다. 그를 따라 부장들도 속도를 늦추고 방향을 트니, 일순 대열이 어지러워졌다.

시커먼 혼란. 그 속으로 용운이 자랑하는 4대 장군 중 둘, 조운과 장합이 뛰어들었다. 곧장 두 사람이 이끄는 기병대도 들이닥쳤다. 그 모습이 너무도 위태로워 보여 용운은 가슴을 졸였다.

'이거였구나. 연진에 주둔한 것처럼 보인 후, 유인한 적의 측면을 친다. 적들은 기병과 보병의 대열이 분리되고 어지러워졌다.'

흑산적이 척후조차 운용하지 않은 사실을 곽가가 알았다면, 다른 작전을 썼을지도 모른다. 하지만 조심해서 나쁠 것은 없었다.

조운은 일직선으로 백요를 향해 돌진했다. 창은 그의 몸 주변을 살아 있는 듯 움직였다. 옆구리를 타고 대각선 뒤편의 적을 찌르나 했더니, 다음에는 이미 어깨너머로 전방의 적을 쳐내고 있었다. 쩡! 곧바로 창대를 차올려, 머리 위로 한 바퀴 휘둘렀다. 무수히 떨어지던 검격이 튕겨나갔다. 이내 조운은 두 발만으로 말을 움직이면서 창을 휘두르고 찌르고 내리쳤다. 우웅, 우웅! 맹렬히 움직이는 창 때문에, 조운의 신형이 보이지 않을 지경이었다.

흑산적들의 얼굴에 질린 기색이 떠올랐다. 조운의 몸을 휘 감아도는 건 창이 아니라, 차라리 한 마리의 묵빛 용이라 하는 게 맞았다.

"네 이놈, 감히 여기가 어디라고!"

백요는 벼락같은 고함을 지르며, '요'라는 이름의 유래가 된 연검을 빼들었다. 연검이란, 검을 극한까지 얇게 만들어 천처럼 흔들리게 한 무기였다. 어찌나 얇은지 띠처럼 허리에 찰 수도 있었다. 가볍고 몸에 숨기기 좋아 여자 무사들이 즐겨 사용하기도 했다. 얼핏 마상에서 쓰기 부적합한 무기로 보였지만, 마구 흔들리는 말 위에서의 난전 때야말로 위력을 발휘했다. 참마도 같은 중병으로 내리치면 그만이라 할 수도 있으나, 그랬다간 백요란 이름에 어울리는 수법이 발휘될 터였다. 휘두르는 힘에 진동이 더해져 예측불허의 방향에서 연검이 날아온다. 이어서 뱀처럼 참마도의 창대를 타고 내려가다 적의 손목이나 팔뚝을 베어버리는 것이다.

조운은 입으로 짧은 숨을 내뱉었다. 그가 일언반구도 없이 창을 내찔렀다.

'젊은 놈이라 성질이 급하구나.'

백요는 속으로 쾌재를 부르며 연검을 휘둘렀다. 차르르

륵! 연검이 창대에 휘감겼다. 이제 그대로 회전하면서 창대를 타고 내려가, 적장의 손목을 자를 터였다.

그래야 했는데…… 끼리리릭! 연검은 쇳소리와 함께 뒤엉키며 튕겨나가 버렸다. 창대가 맹렬히 회전하는 탓이었다.

'이런…….'

백요는 눈을 부릅뜨고, 최단거리로 찔러오는 창을 응시했다. 푸욱! 찔리는 순간의 고통은 뜨거웠고 속을 헤집고 들어온 창날은 너무도 차가웠다.

"다음."

조운은 어깨너머를 슬쩍 보았다. 장합이 주 무기인 삭을 휘두르며 적병을 도륙하고 있었다. 염려하지 않아도 될 듯싶었다.

"대장!"

"대장이 당했다!"

순간적으로 굳었던 흑산적들이 우르르 몰려오기 시작했다. 동시에 용운이 푸른 기를 휘둘렀다.

'이제 슬슬 빠져야 할 때로군.'

순간, 죽은 줄만 알았던 백요가 두 손을 올려 창대를 움켜잡았다. 그는 입에서 피를 뿜으며 외쳤다.

"흑산의 형제들이여, 이놈을 죽여라!"

여기에는 조운도 살짝 당황했다. 마지막 힘을 다한 백요의 역습이었다. 창을 놓고 피하자니, 맨손으로 적들 사이를 빠져나가야 했다.

"장군!"

이변을 감지한 장합이 외쳤다. 그러나 분노한 흑산적들이 어느새 그를 둘러쌌다. 그는 곧 사방에서 덤벼드는 흑산적들을 상대하느라 조운을 구원할 처지가 되지 못했다. 조운에게 신경 쓰다, 빠질 타이밍을 살짝 놓친 것이었다.

조운은 재빨리 주변을 살폈다.

'할 수 없구나. 이 창은 버리고 적의 무기를 빼앗아 써야겠다. 특별히 만든 것이라 아깝긴 하지만.'

그가 막 창을 놓으려 할 때였다. 흑산적 장수 하나가 눈을 부릅뜨고 달려들었다. 휘날리는 긴 수염이 인상적인 자였다. 바로 두령 중 하나인 좌자장팔이었다.

"네 이노옴!"

그는 흑산적 두령 중에서도 최강의 완력을 자랑했다. 바람을 가르고 날아오는 대도 소리가 심상치 않았다. 피하자니 창이 잡혀 있고, 창을 놓자니 피한 후 대도에 맞설 수단이 없었다. 조운이 혀를 찼다.

지켜보던 용운의 얼굴이 하얗게 질리고 말았다.

"형님!"

3

흑산 토벌전

용운이 애타게 외쳤다.

"형님, 피하세요!"

다행히 조운은 상체를 왼쪽으로 비틀면서 간발의 차이로 대도를 피했다. 묵직한 대도의 날이 그의 오른쪽 어깨를 스쳤다. 동시에 조운은 상체를 회전시킨 힘을 이용해 그대로 왼편 팔꿈치를 힘껏 내질렀다. 팔꿈치는 대도를 내리친 후 드러난 좌자장팔의 머리로 날아갔다. 정확히는 그의 왼쪽 관자놀이를 향해서였다. 쩡 하고 둔탁한 타격음이 울렸다.

"큭!"

좌자장팔은 비틀거리며 오른쪽으로 밀려났다. 투구의 왼

쪽 관자놀이 부위가 움푹 파였다.

조운은 그 틈을 놓치지 않고 공격을 이어갔다. 등자에서 한 발을 떼고 발차기를 날렸다. 콰직! 네 자루의 창대가 동시에 발을 막았다. 몰려온 흑산적 졸개들이 일제히 창을 내민 것이다.

"이런 썅…… 모두 비켜!"

수하들 앞에서 체면을 구긴 좌자장팔이 이를 갈았다. 이번에는 대도를 수평으로 휘둘렀다. 슈웅! 소름 끼치는 파공음이 울려퍼졌다. 단숨에 목을 베어버리려는 의지가 담겨 있었다.

조운은 허리를 뒤로 젖혀 검격을 흘려 넘겼다. 유연하기가 마치 버드나무 가지와 같았다.

"제법 날랜 놈이구나. 계속 피할 수 있나 보자!"

약이 오른 좌자장팔의 공격이 더욱 거칠어졌다. 일격필살의 기세로 휘둘러대는 대도를, 조운은 상체만 움직여 잘도 피해냈다. 이는 좌자장팔이 타고난 완력에 의존하여 싸우는 자였기 때문이다. 조운은 수세에 몰린 와중에도 침착했다.

'공격 경로가 직선적이고 단순하다.'

그는 좌자장팔의 어깨에 힘이 들어가는 모양만 보고서도 공격을 예상해 피할 수 있었다. 물론 아무에게나 가능한 일은 아니었다. 조운의 무예 수준은 상대를 훨씬 뛰어넘었다. 애초에 그에게 창이 있었고 포위된 상태가 아니었다면, 한참 전에 쓰러뜨렸을 적이었다.

이제 조운은 흑산적 기병에 포위되다시피 했다. 몰려든 졸개들도 조운에게 창을 마구 찔러댔다. 졸개라곤 하나, 말을 타고 갑옷도 입은 채였다. 흑산적 안에선 실력이 있는 놈들이란 뜻이다. 제법 날카로운 창격이 사방에서 날아왔다. 조운뿐만 아니라, 그와 장합이 이끄는 만 오천의 병력이 흑산적 선두와 뒤얽혀 난전으로 흘렀다. 뒤에서는 칠만에 달하는 흑산적 보병이 꾸역꾸역 밀려오는 중이었다.

'흐름이 이상해지는군.'

곽가의 표정이 어두워졌다. 그가 이번에 짠 책략을 한마디로 표현하자면, '분리 후 연환격파술'이라 할 수 있었다. 흑산적의 압도적인 머릿수를 역으로 이용, 지휘부를 본대에서 유인해낸 후 복병으로 완전히 차단, 이어서 지휘부를 먼저 빠르게 섬멸한다. 이게 계획의 골자였다. 애초에 정예병이 아닌 데다, 수가 많으니 머리가 없을 때의 혼란은 더욱 커질 터였다.

'여기까지는 순조로웠는데…….'

곽가는 조운을 비롯한 장수들과 전풍, 저수 등 참모진의 면면, 청광기의 저력 등을 감안하여 다소 급하고 빠듯하게 책략을 짰다. 그 탓에, 적에게 가할 타격이 예리한 만큼 칼날 위를 걷는 것 같은 아슬아슬함도 존재했다. 자신이 다룰 수 있는 무장과 병력의 최대치를 염두에 두고 작전을 구성했다. 가진 자원을 모두 이용하기 위해서였다. 따라서 성공했을 때는 엄청난 성과를 거두지만, 실패했을 때의 부담도 그만큼 컸다. 현대식으로 표현하자면, 하이 리스크(high risk), 하이 리턴(high return)이라고나 할까.

여기에는 용운이 미처 생각지 못한, 아니 어쩌면 알고도 감수한 요소가 한 가지 존재했다. 바로 곽가의 연륜 부족이었다. 곽가가 생전에 최대의 전공을 거둔 전투는 오환족과 손잡은 원소의 아들 원상을 무너뜨린 전투였다. 그 전투가 벌어진 때는 곽가의 나이 서른일곱 살 무렵이다. 지금으로부터 무려 십오 년에서 십육 년 후의 일인 것이다. 지금의 곽가와 십오 년 후의 곽가는 다를 수밖에 없다. 당연히 십오 년 후의 그가 훨씬 원숙하지 않겠는가.

'자의 장군의 부대로 유인해서 갈ㄴ라놓은 흑산적 지휘부와 본대가 합류하는 순간, 그래서 자룡 장군의 부대가 거기 갇히는 순간, 이 작전은 실패다. 내가 급한 마음에 너무 무리한 요구를 한 것인가?'

곽가가 고심하고 있던 차에 용운이 나직하게 말했다.

"검후, 성월. 수레를 멈춰."

"존명."

두 여인은 즉시 말을 멈춰 세웠다. 이는, 설령 흑산적 십만 대군에 포위된다 해도 용운을 빼낼 자신이 있어서였다. 정예 철기라면 몰라도, 뒤에서 쫓아오는 흑산적은 둘에게 조금의 위협조차 되지 못했다. 그나마 적에겐 변변한 장수도 없는 게 확실했다. 만약 이 행위로 인해 용운이 위험해질 거라고 판단했다면, 설령 그의 명이라도 어겼을 것이다.

가뜩이나 초조했던 곽가가 버럭 소리를 질렀다.

"아니, 지금 뭐 하시는 겁니까!"

자신의 목숨이 아까워서가 아니었다. 그가 흑산적에게 쓰려 한 책략처럼, 이 시대의 전투는 지휘부가 괴멸하는 순간 사실상 끝난다. 곽가가 보기에 용운은, 그를 따르는 가신과 백성들에게 단순한 우두머리 그 이상이었다.

용운도 그 사실을 알고 있었지만, 어쩔 수 없는 경우도 있는 것이다. 그에게는 특히 조운과 관련된 게 그랬다.

용운은 평소와 달리 딱 잘라 말했다.

"자룡 형님을 저렇게 버려두고는 못 갑니다."

"……."

곽가는 문득, 진궁에게 나쁜 말을 했을 때 용운이 발끈하던 모습이 떠올랐다. 흐물흐물한 것 같더니 이상한 데서 단호했다. 곽가가 생각하는 이상적인 군주는, 필요할 때는 냉혹해야 했다. 그런 의미에서 용운은 지금 점수가 깎였다. 그러나 바로 이어진 말이 그를 멈칫하게 했다.

"물론, 그대가 같은 처지였어도 마찬가집니다. 난 그 전투에서 패할지언정 내 사람을 희생시키진 않아요. 앞으로 책략을 짤 때도 이 점을 유념해주길 바랍니다, 봉효."

그런 용운에게서는 기이한 위엄이 풍겨나왔다.

곽가는 자기도 모르게 포권을 취하며 대꾸했다.

"명심하겠습니다."

그사이 조운은 어쩔 수 없이 창대를 놓았다. 힘이 다한 백요는 고개를 푹 떨구더니 낙마했다. 이번에야말로 완전히 숨이 끊긴 것이다. 그게 흑산적들의 분노를 더욱 돋웠다. 검, 창, 극, 심지어 쇠스랑까지. 온갖 무기가 조운을 향해 어지러이 날아들었다.

조운은 이제 맨손이 됐다. 그는 말 등에 눕다시피 하며 한 차례 공격을 피한 뒤, 그대로 오른쪽으로 미끄러져 내려갔다. 말에서 떨어졌나 하고 졸개들이 멈칫하는 순간, 쉬익! 뭔가가 날아와 흑산적 졸개 하나의 목을 뚫었다. 조운이 부러진 검날을 주워, 말의 배 아래에서부터 대각선 위로 던진 것이다.

"이놈이!"

반대편에 있던 흑산적들이 조운의 등을 찌르려고 덤벼들었다. 조운은 등자에 건 발에 힘을 주며, 동시에 고삐를 힘껏 당겨 튕겨 올라갔다. 그 서슬에 말의 몸이 반대쪽으로 기울어지며, 쏟아지던 창날들이 허공을 갈랐다. 그야말로 신기에 가까운 기마술이었다. 이제 일어나지 않을 일이지만, 조운이 유비의 아들을 구해 장판파를 탈출할 수 있었던 데는 이 기마술에 힘입은 바가 컸다.

곽가는 조마조마한 심정으로 조운의 분투를 바라보았다.

'그러고 보니 자룡 장군은 진 기주목의 의형(義兄)이라 했다. 기주목의 성품으로 보아, 자룡 장군에게 무슨 일이라도 생기면 크게 기세가 꺾일 터. 그래, 어차피 여기서는 구하는 게 맞다.'

모든 일에는 변수가 존재한다. 아무리 완벽한 전술을 짜도 마찬가지였다. 예를 들어, 백요가 조운의 창을 잡고 늘어진 것과 같은. 어찌 보면 전술과 전략이란 그 변수를 줄여나가는 과정이기도 하다. 여기서 조운이 쓰러진다면 그거야말로 변수가 낳은 최악의 결과가 될 터였다.

'어떻게 한다.'

조운을 도와 위기를 타개하면서 적 지휘부와 본대와의 분리도 실행하는 방법. 곽가는 열심히 머리를 굴렸다. 용운의 주변을 둘러싼 삼천의 호위로는 역부족. 그렇다고 지원해줄 수 있는 부대도 현재는 없었다.

용운 등이 탄 수레는, 원래도 태사자 부대의 맨 후미에 있었다. 게다가 현재 위치한 길은 양옆이 협곡이었다. 사람이 다니기에는 매우 넓었지만, 다수의 기마 부대에게는 좁았다.

그 수가 몇 만에 달하면 말할 것도 없다.

'무슨 방법으로 자룡 장군을 구하고 우리도 무사히 빠져나가지?'

아직은 흑산적 대부분이 조운과 장합 그리고 그들이 이끌고 온 기병대에 주의가 쏠려 있었다. 하지만 놈들은 점차 수레의 존재를 눈치챘다. 급기야 몇 십 기의 기병이 호위군 쪽으로 달려왔다. 곽가의 마음이 더 급해졌다.

'어쩔 수 없이 호위군 삼천을 자룡 장군의 부대에 합류시켜야 하나? 그래서 함께 뚫고 나가는 게 현재로서는…….'

곽가가 책략을 수정하려 할 때였다. 용운이 한발 앞서 입을 열었다.

"검후."

생각은 길었으나, 조운이 백요를 죽이고 포위당한 뒤, 그 광경을 본 용운이 수레를 멈춰 세우기까지 걸린 시간은 반 다경(7~8분)에 불과했다. 그는 검후에게 말했다.

"자룡 형님을 구해줘."

"염려 마세요."

검후는 이미 준비를 마친 후였다. 그녀는 검을 뽑아 들고 몸을 반쯤 돌린 상태였다.

어느새 날이 훤히 밝았다. 필단검이 아침 햇빛을 받아 서늘하게 빛났다.

조운의 귓가로, 검후의 목소리가 와 닿았다. 공간을 격하여 의사를 알리는 전음(傳音)이었다.

— 몸을 숙이세요.

순간, 조운은 그녀가 뭘 하려는지 깨달았다. 한참 떨어진 거리에서 쪼개지던 금강석이 떠올랐다.

'설마, 이제 이 거리에서도 가능하단 말인가?'

그는 얼른 상체를 숙였다. 그때, 뒤통수로 무형의 기운이 지나가는 선뜻한 감각이 느껴졌다. 소리 없이 뭔가가 베였다. 아니, 차라리 쪼개졌다고 하는 편이 맞으리라.

아수라장 같던 전장이 일순 조용해졌다. 몸을 일으킨 조운은 쓴웃음을 지었다. 명치 윗부분이 깨끗이 날아간 좌자장팔이 피를 뿜어내고 있었다.

'공간참⋯⋯.'

상체의 반이 사라진 몸뚱이가 말에서 떨어졌다. 그게 다가 아니었다. 수레 쪽으로 달려오던 흑산적 기병들도 모두 몸뚱이가 양단되었다. 공간참은 그러고도 힘이 남아, 좌자장팔과 그 뒤의 흑산적 수십 명까지 베어버렸다. 그 거리는 대략 오십 보에 달했다. 가장 기이한 점은, 분명 같은 경로에 위치한 조운 부대의 병사들은 모두 멀쩡하다는 것이었다.

조운은 자기도 모르게 고개를 설레설레 저었다.

'그때 봤을 때보다 위력이 더욱 강해졌구나. 닿는 거리도 늘어나고. 게다가 선별해서 벨 수 있다니, 짐작조차 안 가는 경지다.'

흑산적들이 공포에 질린 표정을 지었다. 멀쩡하던 동료들이 갑자기 피를 뿜으며 쪼개졌으니, 귀신이 곡할 노릇이었다. 이 한 번의 일격은 분위기를 뒤집기에 충분했다.

곽가는 멍해져서 입을 뻐금거리다 큰 소리로 물었다.

"아니, 이런 힘이 있으면 왜 진작 쓰지 않은 겁니까?"

거기에 대한 답은 검후가 대신했다.

"아직 함부로 쓸 것이 못 됩니다. 잘해야 하루에 한 번입니다. 그러니 결정적일 때, 혹은 꼭 필요할 때만 써야 하지요."

말하는 그녀의 얼굴이 파리했다. 손도 떨렸다.

곽가는 납득했다. 하긴, 이런 공격을 남발할 수 있다면 그건 그것대로 말이 안 된다.

'뭔가 몸에 무리가 가는 검술인가 보구나. 그렇다 해도 이런 수법이 있다는 건 들도 보도 못했다. 내가 단순히 무공에 어두운 탓은 아닐 터.'

그는 비로소 이 여인들이 용운을 경호하는 게 이해가 갔다. 검후의 신위 앞에서 아무도 놀라지 않았다. 성월은 물론, 소녀로밖에 안 보이는 사린까지도. 이는 두 여인의 실력 또한 검후 못지않다는 의미를 내포했다. 곽가는 새로운 장기짝을 머릿속에 추가시켰다.

'사(士)인 줄 알았더니 차(車), 포(砲), 마(馬)였다, 이거지?'

용운이 걱정스러운 어조로 물었다.

"검후, 괜찮아?"

검후라면 반드시 뭔가 해줄 거라 믿고 부탁했다. 그런데 이렇게 무리가 가는 일인 줄은 몰랐다. 조운에 대한 그녀의 마음도 더해진 결과였다.

그녀는 여느 때와 같은 실눈으로 웃어 보였다.

"네. 아무렇지 않습니다."

"미안해."

"천만의 말씀."

좌자장팔마저 처참한 꼴로 죽자, 흑산적의 기세는 눈에 띄게 약해졌다. 조운은 죽은 적병의 창을 빼앗아 들고 외쳤다.

"준예, 갑시다!"

장합 또한 다른 두령인 우독을 찔러 쓰러뜨린 후였다. 장합이 고개를 끄덕였다. 두 장군은 포위를 떨쳐낸 다음, 기병들과 함께 적 대열을 돌파했다.

거기까지 본 용운이 안심하고 말했다.

"우리도 움직이자."

검후와 성월은 다시 말을 몰아 수레를 달렸다. 호위대도 함께 움직이기 시작했다.

이로써 흑산적은 기병 위주의 지휘부와 보병으로 이뤄진 본대가 완전히 분리됐다. 정확히 말하자면 지휘부가 거의 궤멸했다. 본대는 무작정 앞으로 밀려오며 우왕좌왕하고 있었다.

용운 일행이 그렇게 얼마간 달린 후였다. 곽가가 갑자기 수레에서 벌떡 일어섰다. 깜짝 놀란 용운이 말했다.

"봉효, 위험해요!"

곽가는 들은 체도 하지 않았다. 이 전투는 그에게도 큰 의미가 있었다. 처음으로 다뤄본 만 단위의 병력과 무장, 그것들을 이용한 책략이 완성되기 직전이었다. 그는 열에 들뜬 사람처럼 중얼거렸다.

"그래, 그래. 이제 곧이야. 하나, 둘, 셋……."

신기하게도 한참 떨어져 있을 태사자군의 움직임이 눈앞에 보이는 듯 그려졌다. 수레가 흔들려, 곽가의 몸이 휘청했다. 그러자 사린이 얼른 그의 다리를 양팔로 끌어안았다.

숫자를 세던 곽가가 외쳤다.

"붉은 기! 붉은 기를 양옆으로 두 번!"

용운은 순간 어리둥절했다. 붉은 기는 분명 강습의 신호인데, 조운의 부대는 조금 전에 적을 가르고 지나간 후였다.

'잠깐, 좌우로 두 번이라면……. 그리고 보니 태사자의 부대는 어디로 갔지?'

앞에 있던 태사자의 부대가 어느새 사라지고 없었다. 잠깐 멈춰 선 사이 어디까지 간 건지, 아무리 달려도 흔적조차 안 보였다. 그러던 중 협곡 사이의 길이 조금씩 넓어졌다. 앞쪽에 뭔가 반짝이는 것이 보였다. 강이었다.

'강을 건넌 것 같지도 않은데.'

그 강만 건너면 연진이었다. 이제 해는 중천에 떠 있었다. 어쨌거나 용운은 서둘러 붉은 기를 좌우로 두 번 크게 흔들었다.

잠시 후, 큰 함성이 일었다. 아무렇게나 흩어져 길을 가득 메운 흑산적들의 뒤편에서였다.

놀란 용운이 물었다.

"아니……? 성월, 어느 부대가 온 거야?"

잠깐 뒤쪽을 살피던 성월이 답했다.

"자의 씨가 지휘하는 청광기네요."

"엥?"

용운은 순간 어리둥절했다. 갑자기 뒤에서 나타난 태사자의 부대가 흑산적들의 후방을 몰아치고 있었다. 조운과 장합의 복병이 적의 발을 묶은 사이, 더욱 속도를 올린 태사자는 동쪽으로 선회하여 협곡 안으로 들어갔고, 그리고 협곡을 따라 곧장 북상한 것이다. 다시 말해 달려오던 반대 방향으로 거꾸로 치고 올라갔다.

동으로는 백마진과 이어지며, 서로는 조가현 방향으로 가는 갈림길이 나왔다. 원래 흑산적들이 동군을 칠 때 이동하려한 길이다. 앞에서 달아나던 부대가, 어느 순간 협곡을 타고 빠져 뒤편을 들이친 셈이었다.

흑산적의 입장에서는 상대가 순간이동이라도 한 것처럼 느껴질 수밖에 없었다. 기병의 특성과 지형을 이용한, 무서울 정도로 유기적인 공격이었다.

"태사자군이 어떻게 뒤에서 나타난 거죠?"

용운의 물음에 곽가가 간단히 답했다.

"자룡 장군의 부대가 나타나면, 자의 님은 미리 봐둔 길로 빠져 협곡을 따라 북상하라고 말해뒀습니다. 그러다 붉은 깃발을 좌우로 두 번, 즉 강습 신호가 내려지면 뒤에서부터 덮치라고요."

"그런 길이 있는지 어떻게 알았어요? 난 이렇게 협곡 사이로 쭉 대로가 있다는 것도 몰랐는데."

"주목님을 뵈러 업성으로 갈 수도 있다는 가능성이 생기자마자 미리 조사해뒀습니다. 지형 조사는 전투 참모의 기본입니다."

용운은 경탄의 눈으로 곽가를 보았다. 그게 다가 아니었다. 흑산적은 지휘 체계를 잃은 데다 대열이 흐트러지고 후미까지 공격당했다. 앞은 강이요, 양옆은 협곡이니 달아나기도 마땅치 않았다. 급기야 흑산적들이 사방팔방으로 흩어지기 시작했다. 아무리 수가 많아도 무의미한 상태가 돼버린 것이다.

전풍의 예견대로였다.

—이 전투는, 어쩌면 생각보다 훨씬 빨리 끝날지도 모릅니다.

순간, 곽가가 외쳤다.

"지금입니다. 주목님도 공격하십시오!"

"네? 뭐로……."

"이 병력! 쓸데없이 삼천이나 되는 호위 병력으로 공격하란 말입니다. 저 여무사들도 모조리 합세해서!"

그런 곽가를 보던 용운은 조금 알 것 같았다. 전투 참모라는 게 어떤 생물인지. 몸의 모든 감각과 세포 하나까지, 적과 아군의 움직임 그리고 전장의 변화에 반응한다. 그 목적은 오로지 하나였다. 적의 섬멸.

협곡 사잇길은 함성과 아우성으로 가득 찼다.

"아니, 잠깐!"

피비린내에 정신을 차린 용운이 전령에게 지시했다.

"무기를 버리고 항복하는 자는 죽이지 말라고 전하세요. 빨리!"

"옛, 알겠습니다."

전령이 서둘러 말을 몰아 달려갔다.

눈이 시뻘게진 곽가가 버럭 화를 냈다.

"뭐하는 짓입니까? 이 전투에서는 제 명령에 따르시기로 했지 않습니까!"

성월이 귀를 막는 시늉을 하며 중얼거렸다.

"거참, 버럭버럭 잘도 소리 지르네."

용운은 침착하게 대꾸했다.

"이제 전투는 끝났어요, 봉효. 지금부터는 무의미한 학살일 뿐입니다."

"흑산적은 메뚜기 떼와 같습니다. 여기서 놓치면 더 큰 재앙이 돼서 돌아온단 말입니다!"

"놓치지 않습니다."

용운은 곽가의 어깨를 잡고 그의 눈을 들여다보았다.

"놓치는 게 아니라, 받아들일 겁니다. 몇 만이나 되는 흑산적들을 모두 죽일 순 없어요. 그랬다간 이 길이 시체로 꽉 차버릴 겁니다."

곽가의 눈동자에서 불타던 광기가 가라앉았다.

방랑하던 시절, 그는 황건의 잔당과 산적들을 상대로 여러 차례 국지전을 치른 적이 있었다. 당연히 직접 싸운 건 아니었다. 민병이나 소규모의 사병을 지휘한 것이다. 처음에는 긴장해서 생각처럼 병력을 운용하지 못했다. 그 탓에 눈앞에서 무수한 사람이 죽었다. 없어도 될 희생자가 나왔다.

그때부터 술을 마셨다. 쓸데없는 동정심을 버렸다. 취해서 긴장이 풀리자, 전장은 장기판이 되고 병사와 장수들은 장기짝이 되었다. 그뿐만 아니라 적과 아군의 움직임이 손에 잡힐 듯 읽혔다. 곽가는 서서히 자각했다. 자신의 통찰력과 초인적인 기억력, 상황 판단에의 순발력 등은 모두 '전쟁'을 위해 존재한다는 것을.

'나는 난세가 낳은 돌연변이인가?'

어릴 때부터 경전이나 법전보다는 병법서에 훨씬 더 관심이 갔었다. 곽가는 행정이나 정치 쪽이 아니라 참모, 그중에서도 전장에서 직접 뛰며 전투를 조율하는 전투 참모가 되기로 마음먹었다. 따라서 그의 욕망을 채워줄 주인은 패도적이어야 했다. 탐욕스레 전투를 거듭하며, 천하를 정복해나갈 인물이어야 했다. 그런데…….

'흑산적 잔당도 받아들인다고?'

승리하되 짓밟지는 않는다. 설령 지더라도 자기 사람의 생명이 우선이다. 용운의 신념은 곽가를 혼란스럽게 했다.

'그런 사람인가, 당신은. 아직은 잘 모르겠다. 무엇이 옳은 것인지.'

곽가는 얼굴을 붉히고 용운의 손을 밀어냈다.

"알겠습니다. 뭐, 그것도 나쁘지 않은 생각 같습니다. 교화할 수만 있다면 말입니다."

그의 말에 용운이 대꾸했다.

"할 수 있어요. 흑산적이 되기 전에는 저들도 평범한 백성이었을 테니까요."

병력이 많아져야 더 큰 전쟁을 치를 수 있는 법. 곽가는 이렇게 자신을 납득시켰다. 여기저기서 무기를 내던지고 엎드리는 흑산적의 모습이 보였다. 비로소 실감이 났다.

'어쨌거나 이겼다.'

아직 할 일이 많이 남아 있었다. 워낙 대군이다 보니, 군데군데 뭉쳐 저항하고 있는 자들이 있었다. 항복한 흑산적들을 통제해야 했으며, 죽은 흑산적 두령들의 수급을 확보해야 했다. 또 아군의 피해 규모도 파악해야 했다. 그래도……

'이겼다. 십만의 흑산적으로부터 기주를 지켜낸 것이다. 바로 내가!'

잠깐 멍해 있는 곽가를 향해 용운이 활짝 웃었다.

"봉효, 최고예요. 그대는 정말 천재였군요!"

곽가는 눈살을 살짝 찌푸렸다. 오후의 강렬한 햇살보다 앞으로 주공으로 모시게 될 자의 미소가 더 눈부시기 때문이었다.

용운의 세력을 한 단계, 아니 두 단계는 더 도약시킨 전투. 훗날 '흑산 토벌전'이라 불린 전투는 꼬박 하루 만에 이렇게 끝나버렸다.

　곽가와 순유, 사마랑 등을 맞아들여 거의 완벽한 참모진을 갖춘 용운이 흑산적까지 물리치면서 새로이 거듭날 때쯤, 동쪽 끝에서는 한동안 자취를 감췄던 또 다른 영웅이 날아오르기 위해 꿈틀대고 있었다.

　청주, 북해국. 현대에서 산둥반도라 불리는 지역이다.

　'맙소사.'

　성벽에 오른 북해상 공융(孔融)은 침을 꿀걱 삼켰다. 끝이 보이지도 않는 대군이 눈앞에 펼쳐져 있었다. 일렁이는 누런 물결은, 그들이 머리에 두른 황색 두건에 의한 것이었다. 수만에 달하는 황건적들이 성을 포위한 것이다.

　공융은 후세에 건안칠자(建安七子)로 알려진 일곱 문인의 한 사람으로, 뛰어난 학식을 가졌다. 젊었을 때는 황건의 난에 맞서 노식의 부장으로 활약하기도 했다. 동탁의 포악함을 비판하다가 이곳 북해의 상으로 전출된 지 몇 년. 그 후 황건의 난으로 피폐해진 북해의 재건에 힘써오던 차였다.

　'분명 북해로 오면서 황건적들을 모두 몰아냈거늘, 어느새 또 이만한 병력을 모아왔단 말인가?'

　아연해하는 공융에게 가신 손소(孫邵)가 말했다.

　"이 성은 사방이 트여 방어하기에 적합하지 못합니다. 일단 도창현으로 퇴각하시면서, 동시에 사자를 보내 구원을 요청하셔야 할 듯합니다."

손소, 자는 장서(長緒). 정사에서는 훗날 오나라의 초대 승상이 되는 인물로, 손책의 아들인 손소(孫紹)나 또 다른 오나라의 무장 손소(孫韶)와는 다른 사람이었다. 팔 척에 가까운 당당한 신장에 문무를 겸비한 인재였다. 공융에게 임관하여 공조(功曹, 군에 속한 관리의 임명 및 상벌을 맡은 관직) 직에 있었으며 그로부터 '조정을 떠받들 인재'로 평해지는 등 신뢰받고 있었다.

손소의 말에 공융이 어두운 표정으로 물었다.

"숙치에게는 전갈이 갔는가?"

숙치(淑治)는 왕수(王脩)의 자로, 공융을 섬기는 또 다른 가신이었다. 청렴하고 공명정대하여 공융이 신뢰했으며, 고밀현의 현령으로 있었다. 고밀현은 현재 공융이 갇힌 북해성에서 남쪽으로 더 떨어진 지역이었다.

"전령을 보내긴 했으나, 황건적 무리의 수가 삼만에 달하여 무사히 빠져나갔는지 알 수 없습니다. 만약 연락이 닿는다면 바로 도창현으로 원군을 보내 합류하라고 했습니다만……."

답하던 손소의 낯빛도 어두워졌다.

공융은 기가 차다는 듯 중얼거렸다.

"일만 섬의 양곡을 내놓으라니. 가뜩이나 척박한 곳이라, 백성들을 먹이기에도 빠듯하거늘."

"핑계일 뿐입니다. 설령 양곡을 준다 해도 놈들은 포위를 풀지 않을 것입니다."

"자네 말이 맞네."

잠시 생각하던 손소가 결연한 어조로 말했다.

"제가 성문을 열고 죽기 살기로 한번 포위를 뚫어보겠습니다."

공융은 천천히 고개를 저었다. 북해성에 있는 병력은 불과 삼천. 포위를 뚫기도 어려울뿐더러 성공한다 해도 뾰족한 수가 없었다.

"자네를 사지로 몰아넣을 수는 없네. 또 여길 빠져나간다 해도 어디 가서 구원을 청한단 말인가?"

"제북상 포신이 강직하고 의리가 있다 들었습니다. 함께 동탁에 맞선 인연도 있으니 도와주지 않을까요?"

"제북까지는 너무 멀어. 그때까지 버티기 어려울 걸세. 자네 말대로 일단 동문을 통해서 도창현으로 퇴각하여 뒷일을 생각해보는 수밖에."

공융과 손소는 궁지에 몰려 있었다.

한편, 북해성 서쪽에는 제법 높은 언덕이 줄지어 있었는데, 그 위에서 황건적군을 내려다보며 한가로이 대화를 나누는 사내들이 있었다.

"크아, 이게 얼마 만이냐. 드디어 제대로 된 싸움을 해보겠군요."

덥수룩한 곱슬머리의 사내가 들떠서 말했다. 왼뺨을 가로지르는 긴 흉터도 그의 잘생긴 외모를 가리진 못했다.

그의 옆에 있던, 긴 수염의 장한이 입을 열었다.

"목소리를 낮추거라, 익덕. 뒤를 들이치기도 전에 우리가 여기 있다는 걸 놈들에게 알릴 셈이냐?"

"에이, 형님. 우리 목소리는 저기까지 들리지도 않아요."

두 사람의 가운데 선 청년이 웃으며 말했다.

"하하, 익덕. 관 형의 걱정도 일리는 있어. 네 목소리가 좀 커야 말이지."

유난히 흰 피부에 귓불이 큰 미청년, 그는 바로 유비 현덕이었다. 함께 있는 두 사람은 당연히 장비와 관우였다. 탁현을 떠난 뒤, 한동안 종적을 감췄던 그들이 이곳 북해에 모습을 드러낸 것이다.

언덕 위에 있는 사람은 그들이 다가 아니었다. 무력이 아무리 강해도 달랑 셋이서 삼만의 황건적 속으로 뛰어들기에는 무리가 있었다. 죽지 않고 빠져나올 순 있겠지만 이기기가 어렵다는 뜻이었다.

유비, 관우, 장비의 뒤쪽으로는 천 명 정도의 병사들이 도열해 있었다. 남루한 행색에 병장기도 썩 좋지 못했다. 하지만 눈빛만은 매섭기 짝이 없었다.

그 병사들의 맨 앞에 한 여인이 서 있었다. 거의 자기 키만한, 거대한 활을 멘 여자였다. 긴 머리를 한쪽으로 묶어 넘기고 몸에 착 붙는 백색 무복을 입고 있었다.

유비가 그녀를 향해 말했다.

"드디어 그대의 말대로 이 순간이 왔군, 화영."

화영이라 불린 여자는 사무적인 어조로 답했다.

"수고하셨습니다. 하지만 아직 다 이뤄진 게 아니니 방심하지 마십시오. 이제 시작일 뿐입니다."

"알아, 안다고. 하여간 딱딱하긴. 막상 여기까지 오니 새삼 그대에게 고마워서 그러지."

"별로 한 일도 없습니다."

천영성(天英星) 소이광(小李廣) 화영(花榮). 천강위 아홉 번째 서열이자, 상위 열 명을 뜻하는 위원회의 십인장로 중 한 사람이었다.

유비에게도 어김없이 위원회의 손길이 닿은 것이었다. 유비가 기세 좋게 나섰다.

"자, 이제 슬슬 들이쳐볼까? 지킬 능력이 안 되면 넘겨주셔야지."

앞장서는 유비, 관우, 장비 삼형제를 바라보는 화영의 눈이 깊어졌다.

'왜 유비 곁에 머무르면서 그를 도우라고 하신 걸까. 유비가 성장하면 오히려 회의 과업에 방해가 되는 게…….'

생각하던 그녀는 고개를 저었다.

'아니, 아니다. 난 그저 명하신 대로 따를 뿐.'

화영은 거대한 활을 꺼내 들었다. 활은 크기뿐만 아니라 모양도 특이했다. 활대 아래쪽으로 길이 약 30센티미터 되는 강철관이 뻗어 있었다. 그 관을 땅에 단단히 박고, 양손으로 활줄을 당겼다. 그녀의 팔과 어깨 근육이 팽팽해졌다.

이 활의 이름은 나찰궁(羅刹弓). 위원회가 보유한 '유물' 중 하나였다.

"비철조를 가져와라."

화영의 말에, 병사 서넛이 재빨리 움직였다.

쌍검을 뽑아든 유비가 명했다.

"자, 길을 열어. 화영."

"존명."

투확! 주변의 대기가 울렸다. 그때, 화살이라기보다 강철 기둥에 가까운 거대한 물체가 빛살처럼 날아갔다. 목표는 북해성을 둘러싼 황건적 무리였다.

4

정세 변화

성벽 위에서 시름에 차 있던 공융이 눈을 치떴다. 뭔가 이변이 일어난 까닭이었다.

"응?"

콰콰콰콰콰콰콰! 엄청난 굉음이 울려퍼졌다. 황건군은 무질서하게 성벽을 에워싸고 있었다. 그 대열 맨 뒤에서부터 성 방향으로 일직선의 돌풍이 일었다. 거기 황건적 병사들이 휘말렸다. 그들은 양옆 혹은 허공으로 마구 튕겨나갔다. 가까이에 있던 병사는 아예 터져나가기도 했다. 두려워 달아나다가 동료를 짓밟는 자들도 부지기수였다. 성 밖에서 한바탕 거대한 아우성이 일었다.

쾅! 돌풍은 성벽에 와 부딪친 후에야 끝났다. 정확히는 돌풍을 일으키며 날아온 뭔가였다. 그 충격에 공융과 손소가 비틀거렸을 정도였다.

"세상에……. 저, 저게 뭔가?"

경악하는 공융에게 손소가 멍한 얼굴로 답했다.

"아무래도 화살인 듯합니다……."

"화살이라고?"

공융이 중얼거렸다.

"저 창이?"

그의 말대로였다. 수백 미터 밖에서 돌풍을 일으키며 날아와 성벽에 박힌 물체의 정체는 한 자루의 창이었다. 길이는 약 열여섯 자(약 5미터)에 굵기는 어른의 팔뚝만 했다. 창이라기보다 차라리 기둥에 가까웠다. 그럼에도 불구하고 손소가 화살이라 표현한 데는 이유가 있었다. 꽁무니에 달린 깃털과 앞쪽에 달린 촉의 모양새가 화살과 똑같았기 때문이다.

황건적 병사 몇 명이 거기에 꿰뚫렸다. 그들은 축 늘어진 채 허공에 매달려 있었다. 그 꼴이 끔찍하기 짝이 없었다. 화살이 날아온 힘이 어찌나 강한지, 병사들을 꼬치 꿰듯 꿰어버리고서도 성벽까지 와 박혔다.

언덕 중턱에서 그 광경을 보던 유비가 휘파람을 불었다.

"언제 봐도 화영의 활 실력은 무시무시하다니까."

"……."

활을 등에 멘 화영은 묵묵히 말에 올랐다. 그녀는 단 세 발의 화살을 말에 싣고 다녔는데, 사람이 들고 다니기에는 무게도, 부피도 버거운 것들이었다. 몇 토막으로 분리된 화살은 가운데가 비어 있었으며, 그 공간에 강철 줄이 들어 있었다.

여러 토막 중 깃이 달린 가장 뒷부분 끝으로 삐져나온 강철 줄을 당기면 결합하는 구조였다. 이렇듯 운반도 불편했으며 결합하여 쏴야 하기에 시간이 걸렸다. 그럼에도 불구하고 화살이 시위를 벗어나는 순간, 화영이 '비철조(飛鐵鳥)'라 이름 붙인 이 활은 엄청난 위력을 발휘했다. 그 수고를 다 상쇄할 정도로.

유비의 말에 장비가 투덜댔다.

"난 뭔가 마음에 안 들어요."

"뭐가, 또."

"섬세하고 세련된 맛이 없잖아요. 저게 무슨 화살입니까. 쇠기둥이지. 아아, 나의 성월이 우아하게 활 쏘는 모습을 보고 싶다……."

그러거나 말거나 화영은 아무 대꾸도 하지 않았다.

장비는 처음부터 그녀를 못마땅해했다. 속을 알 수 없다며 싫어하고 여자인데 너무 딱딱하다고 싫어했다. 또 술을 입에도 못 대는 점도 싫어했다.

'장비는 단순무식한 성격일 줄 알았는데, 처녀처럼 까탈스럽다니. 게다가 외모도 듣던 것과 다르고. 역시 실제는 달라.'

화영은 장비로부터 '성월'이라는 여자에 대한 얘기를 벌써 몇 번이나 들어 알고 있었다. 엄청난 술고래에, 활 솜씨와 가슴이 일품이라고 했다. 둘 다 활을 쏘는 데 방해되는 것들이 아닌가. 이에 그녀는 장비의 허풍이려니 여기고 있었다.

유비가 그런 장비를 말렸다.

"또 시작이군. 됐고, 어서 진격 준비나 해라. 화영이 길을 열어줬으니."

유비가 손가락으로 가리키는 곳에는, 과연 뻥 뚫린 공간이 있었다. 마치 길이라도 난 것처럼. 바로 조금 전 비철조가 날아간 흔적이었다.

"저리로 진격해서, 저 무리의 대장을 잡으면 되는 것입니까?"

관우의 물음에 유비가 고개를 끄덕였다.

"그래. 오합지졸인데 수가 많을 때는 머리를 치는 게 제일이지. 저 무리의 수장은 관해라는 놈이라더군. 제법 강한 놈인 듯하니 조심하라고, 관 형."

관우는 청룡언월도를 힘주어 잡으며 대꾸했다.

"걱정할 걸 걱정하시오."

탁현을 떠나기 전, 장비의 장팔사모와 더불어 용운이 특별히 주문해 만들어준 무기였다. 긴 자루 끝에 언월도 모양의 날이 달렸고, 칼날에는 청룡이 미세하게 음각되었다. 이와 같은 형태의 무기를 지닌 자를, 이제까지 한 번도 본 적이 없었다. 그 사실이 관우의 마음에 쏙 들었다. 또 쓰다보니 신기하게도 손에 착 붙기도 했다.

문제는 이 무기를 쓸 때마다 진용운이 떠오른다는 거였다. 또 그와 함께 있는 한 소녀도.

'사린, 잘 있을 테지.'

무기가 마음에 들긴 장비도 마찬가지였다. 그는 여덟 자 길이에 뱀 모양의 날을 가진 창, 장팔사모를 크게 휘둘렀다.

"헤헹, 그럼 갑니다!"

외침과 동시에 장비가 말을 몰아 튀어나갔다.

"저 녀석."

관우도 질세라 그 뒤를 쫓았다.

두두두두두두! 관우와 장비는 언덕 중턱에서부터 힘차게 달려 내려갔다. 가뜩이나 놀란 황건병들은 갑자기 나타나 돌진해오는 관우와 장비에게 혼비백산했다. 개중 앞을 가로막으려는 자들도 있었다. 그러나 모두 한 수를 못 견디고 베이거나 찔려 죽었다.

"흠!"

관우가 한 번 숨을 내쉬며 청룡도를 휘두를 때마다.

"꺼져어어엇!"

장비가 고함과 함께 장팔사모를 내찌를 때마다.

어김없이 서넛의 황건적 병사가 죽어나갔다.

"자자, 죽기 싫으면 비키라고."

그 뒤를, 쌍검을 능수능란하게 휘두르는 유비와 거대한 활로 적을 후려치는 화영, 그리고 각자의 무기로 매섭게 몰아붙이는 일천의 병사들이 들이닥쳤다. 이렇게 되자, 황건적들은 서른 배나 되는 머릿수에도 불구하고 길을 열어주기 바빴다.

그 무리의 가운데 유난히 체격이 크고 눈빛이 사나운 자가 있었다. 다른 황건적들이 그렇듯 누런 두건을 썼으나, 제법 질 좋은 갑옷을 입고 화려한 대도를 든 점이 달랐다.

바로 이 황건적 무리의 수령인 관해(管亥)였다.

장비가 먼저 달려나갔음에도, 관우가 그의 앞에 먼저 도달했다.

"웬 놈들이냐!"

관해가 천둥치는 듯한 소리를 내질렀다.

"흐음."

관우는 일언반구도 없이 청룡언월도를 내리쳤다. 관해는 반사적으로 대도를 들어 막았다. 쩡! 엄청난 충격에 관해의 이가 부딪쳤다. 한 차례 막힌 청룡언월도가 수평으로 베어왔다.

"헛!"

관해는 다급히 몸을 돌려 원심력을 이용해 대도를 휘둘러서 또 한 번 공격을 막아냈다.

관우가 나직하게 말했다.

"과연, 우두머리 자리를 차지할 만하구나. 내 공격을 두 번이나 막아낸 건 칭찬해주마."

"뭐라는 거냐. 뒈져라!"

관해는 대도를 머리 위로 쳐들고 뛰어올랐다. 그대로 관우를 내리쳐서 쪼갤 심산이었다. 그러나 그건 그 혼자만의 생각이었다.

푸확! 관우는 한 손으로 청룡언월도를 내밀어, 뛰어오른 관해의 몸뚱이를 꿰어버렸다.

"하지만 그래 봐야 도적 무리. 거기까지다."

관우는 언월도를 휘둘러, 경련하는 관해를 땅에 내리쳤다. 그게 끝이었다. 최강인 우두머리가 단 몇 합 만에 절명했다. 그 사실은 황건적들을 질리게 하기에 충분했다.

"히익, 대, 대장이 죽었다!"

황건적들은 우왕좌왕하며 달아나기 시작했다. 그때, 성문이 열리고 일단의 병력이 뛰쳐나왔다. 손소가 지휘하는 북해성의 병사들이었다. 상황을 보던 공융이 기회를 놓치지 않고 출진시킨 것이다. 그도 한때 노식을 모시며 종군했던 몸이고, 북해에서도 황건적 토벌을 몇 차례 했다. 이 정도 흐름을 읽는 눈은 있었다.

거기에 막 도착한 유비군까지 합류했다. 황건적들은 금세 풍비박산 났다. 마치 양 떼 속에 늑대들을 풀어놓은 꼴이었다.

황건적들을 대부분 흩어버리자, 한 장수가 달려와 관우에게 포권을 취해 보였다. 바로 공융의 가신인 손소였다.

"귀공의 도움에 감사드립니다."

관우는 마침 옆에 다가온 유비를 가리켰다.

"감사는 이분께 하시오. 우리 군을 이끌고 오신 분이오."

"아! 저는 문거(文擧, 공융의 자) 님 아래에서 공조로 있는 손소 장서라 합니다. 실례지만 어디의 뉘신지요?"

유비는 특유의 빙글거리는 웃음을 띠고 말했다.

"손 공조님이셨군요. 본인은 한 중산정왕의 후예인 유비 현덕입니다. 평소 문거 님의 이름을 흠모하던 차에, 황건의 무리 때문에 위험에 처하셨다는 말을 듣고 바로 달려왔습니다."

손소는 유비의 이름을 기억하고 있었다. 공융이 몇 번 입에 올린 적이 있는 까닭이었다.

"아! 장량, 장보의 무리와 싸우고 반동탁연합군에도 참여하여 활약하셨다는 그 현덕 님이시군요."

"저를 아십니까?"

"예. 주공께서 많이 칭찬하셨습니다. 이리 뵙게 되어 영광입니다. 어서 성안으로 드시지요."

"하하, 그럴까요?"

유비 일행은 손소의 환대를 받으며 성안으로 들어섰다. 성문을 지나던 유비는 감회가 새로웠다.

'성안에서 지내는 것도 오랜만이군.'

유비는 탁현을 떠난 후, 한동안 방황했다. 용운의 재능에 짓눌린 자신과 자신이 아닌 용운을 택한 노식 등에 대한 자괴감 탓이었다. 유비는 그 자괴감을 전장에서 풀고자 했다. 주로 황건적의 잔당이나 흑산적 등이 대상이었다. 부르기만 하면 적은 보수로 도적을 퇴치해주는 유비 일행을 반기는 곳은 많았다. 관우와 장비는 그런 유비를 묵묵히 따랐다.

그러다 우연히 화영을 만났다. 적어도 유비는 우연이라고 생각했다.

떠돌던 세 사람이 태산에 들렀을 때였다. 거기서 단신으로 산적 무리와 싸우고 있는 화영을 본 것이다. 그야말로 일격필살. 거대한 활을 휘둘러 목을 쳐버리기도 하고, 멀리 떨어진 적들은 화살을 쏴서 한꺼번에 두세 명씩 꿰뚫어버렸다.

유비는 화영의 궁술을 보자 한눈에 반하고 말았다. 이에 관우, 장비와 더불어 단숨에 산적 떼를 일망타진하고 그녀를 가신으로 맞이하는 데 성공했다. 몰락한 무인 집안의 딸이라고만 밝힌 그녀는, 생각보다 순순히 유비를 따르는 데 응했다.

'한데 알고 보니 궁술만 뛰어난 게 아니었지.'

유비는 앞서 가는 화영의 등을 보며 생각했다. 그녀는 뜻밖에 지략과 병법에도 밝았다.

"단순히 도적 떼를 쳐 없애기만 할 게 아니라, 그들 중에서 쓸 만한 자를 거두십시오. 무리를 거두려면 재물이 필요합니다. 도적 소굴을 터는 걸 수치스러워하지 마시고 거기서 자금을 얻으십시오. 또 도적 떼를 물리쳐준 성에서는 당당히 대가를 받으십시오. 그런 것들이 모두 현덕 님의 힘이 될 겁니다."

화영이 이런 조언을 하자, 관우가 못마땅하다는 투로 말했었다.

"군자로서 어찌 그런 일을 한단 말인가?"

그때 답한 화영의 말을 유비는 잊지 못했다.

"힘없는 군자보다 먼저 힘을 갖춘 후 군자가 되는 편이 낫습니다."

예전 기억을 떠올리던 유비는 웃음이 났다.

'관 형의 표정이 아주 볼 만했는데.'

이곳, 북해의 상황을 알려주고 여기서 새로 출발하라는 조언도 화영이 해주었다.

"위기에 처한 공융은 반드시 현덕 님을 반길 것입니다. 북해는 넓은 지역에 비해 빈 성이 많고 병력도 부족합니다. 적당한 성을 얻어 기반을 다지다보면, 곧 반드시 기회가 옵니다."

유비는 어쩐지 그 기회라는 게 뭔지 화영이 알고 있는 듯한 느낌이 들었다. 그러나 굳이 캐묻지는 않았다. 때가 되면 말해줄 것이다. 이제까지 그랬듯.

그녀의 예상대로, 기회는 머지않아 찾아왔다.

시간을 조금 되돌려, 용운이 흑산적을 물리치기 위한 준비에 한창이고 유비가 북해로 향하고 있을 무렵. 낙양의 정세는 숨 가쁘게 돌아가고 있었다. 그 시작은 철수하는 공손찬을 가로막은 원소의 입김이었다.

"태수님, 적군이 또 추격해왔습니다."

막사로 달려온 수하가 다급히 말했다.

공손찬은 갑옷도 벗지 못한 채 쉬고 있었다. 갑옷에 군데군데 묻은 핏자국이, 그가 지나온 혈로를 짐작하게 했다. 공손찬이 분한 듯 중얼거렸다.

"왕광 이놈, 내가 서운하게 대한 적이 없거늘 어찌 이리 나를 핍박한단 말인가!"

왕광(王匡)은 젊은 시절부터 채옹, 원소 등과 어울린 관료였다. 원소가 십상시 주살을 주장했을 때, 강노병 오백을 이끌고 낙양에 주둔했다. 동탁 집권 후에는 고향으로 돌아갔으나, 원소의 부름으로 다시 하내태수에 임명되었다. 그는 반동탁연합군에 참여하여 공손찬과도 안면이 있었다.

함께 막사 안에 있던 공손범이 말했다.

"어차피 왕광은 원소의 사람입니다. 원소는 처음에 형님께서 연합군의 맹주가 됐을 때부터 못마땅하게 여겼습니다. 그러다 최근, 월이의 일로 더욱 앙심을 품고 왕광을 움직인 듯합니다. 우리와 같은 수법을 쓴 것이지요."

"음……."

이름에서도 알 수 있듯, 공손범(公孫範)은 공손찬의 사촌동생이었다. 공손찬은 옥새의 일로 손견과 대립한 후, 연합군의 다른 제후들을 경계하게 됐다.

'다행히 손견은 물리쳤지만, 또 언제, 어떤 자가 이를 드러낼지 모른다. 옥새는 아무에게도 못 내준다!'

그중 가장 위협적인 대상은 원씨 형제였다. 이에 공손찬은 수하 전해에게 오천의 병력을 주어 도양현에 주둔케 했다. 완현을 근거지로 삼고 있는 원술을 압박하기 위한 포석이었다.

과연, 그 후 원술은 눈에 띄게 소극적이 됐다. 기껏 마등과 손을 잡고서도 군량만 찔끔찔끔 대는 수준이었다.

재미를 본 공손찬은 공손범이 언급한, 또 다른 종제 공손월(公孫越)을 제 임의대로 하간국의 상으로 임명하고 오천의 기병을 주어 보냈다. 행정구역 중 '국(國)'은 황족을 봉한 영토다. 공손찬이 그리로 자기 친족을 보냈다는 것은, 또 한 번 스스로 황제임을 천명하는 행위였다. 동시에 하간국과 인접한 발해의 원소를 누르려는 목적도 있었다. 그 과정에서 공손월을 몰아내려던 원소의 가신 도승(陶升)이 전사했다.

공손범이 말하는 것은 그때의 일이었다. 그의 말은 맞는 부분도, 틀린 부분도 있었다. 도승의 죽음이 원소를 분노케 한 건 사실이었으나, 허유가 '더 큰 적'에 관해 논하기 전까지는 확실하게 공손찬을 칠 의사가 없었기 때문이다.

"어쩌면 내가 가진 옥새를 탐내는 것일지도 모르지. 놈은 이미 유우를 황제로 추대하려 한 전적이 있으니."

공손찬이 중얼거렸다.

낙양에서 철수하던 그도 허수아비는 아니었다. 또한 반동탁연합군의 일로 천하의 인심을 얻어, 그를 지지하는 세력도 제법 많았다. 그중에는 그가 칭제한 후에도 등을 돌리지 않은 자들이 더러 있었다. 공손찬은 그중 하나로부터 원소군의 움직임이 불온하다는 첩보를 입수했다.

가뜩이나 힘겨운 싸움을 벌이던 그였다. 거기다 여포까지 난입하자, 낙양을 점령하기는 요원해 보였다. 그러던 차에 들려온 원소의 거병 소식은 공손찬의 마음을 완전히 철수 쪽으로 돌렸다.

'이러다 낙양에 갇혀 오도 가도 못하게 되기 전에 위군까지만이라도 철수해야겠다. 거기는 진용운이 점령했다고 하고 업성은 높고 단단하니, 그와 힘을 합치면 원소도 감히 넘보지

못하리라. 거기서 때를 보아 동북평으로 돌아가면 된다.'

완전히 자기 편한 대로 생각한 결과였다. 공손찬은 칭제한 후로 이런 경향이 더 강해졌다. 낙양으로 오라는 자신의 명령을 용운이 무시했으나, 완전히 등을 돌렸으리라고 여기지는 않았다.

조운을 홀대하고 막판에는 용운의 조언까지 완전히 무시했던 일 등은 그새 까먹은 것이다. 심지어 용운이 낙양행을 거부했을 때, 노발대발하여 당장 탁현을 치려던 일도 까맣게 잊었다. 아니, 잊었다기보다는 별것 아닌 일로 치부했다. 손견, 원술, 마등 등과 연이어 싸우지 않았다면 탁현으로 군사를 보냈으리라. 저런 것들에 더해, 공손찬이 왕을 칭한 것이 용운이 그를 떠나간 결정적인 이유였음에도.

철수하던 공손찬은 하내에서 저항에 부딪혔다. 원소가 임명한 하내태수 왕광이 귀환하는 그를 공격해온 것이다.

"아무리 내가 낙양에서 고단한 처지였다고는 하나, 그것은 상대가 원술과 마등이었기 때문이다. 감히 왕광 주제에 나를 쳐?"

공손찬은 왕광을 비웃으며 단숨에 쳐부수고 지나가려 했다. 그러나 막상 뚜껑을 열어보자 상대는 만만치 않았다. 이는 공손찬군이 오랜 전투로 지쳐 있었으며, 왕광이 휘하에 한호(韓浩)라는 뛰어난 무장을 거느린 까닭이기도 했다.

한호는 왕광의 종사로서 반동탁연합군에 참가했다가 비무대회에서 장비의 주먹질 한 번에 졸도한 적이 있는 인물이다. 그러나 개인의 무력은 논외로 하고, 그는 본래 일정 규모 이상의 병력을 다루는 지략에 더 뛰어난 장수였다.

한호는 실제 역사에서도 비중 있는 활약을 했다. 왕광의 사후 원술을 섬기다가, 원술의 세력이 멸망한 뒤에는 하후돈의 밑으로 들어가 조조를 섬겼다. 그 후 조조에게 둔전제를 제안한 일화는 유명하다. 이에 조조는 한호를 호군으로 삼았다. 215년 장로를 토벌한 후에는 제장들이 한호를 한중 총사령관으로 추대하기도 했다.

반면, 현재 공손찬의 밑에는 제법 용맹한 장수는 있었으나 꾀가 있는 자는 전무하다시피 했다. 그 탓에 한호의 교병계(驕兵計, 일부러 패배한 척함으로써 적을 교만하게 하여 치는 계책)에 걸려 큰 패배를 당했다. 그 결과, 현재 하내에 발이 묶여 있었다.

'크으, 손립과 악화만 있었어도⋯⋯. 대체 그때 그 괴물 같은 자는 누구란 말인가. 손견에게 그런 수하가 있었다면 어째서 진작 내놓지 않았지?'

공손찬은 문득 진한성을 떠올렸다. 악화가 손견의 야습을 예견하여, 매복해 있다가 그를 쳤을 때였다. 갑자기 나타난 거구의 사내가 단신으로 복병들을 모두 날려버리다시피 했다. 공손찬은 생애 처음으로 겁에 질려 달아났다.

그 후 악화와 손립의 행방은 묘연했다. 공손찬은 두 사람이 아마도 그 거인의 손에 죽었으리라 짐작했다. 살아 있었다면 반드시 자신을 다시 찾아왔을 것이기 때문이다. 그 싸움에서 손견을 잡는 쾌거를 이뤘으나, 모처럼 얻은 쓸모 있는 가신 둘을 잃고 말았다.

"주공! 어찌하오리까?"

수하의 절박한 목소리가 공손찬의 상념을 깼다. 공손찬은 으득 이를 갈면서 떨치고 일어섰다.

"북방의 패자라 불리는 나다. 비록 잠시 고단한 처지에 빠졌으나 이대로 주저앉을 성싶으냐!"

그는 공손범에게 지시했다.

"범, 일단 산양으로 퇴각하여 전열을 가다듬어야겠다. 그리고……."

잠깐 망설이던 그가 말을 이었다.

"업성은 여기서 비교적 멀지 않다. 진용운에게 사신을 보내 구원을 요청하라. 응해주면, 왕으로서 그의 독립을 인정할 것이며 이 위기를 모면한 후에 지원도 해주겠노라고."

"알겠습니다, 형님. 아니, 폐하."

답하는 공손범의 목소리가 사뭇 비통했다. 공손찬이 이 위기를 타개하기 위해 자존심마저 꺾었음을 깨달은 까닭이었다.

"아직까지는 낙양 근처에 남겨놓은 병력과 왕광이 거느린 병력이 적의 전부지만, 곧 원소놈의 본대가 들이닥칠 것이다. 그리되면 정말…… 힘들어진다."

공손찬이 무거운 기색으로 말했다.

그로부터 며칠 후였다.

용운은 흑산적과의 전투에서 곽가의 책략과 조운, 태사자 등 장수들의 분전으로 대승했다. 원소는 본대를 이끌고 하간국까지 진출하여, 눈엣가시였던 공손월을 쳤다. 낙양에서 일찌감치 떠나와 힘을 비축했으며, 여러 뛰어난 참모와 무장을 거느린 원소 앞에 공손월은 상대가 되지 못했다. 특히, 안량이 소개했던 두 장수, 동평과 삭초의 활약이 컸다. 원소는 사로잡은 공손월을 참수해버리고 목을 악성현 성벽에 매달았다.

"마치 앓던 이가 빠진 것처럼 후련하구나!"

이에 원소의 기세가 일대에 떨치니, 사방에서 장정들이 몰려와 군에 넣어주길 청했다. 또한 공손찬과 그를 저울질하던 호족과 제후들도 대거 원소 쪽으로 기울었다.

원소는 며칠 휴식을 취하면서 세를 불렸다. 그다음 출진을 앞두고 대전에서 가신들의 논공행상(論功行賞, 공적을 조사하여 상을 주는 일)을 했다. 사기를 더욱 높이기 위해서였다.

"책사로는 봉기, 곽도, 허유, 신비, 신평 등이 있으며, 장수로는 안량과 문추를 비롯하여 고람, 순우경 등 용맹한 이들이 있다. 여기에 동평과 삭초까지 사납고 날래기가 범 못지않으니, 어찌 공손찬 따위가 내게 대적하겠는가! 그들을 데려온 안량의 공 또한 적지 않다."

원소는 안량을 비롯한 가신들을 고루 치하한 후, 동평과 삭초에게 즉시 교위 벼슬을 내렸다.

허유가 거들먹거리며 말했다.

"이제 안평과 거록을 거쳐 남하하여, 공손찬을 쳐서 끝장내면 하북은 주공의 손에 들어온 거나 다름없소."

그때, 가신 중 한 명이 조용히 이견을 제시했다.

"주공께서는 하북의 패자가 되시려 하면서 어찌 남쪽의 일만 보고, 북은 살피지 않으십니까?"

원소가 보니, 순심(荀諶)이라는 책사였다. 자는 우약(友若)이며, 최근에 모사로 임명됐다. 원소가 발해를 떠나 출진한 직후였다. 이에 아직은 특별한 활약이 없었다.

"북의 일이라니, 무슨 말인가?"

원소가 관심을 보이자, 순심은 기다렸다는 듯 열변을 토했다.

"현재 공손찬은 하내태수의 활약에 힘입어 기주로 진출하지도 못한 상태입니다. 아마 지금쯤 업의 진용운에게 구원을 청하려고 생각하고 있을 겁니다."

"진용운에게?"

"그렇습니다. 진용운은 업까지 점령한 상태인데, 거기서 하내까지는 그야말로 코앞이니까요."

"음……."

원소가 듣고 보니, 과연 마음에 걸렸다. 남이 뛰는 걸 못 보는 곽도가 끼어들어 반문했다.

"진용운은 공손찬과 갈라섰다고 들었는데, 무엇 때문에 요청에 응하겠소?"

"입술이 없으면 이가 시린 법입니다. 이번에 공손찬이 주공께 격파당하면 다음 차례는 진용운 자신이란 걸 알겠지요. 실제로도 그렇고 말입니다. 듣기로 그자는 제법 뛰어난 책사이기도 하다니 더더욱 사태 파악이 빠를 것입니다."

"하지만……."

원소는 손을 들어 곽도를 제지했다.

"그만. 우약, 그대가 계속 말해보시오."

"예. 만약 공손찬과 진용운이 손을 잡으면 하내태수의 힘만으로는 버겁습니다. 풀려난 공손찬이 북상하면 대략 동군이나 청하국에서 아군과 일전을 치르게 될 것입니다. 패했을 경우, 다시 발해에서 재기하는 데 제법 오랜 시간이……."

곽도는 참지 못하고 다시 버럭 소리를 질렀다.

"아니, 우약! 그대는 어찌 주공이 패한다는 참람한 소릴 입에 담는단 말이오? 한창 기세가 오른 이때에…….”

“공칙, 나는 우약에게 계속 말하라 했소.”

곽도는 원소가 언짢은 기색을 보이자 비로소 입을 다물었다. 그러나 원소의 심기도 편하지는 않았다. 그가 순심에게 물었다.

“허나 공칙의 말도 일리는 있소. 그대도 알다시피, 현재 우리 군은 공손월을 베었으며 뛰어난 참모와 장수들이 가세하여 기세가 오른 상태요. 그대의 생각은 지나치게 신중한 게 아니오?”

“얼마 전이라면 그랬겠지만 이젠 아닙니다.”

“……?”

“바로 제 아우인 순욱과 그의 벗 곽가가 진용운의 가신이 되었기 때문입니다.”

원소는 그래도 고개를 갸웃거렸다.

“흐음……. 문약의 재지야 내 몇 번 들은 바가 있으나, 곽가라는 자는 처음 듣는데…….”

“곽가는 전투에 있어서는 오히려 문약보다 더 뛰어난 책략을 펴는 자입니다. 진용운은 분명 수성과 통치에 뛰어난 문약으로 하여금 업을 지키게 하고 곽가와 전풍, 저수 및 휘하 장수들을 앞세워 흑산적에게 선공을 가했을 것입니다.”

“흑산적에게 선공을?”

"예. 곽가, 전풍, 저수 셋 모두 웅크려 지키기보다는 나아가 싸우길 선호하는 성향이 강하기 때문입니다. 거기에 진용운에게는 사수관 전투에서 활약한 조운과 태사자 등의 맹장도 있으니, 만약 그랬다면 흑산적 따위는 상대가 되지 못했을 것입니다."

"으음, 너무 과대평가하는 게 아닌지……."

"주공, 진용운이 동군을 완전히 평정한 뒤에는 늦습니다. 거기 가로막혀 다시 되돌아갈 수밖에 없습니다."

순심이 다소 답답하다는 투로 대꾸했다.

원소는 계속 못마땅한 기색을 보이며 명확한 대답을 내놓지 않았다. 제 동생과 진용운의 장수들을 높이 사는 듯한 순심의 말이 마음에 안 든 탓이었다. 그의 편협한 일면이 드러난 순간이다.

그때였다. 한 신하가 대전에 다급히 뛰어들어왔다.

"급보가 있어 아룁니다!"

"무슨 일인가?"

"진용운이 조가현에서 흑산적을 대파했다고 합니다. 항복한 흑산적 잔당이 수만이며, 진용운의 피해는 극히 적답니다. 거기다 진용운은 동군태수 왕굉을 포섭하여, 위군과 동군 일대를 차근차근 장악해가고 있습니다."

대전이 찬물을 끼얹은 듯 조용해졌다.

허유는 믿기 어렵다는 듯 반문했다.

"진용운이 벌써 흑산적을 대파했다고? 거기다 피해가 극히 적다?"

"그렇다고 합니다."

그게 시작이었다. 일시에 대전의 분위기가 바뀌었다. 평소 허유에게 불만이 많던 가신들이 일제히 그를 성토했다.

"자원, 이제 어쩔 것이오? 진용운 따위는 별게 아니라며 호언장담하지 않았소!"

그 틈에서 봉기가 평소와 마찬가지로 느릿한 어조로 입을 열었다.

"진용운이 공손찬과 손을 잡고, 어디까지나 가정이긴 하나 현재 행방이 묘연한 유비가 뒤에서 발해를 공격한다면 자칫 매우 고단한 상황이 될 수 있소. 무엇보다 진용운의 기세가 심상치 않소이다. 이쯤에서 싹을 꺾어놓지 않으면, 공손찬보다는 오히려 그가 주공의 앞날에 더 큰 장애가 될까 걱정스럽소."

비로소 순심이 달리 보인 원소가 그에게 고개를 돌렸다.

"과연, 그대의 말대로 문약과 곽가라는 자의 재주가 뛰어난 듯하구려. 특히, 문약은 그대의 동생이기도 하니 우리에게 오도록 설득할 순 없겠소?"

"송구합니다. 제 동생이지만 자신이 택한 주군을 바꿀 아이는 아닙니다. 그건 저도 마찬가집니다."

"으음……. 그대의 우려대로 진용운이 동군까지 장악했으니, 그럼 이제 어쩌면 좋겠소?"

"현재 진용운의 가장 큰 약점은 단기간 내에 넓은 구역을 차지했다는 겁니다. 또한 딱히 손을 잡은 세력이 없습니다. 이번에 흑산적을 격퇴하여 병사가 늘었다곤 해도, 그들을 곧바로 전력에 투입하긴 어려울 것입니다."

"하면?"

"다행히 공절(公節. 하내태수 왕광의 자) 님이 공손찬을 맞아 잘 싸우고 있으니, 그 틈에 방향을 바꿔보는 겁니다."

"방향을 바꾼다?"

"예. 이대로 북상, 역경을 거쳐……."

잠깐 말을 끊었던 순심이 입을 열었다.

"탁군을 치는 겁니다."

"탁군?"

의아해하는 원소에게 순심은 차근차근 설명했다.

"새로 얻은 지 오래지 않은 업은 물론이고 흑산적과의 전투까지 치렀으니, 전력 대부분이 그리로 몰렸을 것임은 명약관화."

순심의 뒤에서, 거무스름한 형체가 움직이기 시작했다. 그것은 검은 봉황의 날개였다.

"게다가 탁군과 인접한 지역은 북으로는 온화한 유우 공이 다스리고 있는 계요. 동북평의 공손찬은 자리를 비웠으니, 필요 이상으로 방비를 튼튼히 하는 것은 병력을 낭비하는 셈입니다. 따라서 탁군의 병력은 많아야 오천. 노식이 비록 과거에 황건적을 치는 데 지대한 공을 세웠다 하나, 이제는 한물간 늙은이에 불과합니다."

"으음……."

"그에 반해 진용운의 기반은 탁군이라 할 수 있습니다. 적은 수고를 들여 큰 타격을 입힐 수 있다는 뜻이지요."

비로소 원소의 마음이 움직였다.

"탁군을 친다면, 어떤 식으로 하면 좋겠소?"

"문추 장군에게 탁군을 쳐서 점령케 하고 안량 장군은 관도로 나아가게 합니다. 그럼 오히려 진용운이 두 방향에서 압박받는 처지가 됩니다. 여기에 맹덕 님을 움직여 동군까지 치게 한다면, 어찌 무너지지 않을 수 있겠습니까?"

순심은 한 번 막히지도 않고 물 흐르듯 계책을 내놓았다. 미심쩍게 여기던 원소의 얼굴에 경탄의 빛이 떠올랐다.

"내 그대 같은 인재를 여태 몰라봤구려."

"과찬이십니다."

그러자 다급해진 곽도가 지치지도 않고 또 시비를 걸었다. 순심의 진정성을 의심하는 내용이었다.

"허나 진용운에게 가 있는 순욱은 그대의 아우가 아니오. 어찌 아우가 속한 세력을 궁지로 몰아넣을 계책을 내놓을 수 있소?"

순심은 얼음처럼 차갑게 웃었다. 보이지 않는 검은 날개가 그의 등 뒤에서 활짝 펴졌다.

"저는 이미 주공이 가실 패자(覇者)의 길을 따르기로 결심한 몸입니다. 혈육이라 해도 가는 길이 다른데, 어찌 사사로운 감정에 흔들리겠습니까?"

자신의 책사마저 골육상쟁을 각오하고 있는 것이다. 마침내 마음을 굳힌 원소가 말했다.

"좋소. 그대의 말대로 병력을 나누겠소. 문추에게 삼만의 병사를 주어 탁군을 치게 하고, 안량의 본대는 업으로 향하게 할 것이오. 또한 즉시 맹덕에게 전령을 보내 고하시오. 동군을 쳐서 차지하면 동군태수의 자리를 주겠노라고."

순심은 가볍게 허리를 숙여 보였다.

기록에 의하면 조조의 부하인 진군이 말하기를, "순욱, 순유, 순연, 순심, 순열만큼 뛰어난 자가 없다"고 하였다. 본래 원소는 참모들끼리 대립하여, 오히려 그들을 거느리지 않느니만 못한 부분이 있었다.

그러나 이제 거기에서, 파벌의 주요 인물이었던 전풍과 저수, 심배 등 소위 기주파가 모두 빠졌다. 용운의 개입 때문이었다. 그 자리를, 정사에서는 별 활약이 없었던 순심이 메우고 나선 것이다. 순욱과 동급으로 거론됐으나, 주군을 제대로 만난 동생의 그늘에 가려 잊혔던 천재가.

순욱이 왕을 보좌할 재능을 가졌다면, 순심은 패도를 걷는 자에게 날개를 달아줄 재능의 소유자였다.

쨍그랑! 그릇이 깨지는 소리에 하인들이 놀라 달려왔다.

"태수님, 괜찮으십니까?"

탁군태수 노식은 겸연쩍은 투로 말했다.

"허, 이거 이상하군. 뜨거운 물을 따르기만 했을 뿐인데 잔이 깨져버렸구먼."

"가끔 그럴 때가 있습니다. 저희가 바로 치우겠습니다."

"아깝군. 주공께서 하사하신 약차인데……."

노식은 혀를 끌끌 찼다. 탁자 위로 시커먼 찻물이 번진 모양이 이상하게 거슬렸다. 마치 정체를 알 수 없는 괴조의 날개처럼 보이기도 했다.

"무릎이 쑤셔서 한 잔 하려 했더니만. 흐음. 비가 오려나."

그가 바라보는 먼 하늘에 시커먼 먹구름이 끼어 있었다.

5

꿈틀대는 본성

용운은 흑산 토벌전에서 크게 이겼다. 곽가의 지략과 장수들의 활약 덕이었다. 대략적인 작전 개요만 듣고서도 칼같이 반응한 전풍, 저수 등의 공도 빼놓을 수 없었다. 일례로, 조운이 연진에서 출발한 시점이나, 북상하던 태사자가 적절하게 뒤를 덮친 것 등도 두 사람의 조율에 의해서였다. 거리와 부대의 움직임상 곽가가 거기까지 지시할 순 없었기 때문이다. 초일류 책사들이 한 전장에서 뭉치면 어떤 결과가 벌어지는지, 용운은 이를 똑똑히 실감했다.

하루가 지나고 다시 날이 밝았다. 용운과 일행은 밤을 꼬박 새웠지만 피곤한 줄도 몰랐다. 부장들에게 일러 잔당을 토벌하게 한 장료가 말을 몰고 와서 보고했다.

"완승입니다, 주공!"

늘 침착한 장료의 목소리도 약간 들떠 있었다. 그 정도로 대승이라는 의미였다.

용운은 흡족한 마음으로 답했다.

"수고했어요. 다친 사람은 없습니까?"

"병사들은 현재 파악 중이고 장수 가운데는 장합 장군이 팔을 좀……."

"뭐라고요? 지금 어디 있죠?"

용운은 다급히 장합을 찾아 나섰다. 사천신녀가 옆에서 그를 그림자처럼 호위했는데, 아직 완전히 안전해진 게 아니기 때문이었다. 앙심을 품은 흑산적 잔당들이 달려들 수도 있었다.

"주군, 조심하세요. 넘어지십니다."

검후가 걱정스레 말했다.

"어? 으응, 괜찮아. 그보다 장합 장군 안 보여?"

시력 좋은 성월이 제일 먼저 장합을 찾았다.

"저기 있네요오."

장합은 근처에서 병사들을 지휘하는 중이었다.

"주공의 명이다! 무기를 버리고 엎드린 자는 죽이지 마라!"

용운은 장합이 왼팔을 헝겊으로 싸맨 걸 봤다. 과연 헝겊에 핏자국이 묻어 있었다. 용운이 눈에 불을 켜고 달려들었다.

"준예!"

"아, 주공."

"다쳤다면서요? 팔 봐요, 팔!"

용운은 당황하는 장합의 팔을 들여다보았다.

"별거 아닙니다."

"그래도 봐요. 제대로 치료했나."

천을 풀려던 용운이 인상을 찌푸렸다.

'이렇게 지저분한 천으로 상처를 감싸다니.'

종일 난전을 벌였으니 근처에서 깨끗한 천을 구하기 어려웠으리라.

'최염에게 말해서 구급용 붕대나 탈지면 같은 걸 생산해야겠어. 아, 하는 김에 소독약도? 모르긴 해도 그것만으로도 사망자가 훨씬 줄어들 것 같은데. 화타와 얘기해봐야겠다.'

용운은 생각하며 천을 풀고 상처를 살폈다. 왼쪽 팔에 제법 깊게 긁힌 자국이 나 있었다.

뒤따라온 장료가 겸연쩍게 말했다.

"팔을 좀 긁힌 게 전부라고 하려 했는데, 주공께서 순식간에……."

용운은 정색하고 말했다.

"아니, 작은 상처라고 무시하면 안 됩니다. 피도 제법 났잖아요. 또 파상풍에 걸릴 수도 있어요."

장료가 궁금하다는 듯 물었다.

"파상……? 그게 뭡니까?"

"아, 그러니까 상처에 나쁜 세균이 들어가서."

"세균이요?"

"어, 그게, 상처 부위가 나쁜 공기를 쐬면 걸리는 병이에요! 상처를 통해 해로운 공기가 몸속으로 들어가서 병을 일으키거든요."

"허, 그런 병이 있었다니."

"그러니까 작은 상처라도 그냥 놔두면 안 됩니다. 성월, 그 술 좀."

옆에서 구경하던 성월이 화들짝 놀랐다.

"예에? 제 술이요오?"

"응. 얼른."

"힝……."

성월은 떨리는 손으로 술병을 건넸다. 사실 그녀의 술병은 '주선지보(酒仙之寶)'라는 유물로, 물만 채워넣으면 천천히 술로 변했다. 그런데도 아까워하는 건 술꾼의 본능이리라.

용운은 장합의 상처 부위에 아낌없이 술을 쏟아부었다.

"따가워도 참아요."

"괜찮습니다."

장료가 또 입을 열었다.

"그 파상 뭐라는 걸 막으려면 술을 부으면 되는 겁니까?"

"네. 그런데 독한 술이어야 해요. 되도록 청주여야 하고. 깨끗하고 독한 술에는 나쁜 공기를 막아주는 효능이 있거든요."

"오오, 그렇군요! 그런데 주공은 대체 어떻게 그런 걸 다 아십니까?"

"뭐, 어쩌다 보니 배워서."

용운은 일일이 답해주며 생각했다.

'의외로 궁금한 걸 못 참는 성격이네, 장료⋯⋯.'

그런 용운을 물끄러미 내려다보던 장합이 말했다.

"감사합니다."

"별것도 아닌데요, 뭘."

"손수 치료해주시다니요. 잊지 않겠습니다."

"하하⋯⋯."

장합의 목소리에 담긴 진심에 용운은 조금 쑥스러워졌다.

그때, 용운과 사천신녀를 본 조운이 달려왔다. 말에서 내린 그가 말했다.

"주공, 여긴 곧 정리될 것 같습니다. 해가 지기 전에 자의(태사자) 님과 백마로 가시죠. 거기서 공대(진궁) 님과 함께 돌아오십시오. 전 포로들을 데리고 업으로 가겠습니다."

"아, 그럴까요? 그럼 부탁할게요, 형님."

전투가 생각보다 빨리 끝나 보급은 필요 없게 됐다. 이에 조운은 소수 정예만 거느리고 포로를 호송하기로 했고, 용운은 백마에서 병사들을 배불리 먹이기로 했다.

용운이 태사자에게로 향하자, 조운은 장합에게 조심스레 물었다.

"준예 장군."

"네?"

"주공이 뭘 해준 겁니까?"

"아, 부끄럽지만 제가 조금 다쳐서 그 자리에 술을 부어주셨습니다. 그러면 나쁜 공기를 쐬는 걸 막을 수 있다는군요."

"으음……."

조운은 뭔가 불편한 기색이었다.

장합이 의아한 듯 물었다.

"왜 그러십니까?"

"아니, 아무것도 아닙니다."

"절 째려보신 것 같은데요?"

"……아닙니다."

조운은 좌자장팔과 싸우다 입은 손등의 상처를 얼른 숨겼다.

'나도 다쳤는데…….'

용운은 태사자와 함께 본대를 이끌고 백마진으로 향했다. 도착할 즈음엔 주위가 완전히 어두워져 있었다.

진궁은 횃불을 환하게 밝힌 채 초조하게 용운을 기다리는 중이었다. 전령을 통해 승리의 소식은 들은 후였다.

'추가 보급이 필요 없을 것 같다니 대승이다. 그럼 나와 합류하기 위해 이리로 오실 터. 종일 싸운 병사들도 먹여야 하니…….'

그래도 용운의 얼굴을 직접 보기 전까지는 안심이 되지 않았다. 옆에 있던 화타가 말했다.

"흐음. 공대 님은 주목님이 너무너무 좋으신가 봅니다."

"그야 당연히 제가 모시는 분이니…….'

"그 정도가 아닌데요. 마치 조카를 기다리는 숙부, 아니지, 자식을 기다리는 아버지 같습니다."

"그, 그래 보였습니까? 아마 주공께서 워낙 다정히 대해주시니 저도 자연히 그리되는 모양입니다. 하하."

"그렇지요. 다정하신 분이지요. 저도 그분이 좋습니다. 그 다정함이 독이 되지 말아야 할 텐데……."

"예?"

"아니, 아닙니다. 의원 나부랭이의 기우라고 해두지요."

"의원 나부랭이라니요. 화 선생의 의술은 신의(神醫)라 해도 좋을 실력입니다."

"과찬이십니다. 하하."

이윽고 백마진에 도착한 용운을 진궁이 뛸 듯이 반겼다.

"주공, 경하드립니다!"

"고마워요, 공대. 화타도 고생했어요."

용운은 원화(元化)라는 자로 불리던 화타를, 화 선생이라는 의미의 화타라고 불렀다. 아무래도 그게 더 입에 붙어서였다. 그러자 주위 사람들도 자연히 그를 화타라고 부르기 시작했다.

화타가 포권을 취하며 말했다.

"흑산적은 흉포한 데다 수가 워낙 많아 쉽지 않은 상대였을 텐데 훌륭하십니다."

"다 곽가의 책략 덕이죠."

용운은 옆에 있던 곽가에게로 공을 돌렸다. 그러자 진궁이 곽가의 손을 덥석 잡고 말했다.

"수고하셨소. 그리고 고맙소, 봉효. 주공을 잘 보필해주셔서."

"……할 일을 한 것뿐입니다."

곽가는 이상한 기분이 들었다.

'뭐지, 이 주종 관계는?'

원래대로라면, 적어도 자신이 보고 경험해온 대로라면, 진궁은 자신을 경계하거나 시샘하는 기색이어야 했다. 딱 봐도, 곽가 자신이 나타나기 전까지는 그가 총군사였다는 느낌이 들었으니까. 누구나 자기 자리를 빼앗기면 분노한다. 그 대상이 굴러들어온 돌일 때는 더더욱. 그게 정상이었다. 그런데 진궁은 진심으로 고마워하고 있었다. 용운이 승리하게 해주었고, 무사히 돌아오게 해줬다는 이유로.

곽가는 명치끝이 간질간질했다. 낯설지만 불쾌한 느낌은 아니었다. 그는 어색함을 떨치려고 괜히 목소리를 높였다.

"어흠! 그것보다 이제 약속을 지키셔야지요. 제가 이기면 절 모욕하신 데 대해 사과하시겠다던 약속 말입니다."

용운은 생긋 웃으며 말했다.

"아, 맞아요. 미안합니다, 봉효. 내가 그대의 실력을 몰라봤어요. 흑산적 따위가 무서워서 평계를 대고 달아날 리가 없는 사람이었네요."

이미 곽가의 실력을 아는 용운이었다. 이 정도 사과가 어려울 리 없었다.

곽가는 김샌 표정으로 웅얼거렸다.

"……재미없네."

"하하."

마침 저녁식사 시간이었다. 용운은 즉각 고기와 양곡을 풀어 병사들을 배불리 먹였다. 치하의 의미로 술도 적당히 내주었다. 그동안 화타는 부상자들을 살피고 치료했다.

이겼지만 당장 업성으로 철수하진 못했다. 말하자면 이 승리는, 첫 번째 대회전(大會戰)의 승리 같은 것이었다. 결정적인 승리이긴 했지만, 끝은 아니었다.

전투 자체는 간헐적으로 며칠 더 이어졌다. 십만 명이나 되는 적이 일제히 죽거나 항복한 게 아닌 까닭이었다. 다수의 흑산적이 흑산에 있는 산채로 달아났다. 결과적으로 죽은 자가 만여 명, 포로로 잡히거나 항복한 자는 삼만 명에 달했다.

사흘 후, 용운은 임시로 지은 막사 안에 곽가와 함께 있었다. 정확히는 청몽까지 셋이었다. 진궁은 보급품을 점검하고 있었고, 검후는 병사들을 감독하는 중이었다. 성월은 사린과 함께 주변 정찰을 나갔다. 언젠가부터 사천신녀는 각자 군무를 맡아 잘 수행하고 있었다. 이제 전투는 소강상태에 접어들었다.

통계를 확인한 곽가가 불만스러운 어조로 말했다.

"제가 뭐라고 했습니까? 반 이상이 다시 잠재적인 적으로 되돌아가버리지 않았습니까. 이번에 큰 수모를 당했으니 언제 또 쳐들어올지 모릅니다."

"하지만 다 죽여버렸다면 삼만의 아군도 생기지 않았겠지요."

"……저들이 다 아군이 되란 법은 없습니다."

"산적질을 하는 것보다는 제 밑에 있는 편이 훨씬 낫다고 생각하게 만들 거예요. 그래서 말인데, 봉효."

"뭡니까."

"앞으로도 계속 날 도와줄 거죠? 아직 정확히 말하질 않았잖아요."

용운은 진지한 표정으로 곽가를 응시했다. 그 눈빛을 받은 곽가는 순간 고민했다. 지금의 선택이 자신의 평생을 좌우하리라는 직감이 들었다. 용운이 자신과 맞지 않는 주군이라는 생각은 여전히 변함이 없었다.

'문제는 그런데도 끌린다는 거다. 빌어먹을.'

인정해야 했다. 곽가는 전혀 새로운 종류의 주군인 용운에게 엄청나게 끌리고 있었다. 만일 여기서 용운을 택하지 않는다 해도, 나중에 전장에서 적으로 상대할 자신이 없었다. 그 정도로 용운에게 매혹되고 말았다.

가신들을 향한 진심 어린 애정과 배려. 일반 병사와 백성 하나하나의 이름을 기억하며, 그들의 사정까지 신경 쓰는 인간적 면모. 그 결과, 가신과 백성들이 스스로 그를 위해 나서게 한다. 이런 군웅이 있으리라곤 생각지도 못했다.

'난 다시는 냉철한 전투 참모로 돌아가지 못할 거야. 난 끝났어…….'

"봉효?"

조심스레 묻는 용운에게 곽가가 버럭 소리쳤다.

"아, 그럴 겁니다! 도와줄 거라고요! 그렇게 무뎌서야 어디 도태되지 않고 버틸 수나 있겠어요? 그러니 나 같은 못된 놈이 옆에 있어야지 별수 있습니까!"

용운의 얼굴이 환하게 밝아졌다.

"고마워요. 헤헤."

"웃지 마십시오. 정듭니다. 내가 미쳤지……. 내 꿈은 패왕을 섬기는 거였는데……."

"내가 패왕이 될 수도 있잖아요."

"하하!"

곽가는 자기도 모르게 웃었다. 퍽이나.

"차라리 사린이가 조금만 먹을 수 있다고 하시죠. 성월 낭자가 술을 끊겠다거나."

그는 며칠 새 사천신녀들과도 많이 친해졌다. 덕분에 사린이 얼마나 많이 먹는지도, 성월의 주량이 밑 빠진 독이라는 것도 알게 됐다. 검후가 화웅을 단숨에 벤 실력자라는 것과 귀신처럼 은신해 있는 청몽의 존재도 알았다.

'처음에는 좀 오해했는데, 시중들게 하려는 목적이나 눈요깃감으로 거느린 게 아니었어. 하지만 이상한 건 여전하다. 음…… 저마다 느낌이 다른 엄청난 미녀를 넷이나 주위에 두고도, 일만 시키지 전혀 손을 안 대네. 같은 스승에게서 무술

과 학문을 배운 사이라고 들었는데 그래서인가, 아니면 주공이 금욕적인 건가. 그것도 아니면…….'

곽가는 혼자 이상한 생각을 하며 히죽 웃었다.

'뭔가 문제가 있는 건 아니겠지, 주공. 크큭.'

용운은 용운대로 웃음을 멈출 수가 없었다. 사실 지난 며칠 동안 마음을 많이 졸여왔다. 곽가의 호감도가 50 언저리에서 좀처럼 올라가지 않았기 때문이다. 방금, 50대였던 호감도 수치가 84까지 쭉 오르는 걸 확인했다. 성격에 따라 다르긴 하지만, 경험상 호감도가 80을 넘으면 태도가 눈에 띄게 달라지고 맡은 일도 더 열심히 하는 모습을 보였다. 드디어 곽가까지 손에 넣은 것이다.

용운은 가신으로 삼은 책사들을 떠올려보았다.

'순욱, 곽가, 순유, 사마랑, 전풍, 저수, 진궁, 최염…….'

전성기의 조조에겐 못 미치나, 이 정도면 어디 내놔도 꿀리지 않는 참모진이었다.

'이젠 무장을 좀 보충해야겠다. 사천신녀에다가 지금의 사대천왕도 충분히 강력하긴 하지만, 인원이 부족해. 사천신녀는 내게서 멀리 떨어질 수 없으니……. 업을 기반으로 해서 아버지와 만날 때까지, 누가 쳐들어와도 버틸 수 있을 정도가 되려면 괜찮은 장수가 열 명은 있어야 한다.'

용운이 이맘때쯤 포섭 가능한 장수가 누가 있는지 생각할 때였다. 막사로 들어온 근위병이 정중하게 말했다.

"주공, 동군태수가 보낸 사신이 왔습니다."

"오? 들어오라고 해요."

용운이 백마에 왔을 때, 진궁이 거느린 병력은 처음 배정한 것보다 많았다. 동군태수 왕굉이 요구대로 삼천의 병사를 보내준 것이었다. 이에 용운은 그에 대한 감정이 좋은 편이었다.

'바라기만 한 게 아니라 나와의 약속도 지켰다. 신의 있는 사람이라고 볼 수 있겠지. 역사적인 기록상으로도 그렇고. 어차피 내가 복양성까지 다스리기는 아직 무리다. 그와 손을 잡는 것도 나쁘지 않을 것 같아.'

왕굉이 보낸 사신은 두루마리 하나를 바쳤다. 용운이 펴 읽어보니, 복양성으로 자신을 초대하는 내용이었다.

"흐음. 십만의 흑산적으로부터 동군을 지켜준 데 대한 감사의 뜻으로, 조촐히 연회를 열고자 한다……."

용운은 서신을 곽가에게 건네주었다. 내용을 본 그가 말했다.

"왕굉의 사람됨으로 보아 말 그대로 조촐한 자리일 듯합니다. 고맙다는 말 자체는 사실이겠지만, 아마 주공을 뵙고 나름대로 재보려는 생각도 있겠지요."

용운은 고개를 끄덕였다. 어찌 보면 이 시대 사람들에게 자신은 낮도깨비 같은 존재일 수도 있었다. 가문도, 출신도 알려지지 않았다. 공손찬의 막하로 출발하였으며 그에게서 임의대로 받은 관직 말고는 변변한 벼슬도 없었다. 게다가 나이도 아직 스무 살에 불과했다.

'그런데 이 년 만에 탁군에 이어 업성까지 차지하고 기주목이 됐지. 이번엔 흑산적의 대규모 침공도 막아냈고. 대체 어떤 녀석인지 궁금하기도 할 거야.'

용운은 조금 우쭐한 기분이 들었다.

'그나저나 곽가가 주공이라고 부르니까 정말 듣기 좋네. 헤헷.'

지난 이 년 동안 정말 정신없이 달려왔다. 처음엔 살아남기 위해서였는데, 어느새 돌이킬 수 없게 일이 커져버렸다. 이제는 용운 자신도 몰랐다. 이 여정의 끝이 어디일지. 원래 있던 곳으로 돌아갈 수나 있을지.

'그저 아버지와 만날 때까지 버티고 내 주변 사람들을 지키기 위해 싸울 수밖에.'

그러기 위해서는 슬슬 다른 세력의 아군, 즉 동맹이 필요하다고 느끼던 차였다. 이 시대의 군웅들뿐만 아니라, 지금도 어딘가에서 암약하고 있을 위원회까지 상대해야 했기 때문이다. 적절한 때에 왕굉이 먼저 손을 내민 셈이었다.

"좋아요. 초대에 응하기로 하죠. 봉효, 업성으로 전령을 보내주세요. 자룡 형님이 걱정하실 테니."

"알겠습니다."

다음 날 아침, 용운은 진궁과 곽가만을 데리고 복양성으로 향했다. 검후와 성월은 전투 때와 마찬가지로 수레를 끄는 말을 몰았고 사린은 함께 수레에 타고 있었다.

"히잉. 나도 말 타고 싶은데. 왜 말들이 내가 타기만 하면 꼼짝도 안 하지? 다른 사람이랑 같이 타면 괜찮은데……."

사린의 투정을 들은 곽가가 말했다.

"본능 때문이지."

"본능이요?"

"그래. 포식자를 알아보는 본능. 잡아먹힐까 봐 무서운 거지."

"아……."

사린이 화내길 기대한 곽가는 이어진 그녀의 말에 실소하고 말았다.

"그러고 보니 말고기는 안 먹어봤네……."

"먹지 마……."

수레 옆에서 말을 몰던 진궁이 입을 열었다.

"왕굉이 음험한 수를 쓸 사람도 아니고 어차피 복양성은 일만도 채 안 되는 병사뿐입니다. 주공께서 자의 장군과 정예 병들을 이끌고 들어가시면 자신에게 압박을 가한다고 느낄 수도 있습니다."

용운은 쓴웃음을 지으며 물었다.

"전적이 있어서요?"

"예? 아, 뭐……."

얼버무리는 진궁 대신 곽가가 대꾸했다.

"그렇지요. 업성은 복양성이랑 멀지 않고 만약 연주를 차지하실 생각이라면 복양과 진류가 최우선 목표가 되니까요."

"봉효, 난 아직 그렇게 무차별로 세력을 확장할 생각은 없어요. 물론 업에서 기반을 다진 다음, 장안이 있는 사주로 진출할 계획이긴 하지만……. 한복만 해도 먼저 공격해오지 않았다면 전면전까지 가지는 않았을 거예요."

잠깐 생각하던 곽가는 툭 던지듯 말했다.

"그거 위선 아닙니까?"

"네?"

용운이 움찔했다. 검후가 고개를 돌려 상황을 예의 주시했다. 그 순간 진궁이 깜짝 놀라 곽가를 말렸다.

"이 사람, 봉효! 주공께 그게 무슨 말인가? 또 술 마셨나?"

곽가는 어깨를 으쓱했다.

"아니, 공손찬에게서 독립하려고 탁현으로 가신 거잖습니까? 그런데 왜 거길 택하셨는지는 모르겠지만, 탁군이 척박하다는 사실은 삼척동자도 압니다. 위치는 나쁘지 않은데 장사 말고는 할 게 없지요. 비는 적게 오고 토질은 나쁘고 인구도 적고. 결국 북으로 인접한 계를 치거나 남쪽의 업을 쳐야 하는데……. 계에 있는 백안(유우) 공은 그 인품과 공적이 널리 알려진 분이니, 승패를 떠나 공격해봐야 손해입니다. 더구나 오환족이 백안 공의 신의에 감동하여 귀순해온 상태라 자칫 오환까지 적으로 돌리기 십상이지요."

곽가의 말이 옳았다. 정사에서 공손찬은 유우와 분쟁 끝에 결국 그를 살해했다. 공손찬이 오환족 정벌을 빌미로 백성들을 노략질하고 마음대로 사병을 늘리자, 유주목으로 부임한 유우가 그런 행위를 제지한 게 계기였다. 공손찬의 몰락은 바로 그때부터 시작되었다. 유우를 죽여 민심을 잃고 원소와의 전투에서 참패한 것이다.

용운은 곽가의 말에 충격받은 중에도 생각했다.

'그러고 보니 왕굉이나 왕윤뿐만 아니라 유우도 공손찬에게 죽을 일이 없어졌으니까 건재해 있겠구나.'

용운은 자신이 얼마나 역사를 많이 바꿔놨는지 새삼 깨달았다. 으쓱하던 기분이 이내 사라졌다.

'계를 공격할 순 없었지. 내키지도 않았고…….'

처음 용운이 탁군을 택한 데는 거창한 이유가 있는 건 아니었다. 공손찬의 손길이 미치는 유주 내에서 그와 거리를 두기에 적당했기 때문이다. 사실 그때만 해도 할거하려는 생각조차 못했다. 완전히 떨어져나가자니 노한 공손찬에게 맞설 힘이 없고, 계속 함께 가기에는 질려버렸기에. 또 원소 세력을 견제한다는 핑계를 대기에도 좋았던 까닭에 탁군으로 향한 것이다. 우선, 시작은 그랬다.

'그런데 거기서 뜻밖에도 노식을 만나고, 전예의 노력으로 진궁과 장료 등이 오게 되면서 자연스레 세력이 만들어지기 시작했다.'

그것은 우연이었으나, 탁현이란 위치는 실로 절묘했다. 낙양과 더 멀었다면 용운의 사람됨을 확인하기 위해 찾아오기 부담스러웠을 테고, 가까웠다면 공손찬과 원소의 눈치를 보게 됐으리라. 둘은 반동탁연합군의 중추가 되면서, 한창 천하에 기염을 토하고 있지 않았는가.

용운이 입을 다물자, 곽가가 말을 이었다.

"마침 주공을 만만하게 본 한복이 선제공격을 해왔고, 이건 울고 싶은데 뺨 때려주는 격 아니었습니까? 아니면 설마, 아무것도 없는 탁현에 고립되어서 허송세월만 보내다가 적당히 아무 세력에나 몸담으려는 생각이셨나요? 그렇다면 좀 실망인데요."

용운은 곽가의 말에 가슴이 마구 뜨끔거렸다. 곽가는 딱히 후한 황실에 대한 충성심이 없었다. 덕분에 진궁이나 순욱처럼 용운을 미화해서 보지 않았다. 직설적으로 말하는 성격도 한몫했다. 곽가의 말은, 용운이 자기 자신도 몰랐던 속마음을 돌이켜보게 했다. 위원회의 암살자에게 죽을 뻔했다 깨어난 이후, 계속 찜찜하던 어떤 것.

'설마 나……?'

따지고 보면, 한복의 무능력함은 용운이 업을 차지해야 하는 이유가 될 수 없었다. 그 전까지 한복은 나름대로 업성을 잘 다스려왔으니까. 적어도 원술처럼 사치를 일삼아서 백성들에게 고통을 주지는 않았다. 또 그가 선제공격을 해왔다곤 하나 큰 피해 없이 막아냈다. 더구나 그 전투의 결과로 저수와 전풍이 용운에게로 왔다. 그것만으로도 한복은 당분간 도발할 엄두도 못 냈을 터였다. 그러나 용운은 기어이 다시 쳐들어가, 그를 죽음으로 내몰고 말았다.

'나, 최염이 말했을 때…….'

─드디어 한복을 칠 때가 온 것 같습니다.

'속으로 기뻐했어…….'

꼭 할거해서 군비를 확충하고 세력을 확장해야만 아버지를 만날 수 있는 거였나? 수만 단위의 목숨과 영웅들의 미래를 대가로? 어쩌면 청몽의 권유대로 아무도 모르는 곳에 숨어 조용히 살면서, 전예에게 부탁하여 아버지의 행방을 찾는 편이 현명한 길이 아니었을까? 이 세계에 거대한 혼란을 불러오지도 않고 말이야.

'하지만 그러지 않았다. 심지어 위원회라는 위험한 자들의 표적이 되고 죽을 고비까지 넘겼으면서. 혹시 이 상황을 즐기고 있었던가, 나?'

'이기적'이란 단어를 떠올리는 순간이었다. 스멀스멀. 시커먼 뭔가가 가슴속에서 피어올랐다. 그때 진궁의 준엄한 목소리가 생각을 막았다.

"그만하시오, 봉효. 도가 지나치시오."

"아니, 그냥…… 주인의 뜻을 정확히 알고 싶은 것뿐인데요."

"그대는 언제부터 큰 뜻을 품었소?"

"네? 갑자기 무슨……."

"나는 서른이 되어서야 뭔가 바꾸고 싶다는 생각을 하기 시작했소. 환관들의 농간으로 황실이 엉망이 되고 덩달아 백성들의 삶까지 피폐해져가는 걸 보면서, 내가 할 수 있는 일이 뭔지 고민했소. 나 혼자의 힘으로는 아무것도 할 수 없다는 걸 잘 알기에 천하의 명사들과 교류하려고 노력도 했소. 그러다 낙양에서 국양(전예)을 만나, 주공의 얘길 듣고 탁현으로 향했소."

"……."

곽가는 진궁의 진지한 어조에 잠자코 듣기만 했다. 진궁이 계속 말을 이었다.

"만약 그러지 않았다면 지금쯤 뭘 하고 있을지 가끔 생각해보곤 하오. 아마 내 고향인 동군 근처에서 조맹덕의 가신이 됐을 확률이 높겠지. 아니면 원본초에게 갔거나……. 나 스스로 할거할 그릇은 못 됨을 알기 때문이오."

"뭐, 저도 그렇습니다. 머리 쓰기만 좋아해서. 그러고 보니 저도 문약이 아니었다면 원본초에게 갔을지도 모르겠군요."

"그러하면 큰 뜻이라는 건 과연 어떻게 생겨나는가? 태어날 때부터 품고 있는가, 아니면 보고 들은 것들을 통해 어느 순간 형체를 갖추게 되는가? 혹은 무엇인가에 정신없이 이끌려 움직이다 보니, 어느새 왕도의 길을 걷게 되는 것인가?"

마지막 말은 누구에게랄 것도 없는 독백과 같았다. 말을 마친 진궁이 한 손을 뻗어 용운의 손을 잡았다.

"주공, 태조(한 고조 유방을 의미)께서는 진나라에 맞서 떨쳐 일어나시기 전, 가업도 뒷전으로 하고 주색에 빠져 살았던 협의 무리였다고 합니다. 그러다 어느 날 우연히 시황제의 행차를 보고 큰 뜻을 품기 시작했다고 하지요. 또한 항우와의 대결에서도 계속 패배하다가 마지막 한 번의 싸움에서 이겨 결국 천하를 통일하게 되었습니다. 과연 태조께서 그 전부터 한 제국을 세우려고 다 계획하고 계셨을까요? 아닐 겁니다."

"공대⋯⋯."

"주공께서는 겨우 약관(스무 살)이십니다. 그런데도 벌써 뚜렷한 목표를 제시하셨습니다. 또한 주변에 저를 비롯하여 이 곽가와 순욱, 네 장군 등 인재들이 모여들고 있습니다. 그 목표로 가는 길에서 가끔은 어긋나도, 또 주공의 개인적인 이익을 추구해도 전 아무 상관 없습니다. 그럼에도 불구하고 주공께서는 몸에 밴 인의의 길을 가고 있기 때문입니다."

용운은 가만히, 진지한 어조로 말하는 진궁의 말을 듣고 있었다. 괜찮다, 괜찮다. 가슴에서 꿈틀거리던 시커먼 기운이 가라앉고 있었다.

"그 길 끝에 도달하셨을 때도, 이 공대는 곁에 있을 겁니다. 반드시."

아니, 진궁의 따뜻한 체온에 녹아 없어진다고 해야 할까. 조금은 이기적이어도 된다는 그의 말이, 용운에게 큰 위안이 되었다. 문득 오래전 아버지와 나눴던 대화가 떠올랐다.

— 아빠, 아빠는 왜 옛날 유적들을 찾아내는 일을 할 생각을 했어요? 위험하고 힘들고 매일 집 밖에만 있잖아요.

— 왜냐하면 그렇게 해야 오래전의 역사를 더 확실히 증명할 수 있고 역사를 알아야 현재를 바르게 살아갈 수 있기 때문이지.

— 다른 학자들도 많은데 꼭 아빠가 해야 해요?

— 내가 제일 잘하거든. 어디 가서 자랑해도 돼. 그리고 이렇게 거창하게 말하지만, 결국 다 먹고살자고 하는 짓이란다. 하하!

— 먹고사는 것 때문이면 옆집 훈이 아빠처럼 회사 다니면 안 돼요?

— 이 녀석아, 이왕 먹고살 거면 재미도 있고 나밖에 못하는 일을 하면 좋지 않겠니. 물론 회사원도 훌륭한 일이고 누군가는 반드시 해야 하는 일이다. 그런 분들로 인해 이 세상이 돌아가는 거니까. 하지만 그 훈이 아버지란 분이 유적지 발굴을 하고 내가 회사원이 되는 것보다는, 그 반대인 편이 모르긴 해도 몇 십 배는 효율적일 거야.

그랬던 아버지라면, 지금의 이 상황을 나도 모르는 사이에 조금은 즐기고 있었다고 고백해도 이해해주시지 않을까? 이왕 이 세계에서 살아남을 거라면 숨어서 떨며 살아가느니, 나와 내 주변 사람들을 아무도 못 건드리도록 더 강해지고 싶었다고 하면. 아니면, 소중한 역사를 네 맘대로 가지고 놀지 말라고 꾸중하실까?

용운이 처음으로 아주 살짝 드러낸 순간이었다. 평화로운 21세기의 세상에 적응하여, 자기 자신조차 깨닫지 못했을 정도로 무의식중에 깊숙이 묻혀 있던 것. 늘 억누르며 살아왔기에 그 무의식 속에서 더 커진, 이제 현대에서는 잊힌 거나 다름없는 '패왕'이란 존재의 기질을.

그래도 지금은 일단…….

"고마워요, 공대."

"천만에요. 제가 주공께 감사합니다."

곽가가 툴툴댔다.

"이거 이러면 저만 나쁜 놈 같잖습니까."

"아니, 봉효한테도 고마워요."

"예?"

"맞습니다. 사실, 난 업을 치고 싶었어요. 탁현에서는 답이 안 나왔거든요. 그렇다고 공손찬을 계속 섬기자니 도저히 맘에 안 들어서 못해먹겠고. 그래서 한복이 먼저 공격해왔을 때, 잘됐다고 생각했던 것도 사실이에요. 이길 자신도 있었고."

"음, 뭐……."

조금 머뭇거리던 곽가가 말했다.

"하지만 굳이 더 불리할 수도 있는 야전과 공성전을 택하셨던 건, 탁현을 싸움터로 만들기 싫어서가 아닙니까? 수공을 할 것처럼 위협은 가했지만, 결국 실제로 하진 않았고. 아마 수공으로 불안해진 업의 병사들이 흔들려 투항하길 노리신 거겠지요."

"맞아요. 최악의 경우에는 수공도 생각 안 한 건 아닌데, 항복을 이끌어내는 게 첫 번째 목표였지요. 설마 병사들이 한복과 심배를 죽일 거라곤 정말 생각 못했지만……."

"주공의 그런 점들은 높이 사고 있습니다. 어차피 치러야 할 싸움이라면, 백성들에게 최대한 피해가 안 가도록 하는 부분들 말입니다. 저는 다만, 저희에게는 좀 더 솔직해지셔도 된다는 얘길 하고 싶었던 겁니다."

"솔직?"

"예. 처음 뵈었을 때 제가 발끈했던 것도, 주공께서 뭔가를 숨기고 그것을 발휘했다는 느낌을 받아서였으니까요. 그걸 말로 설명하기는 어려운데…… 아무튼 솔직히 주공한테는 비밀이 너무 많습니다."

"아, 그건……."

"굳이 지금 말 안 하셔도 됩니다. 단, 잊지 마십시오. 진정한 군신 관계는 서로 숨기는 게 없어야 한다는 걸 말입니다. 그래야 저도 제 능력을 다 발휘해서 계책을 세울 수 있거든요."

"알겠습니다. 명심할게요."

용운은 생각했다. 시간 여행에 대한 것까진 무리라 하더라도, 당장 위원회에 대한 내용과 자신의 능력 일부에 대한 것 등은 주위 사람들에게 알려야 할지도 모르겠다고.

진궁도 말없이 고개를 끄덕였다.

진심 어린 대화를 나누는 사이, 복양성이 코앞에 다가와 있었다.

6
첫 번째 동맹

용운은 태사자와 병사들을 성 근처에서 기다리도록 했다. 우선, 만 단위의 대군을 함부로 남이 다스리는 성안으로 데리고 들어갈 수 없었다. 따라서 부대를 통제할 이가 필요했다. 또한 왕굉이 경계할 수도 있다는 진궁의 조언 때문이었다.

복양성을 찾은 용운은 왕굉의 환대를 받았다. 태수이자 성주인 그가 직접 성문 밖까지 나와 용운 일행을 맞이한 것이다.

그는 용운을 처음 보고 여러모로 놀랐다. 예상보다 훨씬 아름답고 어려 보이는 외모가 첫 번째로 놀란 이유였다.

'기주목의 미모가 어찌나 아름다운지, 어지간한 미녀는 옆에 서기도 어렵다더니 과연⋯⋯.'

용운은 그사이 키가 자라 170센티미터에 달했다. 이제 청몽과 마주 보고 설 수 있을 정도였다. 한데 외모는 한층 더 아름다워졌다. 중간에 몇 번 다듬긴 했지만, 다시 자라서 길어진 머리카락과 더욱 깊어진 두 눈이 신비로웠다.

두 번째로 놀란 건, 단출한 인원 때문이었다. 초대를 받았다곤 하지만, 함부로 남을 믿기 어려운 시대였다. 또 용운은 흑산적 대군을 물리친 기세를 탔다. 마음만 먹었다면 군사를 끌고 와서 왕굉에게 무언의 압박을 가할 수도 있었다.

그러나 용운의 일행은 책사 둘과 시녀 셋이 전부였다. 시녀들이 무기를 들고 있긴 했지만, 그저 칼춤을 출 때나 쓰는 장식용으로 보였다.

'대담한 것인가, 아니면 그만큼 날 믿는다는 건가. 이제까지의 행보로 보아 어리석은 인물은 절대 아니니, 어느 쪽이든 범상치는 않다.'

빠르게 판단을 마친 왕굉이 정중히 포권을 취했다.

"어서 오십시오, 진 공. 초대에 응해주셔서 감사합니다."

그는 강직한 인상의 마른 사내였다. 이마에는 굵은 주름이 졌고 귀밑머리가 희끗희끗했다. 얼굴이 긴 편이었으며 유난히 눈빛이 형형했다.

"아닙니다. 응원군을 보내주시고 이렇게 연회까지 열어주셨으니 제가 감사하지요."

"자, 여기서 이럴 게 아니라 어서 들어가시지요. 차린 게 얼마 없었는데 다행이군요."

"하하!"

기분 좋게 시작된 둘의 만남은 시종일관 화기애애했다. 과연 곽가와 진궁의 말대로 연회는 조촐했다. 고기 요리 한 종류에 나물 몇 가지가 전부였다. 술도 값싼 화주. 용운은 그래서 더 마음에 들었다.

'이 시대에 태수의 재산은, 가문으로부터 물려받았거나 자신이 받은 녹봉이 아니라면 결국 약탈의 결과 혹은 세금이잖아. 집무실도 그렇고 확실히 청렴한 사람인 건 알겠다.'

용운은 왕굉의 능력치를 슬쩍 살펴보았다. 높은 정치력과 80대 초반의 지력. 거기에 준수한 매력 수치를 가졌다. 전형적인 내정 계열의 인재였다. 무력은 낮으나 통솔력이 50대여서, 군대 운영도 그럭저럭 가능할 듯했다.

'능력 면에서도 복양성을 맡겨놔도 문제없을 것 같고.'

술이 몇 순배 돌았다. 곽가는 말할 것도 없고 진궁까지 얼근히 취했다. 사천신녀는 용운의 뒤편에 시립한 채 술은 입에도 대지 않았다. 용운은 성인이 되면서 술을 마시기 시작했다. 물론 이 시대에는 미성년자보호법 같은 건 없다. 그저 자신의 기준에 따라 멀리했을 뿐이다. 그런데 술을 마시고 나서부터 한 가지 새롭게 알게 된 사실이 있었다.

"주량이 엄청나시군요."

왕굉이 놀란 표정으로 말했다.

용운은 웃으며 답했다.

"그렇다기보다 이상하게 잘 안 취하네요. 타고난 체질인 것 같습니다."

진한성은 말술이었다. 아버지를 닮은 걸까.

결국, 마지막에는 용운과 왕굉만 남았다. 왕굉은 대접하는 입장이라 술을 자제한 것이다. 둘은 시간 가는 줄 모르고 대화를 나눴다. 용운은 가끔 언변 특기를 쓰고 현대의 개념을 접목하기도 하면서 왕굉의 물음에 답했다. 왕굉의 얼굴에 어렸던 호기심과 의혹이 점차 경탄으로 바뀌어갔다. 그러는 동안 용운의 매력 수치가 꾸준히 작용했음은 물론이다.

어느새 희뿌옇게 날이 밝아오고 있었다.

"이제 되었다. 모두 가서 쉬어라."

왕굉은 갑자기 시중들던 이들을 모두 내보냈다. 그가 진지한 어조로 말했다.

"진 공, 본인은 흑산적의 침공 사실을 알고 여러 곳에 도움을 요청하는 서신을 보냈습니다. 한데 거기 응하여 직접 나서서 싸워준 분은 진 공이 유일했습니다. 명문가의 후예라는 원본초도, 의롭다는 평이 있던 조맹덕도 움직이지 않더군요. 아마 자기 병사를 잃기 싫어서겠지요. 그에 반해 얻을 건 없으니."

"그랬습니까……."

"게다가 진 공은 극히 적은 피해로 흑산적을 훌륭히 격퇴했습니다. 의로운 마음이 있어도, 이를 실행할 힘이 없다면 아무 소용이 없는 법. 진 공은 이 둘을 모두 갖춘 셈이니, 어찌 제가 의탁하지 않을 수 있겠습니까?"

"네?"

용운은 왕굉이 자연스레 흘린 뜻밖의 말에 당황했다.

자리에서 일어선 왕굉이 깊이 고개를 조아렸다.

"이번 일로 절실히 깨달았습니다. 백성들을 지키려면 힘도 필요하다는 것을. 이에 저, 동군태수 왕굉은 복양성을 진 공께 맡기려 합니다. 부디 받아주십시오."

놀란 용운도 벌떡 일어서서 손사래를 쳤다.

"이러지 마세요. 저는 업성 한 곳만으로도 벅찬 사람입니다."

"아닙니다. 진 공께서는 저와 그릇이 다릅니다. 흑산적은 훗날 반드시 또 도발해올 터……. 흑산적뿐만 아니라 서쪽으로는 여포, 동으로는 원본초, 남으로는 조맹덕이 동군을 넘볼 것입니다. 그런 자들에게 넘겨주느니, 차라리 진 공께 복양성을 양도하는 편이 낫겠다는 판단이 섰습니다."

젊을 때부터 담대했으며, 자잘한 형식에 신경 쓰지 않는 성품. 다만, 국법을 위반한 자는 그 대상이 한창 위세를 떨치던 환관이라 할지라도 처형해버리는 원칙주의자. 성품이 각박하여 사적인 편지를 쓰지 않았고 호족들을 멀리하였기에 동군태수로 부임한 후에도 세력을 갖추지 못한 사람.

이런 기록들을 근거로 용운이 판단한 왕굉은, 겨울 산에 혼자 서 있는 소나무 같은 느낌이었다. 올곧지만 외롭다. 그런 소나무는 언제고 꺾인다. 그 소나무가 자라는 산 자체가 무너지기 직전이기에 더 그렇다.

실제로 왕굉의 별명은 왕독좌(王獨座, 혼자 앉는 왕씨)였다. 왕굉 또한 그런 자신의 처지를 알고 있었다. 독립하기에는 힘이 없다. 그렇다고 무도한 무리에게 성을 넘겨주기엔, 한의 관료로서 성격상 도저히 내키지 않는다. 이에, 유일하게 나서준 용운을 직접 보고 판단한 후에 결정한 것이다. 명목이야 어쨌든 용운은 현재 기주목이었다. 또한 황실에 대한 충심도 확인했다. 복양성을 넘기는 게 크게 책잡힐 일은 아니리라.

용운이 왕굉에게 물었다.

"그럼 장문(長文, 왕굉의 자) 님께선 앞으로 어찌시려고요?"

"저는 장안으로 가서 동생(사도 왕윤)을 도울까 합니다. 아니면 이대로 낙향하는 것도 나쁘지는 않지요."

"음……."

왕굉은 고심하는 용운을 보며 생각했다.

'거절할 이유가 없는 제안이다.'

다들 세력을 늘리기 위해 혈안이 되어 있었다. 하물며 복양성은 지리적으로도 요충지가 아닌가.

잠시 후, 용운이 입을 열었다.

"조건이 있습니다."

"조건이요?"

"예. 장문 님께서 그대로 동군태수로 계시면서 복양성을 다스려주십시오. 그러면 제가 성을 양도받겠습니다."

"그게 무슨……."

"저와 동맹을 맺자는 얘깁니다."

"하지만 아시다시피 제게는 복양성을 지킬 능력이 없습니다."

"제 휘하에 있는 장수 중 한 사람인 태사자를 일만의 정예와 함께 복양성에 남기겠습니다. 그는 사수관에서 서영을 벤 맹장이니, 그 정도면 어지간한 위협에는 충분히 맞설 것입니다. 태수님께서는 그들을 배불리 먹여주시기만 하면 됩니다. 아, 물론 군량도 어느 정도 지원하겠습니다."

그때였다. 엎어져 있던 곽가가 벌떡 일어났다. 그는 벌게진 얼굴로 물 흐르듯 말했다.

"의양성에도 병력을 주둔시킨다면 더 좋겠지요. 업성과 복양성의 중간에 위치한 곳이니, 어느 쪽이든 호응하기에 적합합니다."

용운이 어이없다는 투로 말했다.

"봉효, 취한 거 아니었어요?"

"하하! 주공께선 저의 주력(酒力)을 너무 얕게 보셨군요. 이미 다 깼습니다."

왕굉은 잠시 고심했다. 이는 순수한 호의에서 나온 제안이 분명했다. 복양성을 스스로 넘기려는데 거절했으니.

사실, 그도 이대로 은퇴하기에는 아쉬웠다. 아직 기력이 충분했으며 하고 싶은 일도 많았다. 무엇보다 온갖 도적 떼와 동탁의 전횡으로 사분오열된 제국이 안정을 찾는 모습을 보고 싶었다. 그는 용운을 물끄러미 응시했다.

'사욕이 없으며 백성들을 위해 움직이는 자. 당금 제국에 이런 이가 있던가? 이 사람이라면 해낼 수 있을지도 모른다.'

마침내 그가 허리를 깊숙이 굽히고 포권했다. 처음 만났을 때와 같은 인사의 의미가 아닌, 좀 더 진중함과 절실함이 담긴 포권이었다.

"저를 믿고 성을 맡겨주셔서 감사합니다. 사실, 태수라는 관직을 받은 터라 성을 포기하는 게 마음에 걸렸습니다. 이 왕장문, 주목님의 기대를 저버리지 않고 복양성을 잘 꾸려나가도록 하겠습니다."

"하하, 저야말로 감사합니다. 태수님 같은 뛰어난 인재와 동맹을 맺게 됐으니."

왕굉은 고개를 저었다.

"동맹은 대등한 관계에서나 맺는 것입니다. 제가 나라에
매인 몸이라 가신을 자처할 순 없으나 국법을 어기지 않고 황
실에 위협이 되지 않는 범위 내에서라면 말이나 소와 같이 주
목님을 돕겠습니다."

그의 말에서 진심이 느껴졌다. 용운도 얼른 마주 포권했다.

"저 또한 어떤 위협이 있더라도 복양성의 백성들과 태수
님을 지켜드리겠습니다."

곽가는 흥미롭게 두 사람을 지켜보았다.

'호오, 이건⋯⋯.'

보통 동맹은 이해관계가 맞아야 성립된다. 예를 들어 공동
의 적을 상대해야 한다거나, 각자 갖지 못한 걸 교환한다거나
하는 식이었다. 그러나 용운은 스스로 성을 바치려는 상대와
굳이 동맹을 맺었다.

'하지만 책사의 입장으로 본다면 이거야말로 이상적! 솔
직히 주공은 아직 복양성까지 안정적으로 다스릴 여력이 못
된다. 그렇다고 거절했다간 모처럼 동군을 얻을 기회가 영영
물 건너가는 셈이고. 결국 왕굉과 손잡는 게 최선이다. 이런
형태가 된 이상, 왕굉은 절대 주공을 배신하지 않을 것이다.
또 그를 연줄로 하여, 낙양의 왕윤과 인연을 맺는다면 여포까

지 견제할 수도 있다. 여기까지 오기에는 큰 장애가 있었으나…….'

그 장애는 바로 인간의 당연한 욕망이었다. 너무 욕심을 내서도, 그렇다고 쉽게 포기해서도 안 되는, 까다롭기 짝이 없는 욕망의 조율.

'주공은 그걸 넘어섰다.'

전례 없는 형태의 동맹이 체결되는 순간이었다.

한편, 낙양에서는 예상보다 길어진 전투에 이상기류가 흘렀다.

"늦다."

또 한바탕 날뛰고 온 여포가 중얼거렸다.

최근 그는 이틀에 한 번꼴로 싸우는 중이었다. 그를 맞이하러 나온 주무와 가후가 움찔했다. 함께 싸우고 온 초선이, 피에 젖은 갑옷을 벗어 던지며 말했다.

"아유, 지긋지긋한 놈들. 다 잡았다 싶으면 귀신같이 빠져나가고. 일반 병사들까지 어찌나 독종인지……."

여포를 호위하던 초정도 그녀의 말을 거들었다.

"맞아요. 또 마등과 마초, 거기에 얼마 전 원군으로 도착한 방덕까지, 여포 님만 나타났다 하면 그 셋이 악착같이 달라붙는 전법으로 나오고 있어요. 한수도 제법 만만치 않고요."

주무는 그들의 말을 들으며 생각했다.

'마등과 마초 부자에 방덕과 한수, 그리고 원술의 도움까지…… . 공손찬만 빠지면 금세 정리될 줄 알았던 싸움이 너무 길어지고 있다.'

어쩌면 이것 또한 시간의 수호가 작용했기 때문이 아닐까. 지금이 서기 191년이니 역사적으로 마등이 죽기까지는 앞으로 거의 이십 년. 방덕은 이십칠 년 정도, 마초는 삼십 년 넘게 남았다.

또 셋 모두 나름대로 역사에 발자취를 남겼다. 이는 그만큼 시간의 수호도 강하다는 의미였다. 반면, 여포에게 남은 시간은…….

'앞으로 칠 년 남짓. 주군의 시간이 얼마 남지 않았다.'

주무는 진심으로 초조해짐을 느꼈다. 그 전에 최대한 여포의 세를 강화해놔야 했다. 또한 반드시 제거해야 할 대상이 있었다.

'조조 맹덕과 유비 현덕. 주군의 죽음에 결정적인 역할을 하는 자들. 그 둘을 제거해야 주군이 안심하고 왕의 길을 갈 수 있다.'

그러기에 칠 년은 너무 짧은 시간이었다. 한시라도 빨리 낙양을 점령, 황제를 옮겨오게 해서 대의와 정통성을 갖춰야 한다. 엉뚱하게 공손찬이 옥새를 취하여 달아나는 바람에,

황제와 낙양의 필요성이 더욱 커졌다.

다음에는 황제를 보호하여 재사들을 모으면서, 사주와 연주를 시작으로 천하를 통일해나가야 한다. 그런데 여기서 마등에게 발목이 잡혀 있다니.

까득. 주무는 자기도 모르게 엄지손톱을 깨물었다.

여포의 두툼한 손이 어깨에 닿은 건 그때였다.

"주무."

"앗, 예. 주공."

"너무 초조해하지 마라."

"하지만……."

"처음에는 반신반의했다. 하지만 이제 믿는다. 너의 말을."

여포는 주무의 어깨에 얹었던 손을 들어 하늘을 가리켰다.

"저기에, 나의 길이 있다. 네 말대로."

그는 주무의 등을 툭 친 후, 막사로 향했다.

'폐하…….'

주무는 가슴이 벅차올랐다.

'그래, 나쁜 조짐만 있는 건 아니었다.'

그사이 주무는 부장 중 여포와 고순과의 사이를 친밀하게 했다. 그리고 후성, 송헌, 위속을 멀리하게 만들었다.

고순(高順)은 청렴하여 어떤 뇌물이나 선물도 받지 않았으며, 위엄 있고 용맹한 무장이었다. 공격한 적을 반드시 격파하여 함진영(陷陣營, 진영을 함락시키는 자)이란 별명을 갖고 있었다.

'여포군 전공의 과반은 고순의 것이라 해도 될 정도지.'

현대에서 역사 교사였던 주무는, 용운 정도는 아니더라도 《삼국지》에 대해 어느 정도 지식이 있었다. 따지고 보면 그에게는 《삼국지》의 내용이 곧 국사(國史)이니 말이다. 그가 기억하는 고순의 공적만 해도 여러 개였다.

첫째, 196년 여포의 부장 학맹이 반란을 일으켰다. 고순은 여포를 자신의 병영에 데려와 보호하고 반란을 진압했다.

둘째, 197년 장패가 소건을 공격해 격파했다. 이미 소건을 아군으로 끌어들였던 여포는 분노하여 장패를 공격했다. 고순은 "그냥 두면 장패가 먼저 항복해올 것입니다"라고 진언했으나 여포는 듣지 않았다. 결국 견고한 성과 저항에 부딪혀 병력만 소모한 채 하비로 돌아왔다. 얼마 후에 여포와 장패는 고순의 예견대로 화해했다.

셋째, 198년 중랑장이었던 고순은 장료를 이끌고 유비가 지키던 패성을 공략하여 그의 처자를 사로잡았다. 또한 유비를 구하러 달려온 조조의 부장 하후돈과 싸워 그를 격파했다.

'이런 공적들도 공적이지만.'

무엇보다 고순은 여포에 대한 충성심이 두터웠다. 일례로 정사에서, 여포는 고순의 무용과 충성심은 인정하고 있었지만 그를 싫어했다. 충성에서 우러나온 간언이 거슬렸던 것일까. 고순이 여포에게 한 말 중 이런 것이 있었다.

— 집과 국가가 망했을 때도 충신과 지혜로운 자가 없었던 건 아닙니다. 다만, 그들의 말을 듣지 않았기에 그게 화근이 되어 멸망한 것입니다. 장군께서는 용맹하시나 행동하실 때 깊이 생각하지 않으시며, 작은 아부에도 금세 기꺼워하여 잘못된 말씀을 하시니, 그 실수가 헤아릴 수 없을 정도입니다.

한마디로, '행동할 때 생각 좀 해라. 그리고 아부하는 놈들 말고 충신들의 말을 들어라' 정도로 요약할 수 있다.

'저런 말을 대놓고 했으니, 여포의 성격상 좋아할 리가 없었지.'

이에 여포는 고순이 지휘하던 병사를 모두 빼앗아, 친인척 관계에 있던 위속(魏續)이란 부장에게 주었다. 또 전투가 벌어지면 고순에게 위속 휘하 병사를 지휘시키기까지 했다. 일부러 모욕을 준 것이다.

그럼에도 불구하고 고순은 평생 여포를 원망한 적이 없었다. 후일 조조에게 패하여 사로잡혔을 때도, 장료는 항복하여 귀순하는 쪽을 택했으나 고순은 여포와 함께 죽었다.

'물론 나와 가후가 있긴 하지만, 주공이 고순의 말을 더 귀

담아듣게 되고 그를 신뢰하게 된다면, 대업은 더욱 수월해질 것이다.'

이에 주무는 틈날 때마다 고순을 칭찬했다. 또 자연스럽게 두 사람이 함께 힘을 합쳐 싸울 상황을 만들었다. 여포군의 중요한 축인 장료의 행방이 묘연했기에 더욱 노력했다.

전우애만큼 끈끈한 게 없다고 했던가. 마침내 여포는 부장 중 고순을 가장 신뢰하게 되었다.

반면, 후성, 송헌, 위속은 적당히 충성심을 유지하게 하는 선에서 더 가까이하지 않았다. 셋은 고순과는 달리 성품이 그리 바르지 못했다. 이에 약탈이나 뇌물 등 크고 작은 문제를 자주 일으켰다. 본래 정사에선 여포는 무인이라면 그럴 수 있다고 생각하여 그런 일에는 크게 신경 쓰지 않았다. 오히려 그들을 고순이나 장료보다 더 챙겼다.

그러나 주무는 그들의 실책을 일일이 여포에게 고했다. 그리고 그런 흠들이, 여포의 왕도에 악영향을 끼칠 수 있음을 넌지시 알렸다. 꾸준히 이런 일을 반복하니, 저절로 여포와 고순의 사이는 가까워지고 정사에서 그를 배신한 후성, 송헌, 위속은 멀리하게 된 것이다.

'그런데 장료는 대체 어디로 사라진 거지?'

주무가 생각에 잠겨 자신의 막사로 향할 때였다.

"주무 님."

근처에서 익숙한 목소리가 들려왔다.

"백승?"

"예, 접니다."

벽을 파고들거나 통과하는 천기를 가졌으며, 첩보에 특화된 위원회 멤버. 지살 106위의 지모성 백일서 백승이었다. 그가 낮은 음성으로 말했다.

"의뢰하셨던 정보를 시천, 단경주 형제와 함께 수집하여 가져왔습니다."

"오! 수고했어요."

이번에 백승이 가져온 정보는 매우 중요했다. 바로 현시점에서 주무가 가장 경계하는 이들. 진용운, 유비, 조조의 동태에 대한 것들이었다. 특히, 용운에게는 이미 제대로 허를 찔렸다. 공손찬의 밑에 있다가 갑자기 사라졌다 했더니, 탁현의 현령이 됐다는 정보가 들어왔다. 그다음에는 한복을 처단하고 기주목이 됐단다. 그 소식에 주무는 큰 충격을 받은 바있다. 탁현령이 된 후로 행보에 거침이 없었다.

주무는 막사로 들어와 자리에 앉았다.

"나와도 좋습니다. 여긴 저뿐이니."

주무의 말에, 어딘가의 벽 혹은 바닥에 들어가 있을 백승이 답했다.

"아니요. 전 이 상태가 마음 편합니다."

"그럼 편한 대로 하세요. 자, 그럼 들어볼까요."

"예. 우선, 진용운에 대한 정보를 보고하겠습니다. 그 전에……."

잠깐 망설이던 백승이 말을 이었다.

"아시다시피 그의 곁에는 저 이상의 은신술을 가진 호위무사가 있습니다. 시은 형제의 팔을 부러뜨렸던 그 여자로 짐작됩니다. 그 탓에 제가 가까이에서 직접 지켜보지는 못했습니다. 일반 백성 출신의 성혼단원들에게서 전해들은 얘기를 선별한 것임을 미리 알려드립니다."

시은이라는 이름을 듣자, 주무는 가슴이 아렸다. 이제 그가 엉터리 영어를 섞어 랩처럼 주절대는 말이 그리울 정도였다. 그러고 보니 지살위 형제들이 여럿 세상을 떠났다.

'이미 죽은, 아니 존재 자체가 소멸한 이들이다. 산 사람은 살아서 대업을 이뤄야지.'

서둘러 감상을 털어낸 주무가 말했다.

"음…… 그렇다면 어쩔 수 없죠. 나도 들으면서 대충 걸러내야겠군요."

"예. 그럼……."

용운의 움직임이 주무에게 낱낱이 고해졌다. 듣고 있던 주무의 표정이 시시각각 변했다. 이윽고 용운의 가신들에 대한 얘기가 나왔다. 결국 참지 못한 주무가 화를 내며 소리를 질렸다.

"뭐라고요? 장료가 거기에 가 있다고요? 게다가 순욱까지?"

"그렇습니다."

"확실한 얘깁니까?"

"저 이름들은 성혼단원들이 먼저 말한 것입니다. 그들은 장료나 순욱이 역사적으로 차지하는 비중을 아직 모르니, 굳이 저 이름을 특정하여 말할 이유가 없습니다. 따라서 신뢰도는 매우 높습니다."

"……맞아요. 그렇겠군요."

주무는 머리가 아팠다. 용운의 행방을 찾았다고 좋아했다. 그가 위원회를 두려워하지 않고 나댄다고 여겼다. 그런데 이쯤 되면…….

'대놓고 세력을 키우고 있다. 올 테면 와보라는 거군.'

이어진 백승의 보고에 주무는 더욱 놀랐다.

"조개 장로님으로 보이는 암살자가 진용운을 공격했다가 실패?"

"예."

"그런…… 아니, 애초에 조개 장로님이 어떻게 이 세계로 온 겁니까? 본래 장로라는 지위는 현대에서 위원회의 활동을 돕는 것으로 한정되어 있을 텐데."

"죄송합니다. 저는 그 부분은 모릅니다."

조개가 와 있다면, 천강위 전원이 넘어왔다고 봐도 좋았다.

'그런데 어째서 내게 연락을 해오지 않는 거지?'

주무는 문득 불안해졌다. 묘한 어그러짐. 설마 과업의 방향에 변화가 생긴 것인가?

'아니, 그렇다 해도 내게 알렸어야 하는데.'

그 밖에도 백승은 유비가 북해에 나타났다는 것, 여강에 있던 손책의 세력이 누군가에게 풍비박산 난 후, 손책과 진한성이 단양으로 달아났다는 것, 원소가 하내태수 왕광을 움직여 공손찬을 쳤으며 흑산적의 움직임에도 관여한 듯하다는 소식 등을 전했다.

"흐응, 그래봐야 흑산적은 진용운에게 간단히 격파당했으니……."

아쉬워하며 입맛을 다시는 주무에게 백승이 말했다.

"원소의 공작은 그게 끝이 아닌 것 같습니다."

"무슨 얘기죠?"

"아직 조맹덕의 움직임을 보고드리지 않았습니다. 그 조맹덕이……."

"조조가?"

보고를 마저 들은 주무가 씩 웃었다.

"오호라. 조조가 왜 갑자기 그런 식으로 나오는지는 모르겠으나, 진용운에게는 상당한 위협이 되겠군요. 흑산적과는 차원이 다르니."

"그렇습니다."

말하던 백승의 기척이 갑자기 사라졌다. 막사 바깥쪽에서 들려온 목소리 때문이었다.

"주무, 안에 있나?"

목소리의 주인은 바로 가후였다. 주무와 함께 책사로서 여포를 보좌하던 그와는 최근에 더욱 가까워졌다. 다행히 가후가 주무의 식견을 꽤 흡족해했다. 이에 주무의 제안으로 며칠 전부터 형 동생 하는 사이가 됐다. 둘이 의형제를 맺은 것이다.

이는, 본래 여포에게 없던 '책사'이자, 절실한 자원인 그를 곁에 묶어두려는 주무의 뜻이었다. 그나마 여포의 책사로 활약했던 진궁은 행방이 묘연하다 했더니 용운에게 가 있음을 이제야 알게 됐다.

진궁과 장료. 역사적으로는 여포의 왼팔과 오른팔이 돼야 했을 이들이 둘 다 사라졌다. 따라서 가후의 존재가 더욱 중요해진 것이다. 진궁 대신 가후, 장료 대신 고순으로 하여금 그 역할을 수행토록 하려는 게 주무의 계획이었다. 주무는 얼른 자리에서 일어나며 말했다.

"예, 형님. 들어오십시오."

막사에 들어온 가후가 말했다.

"오랜만에 쉬는데 방해된 거 아닌가?"

"아닙니다. 문화(文和, 가후의 자) 형님이라면 언제든 환영입니다."

"하하, 그렇다니 다행이군. 내 용건부터 말하지. 자네도 알다시피, 빨리 끝날 줄 알았던 낙양에서의 싸움이 질질 끄는 형국이 됐네."

"예⋯⋯."

"너무 그리 의기소침해할 필요는 없네. 여기에는 내 책임도 있으니까. 내가 본 바로는, 마등군이 무력, 책략, 보급의 균형을 완벽하게 이루고 있는 게 문제라네. 그걸 깨뜨리기가 쉽지 않은 게지."

"그렇습니까."

"역설적으로 공손찬이 퇴각하고 원술이 뒤로 빠지면서 그 균형은 더욱 단단해졌네. 원술이 보급에만 전념하기 시작했거든. 그는 멍청하고 무능한 위인이지만, 군사 작전에 있어서 보급력 하나만은 제법이지. 경험도 있고 물자도 풍부해."

가후는 특유의 직설적인 말투로 설명해나갔다.

"즉 마초, 방덕 같은 맹장들과 강인한 양주 기병을 거느린 마등이 무(武)를, 그의 동맹 한수가 지(知)를, 후방으로 물러난 원술이 체(體)를 담당한 셈이라네."

말하던 그가 히죽 웃었다.

"한데 여기서 완벽해지기에는 뭔가 빠진 것 같지 않나?"

잠깐 생각하던 주무가 말했다.

"심(心)…… 아니, 덕(德)입니까."

"과연, 주무! 내 아우답군."

가후는 기분 좋다는 듯 웃었다.

"심과 덕, 둘 다 정답이네. 저 셋 사이에는 마음이 없어. 신의가 없는 사이라는 뜻이지. 따라서 적절한 지점을 건드려주면 무너지게 되어 있네. 이제 슬슬……."

두건 아래로 가후의 눈빛이 날카롭게 빛났다.

"그 균형을 깨뜨려볼 생각이네. 우선, 이 서신을 한수에게 보내려는데 자네 생각은 어떤지 궁금해서 찾아와봤네."

주무는 가후가 내미는 양피지를 받아들었다. 그걸 읽어내려 가는데 절로 모골이 송연해졌다. 문득 현대에서 읽었던 책의 구절이 떠올랐다. 《삼국지》의 책사들을 다룬 책이었는데, 그중 가후를 평한 부분이었다.

가후는 생전에 주인을 여러 번 바꿨으나 그로 인해 불이익을 당한 적이 없었다. 그는 조조와 같은 치밀한 인물조차 그 허점을 찔러, 죽음 직전의 위기에까지 몰아넣었다. 더욱 압권은 후일 바로 그 조조를 주군으로 섬겼다는 것이다. 가후의 계략으로 인해 아들과 조카, 또 아끼던 무장 전위를

잃고서도 그를 받아들인 조조의 대범함도 칭송할 만하나, 그가 항복을 수용하리라 예측한 가후의 통찰력 또한 대단하다 하지 않을 수 없다.

가후는 여자를 이용하거나 이간질을 하는 등의 음험한 계책을 쓰는 데 망설이지 않았고 자신이 관여한 전쟁에서 한 차례도 패하지 않았다. 그는 무엇보다…….

'……인간 자체를 불신하여, 그 마음에 의심을 심는 데 능한…… 난세를 위해 태어난 책사.'

주무는 새삼 자신이 형으로 삼은 이 남자가 얼마나 무서운 사람인지 깨달았다.

"응? 왜 그러나? 뭔가 문제가 있으면 기탄없이 말해주게."

가후의 말에, 주무는 천천히 답했다.

"아무 문제 없습니다. 과연 형님이십니다. 이 서신 한 통이면 한수가 동요하지 않을 수 없겠군요."

"그렇지? 하하."

"단, 한 가지만 더 추가하면 구 할의 확률을 십 할로 높일 수 있겠습니다."

"응? 그게 뭔가?"

이어진 주무의 대답. 이번에는 가후가 놀랄 차례였다.

"한수에게 이 서신을 가져갈 사신으로 저를 보내주십시오."

"아우, 지금 한수는 우리의, 그러니까 주공에 대한 감정이 최악이네. 자네를 보자마자 목을 칠 수도 있어."

"알고 있습니다. 그건 다른 사람을 보내도 마찬가지겠지요. 하지만 제가 간다면 반드시 그 서신을 보게 하고 형님의 책략도 성공시킬 자신이 있습니다. 사실 제 특기는 외교 분야거든요."

"허, 그랬나? 아우가 그렇게까지 말한다면……."

주무는 결심했다. 이제껏 되도록 자제했던 자신의 천기를 한수에게 사용하기로. 자제한 이유는 간단했다. 그만큼 효과가 크기에, 역사에 관여하는 정도가 심해지는 까닭이었다. 주무는 진심으로 여포를 왕의 자리에 앉히고 싶어진 것이다.

7

노식의 위기

용운은 복양성에서 이틀을 더 머무르고 돌아왔다. 그사이 왕굉과는 더욱 친밀해졌다. 용운이 돌아갈 때가 되자, 강직한 그가 눈물을 글썽거렸을 정도였다.

성심껏 말을 들어주는 진심 어린 태도와, 대화하는 내내 뭔가 보람을 느끼게 해주는 탁월한 식견. 거기에 볼수록 매력적인 용모는 덤이었다. 이제껏 가까이 지낸 사람이 없었기에 더 용운이 특별하게 느껴졌을지도 몰랐다. 용운의 높은 매력 수치가 왕굉에게 고스란히 효과를 발휘한 것이다.

"조만간 또 뵈러 오겠습니다."

"기다리고 있겠습니다, 진 공."

두 사람은 아쉽게 이별했다.

그렇게 업으로 돌아온 용운. 하지만 그를 기다리고 있는 것은 잔뜩 밀린 일거리였다.

'당분간 철야네, 이거.'

용운은 산더미처럼 쌓인 죽간과 양피지 더미에 기가 질리고 말았다.

며칠 뒤, 집무실로 찾아온 전풍이 말했다.

"전사자에 대한 예우와 항복한 흑산적들의 처리 문제가 시급합니다."

그와 함께 온 저수도 덧붙였다.

"하지만 그보다 먼저, 흑산 토벌전에 대한 논공행상을 해주신다면 사기가 오를 것입니다."

용운은 가볍게 한숨을 내쉬었다.

"휴…… 계규(최염)와 문약(순욱)은 뭐하고 있어요?"

옆에 있던 진궁이 용운의 질문에 답했다.

"계규 님은 갑자기 늘어난 인구와 병사 때문에, 식량과 물품 소비 계획을 짜느라 정신이 없다고 합니다. 또 문약 님은 이번 승전을 듣고 찾아온 이들을 심사하고 자신의 지인들을 초빙하느라 바쁩니다."

"오! 그 둘은 건드리지 마요."

"어차피 그럴 상황도 아닙니다만……."

"아참, 사마랑! 사마백달(사마랑)과 순공달(순유)은요?"

"그나마 두 사람 덕에 주공의 일거리가 이 정도로 줄어든 겁니다. 둘 다 문약이 추천한 이들답게 대단한 인재더군요. 특히, 백달은 뒤섞인 일 처리 형식이나 보고 체계, 업성 내의 풍습 등을 정리하는 데 탁월합니다. 공달은 첩보 쪽을 나눠 받아서 국양(전예)의 부담을 덜어주고 군대의 행정적인 부분에도 큰 도움을 주고 있습니다."

"어…… 기대는 안 하지만, 봉효(곽가)는…….."

깐깐한 전풍은 그 이름을 듣자마자 분통을 터뜨렸다.

"어디서 그런 물건을 주워 오신 겁니까? 또 어딘가에 처박혀서 술이나 마시고 있겠지요. 흑산 토벌 때의 공으로 봐주는 것도 한계가 있습니다. 전쟁 때가 아니면 쓸모가 없는 작자입니다."

용운은 쓴웃음을 지었다.

"알았어요. 원호, 나가자마자 성월을 불러서 제가 시켰다고 하고 봉효를 잡아오라고 해요. 희한하게 성월은 봉효가 있는 곳을 귀신같이 찾아내더군요."

"술꾼 마음은 술꾼이 안다는 거겠지요."

그때, 듣고 있던 저수가 불쑥 입을 열었다.

"갑자기 떠오른 겁니다만."

"네, 저수. 뭔데요?"

"백달, 공달……. 거 마치 짝 같습니다. 껄껄!"

"……."

집무실에 잠시 침묵이 감돌았다. 재미도 없고 심지어 박자도 한참 늦었다. 전풍은 두어 걸음 옆으로 물러났고 진궁은 고개를 저었다. 용운이 심각한 표정으로 저수에게 물었다.

"많이 피곤해요?"

"아닙니다, 주공! 전 단지 이 갑갑한 집무실의 분위기를 밝게 만들어보고자……."

당황한 저수가 허둥거렸다.

일부러 눈살을 찌푸리고 있던 진궁이, 결국 못 참고 웃음을 터뜨렸다. 용운도 함께 웃었다.

"뭐야, 다들 절 놀리신 겁니까? 하하!"

안도하며 웃는 저수에게 전풍이 정색했다.

"난 아니오. 하필 또 짝을 짓는 저의가 두렵소."

"……."

시무룩해진 저수를 본 용운은 또 웃음이 터졌다.

"하하하!"

이런 화목함은 용운 진영의 특징이었다. 바쁜 가운데 모처럼 화기애애한 시간을 보낼 때였다. 순유가 굳은 얼굴을 하고 다급히 들어왔다.

"주공!"

그는 다른 사람들은 본체만체하고 용운부터 찾았다. 그 정도로 긴급한 일이라는 의미였다. 그 사실을 눈치챈 용운도 거두절미하고 바로 답했다.

"말씀하세요, 공달."

순유는 서둘러 달려왔는지 숨 가쁜 목소리로 말했다.

"국양 님이 보낸 전갈에 따르면, 최근 원소의 움직임이 심상치 않다고 합니다."

용운이 고개를 갸웃거렸다.

"원소는 공손찬을 치려던 게 아닌가요? 바로 얼마 전에 그가 하내태수를 움직여 공손찬의 발을 묶은 다음, 직접 그리로 향하려 한다고 들었는데."

"그랬습니다. 한데 갑작스러운 변화가 생겼습니다."

"무슨 변화죠?"

용운의 얼굴에서 웃음기가 사라졌다. 이상하게 불길한 예감이 들었다. 그는 늘 원소를 경계하고 있었다. 덕분에 출정한 사실도 비교적 빨리 알아챘다. 남피성에 흑영대원을 비롯한 첩자들을 충분히 풀어놓은 덕이었다.

그러나 인터넷이나 통신이 없는 시대였다. 아무리 빨리 알아낸다 해도, 무슨 일이 일어났을 때 그 소식이 전해지기까지는 시간이 걸렸다.

"군사를 둘로 나눴답니다. 그중 원소가 직접 지휘하는 쪽은 관도 방면으로 향하고 있고 문추의 부대는 빠르게 북상을 시작했다고 합니다."

"북상이라 하면……."

이어진 순유의 말을 들은 용운의 안색이 파랗게 질렸다.

"아무래도 탁군을 목표로 하고 있는 듯합니다."

탁현의 노식은 아침부터 기분이 울적했다. 어제 들은 채옹이 죽었다는 소식 때문이었다. 그는 노식과 특별한 인연이 있는 사람이었다.

'백개(伯喈, 채옹의 자) 님, 모든 사람이 공처럼 의리를 미덕으로만 보진 않는구려. 더는 그런 세상이 아닌가 보오. 그저 가슴속에 묻어두셨으면 될 것을, 왜 자사(子師, 왕윤의 자)가 듣는 데서 동탁의 죽음에 탄식하셨단 말이오.'

채옹은 학문과 글씨로 명성 높은 학자였다. 모함을 받아 궁을 나와서 떠돌던 중 정권을 잡은 동탁이 그의 명성을 듣고 초빙했다. 채옹은 병을 핑계로 거절했으나, 화난 동탁이 집안을 멸족시키겠다고 위협하여 어쩔 수 없이 관직에 나갔다.

동탁은 채옹을 극진히 대접했다. 거듭 승진시켜, 불과 사흘 만에 최고위직까지 올렸을 정도였다. 그때 동탁이, 당시 황제였던 소제(少帝)를 폐하고 진류왕을 황제 자리에 앉힐 뜻을 내비쳤다. 그 진류왕이 바로 현 황제인 헌제(獻帝)였다.

노식은 면전에서 강경한 어조로 반대했다. 이에 동탁이 그를 죽이려 했을 때, 총애를 받고 있던 채옹이 간곡히 말린 덕에 벼슬에서 쫓겨나는 걸로 그칠 수 있었다. 노식이 누상촌으로 낙향한 계기가 그것이었다. 다시 말해 채옹은 그에게 생명의 은인인 셈이었다.

이에 노식은 알 수 있었다. 채옹이 동탁의 죽음에 탄식한 게, 그를 개인적으로 존경해서라거나 그가 정의로워서가 아님을. 그저 자신에게 베풀어준 은혜를 외면하지 못한 것이다. 모두가 동탁의 시신에 침을 뱉을 때, 채옹만은 슬퍼하는 기색을 드러내며 탄식했다고 한다. 그게 장안을 휘어잡은 왕윤의 노여움을 사고 말았다.

채옹은 자신의 잘못을 인정하고 사죄했다. 평생 집 밖으로 나오지 않을 터이니 한나라의 역사를 저술할 수 있게 허락해줄 것을 간청했다. 그의 재주를 아까워한 신하 대부분이 채옹을 구제하려 했다. 하지만 왕윤은 듣지 않고 끝내 그를 죽이고 말았다.

'왕윤……. 절개 있는 자임은 분명하나 지나치게 독선적이다. 그나저나 백개 님의 남은 가족이 걱정이구나. 내 그로부터 구명지은을 입었는데 어찌 한탄만으로 그치랴.'

노식은 집무실로 걸음을 옮겼다. 장안에 있는 양수에게 서신을 쓰기 위해서였다.

'그 아이가 나를 기억할지 모르겠구나. 또 원수의 죽음에 슬퍼한 이의 유족을 위해 힘써줄지도 모르겠고. 허나 이제 조정에 남은 연줄이 없는 데다 장안은 왕윤이 장악하고 있으니 다른 방도가 없다.'

양수(楊脩), 자는 덕조(德祖). 태위 양표의 아들로, 양표가 동탁의 수하 호진의 손에 죽은 후 한동안 원술에게 가 있었다. 그의 어머니가 원술의 누이였기 때문이다. 즉 원술은 그에게 외숙부가 되었다. 그러다 동탁이 암살당한 뒤, 왕윤의 부름을 받아 장안에서 정치와 학문을 익히는 중이라 들었다. 올해로 열일곱 살에 불과했으나, 이미 그 재주에 대한 소문이 자자했다. 어릴 때 낙양에서 노식과 몇 번 본 적이 있었다.

'백개 님의 가솔을 보살피고 고향으로 보내는 일 정도는 할 수 있겠지. 아니, 백개 님의 고향인 진류는 지금 조조가 차지하고 있던가. 그럼 차라리 주공께 의탁하는 편이 나을지도……'

노식은 자신이 늙었음을 새삼 실감했다. 함께 활약했던 이들 중 여전히 현역인 사람은 얼마 전 태상(太常) 직에 오른 황보숭과 서주에 가 있는 주준 정도였다.

그러나 시간의 흐름을 느끼고 그런 생각이 들었을 뿐, 몸 상태는 나쁘지 않았다. 아니, 누상촌에 머무를 때보다 오히려 좋았다. 용운의 지시대로 운동을 게을리하지 않고 그가 보내주는 탕약을 꾸준히 먹은 덕일까.

'주공께선 잘 계시는지⋯⋯. 최근에 흑산적의 침공을 훌륭히 막아내셨다고 들었는데.'

노식은 문득 용운이 보고 싶었다. 그러고 보니 못 본 지도 몇 개월이 지났다. 그는 쓰는 김에 용운에게도 서신을 보내야 겠다고 생각했다.

노식이 집무실에서 양수에게 보낼 서신을 다 쓴 직후였다. 관리 하나가 허겁지겁 달려와 그를 찾았다.

"태수님! 큰일 났습니다."

"무슨 일이기에 그리 호들갑인가?"

"원소의 군대가 탁군을 목표로 진군해오고 있다고 합니 다!"

"원본초가? 발해에서 이곳까지는 거리가 상당할 텐데, 왜 굳이⋯⋯. 확실한가?"

"소쌍과 장세평이 알려온 정보입니다. 이미 방성을 포위 했다고 합니다."

장세평과 소쌍은 여전히 탁군을 기점으로 상행 중이었다. 그들은 사비로 정보원을 부려 노식을, 정확히는 용운을 돕고 있었다. 흑영만큼의 정예는 아니지만, 아낌없이 돈을 쓴 덕 에 제법 빠르고 정확한 정보를 얻었다.

'허언은 아니겠군.'

방성현은 탁현의 동남쪽에 위치한 곳이었다. 탁현까지는 하루면 족한 거리였다. 거길 포위했다면 의도는 확실했다.

'원소가…….'

한때 노식 자신이 의탁할까 생각했던 군웅. 그러나 현 황제를 몰아내고 유우를 추대하려는 계획을 꾸몄다. 그 후로도 명성과 달리 음험한 일을 일삼아 마음이 완전히 떠난 후였다. 단, 그와 별개로 원소의 세력은 매우 강성했다.

'최근에 이상하게 심란하고 꿈자리가 사납더니. 방성이 얼마나 버틸까? 이틀? 사흘?'

노식은 즉각 관료들을 불러모으도록 했다.

"아, 그 전에…… 이 서신을 장세평에게 주어, 장안의 양수에게 전하도록 이르게."

"알겠습니다."

관리는 서둘러 집무실을 나갔다.

그로부터 얼마 후였다. 비서 겸 문서 일체를 맡은 진림을 비롯하여, 한때 유비와 함께 황건적 토벌에 활약하다가 고향으로 돌아온 무장 추정(鄒靖), 한복을 섬기다가 그의 사후 용운의 가신이 된 민순(閔純) 등이 모두 대전으로 모였다.

민순은 용운의 명으로, 업성에서 탁군으로 이동해 노식을 돕고 있었다. 다들 소식을 들었는지 긴장한 기색이었다. 그 사이 노식도 더 구체적인 정보를 들은 뒤였다.

"원소의 상장 문추가 이끄는 군사가 탁현을 향해 진군 중인 듯하오. 이미 방성을 포위했다고 하니 어쩌면 좋겠소?"

노식의 말에, 나름대로 대군을 이끈 경험이 있는 추정이 답했다.

"방성은 말할 것도 없고 아시다시피 탁현도 방어 능력이 많이 부족합니다. 그나마 태수님께서 부임해오신 후로 성벽 보강에 힘쓰셨으나, 황건적 정도면 몰라도 원소의 정예병을 맞아 싸우기엔 힘에 부칠 것입니다."

진림이 침중한 표정으로 말했다.

"주공이 계신 업은 물론이고 계의 유주목과 우북평의 관정에게도 원군을 요청하는 서신을 보냈습니다."

노식은 진림의 빠른 일처리에 감탄하면서도 우려되는 부분을 짚었다.

"백안 공(유우)은 그렇다 치고. 관정은 백규(공손찬)의 가신인데, 당장 제 주인의 발등에 불이 떨어진 터라 구원에 응할 수 있겠는가?"

"어차피 우북평에서 하내까지 원군을 보내기란 쉽지 않습니다. 작년에 북평태수가 수만에 달하는 군사를 끌고 간 것도 그래서입니다. 반면 우북평에서 이곳 탁현까지는 비교적 멀지 않으니, 우리를 도와주면 대신 업의 주공께서 복양성의 병력을 하내로 보내 북평태수를 도울 수도 있습니다. 따지고 보면 주공과 북평태수는 직접 부딪친 적은 없으니까요.”

“오호라.”

노식은 새삼스럽다는 시선으로 진림을 보았다. 늘 입에 불평을 달고 살지만, 탁현으로 온 후에는 성심껏 자신을 도와 일해왔다. 무엇보다 위험해지면 제일 먼저 달아날 것 같았던 사람이 누구보다 발 빠르게 대응했다는 점이 고맙고 기특했다.

‘문제는 원군이 올 때까지 버틸 수 있느냐 하는 것이지.’

노식은 평소 탁군과 업 사이의 거리가 지나치게 멀어서 불안해했다. 기회가 왔을 때 차지해야 했기에, 용운이 업을 친 것 자체에는 불만이 없었다. 그 결정은 백번 생각해도 잘한 일이었다. 안 그랬다면 결국 원소나 조조에게 넘어갔을 터. 다만, 어느 한쪽에 문제가 생겼을 때, 호응하기가 쉽지 않았다. 바로 지금처럼.

‘그래서 다음에는 거록군을 점하시라고 간언할 참이었는데, 뜻하지 않게 흑산적 놈들이 들고일어나는 바람에. 거기다 주공은 동군과 연계했다고 하니, 전선이 남쪽으로 치우쳐 버렸다.’

이번에는 한복의 가신 출신인 민순이 나섰다.

“저를 방성으로 보내주십시오. 아직 저들의 목적이 명확해진 건 아니니, 제가 가서 의중을 파악하고 가능하다면 중재해보겠습니다.”

"으음……."

노식은 잠시 망설였다. 만약 원소가 용운과의 전쟁을 결심한 거라면 민순이 위험해질지도 몰랐다. 게다가 적장 문추는 포악하다는 평이 있었다. 그럼에도 불구하고 그 제안에 마음이 흔들렸다.

'역시 업을 차지한 게 컸는가. 본초는 공공연히 기주를 평정하겠다는 야심을 내보였는데 주공이 선수를 쳐버렸으니. 하지만 아무리 그렇다 해도 명분이 없는 건 사실. 선전포고도 없이 다짜고짜 사신을 베지는 않겠지.'

무엇보다 시간이 중요했다. 민순을 사신으로 파견하여 단 하루라도 벌 수 있다면, 교섭에 아무 소득이 없다 해도 그것 자체로 이익이었다. 민순은 한복을 모셨던 전력 때문에 평소 눈치를 많이 봤다. 이번에 공을 세울 기회를 주는 것도 나쁘지 않을 터였다. 마음을 정한 노식이 민순의 청을 수락했다.

"그럼 부탁하겠소."

"맡겨주십시오. 바로 출발하겠습니다."

원래 탁현에는 오천의 병사가 전부였다. 그러나 흉노나 황건적 등의 침공을 우려한 노식이 병력을 일만으로 늘렸다. 또한 거의 없는 거나 마찬가지인 성벽을 보수하고 감시탑도 세웠다. 그래봐야 좀 높은 담장 정도에 불과했지만, 아예 없는 것보다는 나았다.

"그럼 일단 민순을 기다리면서 수성을 준비하도록 합시다."

노식은 추정에게 병사 오천을 주고 자신도 직접 오천의 병력을 거느려 방어태세를 정비했다.

원소군의 상장 문추(文醜)가 민순의 목을 보내온 것은 그로부터 사흘 후였다. 목 아래에 '주실적구(主失的狗, 주인 잃은 개)'란 푯말을 단 채로. 한복이 죽자 용운에게 투항한 걸 비꼰 말이었다.

"어찌 이런 무도한 짓을……."

탁현의 관료들은 모두 할 말을 잃었다. 노식이 설마 하면서도 우려했던 일이 벌어진 거였다. 가만히 눈을 감고 있던 그가 입을 열었다.

"이로써 상대의 뜻은 명확해졌소. 아무래도 싸움을 피하기 어려워 보이니, 떠날 사람은 지금 떠나시오."

아무도 움직이지 않았다. 심지어 진림마저 미동조차 하지 않았다. 얼굴은 벌써부터 누렇게 뜬 주제에 말이다. 노식이 진림에게 부드러운 어조로 말했다.

"진 부승(군 태수의 부관), 전시에 그대가 할 일은 딱히 없소. 그대는 주공께서 친히 발탁한 인재요. 성이 포위되기 전에 빠져나가서 주공께 가시오."

진림은 훗날 건안칠자의 한 사람으로 꼽혔을 정도로 문장이 탁월했다. 노식은 그의 그런 재주가 아까워 진심으로 한 말이었다.

하지만 진림은 버럭 소리를 질렀다.

"제, 제가 할 일이 왜 없습니까?"

"공장(孔璋, 진림의 자)……."

"전시에는 격문을 써서 아군의 사기를 드높이고 적의 기세를 꺾는 게 제가 할 일입니다. 이래봬도 동탁을 규탄하는 격문을 써서 천하에 이름을 떨친 접니다. 여기서 무서워 도망치면 세상 사람들이 다 비웃을 것입니다."

"후우, 그냥 해보는 말이 아니오. 진 공장뿐만 아니라 누구든 떠날 수 있을 때 떠나시오. 그냥 도망치라는 뜻이 아니라 업으로 가서 주공께 힘을 보태라는 뜻이오."

하지만 여전히 누구도 반응하지 않았다. 노식은 헛웃음을 지었다. 가슴이 답답하면서도 따뜻해졌다.

"이런 꽉 막힌 사람들을 봤나."

추정이 힘주어 말했다.

"아직 승패는 알 수 없는 일입니다. 유주목(유우를 뜻함)은 공명정대한 분이며 계는 탁군과 인접해 있습니다. 또 탁군은 유주에 속하는 지역이니, 유주목의 관할입니다. 원군이 올 가능성은 충분합니다."

그의 말대로 탁군은 사실 행정구역상 유주에 속했다. 용운이 자기 사람인 노식을 태수로 임명했지만, 그는 어디까지나 유주가 아닌 기주목이었다. 탁군태수를 임명할 권한은 없다는 뜻이다. 관직에 익숙지 않았던 용운의 실수였다. 이 부분을 유주목 유우가 어떻게 받아들일지가 관건이었다.

노식은 목멘 소리로 말했다.

"고맙소, 다들."

"마땅히 해야 할 일을 하는 것뿐입니다."

"좋소. 그럼 다들 각자의 자리에서 최선을 다해봅시다. 시간은 우리 편이니, 버티는 걸 목표로 하면 추 교위의 말대로 가능성은 충분하오."

사람들을 모두 내보낸 노식은 새로 한 통의 서신을 써내려갔다. 이어서 아들 노육을 불렀다. 노식에게는 아들이 모두 네 명 있었다. 위로 두 아들은 혼인해서 다른 지역에 살고 있었고, 셋째는 전란 통에 병들어 죽었다. 늦둥이인 노육은 여덟 살에 불과한데도 총명함이 남달랐다. 노식에게는 그야말로 눈에 넣어도 아프지 않을 자식이었다.

'아직 앞날이 너무도 창창한 아이다. 이 아이만은……'

잠시 후, 겁먹은 기색의 노육이 들어왔다.

"아버님."

노식은 대뜸 물었다.

"육, 네 자(字)의 의미를 알고 있느냐?"

노육의 자는 자가(子家)였다.

"예. 가문을 이어나가라는 뜻입니다."

"그래. 이 서신을 가지고 네 어미와 함께 주공께 가거라. 가자마자 곧바로 서신을 전해야 한다. 내 소쌍과 장세평에게 말해둘 터이니, 그들을 따라가면 된다."

서신을 받아들고 머뭇거리던 노육이 조심스레 물었다.

"아버님은요?"

"허허, 선장은 침몰하는 배와 운명을 같이하는 법이다. 더구나 탁현은 내 고향이기도 하다. 주공께서 맡기신 성은 물론, 여기 있는 백성들을 두고 어찌 달아나겠느냐? 그것은 주공의 얼굴에 먹칠하는 짓이니라."

"아버님······."

노육의 눈에서 굵은 눈물이 뚝뚝 떨어졌다. 그 모습을 보던 노식의 가슴이 미어졌다. 아무리 똑똑하다고 해도 여덟 살 아이가 아닌가. 아직 한창 사랑받고 클 나이였다. 노식은 마지막으로, 사랑하는 막내아들의 머리를 부드럽게 쓰다듬었다.

"울지 마라, 육. 사내는 함부로 울어서는 안 된다. 이제 앞으로 네가 어머니와 가족들을 지켜야 한다."

"예, 아버지······."

"이제 가거라."

노육은 흐느끼며 집무실을 나갔다. 단순히 아버지와 헤어지는 아이의 슬픔일까. 아니면, 특유의 영민함으로 뭔가 직감한 것일까. 노육의 울음소리가 노식의 귓가를 맴돌았다. 오랫동안 잊히지 않을 듯한 소리였다.

아들이 나가자, 착잡하던 노식의 표정이 변했다. 학자 출신임에도 불구하고 황건적과의 전투에서 용맹하게 싸우던 시절, 또 환관의 뇌물 요구를 단칼에 거절하던 시절의 그로 돌아간 것이다.

'길고 짧은 건 대봐야 안다. 본초, 어디 해보자꾸나.'

며칠 후, 계의 유주성.

서신을 본 유주목 유우는 난감한 표정을 지었다.

"으음, 원소군이 탁군을 공격해올 태세라."

그는 얼굴에 부드러운 성품이 그대로 드러났다. 눈빛은 깊고 맑았으며, 주름살조차 온화했다. 무엇보다 인상적인 것은 검소한 차림새였다. 분명 관복인데 얼마나 입었는지 군데군데 닳아서 색이 바랠 지경이었다.

유우의 가신 위유가 말했다.

"원본초 자신이 발해태수로 있는데, 진용운이 기주목을 자처함은 용납할 수 없다고 일단 명분을 내세운 듯합니다."

발해는 기주의 속군이라, 이는 곧 원소가 용운의 아래라고 받아들일 수도 있는 부분이긴 했다.

"허나 속내는 진용운이 위군을 차지한 게 못마땅한 게 아니겠소. 더구나 업은 알짜배기 땅이니."

유우의 말에 위유가 고개를 끄덕였다.

"그렇겠지요. 여러 경로로 업 쪽에 공작을 시도하고 있었다고 들었습니다. 이번에 흑산적이 움직인 것도, 얼핏 보면 수확기를 노린 듯하지만 실은 원소의 입김이 닿았다는 말도 있습니다."

"자태의 의견도 들어보고 싶은데, 아쉽구려."

자태(子泰)는 유우의 막료 중 한 사람인 전주(田疇)의 자였다. 그는 평소 독서를 즐겼으며 검술에도 뛰어났다. 그리고 유우를 존경하여 충심으로 섬겼는데, 지금은 장안의 헌제에게 파견 간 상태였다.

정사에서는 황제가 스물두 살에 불과한 전주에게 기도위 관직을 내렸고 삼부에서도 초빙했으나, 그는 모두 거절하고 유주로 돌아왔다고 기록했다. 그런데 그가 도착하기도 전에 유우가 공손찬에게 살해되고 말았다. 전주는 유우의 묘를 찾아 통곡하며 제사를 지내고 떠났다. 이 소식을 들은 공손찬은 매우 노하여, 전주를 붙잡아 죽이려 했다. 그러나 전주는 당당하게 대꾸하면서 오히려 공손찬을 책망했다. 이에 공손찬은 그가 용기 있는 사람이라 여겨 주살하지는 않았으나, 군영에 가둬놓고 아무도 만나지 못하게 했다. 그러자 측근이 말했다.

"전주는 의로운 인물인데, 예를 갖춰 대하지 않고 오히려 다시 가뒀으니 민심을 잃을까 두렵습니다."

공손찬은 가뜩이나 유우를 죽인 일로 원성을 듣던 차였다. 이에 즉시 전주를 석방하였다. 전주는 돌아간 이후에, 모든 일가와 그를 의지하여 따라온 백성 수백 명을 데리고 땅을 깨끗이 쓸어 맹서(盟誓)하여 말했다.

"주군의 원수를 갚지 못했으니, 나는 이 세상에 서 있을 면목이 없구나!"

그 후 207년에 조조로부터 부름을 받을 때까지 은둔하여 무리를 돌보며 지냈으니, 전주의 사람됨과 유우에 대한 충심이 이 정도였다. 그러니 유우가 그의 부재를 아쉬워할 만했다.

유우는 다시 한 번 서신을 훑어 읽으며 말했다.

"그나저나 정말 명문이로세. 진림이라 했던가. 과연 반동탁연합군을 결성했을 때 격문만으로도 동탁을 격노하게 했다더니. 여기에는 주군에 대한 충심이 절절히 드러나고 간곡히 원군을 청하면서도 비굴하지는 않다. 자간 또한 달아나거나 항복하기보다는 맞서 싸우려 하니, 적어도 진용운이라는 자가 가신들의 마음을 얻고 있음은 알겠다."

유우의 다른 가신 선우보(鮮于輔)가 말했다.

"원본초가 진용운이 기주목을 칭한 것으로써 명분을 삼았다면, 그걸 빌미로 유주 땅인 탁군을 치려는 행위는 자신의 명분을 스스로 버리는 셈이니 도리에 어긋납니다. 마땅히 그전에 주공께 양해를 구했어야 합니다."

"음……."

"또 듣기로 진용운이 비록 기주목의 자리를 탈취하다시피 했으나, 흑산적을 물리쳐 백성들을 구한 공로가 크고 선정을 펼쳐 칭송이 자자하다 합니다. 또한 공손찬에게서 독립하여 관계가 불편할 터이니, 이 기회에 그에게 은혜를 입혀두고 공손찬을 견제케 하는 것도 나쁘지 않을 듯합니다."

"그의 선정에 대해서는 나도 들은 바가 있소. 특히 둔전과 치안대의 운영 방식엔 감탄을 금치 못했소."

"허락해주신다면, 제가 병사를 이끌고 나아가 원소군을 막는 데 힘을 더해보겠습니다."

선우보는 올해 28세의 무장이며, 키가 작은 편이었으나 체구가 단단했다. 짙은 눈썹과 굳게 다문 입에서 올곧은 성정이 느껴졌다. 그는 유우 밑에서 '유주종사(幽州從事)' 직에 있었다. 종사는 주목 아래에 딸린 관직이었다. 맡은 업무에 따라 지위와 호칭이 다양했다. 예를 들어, 용운이 순욱에게 적당한 자리를 주기 위해 임의대로 만든 인사종사 같은 것이 있다. 유주종사라면 유주목을 도와 각종 업무를 처리하는 자리

정도로 해석할 수 있었다.

선우보는 속으로 원소에 대한 분노가 일었다.

'원소, 감히 주공을 무시하고 멋대로 군사를 움직이다니.'

선우보는 잘 모르는 용운에 대한 호감보다는 유우를 무시한 원소의 행태에 분노했다. 또 노식을 존중하는 마음에 나선 것이기도 했다. 그도 전주와 마찬가지로 유우를 진심으로 존경했다. 사실, 가신 대부분이 그랬다.

그렇다고 능력도 안 되는데 자청한 건 아니었다. 그는 무력과 지략을 겸비한, 상당한 명장이었다. 《삼국지연의》에 등장하지 않아 생소할 뿐이다.

정사에서 선우보는 유우의 사후, 그의 원수를 갚기 위해 다른 신하들 및 북방민족과 힘을 합쳐 수만의 군세를 모았다. 그 결과, 공손찬 휘하의 어양태수 추단(鄒丹)을 공격해 죽였으며, 원소의 부장인 국의와 합류하여 강력한 공손찬군을 연이어 패퇴시켰다. 결국 199년경에 공손찬의 세력을 멸망시키는 데 공헌했으니 유우의 복수를 이룬 셈이었다.

선우보는 현재 용운의 가신으로 활약하고 있는 전예의 상관이 되기도 했다. 훗날 조조에게 귀순한 것도 전예의 조언을 따른 거였다. 조조가 오환 정벌을 할 때 종군했으며, 위나라에서 '보국장군(輔國將軍)'의 관직에 오르고 '남창후(南昌侯)' 작위까지 봉해졌다. 보국장군은 제3품의 고위직이고 남창후는 남창현이란 지역을 영토로 하사받았음을 뜻한다. 이런 기록으로 봐도 범상치 않은 인물이었다.

잠시 고심하던 유우가 결단을 내렸다.

"선우 종사의 말이 옳소. 마침 오환 쪽도 잠잠해졌고 공손찬은 하내에 발이 묶여 있으니, 병력을 빼낸다고 해서 불상사도 없을 터. 그대에게 교위를 겸하게 하고 이만의 병사를 주겠소. 가서 탁군을 방어하시오. 물론 그런 다음에는, 기주목에게도 멋대로 탁군태수를 임명한 책임을 물을 것이오."

선우보는 깊이 허리를 숙여 포권했다.

"주공의 말씀이 참으로 지당합니다."

이렇게 해서 유우는 노식에게 원군을 보내기로 결정했다. 이는 바람 앞의 등불 같은 탁현에 한 가닥 희망이 될 터였다. 하지만 이 결정으로 말미암아 유우는 예전에 그를 황제로 추대하려던 원소의 계획을 가차 없이 거절했던 일까지 더하여, 단단히 원한을 사게 되고 말았다.

8

·

결의하다

　탁현이 위험하다는 보고를 들은 후부터였다. 용운은 꼬박 닷새를 제대로 잠도 자지 않았다. 그는 뭐에 홀린 사람처럼 서류를 처리했다. 그런 한편 쉴 새 없이 가신들에게 지시를 내렸다. 군대를 편성하고 출정 준비를 하는 데는 만만치 않은 시간과 노력이 필요했다. 불과 열흘 전, 흑산적과의 전투를 치렀기에 더욱 그랬다. 거기에 수확기까지 겹쳐 문제가 커졌다. 직업군인은 소수에 불과했는데, 병사 대부분이 농민이었기 때문이다.

　'가용한 병력이 너무 적어. 최소 이만, 아니 삼만은 필요하다. 치안대 수를 임시로 줄이고······.'

그는 지금도 집무실에서 업무를 처리 중이었다. 물론 원군 파견을 위한 준비 작업들이었다. 곽가와 진궁이 거들긴 했지만 역부족이었다. 결국 보다 못한 진궁이 용운을 말렸다.

"주공, 진정하고 잠시 쉬십시오! 그러다 쓰러지시겠습니다."

용운은 일각이 흐를 때마다 미칠 지경이었다. 이러는 순간에도 원소군은 탁현에 가까워지고 있으리라.

'어서, 어서 원군을 소집해서 노식을 구하러 가야 해!'

조급해진 그는, 진궁의 말에 자기도 모르게 버럭 화를 냈다.

"진정하라고요? 내가 지금 진정하게 생겼어요? 자간 님이 어찌 될지 모르는 판에!"

"……송구합니다."

용운은 붓을 놓고 한숨을 내쉬었다.

"휴우, 미안해요, 공대. 화내려던 건 아니었어요. 마음이 급해서 그만……."

"아니, 충분히 이해합니다. 하지만 주공께서 정말 쓰러지시기라도 하면 원군을 아니 보냄만 못합니다. 최소한 제 입장에선 그렇습니다."

팔짱을 끼고 있던 곽가가 입을 열었다.

"너무 초조해하지 마십시오, 주공. 분명 비상사태이긴 하나, 태수님 본인이나 막료 중 누군가가 계로 원군을 요청했을 가능성이 있습니다."

그 말에 용운은 귀가 번쩍 뜨였다.

"계요? 유주목, 백안 공에게 말인가요?"

"예. 주공께서 근거지였던 탁군의 태수로 자간 님을 임명하긴 했지만, 엄밀히 말해 탁군은 유주에 속합니다. 즉 유주목이 다스려야 할 지역이라는 거지요. 유주목의 성품이 온건한 데다 현 정세가 그런 것들이 무의미해진 상태라 묵인했던 걸로 보입니다만…….."

그 말에 용운은 비로소 자신의 실수를 깨달았다. 당시 정신이 없어 미처 생각지 못한 부분이었다. 그런 작은 실책이 이런 형태로 돌아와버렸다.

"아차! 내가 원래 탁현의 현령으로 있었기에 너무 가볍게 생각했네요. 아니, 그럼 공손찬은 날 어떻게 탁현령으로 임명한 거죠?"

"그래서 지금 나라꼴이 개판이라는 겁니다. 공손찬과 백안 공의 불화가 심각한 수준이었기 때문에 보란 듯이 더 그랬을 수도 있고요."

"음…… 그렇다면 나에 대한 감정이 별로 좋지 않을 텐데, 순순히 도와줄까요?"

"그래도 주공께서 공손찬과 결별했고 현재는 기주목으로 있으니, 탁군의 태수가 누구 사람인가를 떠나서 유주목이라는 관직의 책임을 다하기 위해서라도 원군을 파병할 가능성이 높습니다. 백안 공은 그런 분입니다."

"아아…… 이번에 원소를 잘 막아낸다면, 아니 그러지 못한다 해도 유주목과 반드시 친교를 맺어야겠어요."

용운은 곽가의 말에 조금 안심이 됐다. 그렇다고 불안이 전부 해소된 건 아니었다.

'애초에 유우 밑에 쓸 만한 장수가 있었나? 그랬다면 역사에서 공손찬에게 대패해 죽지도 않았을 텐데. 물론 공손찬의 일족이면서 유우 밑에 있었던 공손기가 배신하여 공격 계획을 누설한 탓도 있지만……. 어쩌면 오환의 도움을 받을지도 모르겠다. 아무튼 부디 원군을 늦지 않게 보내주길. 그러면 반드시 보답할 거야. 정말로.'

그렇다고 불확실한 유우의 원군만 믿고 있을 수는 없는 노릇이었다. 용운은 최대한 서둘러 군대를 편성했다. 조운을 대장으로, 장합을 부장으로 한 이만의 원군을 보내기로 한 것이다. 총군사에는 전풍, 부군사로는 곽가를 임명했다. 본래 삼만을 원했지만, 도저히 채워지지 않았다.

'수를 늘려봐야 행군이 늦어지면 아무 소용없으니.'

언뜻 수가 적어 보일 수도 있으나, 대신 그 이만 중 일만이 청광기, 즉 정예 철기병이었다. 최대한 진군 속도를 빠르게 하되, 전력 또한 감안한 결정이었다. 나머지 일만은 보병 및 수송부대로 편성했다. 보급부대의 지휘관은 진궁이 맡았다.

다행히 군량미는 대부분 고스란히 남아 있었다. 그 덕에 시간이 다소 단축됐다. 그래도 병기를 정비하고 다친 군마를 교체하며 부상병을 제외한 병력을 구성하는 등, 해야 할 일들이 끝도 없었다. 흑산적에 맞서 바로 출병할 수 있었던 것도 긴 시간에 걸쳐 미리 준비해둔 덕이었다.

마침내 출정 준비가 끝났을 때는, 이레라는 알토란 같은 시간이 흐른 후였다.

주요 막료들이 모두 모인 최종 회의가 열렸다.

"원군의 총사령관은 조자룡 장군이나, 나도 지원 형태로 참가하겠어요."

용운은 당연히 원군에 참여하려 했다. 그러자 제일 먼저 진궁이 나서서 반대했다.

"절대 안 됩니다."

"내가 가야 해요."

온화한 순욱도 용운을 만류했다.

"주공은 이제 혼자가 아니십니다. 또한 지난번 흑산적 전투 때도 위험했지만 이번에는 그때와 또 차원이 다릅니다."

"사천신녀가 같이 가니 괜찮아요. 그녀들이라면 설령 우리 다섯만 적 본진에 남아도 빠져나올 수 있습니다."

"허나……."

용운은 평소와 달리 단호한 목소리로 말했다.

"이게 내 방식입니다. 낙향한 자간을 끌어내어 탁군을 맡긴 장본인은 납니다. 설사 내가 어찌 된다 해도 꼭 가야겠습니다."

그의 의지가 확고하자 곽가도 나서서 거들었다.

"제가 최대한 주공이 안전하도록 작전을 짜겠습니다. 분명 위험 부담은 있지만, 대신 주공께서 직접 원군을 편성하여 출병하셨다는 소식만 들어도 탁현의 사기는 크게 오를 것입니다. 천하의 재사들에게도 긍정적인 인상을 줄 테고 말입니다. 무모하다고 평하는 이도 있겠지만요."

사실, 곽가는 용운의 이런 면이 마음에 들었다. 전장에서 비로소 살아 있음을 느끼는 그로서는. 자기만 매번 안전한 데로 쏙 빠지는 주군은 질색이었다. 너무 무모해도 안 되겠지만.

"저도 동행하겠습니다. 작은 상처 하나라도 제가 치료해 드리지요."

화타도 이렇게 말하니, 결국 가신들은 포기할 수밖에 없었다.

'사천신녀와 장군들을 믿는 수밖에⋯⋯.'

용운은 업에 남을 사람들에게 당부했다.

"계규(최염)와 문약(순욱)은 여느 때와 마찬가지로 날 대신해서 업성을 잘 다스려줘요. 공달(순유)과 저수는 추가 보급에 바로 대비해주시고요."

구석에 있던 사마랑이 조용히 손을 들었다.

"주공, 저는……."

"아……."

"설마 제가 여기 있는 걸 잊으신 건 아니지요?"

"아, 아닙니다! 지금 막 일을 맡기려 했어요."

"괜찮습니다. 한두 번도 아니고……."

곽가가 낄낄 웃었다.

"또 잊혔네, 잊혔어."

사마랑은 키도 크고 훤칠한데, 이상하게 존재감이 없었다. 용운은 울상이 된 그에게 민심을 다독이고 수확을 총괄하는 일을 맡겼다. 이로써 용운이 직접 이만의 병사를 이끌고 탁군으로 최대한 빨리 강행군하는 걸로 결론이 났다.

원군은 다음 날 아침 일찍 채비를 마치고 성문 앞에 도열했다. 이제 아침저녁으로는 제법 쌀쌀했다. 어느새 또 한 해가 저물어가고 있었다.

용운은 출병식에 앞서 조운에게 말했다.

"형님, 죄송합니다. 흑산적과의 전투가 끝난 지도 얼마 안되었는데 바로 또 먼 길을 가시게 해서……."

"그런 말씀 마십시오. 마땅히 해야 할 일입니다. 더구나 주공께서도 동행하시지 않습니까."

"예. 원소군을 박살내란 말은 하지 않겠습니다. 그저, 자간 님을 꼭 구해주세요. 절대 다치지 마시고요."

"최선을 다하겠습니다."

짧은 격려사를 마친 후, 막 원군이 출발하려는 참이었다. 그런데 앞에 어린아이를 앉힌 장한이 무서운 속도로 말을 몰아오고 있었다.

"누구냐! 말을 멈춰라!"

병사들이 말의 앞을 가로막았을 때였다.

"아니?"

아이의 얼굴을 알아본 용운이 깜짝 놀랐다.

"넌, 노육이잖아? 어떻게 된 거야!"

"으아앙…… 주목님!"

노육은 용운을 보자마자, 말에서 구르듯 떨어지며 울음을 터뜨렸다. 용운은 가슴이 덜컥 내려앉았다.

'설마 그사이에 뭔가 사달이 난 건 아니겠지.'

말 등에서 떨어지는 노육을, 어느새 달려간 검후가 재빨리 받아 안았다. 덕분에 다치지는 않았지만 아이는 울음을 그치지 않았다.

서둘러 다가간 용운이 물었다.

"육, 무슨 일이야? 왜 네가 혼자……."

노육을 태우고 온 장한이 거친 숨을 몰아쉬며 말했다.

"저는 장세평 님 밑에서 일하는 사람입니다. 이 아이가 주목님께 급하게 전할 서신이 있다고 하여 먼저 왔습니다. 서두르다 보니 좀 무리를…….""

그때, 검후가 다급히 외쳤다.

"꼬마야!"

노육은 검후의 품 안에서 정신을 놓아버렸다. 말에 탄 채 쉬지 않고 며칠을 달려온 데다 용운을 보자 이제까지의 긴장이 풀려서였다.

용운의 부름을 받은 화타가 달려왔다. 잠시 맥을 짚고 숨소리를 들어본 그가 말했다.

"탈진한 듯합니다. 심각한 상태는 아니지만, 바로 쉬게 하고 부드러운 음식을 먹이는 게 좋겠습니다. 일단 정신이 들게 해야겠군요."

화타는 소매에서 작은 침을 꺼내, 노육의 머리 중앙 백회혈을 살짝 찔렀다. 그러자 아이는 금세 정신을 차리고 눈을 떴다. 주변에 있던 사람들이 작게 탄성을 질렀다.

용운을 본 노육이 품 안에서 뭔가를 꺼냈다.

"주목님, 이걸…… 아버지께서…….""

이 서신을 전하기 위해 노육은 어린 몸을 무릅쓰고 서둘러 온 것이다. 서신을 받은 용운이 노육의 어깨를 두드렸다.

"장하다. 정말 잘했어. 이제 푹 쉬렴."

"아버지를 구해주세요, 주목님."

그 말에 담긴 간절함에 용운은 울컥했다.

"그래. 내가 직접 갈 거야. 절대 원소의 군사들이 자간 님을 해치게 놔두지 않을 거다."

노육은 비로소 안심한 얼굴로 잠이 들어버렸다. 병사에게 일러 아이를 업고 들어가게 한 용운은 서신을 펼쳤다. 양피지 위에, 노식 특유의 단정한 필체로 충심에 가득한 사연이 쓰여 있었다.

주공께 아룁니다.

주공의 성정으로 보건대, 이 서신을 보실 때쯤이면 아마 급히 원군을 꾸려 출발하려 하시겠지요.

허나 절대 그리하지 마십시오.

만 단위의 군사가 움직이면 아무리 강행군을 해도 이곳 탁현까지 사흘은 걸립니다. 더구나 얼마 전 흑산적과 싸운 피로도 가시지 않은 상황일 터입니다.

감히 이런 말씀을 드리기 송구하오나 신의 능력이 부족하여, 도착하셨을 때쯤에는 탁군이 원소의 손에 넘어가 있을 가능성이 높습니다. 뿐만 아니라, 원소가 군이 북쪽의 탁군을 공격해왔을 때는 분명 다른 속셈이 있을 것입니다.

신이 판단컨대 다른 한 무리의 군사는 관도 방면으로 진출해서 업성을 직접 치려는 게 아닌가 싶습니다.

업은 기후가 온화하고 토질이 우수한 데다 위치까지 좋으니, 마땅히 도읍으로 삼을 만합니다. 차라리 업의 병력을 모두 합쳐 방비를 굳건히 하소서. 그러면 원소는 척박한 탁군 땅을 차지하려고 그쪽에 헛되이 병력을 낭비한 꼴이 될 것입니다. 이는 원소가 수하를 아끼는 주공의 성정을 알고 움직인 것이니, 신의 마지막 말을 꼭 유념해주시기 바랍니다.

신은 이미 옥쇄(玉碎. 충절을 위해 죽음)의 각오로, 싸울 수 없는 백성들과 장세평, 소쌍의 무리를 모두 탁군에서 내보내었고 거기에 신의 막내아들을 딸려 보냅니다. 고슴도치도 제 새끼는 예쁘다고 하지만, 육이 나이에 비해 총명하고 어른스러우니 잘 거둬주시면 훗날 반드시 쓸 만한 가신이 될 것입니다.

오직 그것만이 신의 마지막 부탁입니다.

도망치듯 낙향하여 의미 없이 늙어가던 차에, 주공을 뵙고 마지막 불꽃을 태우게 됐습니다.

그간의 은혜에 감사할 따름입니다.

서신을 읽어내려가던 용운의 눈에서 눈물이 뚝뚝 떨어졌다.

'노식……!'

용운은 옆에 시립한 곽가에게 서신을 건넸다. 내용을 훑어본 곽가가 탄식했다.

"자간 님의 명성이 헛된 것이 아니었군요."

"가능성이 있다고 생각해요?"

"실은 자간 님의 생각과 제 생각이 거의 같습니다. 다만, 주공께서 절대 응하시지 않을 걸 알기에 말을 꺼내지 않았을 뿐입니다."

"그래요……. 날 빨리 파악했네요."

소매로 눈물을 훔친 용운이 전풍을 불렀다.

"원호, 내가 일만의 청광기를 이끌고 가면, 업성에 남은 병력은 얼마가 되죠?"

"동군에 가 있는 일만의 병력과 추수할 인원을 빼면 이만 정도의 보병과 궁병이 남습니다."

"그 병력으로 업성에 의지하여 지키면, 원소의 본대를 막아내지 못하겠습니까?"

"쉬운 일은 아니나 다행히 업성은 높고 튼튼합니다. 또한 순문약과 저수의 능력이라면 충분히 막아낼 것입니다."

전풍의 자신 있는 대답에 용운이 말했다.

"그럼, 갑니다. 이대로 포기한다면 나는 그대들과 육이를 볼 면목이 없습니다."

곽가는 그럴 줄 알았다는 듯 고개를 끄덕였다.

그때였다. 공교롭게도 또 한 필의 말이 나는 듯 달려왔다.

"급보, 급보요!"

연신 급보를 외치는 자는, 얼마 전 동맹을 맺은 동군태수 왕굉이 보낸 사신이었다. 용운은 복양성에 머무를 때 그의 얼굴을 본 적이 있었다. 한 번 본 것은 뭐든 기억하니 당연히 상대를 알아보았다. 용운이 다급히 외쳤다.

"막지 마세요! 복양성에서 온 사람입니다."

말에서 내린 사신은 온몸이 먼지와 땀투성이였다. 노육을 데려온 장한 못지않게 서두른 흔적이 역력했다.

"주목님……."

사신은 구르듯 다가와, 왕굉의 직인이 찍힌 죽간을 바쳤다. 서신을 펴서 읽던 용운의 표정이 점차 굳었다. 그는 탄식하듯 한마디를 내뱉었다.

"이것이었나."

나쁜 일은 한꺼번에 온다더니. 용운은 눈앞이 캄캄해질 지경이었다.

전풍이 조심스럽게 물었다.

"주공, 무슨 일입니까?"

"조조군이…… 오만의 군사로 동군을 침공했다고 합니다. 이미 늠구가 떨어졌고 견성도 위태로운 상황이라고⋯⋯."

"허어⋯⋯."

전풍과 진궁이 동시에 탄식했다.

견성은 복양성의 동쪽에 있는 성이었다. 크기는 작지만, 방어의 요충지였다. 그곳이 무너지면 복양성까지는 코앞이다. 아니, 어쩌면 이미 복양성이 공격받고 있을지도 몰랐다.

'조조. 진류에서 한동안 잠잠하다 했더니⋯⋯. 그새 오만이나 되는 병력을 키웠단 말인가. 내가 조조의 저력을 너무 무시했다. 그를 잘 알면서도.'

곽가가 씹어뱉듯 말했다. 내몰리기만 하는 상황에 자존심이 상한 것이다.

"원소가 조조를 움직였군요. 그 둘은 본래 인연이 깊은 사이니까요. 동군을 쳐서 차지하면 태수 자리라도 주겠다고 한 모양이지요. 병력의 규모로 봐선, 장막이나 제북상 포신과 힘을 합친 것 같습니다."

그랬다. 후일 원소와 역사에 길이 남을 관도대전을 벌이긴 하지만, 이맘때까지 조조는 엄연히 원소의 사람이었다. 노식은 이런 사태까지 예견하고 자신을 포기하라고 한 것일까.

'그나저나 이 용병술⋯⋯.'

북쪽에서 누르고, 남으로는 동맹을 쳐서 압박하며 본대는 업을 노린다. 하북을 마치 안마당처럼 누비는, 과감하면서도 폭넓은 전술이었다. 알고도 셋 중 하나는 내줄 수밖에 없는.

원래 원소의 책사가 되었을 전풍과 저수의 운명을 용운이 바꿨다. 그런데도 여전히 이런 책략을 구사하는 자가 남아 있었다.

'봉기, 곽도, 순심, 신평과 신비 형제 등.'

얼핏 떠오르는 자들만 해도 부지기수였다. 괜히 사세삼공의 명문가가 아닌 것이다. 우유부단하여 큰일을 할 사람이 못 된다는 후세의 평가 때문에 은연중에 원소를 무시했다. 그러나 그 또한 엄연히 천하를 놓고 다툰 패자였다.

'나 따위가 얕볼 상대가 아니었어. 절대.'

순욱과 곽가를 얻었다고 무의식중에 자만했던가. 상대는 자신이 들떠 있는 사이에, 차근차근 준비해 공격을 해왔다. 그것도 외통수로.

순욱은 순욱대로, 뭔가가 떠올라 표정이 어두워져 있었다.

'적의 약점을 파악하고, 언뜻 비효율적으로 보이지만 그 약점을 집요하게 찌르는 방식. 또한 움직일 때는 하나가 아니라 반드시 여럿을 동시에 움직여 적에게 반응을 강요하는…… 이것은.'

그의 눈앞에 단정하고 차가운 순심의 얼굴이 떠올랐다. 자신 못지않은 천재. 그러나 언젠가부터, 정확히는 세간에서 순욱 자신의 평가가 더 높아지면서부터 멀어져버린 형.

'넷째 형님의 책략이다.'

난세인 이상, 섬기는 주군이 달라지면 골육상쟁도 피할 수 없다는 각오는 했다. 하지만 그 순간이 생각보다 빨리 올 것 같았다.

한편, 고심하던 용운은 눈을 질끈 감았다.

'셋 다 지킬 수는 없다. 그렇다면……'

가장 희생이 적은 곳은 탁군이라는 결론이 났다. 우선, 탁군은 현 기주목인 용운 자신의 관할이 아닐뿐더러 유우의 원군도 기대해볼 수 있다. 업을 버리는 건 당연히 말도 되지 않았다.

차선으로 동군, 즉 복양성의 왕굉을 포기하는 방안도 생각해봤다. 하지만 그것도 타격이 너무 컸다. 우선 복양성에 남겨두고 온 태사자와 일만 병사의 안위를 장담하기 어려웠다. 태사자의 성격으로 보아, 죽을 때까지 싸우려들 터. 상대가 흑산적이거나 황건적이라면 이길 수도 있다. 하지만 적이 너무 나빴다.

'조조. 오만의 정병에, 기본적으로 하후돈, 하후연, 조인, 조홍……. 지금쯤은 어쩌면 이전과 악진도 있겠군. 거기다 포신이 합세했다면 현재 그의 부장인 우금까지 있겠지. 태사자 혼자서는 무리야.'

악진(樂進)은 작은 체구에도 불구하고 엄청난 완력의 소유자였다. 늘 선봉에 나서 두려움을 모르고 나아가 싸우는 맹장이었다.

'악진……. 《삼국지연의》에서는 다소 소홀하게 다뤄지지만, 서황, 장합, 우금, 장료 등과 어깨를 나란히 하는 장수로 인정받았을 정도.'

이전(李典)은 신중함과 지략을 동시에 갖춘 인물이었다. 그 성격 덕에 일생 크게 패한 적이 없었다.

'적으로 만나면 정말 상대하기 싫은 스타일.'

우금(于禁)은 포신의 사후 조조의 부하가 된다. 여러 전투에서 수많은 공을 세웠으며 군기를 엄정하게 세우기로 유명했다.

'연진에서 단 이천의 군사만으로 원소의 군세를 막아냈으며, 훗날 관우한테 져서 항복하는 바람에 오점을 남기기 전까지는 좌장군의 지위에까지 올라 조조의 굳은 신임을 받은 장군이 우금이다. 지금은 한창 물이 오를 시기고. 아, 누구 하나 만만한 자가 없어.'

용운은 새삼 깨달았다. 원소나 조조 등 이 시기를 주름잡던 군웅들의 저력이 얼마나 두터운지를. 마치 밀물이 밀려오듯 주변에 모여드는 인재를 막을 도리가 없어 보였다. 원래대로라면 원소와 조조의 사람이 되었을 책사며 장수들을 어느 정도 차지했다곤 하지만, 여전히 그들에게 맞서기엔 턱없이 부족했다.

그나마 순욱을 일찌감치 빼돌린 덕에, 현재 조조의 참모진이 빈약한 게 다행이라고나 할까. 희지재, 곽가, 순유, 정욱으로 이어지는 조조의 핵심 참모진이야말로 모두 순욱에게서 비롯되기 때문이었다. 그때 순욱을 잡지 못했다면 지금쯤 어찌 됐을지 생각만 해도 아찔했다.

'그렇다고 조조 진영에 참모진이 전무한 건 아니다. 포신과 장막 등의 장수들도 나름대로 지략을 갖춘 자들이야. 무엇보다 조조 자신이 뛰어난 책략가다. 아무리 태사자가 날고 기어도 그 전력을 상대로는 복양성에 의지해 지키는 게 전부일 거야. 그나마 방어해낸다면 다행……'

또한 처음 맺은 동맹인 왕굉을 버려둔다면? 이후 타 세력과 손을 잡기가 매우 어려워질 것이었다. 이게 복양성을 포기할 수 없는 이유였다.

'하지만 그랬다간 노식이……'

노식은 처음 공손찬을 떠나 누상촌에 왔을 때부터 용운을 따랐다. 어찌 보면 공신과 같은 존재였다. 더구나 제자인 공손찬과 유비를 다 마다하고 자신을 택했다. 용운은 늘 그에게 마음의 빛 같은 게 있었다. 차마 포기할 엄두가 나지 않았다. 막 출정하려던 장군과 병사들은 그 자리에 선 채 눈치를 보고 있었다.

용운은 이러지도 저러지도 못하고 갈등했다. 그런 그를, 사천신녀가 안타깝게 바라봤다.

"주군……."

곽가가 혀를 차며 중얼거렸다.

"쯧, 결국 또 악역을 맡는 건 나지."

그는 용운에게 냉랭한 어조로 말했다.

"이럴 때가 아닙니다. 어서 선택하셔야 합니다, 주공. 저는 탁군으로 보내려던 원군을 그대로 복양성으로 보내고, 대신 업성의 방비 태세를 갖추시길 권합니다."

"봉효, 그럼 탁현은……."

"생각해보십시오. 자간 님께서 그 서신을 보내실 때 어떤 심정이었을지. 그 마음을 헛되이 해선 안 됩니다."

"크윽……."

용운은 피를 토할 듯한 심정이 되었다. 어떻게 자신의 입으로 노식을 죽게 할 명령을 내린단 말인가.

그때, 용운과 사천신녀의 시선이 마주쳤다. 어쩐 일인지 청몽도 은신을 풀고 나와 있었다. 용운과 눈이 마주친 그녀가 천천히 고개를 끄덕여 보였다. 성월은 휘파람을 불며 활대를 닦았고 사린은 생글생글 웃어 보였다. 검후는 말없이 칼자루에 손을 얹고 있었다.

언제든 자신들을 쓰라는, 나아가 싸우라는 무언의 표현.

'아!'

그래, 결국 나는 어느 하나도 버릴 수 없다.

어떤 생각이 번개처럼 그의 뇌리를 스쳤다. 깨달음과 동시에 결심한 용운이 입을 열었다.

"군세는 그대로 두되, 지휘관과 방향을 재편합니다. 시간이 촉박하니 서두를게요. 자룡 형님, 복양성으로 가서 자의 (태사자)와 합류해주십시오. 준예(장합)와 문원(장료)은 업성 방어를 맡아주시고요."

"……명을 받듭니다."

뭔가 말하려던 조운은 대답과 함께 포권을 취했다. 장합은 늘 그렇듯 묵묵히 고개를 숙였다.

"참모진도 바꿉니다. 원호 님은 그대로 총군사를 유지하되, 부군사로는 곽가 대신 저수를 보내겠습니다."

곽가가 즉시 발끈했다.

"주공! 나는 왜……."

"그대에게는 따로 맡길 일이 있어요. 또 원호와 저수는 오래 함께 일한 사이입니다. 시급을 다투는 일이니 바로 손발을 맞출 수 있는 사람이 낫겠다는 생각이 들었어요."

사실은 곽가와 장합, 장료 등을 조조와 만나게 하고 싶지 않아서였다. 그들의 충성심을 의심하는 건 아니었다. 그러나 일이 이렇게 되자, 만에 하나의 가능성도 불안해졌다. 전풍과 저수를 복양성으로 보낸 것도 같은 이유에서였다. 둘을 원소와 만나게 하기 싫었다.

'계속 이럴 수는 없겠지만, 아직까진……. 그래, 최소한 나에 대한 저들의 호감 수치가 98을 넘어서기 전까지는 안심해선 안 된다. 가볍게 생각했다가 낭패를 본 건, 노식을 탁군 태수로 보낸 거로 충분해.'

이렇게 해서 조운은 이만의 병력을 거느리고 탁군이 아닌 복양성으로 가게 됐다. 복양성에 주둔한 태사자와 합류하여, 조조의 군세로부터 동군태수 왕굉을 돕기 위해서였다. 조운을 도울 참모로는 전풍과 저수가 동행했다. 단, 용운은 복양성으로 가지 않고 업에 남아, 원소의 본대를 상대하기로 했다. 행선지와 일부 지휘관만 바뀐 것이기에, 일은 일사천리로 진행됐다.

"걱정했는데 의외로 의연하신 면도 있었군."

조운을 배웅하는 용운을 보던 진궁이 중얼거렸다. 그의 옆에 있던 화타가 말했다.

"과연 그럴까요?"

"예? 무슨 말씀입니까, 화 선생?"

"의술에는 망진(望診)이라는 기법이 있지요. 사람의 겉으로 드러난 특징들을 보고 체질이나 병세를 미루어 짐작하는 것입니다. 예를 들어, 공대 님은 얼굴이 네모지고 흰 편입니다. 이런 사람은 오행에서 금(金)에 속하며, 내성적이고 똑똑하여 관리가 되는 경우가 많습니다. 또 가을과 겨울은 잘 견디지만 봄과 여름에 기력이 떨어지지요."

"엇, 맞습니다! 한데 그게 무슨……?"

"저는 그런 망진이 몸에 배어서 습관적으로 사람을 살핍니다. 방금도 주공의 눈을 봤습니다. 한데 전혀 포기한 눈빛이 아니었습니다. 오히려 그 형형함은, 뭔가 굳은 결심을 한 사람의 눈빛이라고 할까요. 또 주공과 같은 관상은 겉으로는 여려 보이나 결코 쉽게 포기하는 법이 없습니다."

"주공께서 자간 님을 도우려는 생각을 포기하시지 않았다는 겁니까? 하지만 이제 청광기마저 복양성으로 보내버렸으니, 설령 수확을 포기하고 남은 보병을 다 동원한다 해도 탁현에 닿았을 때는 너무 늦은 뒤일 겁니다. 안타깝지만 이게 최선인 듯합니다."

화타는 더 이상 말을 하지 않고 의미심장하게 고개를 끄덕일 뿐이었다.

용운은 복양성으로 떠나는 원군을 바라보며 한참 동안 그 자리에 서 있었다. 그 표정이 어찌나 처연한지, 누구도 쉽게 말을 걸지 못했다.

그날 해가 질 무렵이었다.

전예가 직접 원소의 본대가 움직였음을 알려왔다. 그만큼 사태가 심상치 않다는 의미였다. 원군으로 떠난 이들을 제외한 전원이 모였다. 용운의 막료진은 늦은 시간에도 불구하고 원탁에 둘러앉았다. 이제 용운 진영의 특징이 된 회의 형태였다.

"안량을 상장으로 삼은 대군입니다. 처음에는 삼만 남짓이었는데 오는 도중 계속해서 병력을 규합, 현재는 오만에 이르렀다고 합니다. 예상대로 이쪽으로 진출하려는 모양새입니다."

초췌한 전예의 말에, 순욱이 고개를 끄덕였다.

"발해에서 청하까지 나아가는 데는 딱히 장애가 없고 일단 청하에 이르면 업까지는 금방입니다."

전예를 도와 정보 수집 중이던 순유도 한마디를 거들었다.

"만약 복양성이 격파된다면 문제가 더 심각해집니다. 그대로 북상한 조조의 병력과 합류하여, 곧장 업으로 물밀듯이 쳐들어올 겁니다."

곽가가 그의 말에 대꾸했다.

"아니, 그쪽은 버텨냅니다. 직접 지휘해본 입장으로 말하자면 자룡 장군과 자의 장군의 능력은 기대 이상이었습니다. 게다가 우리 군의 최정예인 청광기가 모두 복양성으로 향한 셈이니, 충분히 승산이 있습니다."

"그럼, 업성의 방비만 든든히 하면 되겠군요."

문무관이 다 모인 가운데, 막료들의 의견이 부지런히 오갔다.

용운은 아까부터 뭘 생각하는지 말이 없었다. 그의 상태는 어제부터 좀 이상했다. 그 사실을 깨달은 가신들이 점차 조용해졌다. 걱정된 진궁이 조심스레 말했다.

"주공······?"

용운은 고개를 번쩍 들고 최염에게 물었다.

"계규, 지금 구휼미가 얼마나 됩니까?"

"아, 옛. 다행히 작년에 풍년이 들었고 봄에 수확했던 작물들도 남아서, 업성 내에 있는 백성 모두를 두 달 정도 먹일 양은 됩니다."

"두 달이라······. 조금 전 업에 도착한 장세평으로부터 확답을 들었습니다. 자신이 할 수 있는 모든 능력을 동원해서, 책임지고 석 달분의 식량을 확보하겠다고요."

"농성을 하실 생각이십니까?"

"아니요. 올해 수확을 포기합니다. 우리가 비축한 두 달 치의 구휼미와 장세평이 보내주기로 한 석 달분의 식량. 그것을 합해서 다음 수확기까지 버틸 겁니다."

그 말에 가신들은 모두 깜짝 놀랐다.

"주공! 그랬다간 올해 세수가······."

"아, 다 버리겠다는 건 아니에요. 노인들과 치안대 그리고 아녀자들을 전원 수확으로 돌립니다. 어차피 그들을 빼곤 성이 텅 빌 터이니, 범죄가 일어날 일도 없어요."

"성이 비다니요. 그 말씀은……?"

"그 전에 하나 질문하지요. 문원!"

장료가 움찔하며 얼른 답했다.

"예, 주공."

"반대로 생각해봅시다. 내가 그대에게 동광현을 치라 명했다고 가정할게요."

동광현은 원소의 근거지인 발해 바로 아래에 있는 작은 현이었다.

위치를 떠올린 장료가 고개를 끄덕였다.

"옛."

"그리고 나는 따로 본대를 이끌고 발해를 치러 향했습니다. 한데 그대가 한창 동광현을 공략하는 중에 급보가 왔습니다. 바로, 내 본대가 심각한 위험에 빠졌다는 소식이었습니다. 그러면 그대는 어쩔 건가요?"

장료는 한 치의 망설임도 없이 답했다.

"동광현 공략을 포기하고 주공을 구하러 갈 겁니다."

"음. 가까운 동광현이 아니라, 좀 더 먼…… 예를 들어 안평을 공격 중이었다면요?"

"그래도 마찬가집니다. 어차피 주공께 불상사가 생긴다

면, 동광현이든 안평이든 공략해봐야 무의미하기 때문입니다. 좀 늦더라도 최대한 강행군을 해서 갈 겁니다. 적어도 저는 그렇습니다."

"그렇겠지요."

가만히 듣고 있던 곽가가 어이없다는 투로 물었다.

"주공, 설마 원소의 본대를 쳐서…… 탁군을 공격하는 부대를 물러나게 하시려는 겁니까?"

과연 곽가라고 해야 하나. 용운은 고개를 끄덕였다.

"네, 바로 그래요."

9

•

황금의 매, 업에 깃들다

용운의 폭탄발언에 막료들이 잠시 웅성거렸다. 그 틈에서 순욱이 한 가지를 지적했다.

"주공, 만약 승산만 있다면 나쁘지 않은 작전입니다. 허나 한 가지를 잊고 계십니다. 반대로, 원소의 위기를 안 조조군이 복양성을 포기하고 방향을 돌린다면 자칫 앞뒤로 협공당할 우려가 있습니다."

용운이 순욱의 말에 답했다.

"문약, 혹시 빈집털이라고 들어봤어요?"

"예?"

"조조가 원소를 도울 여유가 없게 할 거라는 뜻이에요. 지금 곧장, 연주성의 유대(劉岱)와 낙양의 여포에게 서신을 보낼 겁니다."

이 말만 듣고도 순욱은 용운의 계획을 눈치챘다.

"아, 조조가 대군을 이끌고 진류를 떠났으니, 지금이 바로 진류성을 차지할 기회라고……."

역시 순욱. 용운은 속으로 감탄하며 말했다.

"그렇지요. 연주자사인 유대는 자신의 관할에 있는 조조가 꾸준히 힘을 키우는 모양새가 거슬릴 겁니다. 이미 동군태수 교모와 군량 문제로 싸운 끝에 죽인 전력도 있고 말이죠."

진류군은 행정구역상 유대가 다스리는 연주에 속한다. 또 유대는 마음에 안 들면 태수 정도는 죽이는 강단도 갖췄다. 그 부분을 짚은 것이다.

"음, 그건 또……."

순욱은 용운의 말을 짐작해보는 눈치였다.

"문약, 어떻게 보면 유대와 조조의 사이는, 백안(유우) 공과 공손찬의 그것과 상당히 닮아 있어요. 유대와 백안 공 둘다 황실의 일족이라는 것도 그렇고. 자기 관할의, 보다 관직이 낮은 제후가 더 강한 세력을 키우고 있다는 것도 그렇죠. 따라서 현재의 백안 공과 공손찬의 사이처럼 만드는 것도 불가능하진 않을 겁니다."

유대는 용운이 언급한 대로 황실의 일족이다. 189년 동탁에 의해 연주자사로 임명되었다. 그러나 반동탁연합군에 응하여 원소와 연합했다. 그 후 군량미 문제로 동군태수 교모와 다투다가 그를 죽였다. 원래 역사대로라면 공석이 된 동군태수 자리를, 유대의 명으로 하내태수 왕광이 겸하게 된다. 하지만 지금은 왕윤의 형 왕굉이 그 자리에 있었다. 기주목이 돼야 했을 왕굉이, 용운 때문에 그러지 못하고 공석이던 동군태수로 부임한 까닭이었다.

'어쨌거나 유대가 조조에 대해 경계심이나 열등감이 있을 확률이 높아. 둘 다일 수도 있고.'

정사에서 유대는 내년, 즉 192년에 들고일어날 백만의 청주 황건적과 싸우다가 죽는다. 그때 제북상 포신이 만류했으나, 무리하게 나서다 끝내 목숨을 잃고 마는 것이다. 그는 본래 그렇게까지 사명감이 투철하거나 백성을 아끼는 제후는 아니었다. 그런데도 왜 무리하게 백만에 이르는 황건적에 맞섰는가?

용운은 이를, 같은 연주에서 날로 세력을 불리던 조조에 대한 열등감 내지는 압박감 탓이라고 봤다. 실제로도 유대가 그렇게 죽은 후, 조조는 공석이 된 연주자사 자리에 올라 연주를 차지하게 된다.

'낙양에서는 공손찬이 퇴각하고 원술과 원소도 물러나, 마등 혼자 힘겨운 싸움을 벌이고 있다고 들었다. 거의 격파당하기 직전이라고……. 낙양을 차지한 여포에게, 진류까지 진출할 수 있는 기회는 분명 매력적일 거다. 설령 여포가 응하지 않더라도 해볼 가치는 있다.'

용운은 여포에게 그런 전갈이 갔다는 정보를 흘리는 것만으로도 조조를 흔들 수 있다고 생각했다. 조조는 이 시기까지 여포를 두려워한 까닭이다.

이때만 해도 용운은 상상도 못했다. 불구대천의 원수 사이인 위원회, 정확히는 주무가 자신에게 뜻밖의 도움이 되리라는 것을.

여전히 전쟁과 전투는 그에게 두려운 것이었다. 하지만 이미 세 차례나 승리한 경험이 있었다. 더구나 용운에게는 장료와 장합이라는 걸출한 장수와 충성스러운 수만의 병사, 그리고 사천신녀가 있었다. 사천신녀는 이제까지 전력을 개방하지 않았다. 용운이 전쟁터에 내보내길 꺼렸기 때문이다. 그녀들의 손에 피를 묻히기 싫어서였다. 그게 안 된다면 되도록 줄이기라도 하려 했다. 가까이서 지켜본 아군의 장수들만이 그녀들의 실력을 어렴풋이 짐작할 뿐이었다. 그나마 무위로 이름을 세상에 알린 건 검후 정도가 유일했다.

'하지만 이제 드러낼 수밖에 없다. 사천신녀 본인들이 자신들 또한 나의 힘인데 왜 쓰지 않느냐고 말했듯…….'

사실, 용운은 이미 알고 있었다. 그녀들은 사람을 죽여도 별 죄책감을 느끼지 못했다. 죄책감은커녕 망설임조차 없었다. 아마 애초에 그렇게 태어났을 것이다. 정확히 말하자면, 대상이 용운의 적일 때였다. 이미 첫 만남에서 그 사실을 잘 확인했다. 마을 사람으로 위장한 성혼단 수백을 몰살하고도 태연했었다. 오히려 그 광경을 본 용운이 큰 충격을 받았다. 그게 그녀들의 정체와 어떤 연관이 있는지도 모른다. 아무튼 용운은 결심한 것이다. 모든 전력을 가동하여, 온 힘을 다해 최단시간 내에 원소를 박살내겠다고.

그는 가신들에게 정식으로 선언했다.

"내가 직접 남은 전력을 모두 이끌고 나가 원소를 격파할 것입니다."

대전의 분위기가 일변했다. 정적 속에 흥분과 두려움이 섞인 묘한 분위기. 그 침묵을 깨고 순유가 입을 열었다.

"주공, 원소는 쉽지 않은…… 아니, 힘든 상대입니다."

최염도 그의 말을 거들었다.

"그렇습니다. 어차피 원소와의 일전을 피할 수 없다면 그냥 업성에서 방어전을 펴시는 게 어떻습니까?"

낙양에서 벼슬을 했던 순유와 기주 출신인 최염은 원씨 가문 및 원소에 대해 잘 알고 있었다. 흔히 원가를 사세삼공(四世三公)의 명문가라 한다. 삼공은 태위, 사공, 사도의 세 벼슬을 일컬었다. 태위는 삼공 가운데서도 최고직으로, 모든 군

사 관련 일을 장악하는 제1품 군사장관이다. 사공 역시 제1품으로, 관리의 감찰과 법의 집행, 기밀문서와 도서를 관장한다. 사도는 교육을 주관하며, 인망과 덕을 갖춘 자가 임명되었던 제1품의 관직이다.

사세삼공이란, 한 번만 경험해도 엄청난 이 세 가지의 최고위직을 무려 4대(代)에 걸쳐 역임했다는 의미였다. 명예와 전통을 중시하는 시대였다. 원가는 단지 그것만으로도 천하의 장정들과 재주 있는 선비들을 끌어모으는 원동력을 갖춘 셈이었다.

그러나 순유와 최염이 진정 경계하는 건, 단순히 가문의 후광이 아니었다. 원소는 젊은 시절부터 청렴함으로 이름을 떨쳤으며, 환관들의 전횡을 거침없이 비판했다. 구체적으로 환관들을 주살할 계획을 세워, 대장군 하진에게 바치기도 했다. 환관들의 횡포에 대해 말들은 많았으나, 척결하려고 실행한 사람은 원소 정도가 다였다.

특히, 원소는 노비인 어머니에게서 태어난 사생아 출신이었다. 그런데도 지금은 원가를 대표하는 위치에 올라 있었다. 그가 보이지 않는 곳에서 얼마나 노력했는지, 또 인맥과 경력 관리에 얼마나 신경 썼는지 짐작할 수 있는 부분이었다.

"즉 가문에 더해 원소라는 사람 자체도 절대 만만치 않은 상대라는 의미입니다."

용운은 최염의 말을 듣고는 원소에 대한 생각을 바꿨다.

'그래. 현대에서는 《삼국지연의》와 조조의 재평가 영향으로, 원소가 무능하고 우유부단한 기득권층의 상징처럼 취급됐지. 나만 해도 그렇게 여겼고…….'

하지만 그런 사람이, 과연 조조와 천하를 놓고 다툴 수 있었을까? 또 전풍과 저수, 심배, 장합, 국의 등 원래 원소에게 갔어야 할 사람들이 다수 빠졌는데도 여전히 그의 곁에는 인재들이 넘쳐났다. 용운은 새삼 편견의 무서움을 깨달았다.

'그렇다고 포기할 생각은 없다. 그럴 수도 없고.'

그는 순유와 최염에게 말했다.

"이번 싸움은 우리가 지금까지 겪었던 어떤 것보다 더 어렵고 중요한 전투가 되리란 걸 잘 압니다. 절대 원소를 경시해서가 아니에요. 일단 업에서 싸우게 되면 성이 전쟁터가 되니 필연적으로 백성들에게 피해가 갑니다. 가뜩이나 올해는 수확도 포기했는데 집과 땅까지 파손되면 어려움이 더 커질 겁니다."

업성의 살림꾼인 최염이 고개를 끄덕였다.

"그건 그렇습니다."

"또 한복과 싸웠을 때를 생각해보세요."

용운의 말에 진궁이 가볍게 반박했다.

"주공, 상황이 많이 다릅니다. 우선 저희는 가신들부터 해서 병사 한 사람, 백성 한 명까지 주공을 중심으로 받들고 있습니다. 그때와는 달리 마지막까지 최선을 다해 싸울 것입니다."

"고마워요, 공대. 물론 다른 것도 있죠. 하지만 같은 점도 있어요. 바로 원군을 기대할 수 없다는 것."

"아……."

"한복은 고립된 상태에서 성에만 의지해서 싸우려다 결국 패했습니다. 우리도 마찬가지예요. 원소가 우릴 업에 몰아넣은 상태에서 주변을 모두 장악하면 결과는 패배뿐입니다."

그때 전예가 말했다.

"실제로 원소는 전선을 넓히는 전략으로 나오고 있습니다. 탁군으로 군사를 보낸 데 이어, 평원까지 점령하고 남하하는 중입니다. 만약 탁군과 복양성을 빼앗긴다면 우리는 업에 갇힌 채 사방이 포위된 형국이 됩니다."

"그리고 원소가 기주목을 자처한다면? 난 업성 하나만을 차지한 상태에서 자칫 아무것도 아닌 게 되겠죠."

곽가가 중얼거렸다.

"그런 방법도……. 그것 또한 다른 형태의 전투로군요."

이제 분위기는 점차 싸우는 쪽으로 굳어졌다. 용운이 가신들에게 물었다.

"혹시 적장 안량에 대해서 아는 바가 있나요?"

안량(顔良)이 대충 어떤 자인지 그도 알긴 했다. 탁군으로 향한 문추와 더불어 원소가 자랑하는 장수. 그래서인지 게임 상에서의 무력 수치도 상당히 높아서 94에 육박했다. 하지만 기록상으로만 보면 특출한 전공이 없었다. 용운은 기억의 탑에 들어가 안량에 대한 부분을 찾아보았다.

정사에선 서기 200년에 원소가 조조를 토벌하기로 했을 때, 그는 우선 안량을 백마로 보냈다. 당시 조조의 수하이자 동군태수인 유연을 공격하기 위해서였다. 그때 원소의 도독으로 있던 저수가 말하길, "안량은 용맹하나 도량이 좁은 인물이니 혼자 일을 맡아서는 안 된다"고 만류했다.

'저수 또한 통찰력이 뛰어난 책사. 그가 아군을 저렇게 평했다면 분명 문제가 있긴 있는 거다.'

하지만 원소는 듣지 않았다. 안량은 선봉대를 이끌고 백마로 진군했다. 그러자 조조는 순유의 계책대로, 원소군의 배후를 공격하는 척하였다. 그 바람에 안량을 지원하려던 대규모의 군사가 본진을 지키려고 물러났다. 이때 안량도 퇴각해야 했으나, 그는 자신의 용맹을 과신했다. 적은 수의 군사로 백마진 공격을 강행한 것이다.

조조는 그 기회를 놓치지 않았다. 곧바로 하후돈, 하후연, 허저, 서황 등 맹장들을 내보내 안량의 군사를 혼란에 빠뜨렸다. 이때 관우는 유비와 헤어져 조조 밑에 있었다. 그는 혼란을 틈타 단신으로 뛰어들어서 안량을 참살해버린다. 이것이 관우의 명성을 드높이기 시작한 계기였다.

'이 정도가 끝. 관우가 워낙 강해서이기도 하지만, 내가 기억하는 정보 내에서는 안량의 대단한 점을 딱히 못 찾겠어.'

그래도 동시대의 사람, 그중에서도 통찰력이 뛰어난 순욱에게서 정확한 평가를 듣고 싶었다. 기대대로 순욱이 용운의 물음에 답했다.

"안량에 대해 아는 것이라……. 하북을 대표하는 맹장이라고 들었습니다만."

"그런데요?"

"제가 판단하기에는, 그저 필부(匹夫, 보통 평범한 사람)의 용맹을 지닌 장수일 뿐입니다. 우리 군의 사천왕 중 누구라도 그를 쉽사리 이길 수 있을 것입니다."

정사에서 순욱이 안량과 문추를 평한 그대로의 말이었다. 용운은 속이 탁 트이는 듯 후련해졌다.

"후후, 내 생각도 그래요."

마음속에서 점차 두려움이 엷어졌다. 노식을 살리겠다는 집념과 자신감이 그 자리를 대신했다.

"아참, 문약! 한 가지 잊은 게 있어요. 유주목에게도 서신을 보내줘요. 이미 늦은 감이 있지만, 최대한 빨리. 탁군을 함부로 점했던 일을 사죄드리며 부디 원군을 보내주시길 청한다고……. 탁군태수로 가 있는 노식의 안위를 살펴준다면 앞으로 꾸준히 식량을 원조하겠다고요."

"바로 시행토록 하겠습니다."

유주는 최근 몇 년간 기근에 시달리고 있었다. 유주목인 유우의 밥상에도 고기가 아예 올라오지 않을 정도였다. 그의 성품이 본래 검소한 까닭도 있었으나, 먹으려야 먹을 게 없기 때문이기도 했다.

반면, 업의 식량 상태는 비교적 양호했다. 좋은 토질에서 꾸준히 둔전을 시행한 것이 효과를 봤다. 용운의 지식을 활용해 비료를 적절히 쓴 것도 도움이 됐다. 유우의 체면과 실리를 동시에 채워준다면 원군을 보내줄 확률이 조금이라도 높아지리라.

'원소, 기어이 날…… 내 사람들을 건드렸겠다. 어디 싸워봅시다. 당신이 야심 때문에 싸우듯, 난 동료들을 지키기 위해 싸울 테니.'

용운은 어금니를 악물었다.

한편, 주무는 한수의 진영에 사신으로 왔다. 가후의 책략을 실행하기 위해서였는데, 바로 마등과 한수 사이에 내분을 일으키는 것이었다.

며칠 전, 가후는 마등군이 강한 이유를 들려주었다. 머리 역할을 하는 한수의 지(知)와 몸통 역할인 마등군의 체(體)가

균형을 이뤘으며, 원술의 보급까지 더해진 까닭이었다. 그리고 거기에 덕(德)이 빠졌음을 언급했다. 이는 곧 서로의 신의가 약하다는 의미였다. 그 점을 꿰뚫어본 가후는 한 통의 서신을 썼다. 지금 주무의 손에 들린 게 그것이었다.

한수는 막사에 마련된 태사의에 앉아 있었다. 그는 기가 차다는 듯 주무를 내려다보았다.

"이건 대담한 건지, 무모한 건지."

그가 혀를 끌끌 찼다.

"네놈은 혹시 미움을 받고 있는가?"

"제가 자청해서 사신으로 온 것입니다."

주무는 답하면서 재빨리 한수를 훑어보았다.

'저자가 한수인가.'

한수(韓遂), 자는 문약(文約). 서량의 강족이 반란을 일으켰을 때, 역사의 무대에 처음 모습을 드러냈다. 그는 한족임에도 불구, 변장(邊章)이란 자와 더불어 강족과 손잡고 금성태수 진의(陳懿) 등 나라에서 파견한 관리를 죽였다. 변경의 땅을 차지해 독립하자는 꾐에 넘어간 것이었다. 주무는 역사 시간에 가르쳤던 내용을 떠올렸다.

'그 사건이 바로 변장과 한수의 난이지.'

조정에서는 사공 장온(張溫)을 거기장군으로 삼아, 한수와 변장을 토벌하러 보냈다. 당시 장온의 부장으로 참전하여,

반란군에게 대승을 거둠으로써 두각을 드러낸 인물이 동탁이었다. 그 후 한수는 함께 반란을 일으켰던 변장, 북궁백옥, 이문후 등을 모조리 죽였다. 그리고 그 세력을 모두 자신이 차지하여 십만의 군대로 농서 지방을 공격했다.

그는 농서태수를 항복시켰고 양주자사를 죽음에 이르게 했으며, 한양태수까지 격파하여 죽였다. 그야말로 파죽지세. 원래 양주자사의 부하였던 마등은 그때 한수에게 가담했다. 한수의 세력이 워낙 강성하니, 맞서 싸우다가 죽기보다는 한 편이 되는 게 낫다고 여긴 것이다.

또 의외로 서로 죽이 잘 맞기도 했다. 마등과 한수는 왕국(王國)이란 사람을 주군으로 추대하여 본격적으로 독립을 꾀했다.

사태가 심각해지자, 조정에서는 황보숭(皇甫嵩)이라는 비장의 패를 꺼냈다. 황보숭, 자는 의진(義眞). 문무를 겸비한 인재. 일찍이 황건적의 난을 진압하여, 기주목 겸 좌거기장군(左車騎將軍) 자리에 오른 명장이었다. 과연 사만의 군사를 이끌고 나선 그는 반란군을 연전연파하여, 몇 해를 끌었던 난을 진압했다. 그러자 한수는 자신이 주군으로 삼았던 왕국을 죽여버렸다.

'반란군이 그렇게 무너진 후에도, 조정에서는 마등과 한수를 붙잡지 못하고 있었다. 그러다 정권을 장악한 동탁이 연합군에 대항하기 위해 두 사람을 불러들였지. 그게 실제 역사인데, 어쩐 일인지 지금의 마등과 한수는 반동탁연합군에 가담해 있었다. 진용운이 역사를 바꾼 탓인가, 아니면 우리 회의 영향인가. 아무튼 확실한 것은 한수가 매우 위험한 자라는 사실이다.'

그는 이민족과 손잡고 조국에 반란을 일으켰다. 그러다 함께 반란을 일으킨 동지를 죽였고, 나중에는 자기 손으로 뽑은 주군마저 죽였다. 한마디로 배신과 이합집산(離合集散)을 거듭해온, 강하면서 교활하기까지 한 인간이었다. 여포가 호랑이라면, 한수는 승냥이와 같았다.

지금도 눈을 가늘게 뜨고 주무를 면밀히 살피고 있었다. 주무는 되도록 정면으로 시선을 마주치지 않도록 조심했다.

'이때 한수의 나이는 아마도 40대 중반 정도.'

기후가 혹독한 북쪽에서 살아서인지, 피부가 거칠고 주름이 많아 실제보다 늙어 보였다. 그러나 체구가 워낙 장대하고 근육질이었기 때문에 노쇠한 인상은 절대 아니었다. 주무는 그를 보자, 아주 오래전 활동했던 '헐크 호건'이라는 프로레슬러가 떠올랐다. 반백의 머리만 금발로 바꾼다면 똑 닮았다.

"자청해서 왔다고?"

스릉! 어느새 검을 뽑아든 한수가 검 끝을 주무의 목에 겨눴다.

"그럼, 죽을 각오도 되어 있겠지? 여포라면 놈과 관련된 것 모두 아주 갈아 마시고 싶은 심정이니까 말이다."

주무는 조금도 당황하지 않고 침착하게 말했다.

"장군께서는 마등이 우리에게 연합을 요청했음을 알고 계십니까?"

예상치 못한 말에 한수가 멈칫했다.

"뭐라고?"

"애초에 장군의 세력이 강성하여 부득이하게 난을 일으켰음을 말하면서, 우리와 힘을 합쳐 장군을 격파하자고 청해왔습니다. 허나 여 대장군께서는 문약 님과 손잡는 편이 더 가치 있다고 여겨 절 이리로 보내신 것입니다."

"어디서 감히 이간질인가. 수성(壽成, 마등의 자)이 그랬을 리가 없다!"

한수는 짐짓 노한 듯 외쳤다. 하지만 눈동자가 불안하게 흔들렸다. 사실은 그럴 가능성도 있음을 알고 있는 것이다.

전투는 지루하게 길어지고 희생만 커졌다. 그렇다고 손해만 보고 물러나기엔 억울했다. 만약 마등이 여포와 손잡는다면, 여포는 낙양을 점거하고 마등은 한수의 세력을 차지할 수 있다. 바로 한수 자신이 그렇게 살아왔다. 둘의 이런 관계가 가후가 말한 '덕의 부재'였다.

한수의 동요를 느낀 주무가 결정타를 날렸다.

"제가 여기까지 와서 어찌 거짓을 고하겠습니까. 믿지 못하시겠다면 이 서신을 보십시오. 마등이 저희에게 보내온 것을 증거로 가져왔습니다."

이렇게까지 말하니, 아무리 의심 많고 교활한 한수라도 최소한 서신을 보려는 생각 정도는 들지 않을 수 없었다.

"이리 내거라."

하지만 그 서신은 가후가 한수를 흔들어놓기 위해 쓴 것이었다. 주무는 이 계책이 확실히 성공하도록 만들기 위해, 스스로 봉해온 천기를 사용하기로 결심했다. 단, 그 천기에는 큰 제약이 있었다. 반드시 대상의 몸에 접촉해야 발동이 가능했다. 이 순간을 위해 사신을 자처한 것이었다.

주무는 두 손으로 두루마리를 받쳐 올렸다. 그것을 집으려고 한수가 손을 뻗은 순간이었다. 주무는 한수의 손을 잡고 곧장 천기를 발동했다.

천기, 암령인(暗靈印)

이름 그대로, 정신의 어두운 부분에 강력한 암시를 걸어 그것을 진실로 믿도록 강요하는 천기. 그리고 지금 막 주무는 한수의 마음에 마등에 대한 의심을 심어 두었다.

"뭐냐?"

한수가 눈살을 찌푸렸다.

좌우에 있던 근위병 둘이 검을 뽑으며 나섰다. 주무는 실수인 척 얼른 손을 뗐다.

"송구합니다. 긴장해서 그만, 서신을 떨어뜨리는 줄 알고……."

"됐다. 물러가라."

한수는 손을 내젓고 다시 자리에 앉았다.

주무는 바닥을 내려다보며 속으로 되뇌었다.

'의심이.'

서신을 읽어가던 한수의 눈에 핏발이 섰다.

'확신이 된다.'

사람은 누군가의 말에 쉽게 현혹되지 않는다. 우선 무의식 중에 상식과 어긋나지 않는지 확인하고 그다음은 자신이 아는 정보나 지식과 대조한다. 한수 또한 원래대로라면 서신의 내용, 필적 등을 의심하며 꼼꼼히 살폈으리라. 하다못해 마등을 불러 떠보기라도 했을 것이다. 교활한 만큼 아주 철저한 게 그였다.

천기, 암령인은 그런 과정을 모두 없앴다. 또 가장 무서운 효과는, 그러는 자신이 이상하다는 점을 전혀 못 느낀다는 것이다. 암령인을 건 주무가 죽거나, 걸린 대상이 죽기 전까지는.

"마등 이놈, 내가 저에게 어찌 대해줬는데 감히 뒤로 이런 수작을…….”

한수가 부득 이를 갈았다.

그에게 쓸 만한 책사라도 있었다면, 서신을 건네받아 살펴 봤을 것이다. 그러나 한수는 자신의 지략만 믿고 타인을 불신 했다. 아니, 그런 한수가 믿는 심복이 한 명 있긴 했다.

“주공, 제가 그 서신을 좀 봐도 되겠습니까?”

눈매는 날카로웠으나 호감 가는 생김새의 젊은이였다. 그 는 양주 사람인 성공영(成公英)이란 장수다. 훗날 한수가 몰락 하여 부하들이 대부분 떠났을 때도, 유일하게 곁을 지킨 자였 다. 한수가 친자식처럼 예뻐했으며, 그의 사후 어쩔 수 없이 조조에게 항복하면서도 한수의 죽음을 진심으로 슬퍼하여 조조를 감동케 하기도 했다.

이때 성공영의 나이는 스물에 불과했다. 하지만 나이에 어 울리지 않게 생각이 깊고 신중한 편이었다. 그는 한수가 서신 한 통만을 보고 대뜸 화를 내자, 뭔가 이상하다고 여겼다. 또 그가 아는 마등의 사람됨 또한, 먼저 여포에게 손을 내밀어 배신을 꾀할 것 같지 않았다.

“됐다! 이보다 명백한 증거는 없다. 영, 넌 나가서 당장 군 세를 정비하라. 그리고 염행과 성의를 내게 보내라.”

“……알겠습니다.”

성공영은 나가면서 주무를 힐끗 쳐다보았다.

'속을 알 수 없는 자로군.'

어쩐지 영 찜찜한 기분이 들었다.

아군인 한수의 전혀 예기치 못한 기습. 거기 때맞춰 들이
친 여포의 공격으로, 마등 진영이 풍비박산 난 건 다음 날 축
시경이었다. 현대의 시간으로 새벽 2시 무렵에 해당했다. 막
사와 군량 창고는 화재로 무너졌고, 사방에서 마등군 병사들
의 비명이 울려퍼졌다.

마초는 이 상황이 도무지 믿기지 않았다. 한수의 배신? 그
건 차라리 이해가 갔다. 전부터 믿을 수 없는 자라고 생각했
으니. 그보다 태산처럼 느껴졌던 아버지가 너무도 무력하게
쓰러진 게 더 충격이었다.

조금 전까지 마등은 아들 마초와 함께 필사적으로 퇴로를
뚫고 있었다. 그러다 후방에 나타난 적병들을 향해 덤벼들었
는데, 갑자기 나선 장수에게 당하고 말았다. 그는 바로 퇴로
를 막으려고 소수정예로 움직이던 여포 봉선이었다.

"마등이었나. 어쩐지 제법 매웠다. 손속이."

여포가 방천화극에 묻은 피를 털어내며 말했다. 그의 뺨과
왼쪽 어깨에 상처가 나 있었다. 마등이 남긴 상처였다.

마초의 눈에서 불똥이 튀었다. 격노한 그는 창을 겨누고
여포에게 달려들었다.

"이노오오옴!"

"흠."

쩌엉! 마초의 창끝이 여포가 휘두른 방천화극에 부딪혀 튕겼다. 마초는 넘어질 뻔한 몸을 간신히 가누었다. 낙양 인근에서 몇 달에 걸친 전투를 해왔다. 그러나 여포와 직접 싸워본 건 이번이 처음이었다. 단 한 번 무기를 맞대봤지만 바로 깨달았다. 상대는 괴물같이 강하다는 것을.

물론, 훗날 마초 또한 촉을 대표하는 맹장으로 성장한다. 허나 이때 그의 나이는 아직 열여섯에 불과했다. 반면 여포는 서른여섯의 한창때로, 그야말로 무력이 절정에 달했을 시기였다. 아직 마초의 역량으로 상대하기엔 무리였다.

마초 자신도 그 사실을 잘 알았다.

'허나……!'

마초는 가슴속에 차오르는 두려움을 억눌렀다.

'아버지의 원수를 눈앞에 두고, 어찌 등을 돌려 달아난단 말인가!'

그러는 사이 주변에 있던 병사들은 죄다 여포의 신(新)흑철기에게 죽거나 달아난 후였다.

여포는 창을 겨누는 마초를 향해 말했다.

"만용이다. 제 능력을 모르는 것은. 죽는다."

마초는 대꾸할 힘조차 아껴 일생일대의 공격을 날렸다.

'하늘이시여, 여기서 죽어도 좋으니 제발 아버지의 복수를 할 수 있게 도와주소서!'

그 간절함이 닿은 것일까. 마초의 등 뒤에서부터 때아닌 돌풍이 일어났다. 바람은 마초의 등을 떠밀듯 밀어내고, 동시에 바닥의 마른 나뭇가지를 날려보냈다. 날아간 나뭇가지 하나가 여포가 탄 적토마의 눈을 찔렀다. 적토마가 아무리 명마라 해도 그래도 짐승이었다. 눈이 찔리자 본능적으로 몸을 비틀었다. 그 탓에 여포가 휘두른 방천화극은 마초의 목 대신 투구에 붙은 술을 잘랐다. 방천화극의 반경 아래로 파고든 마초는 여포의 목젖으로 창끝을 찔러갔다.

위기에 몰린 여포를 보고 양옆에 좀 떨어져 서 있던 두 무장이 나섰다. 긴 코트에 군복을 입은 남자와 대머리의 거한. 바로 호위 노릇을 하던 팽기와 초정이었다.

공간왜곡(公刊歪曲)

팽기가 천기를 발동했다. 여포와 마초 사이의 거리가 쑥 멀어졌다.

'아닛!'

마초가 눈을 부릅떴다. 그사이 방천화극을 회수한 여포는 마초를 향해 수직으로 내리쳤다. 벼락같은 일격에 마초의 머리가 쪼개지기 직전이었다. 깡! 강렬한 충격음과 함께, 말을 탄 누군가가 방천화극을 쳐내고 마초를 낚아챘다. 이어서 전력으로 말을 몰아 뒤도 돌아보지 않고 달아나버렸다.

"추격할까요?"

흑철기의 물음에 여포는 고개를 저었다.

"아니."

팽기가 끼어들었다.

"공정하지 못했다. 보내줘야 한다, 그 대가로. 그나저나."

여포는 멀어져가는 적의 뒷모습을 응시했다. 이미 전장에서 몇 번 마주친 적 있는 상대였다.

"강하구나, 역시. 방덕."

여포의 공격을 막아내어 마초를 구한 이는, 마등의 부장인 방덕(龐德)이었다. 짙은 눈썹에 강직한 인상의 사내. 조조가 정사에서 그 용맹을 탐내, 자기 사람으로 만들고 싶어했던 무장이다.

결국 조조는 가후의 계략으로 방덕을 유인하여 사로잡아, 상장(上將)으로 삼는 데 성공한다. 그 후 건안 24년(219년) 조인이 관우를 공격했을 때, 조인의 부장으로 출전한 방덕이 관우를 격파하고 이마에 화살을 쏘아 맞힌 일이 있었다. 관우가 형주에서 한창 무명(武名)을 떨칠 때라 놀라움은 더했다. 이에 사람들은 방덕을 백마장군이라 하며 두려워했다. 하지만 방덕은 한수(漢水)의 범람을 이용하여 수공을 펼친 관우에게 사로잡히고 투항을 거부하다 처형되었다. 이는 어디까지나 정사의 기록이다.

이 세계에서는 방덕의 운명이 어찌 될지 알 수 없었다. 본래 212년에 죽었어야 할 마등이 벌써 죽어버린 지금은 더더욱.

"이거 봐요, 방덕!"

마초는 방덕의 팔에 허리를 잡힌 채 몸부림쳤다.

그런 그에게 방덕이 일갈했다.

"정신 차려라, 맹기! 눈앞의 분노에 사로잡혀 개죽음을 당할 셈인가!"

"크윽……."

분한 눈물을 삼키는 마초에게 방덕이 정중한 어조로 말했다.

"무례를 용서하십시오, 공자. 허나 어쩔 수 없었습니다. 주공께서 돌아가신 지금, 유지를 이을 사람은 공자뿐입니다. 그러려면 일단 이 자리를 벗어나 훗날을 기약해야 합니다. 살아만 있다면 반드시 기회는 옵니다."

"알겠습니다. 구해주셔서 감사합니다."

겨우 진정한 마초는 말 등 위, 방덕의 뒷자리에 올라탔다.

"영명(令明, 방덕의 자) 장군, 이제 양주로 퇴각해야 할까요?"

"돌아가는 꼴로 보아 양주 일대는 이미 한수에게 넘어갔거나, 그게 아니더라도 우리가 도착할 때쯤에는 일이 다 끝났을 것입니다. 또 우리가 양주로 향할 가능성이 높기에 길목마다 복병을 배치했겠지요."

아버지를 잃고 근거지도 사라지게 생겼다. 마초는 새삼 여포는 물론, 한수에 대한 원한이 뼈에 사무쳤다.

"내 반드시 한수 그놈을 죽이고 말 것입니다."

"그리하십시오. 허나 한수도 공자께서 그런 마음을 품었으리란 사실을 알 겁니다. 그러니 화근을 없애려 하겠지요. 지금은 일단 우리를 받아줄 만한 다른 곳으로 가야 할 듯합니다. 곧 추격대가 올 것입니다."

"우리를 받아줄 곳이라……."

마초는 문득 손책을 떠올렸다. 어쩐지 그라면 자신을 받아줄 것 같았다. 그러나 낙양에서 손책이 있는 여강까지는 너무도 멀었다.

거기까지 갔다가는 양주를 수복하는 길은 영영 요원해질 것이었다. 더구나 전령이 오가기도 어려웠다.

'게다가 난 손견 님이 돌아가시는 바람에 백부(손책)가 공손찬군에게 쫓길 때 구경만 했지 않은가. 이제 와 그를 찾아갈 면목이 없구나.'

침통해하던 마초가 방덕에게 물었다.

"가까운 곳의 유력한 제후로는 누가 있을까요?"

잠시 생각한 방덕이 답했다.

"우선 생각해볼 수 있는 인물로는 원술이 있습니다만, 한수가 배신한 지금은 원술도 믿기 어렵습니다. 다음은 조조가 있는데, 그는 만만치 않은 자라 자칫 공자를 장기 말로 쓸 우려가 있습니다. 더구나 일족 중에 뛰어난 장수가 여럿 있어서, 공자와 저를 크게 필요로 하지 않을 겁니다."

"유표는 어때요?"

유표(劉表)는 황실의 후손으로, 조정에서 임명한 형주자사였다. 키가 팔 척에 달했으며 위엄 있는 풍모였다.

그가 다스리는 형주는 장강 이남에 위치한 지역이다. 당시 그쪽에는 종적(宗賊)이라 불리던 도적떼가 들끓고 있었다. 게다가 지역 호족들이 조정의 지배를 거부하여 제멋대로 세력을 일으켰다.

그대로 부임했다가는 답이 없음을 깨달은 유표는 유력 호족인 채모(蔡瑁)와 손잡고 그의 누이를 아내로 삼았다. 또한 뛰어난 책사인 괴월(蒯越), 괴량(蒯良) 형제를 직접 방문하여 조력을 얻는 데 성공했다. 유표는 그들의 조언에 따라 종적들의 우두머리를 유인하여 죽여버리고 휘하 무리를 흡수했다. 또 양양성을 점거하고 있던 도적 장호와 진생을 항복시켜, 강남 일대를 평정한 인물이었다.

"요즘 가장 떠오르는 군웅이긴 한데, 워낙 세력이 안정되어 있어 우리를 필요로 할지 모르겠습니다. 또 그는 무인보다 선비를 우대한다는 소문이 있습니다."

"그럼 원소는······."

"원소는 공손찬과의 전투에서 발을 빼자마자 곧장 하북 정벌에 들어갔다고 들었습니다. 거기서 공을 세우는 것도 나쁘진 않습니다만, 그 또한 아쉬울 게 없는 자인 데다 주공께서 생전에 하신 말씀이 마음에 걸리는군요. 역적의 굴레를 벗으려고 낙양행을 택한 것인데, 원소 같은 자와 손잡으면 소용없는 일이 된다고······."

방덕의 말을 듣던 마초는 자신이 천하의 정세에 얼마나 어두운지 실감했다. 더불어 아버지에게 '생전'이란 단어를 써야 한다는 사실이 새삼 사무치게 슬펐다.

잠깐 말이 없던 방덕이 탄성을 질렀다.

"공자, 기주목 진용운은 어떻습니까?"

"진용운이요?"

"예. 원래 공손찬에 의해 탁현의 현령으로 부임했다가, 그가 옥새를 얻어 반역하자 결별하고 한복을 쳐서 업성을 차지한 자입니다. 가신들은 물론 백성을 아낀다는 소문이 자자합니다."

"으음······ 진용운이라."

무력을 필요로 하되, 너무 약한 자여서도 안 되었다. 마초를 추격해온 한수나 여포에게 먹힐 수도 있기 때문이다. 한복을 쳐서 기주목을 자처했다니, 어느 정도 힘은 갖춘 듯싶었다. 업이라면 여기서 거리도 딱 적당했다. 낙양의 한수와 너무 가깝지 않으면서, 양주에서 지나치게 멀지도 않았다.

"또 그는 인재를 아껴서 능력껏 대우해주며 지금도 널리 모집 중이라 합니다."

마음을 정한 마초가 말했다.

"좋습니다. 진용운에게 갑시다."

마초와 방덕이 업성에 도착하고, 출진한 용운을 대신해 업성을 다스리던 순욱이 두 사람을 받아들인 것은 그로부터 며칠 후의 일이었다.

마등이란 걸출한 인물의 죽음에 주무가 관여함으로써, 시간의 수호에 의해 그의 숙적 용운에게 힘이 실리게 된 것인가? 아니면, 그저 나비효과에 의한 우연의 일치인가? 이는 아무도 알 수 없는 일이었다.

191년 10월, 마초와 방덕은 진용운에게 의탁하게 되었다.

10

·

조개의 재도전

191년도 어느덧 다 저물어 겨울이 왔다. 벌써부터 이른 아침이면 어둑어둑했다.

마초는 평상복 차림으로 업성을 거닐고 있었다. 한 마리 매를 연상시키는 사내다운 얼굴이 어두웠다.

'이러고 있으니 그간의 피 튀기던 싸움이 꿈 같구나. 낙양에 처음 도착했던 순간도, 아버님께서 돌아가신 일도……'

─흥분되느냐, 맹기? 과연 너의 말대로 천하는 넓구나.

아직 아버지의 목소리가 귓가에 생생했다. 그런데 이제 이 세상에 안 계시다니. 그 사실이 좀체 실감 나지 않았다.

마초와 방덕은 한수가 보낸 추격대의 집요한 공격을 피해 천신만고 끝에 업성에 도착했다. 그리고 이틀간 전예에게 철저히 조사를 받았다. 뭔가 다른 속셈이 있는 건 아닌지, 혹 원소가 보낸 간자(間者, 간첩)는 아닌지, 받아들여도 위험은 없는지 등을 확인하기 위해서였다.

전예는 낙양 쪽에서 온 최신 정보를 분석했다. 그중에 동맹이던 한수가 마등을 급습했고 달아나던 마등은 여포에게 죽음을 당했다는 소식이 있었다.

'일단 거짓은 아니로군. 사실 행색만 봐도 짐작이 가지만……. 상황이 상황인지라 확실해야 하니. 또 저들을 받아들이는 게 주공께 득이 될지 해가 될지도 판단해야 하고.'

가후와 주무의 책략이 성공한 후, 여포는 한수를 맹공격하여 격파했다. 한수는 간신히 목숨은 건졌으나, 병사 대부분을 잃고 양주로 달아났다고 했다.

'그렇다면 한수가 저 두 사람을 잡기 위해 업을 공격해올 일은 없겠구나. 여포는 당분간 낙양을 정비하느라 바쁘겠지.'

용운은 늘 인재를 필요로 했다. 특히, 최근에는 쓸 만한 장수를 찾는 눈치였다. 전예가 생각하기에도, 참모진과 비교했을 때 장수 층의 벽이 얇았다. 조운, 태사자, 장합, 장료의 사천왕을 제외하면 장군급의 장수가 없었다. 이에 전예는 둘을 받아들이는 편이 이익이라고 결론지었다.

'공손찬과 싸우고 여포에 맞서 몇 달을 버텼다. 게다가 겹겹이 쳐진 포위망을 뚫고 살아 나왔다. 분명 실력은 있다는 뜻.'

단, 최종 결정은 어디까지나 용운이 해야 했다. 자신은 괜찮을 것 같다는 의견을 제시할 뿐이다. 다만, 용운이 현재 성을 비운 상황이니, 그가 돌아올 때까지 마초와 방덕은 업성에서 기다리도록 했다.

풀려난 두 사람은 하인 둘이 딸린 집을 얻었다. 순욱의 허가를 받아 임시로 봉록도 지급했다. 단, 관도 쪽이나 복양성으로 출진시켜달라는 마초의 요청은 정중히 거절당했다.

마초는 걸으면서 그때 일을 생각했다.

'아직 병사를 맡기기에는 꺼려지겠지. 뭐, 맘에 들진 않아도 이해는 한다. 그 전예뿐만 아니라, 성을 총괄하고 있는 순욱과 최염, 사마달 등등 모두 일 하나는 똑 부러지게 하더군. 그것만 봐도 진용운이란 자가 뛰어나다는 건 짐작이 가.'

아무튼 덕분에 마초는 한가로이 시간을 보내는 중이었다. 아버지의 죽음으로 인한 슬픔과 무위성에 있는 가족들에 대한 걱정 등을 싸움으로 잊고 싶었다. 양주로 보낸 심부름꾼에게선 소식이 없었다. 워낙 먼 길이니 아직 닿지 못한 것일까. 아니면, 방덕의 말대로 아버지의 세력이 이미 한수에게 넘어간 것일지도 몰랐다. 한수는 이제껏 그런 식으로 힘을 키워온 자였다.

'어머니, 철, 휴, 대……. 다들 무사해야 할 텐데. 한수, 만약 내 가족들까지 건드렸다면 죽어서도 편히 눈을 감지 못하게 해주겠다.'

몸이 편해지니 자꾸 상념이 떠올랐다. 마초는 길가의 돌을 걷어차며 투덜거렸다.

"싸움을 맡기기 싫으면 막일이라도 시켜달라고."

전시 상황임에도 불구하고 업성은 평화로웠다. 장정들이 무더기로 빠져나간 데다 수확 철까지 지나 아무래도 한산하긴 했다. 하지만 남은 사람들은 열심히 일하며 살아갔다. 이는 용운을 믿었기에 나오는 반응이었다. 용운이 업성의 주인이 된 후 보여준 다양한 친서민적 정책들, 거기에 흑산적까지 퇴치하면서 그의 인기는 하늘을 찌를 지경이었다. 힘을 갖춘 군주가 자애롭기까지 했으니 그럴 만도 했다.

'하도 칭송이 자자하니 궁금해 죽겠네. 직접 보고 싶었는데 원소와 싸우는 중이라……. 무사히 돌아올 수나 있을지 모르겠군.'

원소의 이름은 양주까지 들려올 정도였다. 그렇다고 진용운의 패배를 속단하긴 애매했다. 마초는 얼마 전 들은 얘기를 떠올렸다.

흑산적과의 전투가 끝난 직후였다. 아무리 대승을 거둔 전투라 해도 사상자는 발생하기 마련이었다. 용운은 화타와 함께 부상자들을 살피고 있었다. 그러다 한 병사가 고통스러워하는 모습을 봤는데, 상처가 곪았기 때문이었다.

용운은 그 자리에서 직접 병사의 고름을 짜주고 관복을 찢어 환부를 싸맸다. 당연히 병사는 황송하여 어쩔 줄을 몰랐다. 용운이 그 자리를 떠난 후, 옆에서 간호하다 그 광경을 지켜본 병사의 어머니가 별안간 통곡하기 시작했다. 이에 주위에서 "일개 병사인 댁의 아들조차 주목님께서 저리 아껴주시는데, 왜 슬퍼하시는 겁니까?"라고 의아해 물었다. 그러자 병사의 어머니는 이렇게 답했다고 한다.

"저 아이는 그러잖아도 주목님께 푹 빠져 있었습니다. 이제 은혜를 입었으니 다음 전투에서는 더욱 죽기 살기로 싸울 터이니, 아들을 잃을까 염려되어 운 것입니다."

'그런 효과를 노리고 행동한 사람이라면 무서운 자고, 진심에서 우러나온 자라면 더욱 무섭다.'

게다가 나이도 아직 약관에 불과하다고 들었다. 마초는 날이 갈수록 용운에 대한 호기심이 커졌다.

'그러니까 관도로 보내줬으면 좋았잖아. 싸움도 하고 진용운도 보고. 휴, 돌아가서 아침밥 먹고 방덕과 수련이나 해야겠다.'

마초는 객장(客將)의 처지를 뼈저리게 실감했다. 하릴없이 걷던 그가 내성으로 향할 때였다.

'응? 저자는……'

마초는 한 청년이 걸어가는 모습을 봤다. 그는 바로 용운이 자신의 고름을 직접 짜내줬다며 시장에서 자랑한 자였다. 그 말을 들은 방덕이 옆에 앉은 남자에게 좀 더 상세한 내력을 묻자, 일화를 들려준 것이다. 덕분에 그 자리에 있던 마초는 청년의 얼굴을 기억하고 있었다. 그런데 청년의 상태가 뭔가 이상했다.

'원래 저런 생김새였나?'

청년은 섬뜩할 정도로 무표정한 얼굴이었고, 끝을 천으로 감싼 길쭉한 물건을 들고 있었다. 마초는 한눈에 그것이 창임을 알아봤다.

'저 녀석, 분명 치안대원이었지. 지난 며칠간 본 바로는 곧 일하러 나가야 할 때인데, 외성이나 시장 쪽으로 안 가고 어딜 가는 거야? 창은 또 왜 싸매놓고.'

마초는 이상한 예감에 청년을 미행하기 시작했다.

업성에 사는 청년, 이화(伊和)는 흑산적과의 전투에서 다리를 다쳤다. 그 상처의 회복이 늦어 그는 치안대에 편성되었다.

그리고 며칠 전 용운이 출병한 직후, 살인 사건이 벌어졌다. 두 남자가 집에서 서로 싸우다 둘 다 죽은 사건이었다. 둘

중 한 남자는, 용운이 시장에서 피습당한 후 뒤처리를 하던 치안대원이었다. 문제의 사건은 이화가 치안대원이 된 후 처음 출동한 것이기도 했다.

'하필 주목님께서 중요한 싸움에 나서셨을 때, 평소에 없던 살인 사건이 일어나다니.'

이화에게 용운은 신앙과도 같았다. 그는 사건이 마치 자기 잘못인 것처럼 괴로웠다. 용운이 돌아왔을 때 속상해할 게 분명했기 때문이다. 현장에 제일 먼저 도착한 그는 모여든 사람들을 물리고 집 안을 조사하기 시작했다. 그러다 고급스러운 창 한 자루를 발견했다. 그 순간 그는 자기도 모르게 그것을 집어들었다.

'뭐지, 이 창은?'

그게, 그가 이화로서 한 마지막 생각이었다.

"이번에 차지한 몸도 변변찮구나. 송강이 만들어준 인공 몸보다 강한 자가 없다니. 최소한 좀 더 권력의 중심에, 진용운에게 가까이 있는 인물은 없다."

'조개(晁盖)'가 이화의 입을 빌려 말했다. 겉모습은 이화였으나, 혼은 조개의 것이었다.

그는 얼마 전 용운을 암살하러 왔다. 거의 성공했으나 사천신녀에게 격파당했다. 하지만 사린이 태워버린 미라 형태의 몸은 실체가 아니었다. 그것은 송강이 천기로 만들어낸, 간이 신병마용 같은 인공 육체로 속은 텅 비어 있었다. 조개의 본체는 바로 유물, '탁탑천왕(托塔天王)'이란 이름의 창이었다. 이화가 집어든 문제의 창이 바로 탁탑천왕이었다.

위원회의 천강성들이 이 세계로 오기 전, 조개 또한 성혼마석에 이름이 적혀 있어 별의 힘을 받았다. 그러나 시공회랑을 통과하면서 부작용을 겪었다. 웜홀에서 분해됐던 육체가 이 세계에서 재결합하는 데 실패한 것이다.

그는 절망하기보다 오히려 자신의 상태를 적극적으로 활용했다. 그가 받은 천기, '영혼이식(靈魂移植)'과 '영혼전염(靈魂傳染)'이야말로 이 상태에 적합한 능력이었기 때문이다.

영혼이식은 일회성의 천기로, 어떤 사물에 자신의 혼을 옮긴다. 그 결과, 해당 사물이 파괴되기 전까지는 불사(不死)가 된다. 단, 아무리 죽지 않는다 해도 움직이지 못한다면 의미가 없는 것. 그래서 영혼전염이라는 또 다른 천기가 있었다. 영혼전염은 영혼이식으로 깃든 사물을 만진 인간이나 거기 접촉한 다른 사물로 혼 일부를 옮겨, 해당 인간이나 사물을 조종하는 능력이다. 영혼전염에 침식된 인간은 유체이탈과 같은 상태가 되며, 사흘 내로 본래 몸을 되찾지 못하면 죽는다.

모든 천기가 그렇듯 영혼이식과 영혼전염에도 제약이 있었다. 첫 번째는, 영혼의 본체가 최초에 깃든 대상에게서 결코 벗어나지 못한다는 것이다. 그 바람에 조개는 급한 대로 들어갔던 탁탑천왕에 영원히 갇혀 있게 됐다.

두 번째는, 영혼전염을 쓰려면 반드시 목표가 스스로의 의지로 본체가 깃든 물건(지금은 탁탑천왕)을 잡아야 하며, 조종하는 동안 접촉을 유지해야 했다. 한마디로 창을 계속 들고 있어야 한다는 것이다.

이화, 아니 조개는 살인 현장을 떠나 이화의 집으로 돌아가며 생각했다.

'치안대, 치안대라. 이 애송이도 치안대였구나. 최고 상관은 누구냐?'

그는 이화의 기억을 읽으며 정보를 찾았다.

'잡합. 이미 진용운과 마찬가지로 출전했군. 그렇다면 현재 성을 맡아 다스리는 자, 진용운이 가장 신임하는 자, 그가 돌아왔을 때 아무 의심도 받지 않고 나가서 맞이할 자는 누구지?'

곧 이화가 아는 몇몇 사람의 이름이 떠올랐다.

'순욱, 진궁.'

하지만 일개 병사 출신이자 치안대원인 이화가 저 둘을 가까이할 기회는 극히 드물었다. 앞서 죽은 남자도 비슷한 이유에서 쓸모없었다. 심지어 그는 조장을 만날 기회도 드물었다. 결국, 우연히 탁탑천왕을 보고 탐이 난 다른 놈이 찾아와 창을 빼앗으려다 죽는 일이 벌어졌다. 며칠을 살펴봐도 손에

서 떼놓질 않으니, 훔치길 포기하고 강제로 빼앗으려 한 것이었다.

가뜩이나 변변치 않은 몸인데 살인까지 저지르게 되자 조개는 짜증이 났다. 그만큼 행동에 제약을 받게 될 터였다. 이에 자살의 형태로 죽여버렸다. 그게 두 남자가 죽은 진상이었다.

'어쨌든 두 사람이 죽은 사건인 만큼 치안대 안에서도 좀 높은 놈이 올 줄 알았더니. 하필 이 애송이가 날 잡다니…….'

조개는 더는 시간을 허비하기 싫어졌다. 진용운은 인재를 꾸준히 모으는 모양이었다. 인재가 많아지면 세력이 강해진다. 그럴수록 암살이 성공할 가능성은 낮아진다.

'이렇게 되면 징검다리의 형태라도 취해서 순욱이나 진궁에게 접근할 수밖에.'

다음 날, 조개는 아침 일찍 내성으로 향했다. 이화보다 지위가 좀 더 높은 인간. 하다못해 내성 경비병에게라도 창을 만지게 해서 몸을 빼앗고, 다음에는 조장, 경비대장, 또 그 상관…… 이런 식으로 건너 올라가, 최종적으로는 순욱이나 진궁에게 영혼전염을 쓸 계획이었다.

마초는 청년의 몸에 깃든 조개를 여전히 미행 중이었다.

잠시 후, 조개는 내성 입구에 닿았다. 그는 마초가 지켜보는 줄도 모르고 성문으로 천천히 다가갔다. 청년을 알아본 경비병이 의아한 투로 말했다.

"이화 아니냐? 이 시간부터 여기는 어쩐 일이냐? 허가 없이는 못 들어간다."

경비병이 제지하자, 조개는 감쌌던 천을 풀어 내용물을 보여주었다.

"실은 이런 것을 입수해서 누구에게 드려야 할지 몰라 가져왔습니다."

훔쳐보던 마초의 눈이 동그래졌다.

'저건!'

그것은 예상대로 한 자루의 창이었다. 하지만 예상보다 훨씬 멋졌다. 그 창을 보는 순간 매혹됐을 정도였다.

'엄청난 창이다. 진상품인가?'

좀 떨어진 데서도 느껴질 정도로 예기가 흐르며 단순하지만 잘 뻗은 창날. 창을 주 무기로 쓰는 마초는 욕심이 났다. 마초가 침을 꿀꺽 삼키며 지켜볼 때였다.

경비가 창을 받아드나 싶더니 청년, 이화가 풀썩 쓰러져버렸다. 이는 한 번에 하나밖에 조종하지 못하는 영혼전염의 특성 때문에 벌어진 일이었다. 꼭두각시를 이화에서 경비병으로 바꾼 것이다. 아직 사흘이 안 지났기에 이화는 죽진 않았다. 그러나 혼이 육체를 오래 떠난 탓에, 쉽게 정신을 차리지도 못할 터였다.

갑작스러운 사태에 마초는 화들짝 놀랐다.

'헉? 뭐지? 죽인 거야? 찌르는 건 못 봤는데? 이거 골치 아픈 일에 휘말리는 거 아냐?'

경비병은 이상할 정도로 태연했다. 그는 주변을 둘러보더니 원래 들고 있던 창을 버렸다. 그리고 한 손엔 청년이 가져온 창을 든 채, 다른 한 손으로 그의 발목을 잡아 질질 끌었다.

'시체를 감추려는 건가?'

아무리 객장 신세라도, 마초가 그 꼴을 못 본 척 넘길 성격은 아니었다. 그는 숨어 있던 장소에서 뛰어나오며 외쳤다.

"이 살인자 녀석! 내가 다 봤다! 감히 치안대원을 죽이고 진상품을 가로채려 들어?"

경비의 몸으로 옮겨간 조개는 황당해졌다.

'뭐지, 이 애송이는? 어디서 튀어나온 거야?'

마초는 특유의 우렁찬 목소리로 외쳤다.

"살인자야, 어서 무기를 버리고 자복해라!"

조용한 아침이라 목소리는 더 잘 울려퍼졌다. 조개는 짜증이 나고 초조해졌다. 이러다 사람들이 모여들기라도 하면 영혼전염을 발동하기가 곤란해진다. 보는 눈이 많을수록 자연스럽게 꼭두각시를 바꾸기 어렵고 돌발사태가 일어나기도 쉬웠다. 예를 들어 최악의 경우, 여자나 노인 또는 어린애가 창, 즉 본체를 가져가버릴 수도 있었다. 천기를 발동하지 않더라도 힘이 약한 인간이 창을 소지할수록 일은 어려워진다.

'어쩔 수 없이 입을 막아야겠군.'

조개는 경비병의 몸을 움직여 마초를 공격했다. 꼭두각시가 된 인간은 본래의 몇 배에 달하는 힘을 발휘하게 된다. 하지만 결과는 뜻밖이었다. 단숨에 찔러 죽일 수 있을 줄 알았는데, 목청 큰 불청객이 가볍게 피해버린 것이다.

'그걸 피해?'

문제의 불청객 마초 또한 적잖게 놀라고 있었다.

'일개 병사 주제에 이런 날카로운 공격을!'

도저히 맨손으로 상대할 자가 아니었다. 마초는 뒤로 공중제비를 돌며, 바닥에 뒹굴던 창을 주워들었다. 경비병이 가지고 있다가 버린 것이었다. 창을 겨누고 선 마초가 말했다.

"네놈, 보통 병사가 아니구나. 누구냐?"

"……."

그건 조개가 묻고 싶은 말이었다. 이화뿐만 아니라 이 경비병의 기억 또한 조운을 비롯한 장수 전원이 출전했다고 알고 있었다. 또 경비병은 공교롭게도, 평소 마초가 이용하는 쪽의 내성문에서 근무하지 않았다. 그렇다고 마초에 대해 들은 바도 없었다. 그러니 그를 알아보지 못했다.

'저런 놈이 갑자기 어디서…….'

조개는 경비병의 입을 빌려 말했다.

"너야말로 누군데 내 일을 방해하는가?"

"흥. 난 서량의 마초 맹기다! 얼마 전부터 부득이하게 업성에서 신세를 지고 있지. 그러니 네놈을 잡아서 이곳 치안대에 넘겨야겠다."

경비병이 놀란 목소리로 외쳤다.

"마초 맹기!"

물론, 실제로는 조개가 놀란 것이다.

"뭐야. 날 아나?"

"알지. 알다마다."

현대에서의 조개는 독서를 즐기진 않았다. 그래도 중국인이라면 마초의 이름 정도는 알고 있었다. 그는 자기도 모르게 쾌재를 불렀다.

"이게 웬 떡인가."

조개의 힘은 본체인 탁탑천왕을 든 인간이 강할수록 더 강해졌다. 모르긴 해도 마초에게 영혼전염을 쓴다면 진용운을 호위하는 네 병마용군도 쓰러뜨릴 수 있을 듯했다. 회의 형제들을 제외하면, 이제까지는 송강의 인조 병마용군보다도 강한 인간을 만나지 못했다. 용운의 사천왕이라는 조운, 장합, 태사자, 장료를 노려볼까도 싶었는데, 창이 잔뜩 달궈지는 바람에 한동안 정신을 차리지 못했다. 열기가 식어 깨어나보니, 자신은 웬 시정잡배의 소유가 되어 있었고 쓸 만한 장수들은 죄다 싸우러 나가버린 후였다.

'좋아. 전화위복이구나. 마초의 몸을 차지해서 이번에야 말로 진용운을 죽여주겠다.'

기뻐하는 조개와는 달리, 마초는 불쾌해졌다. 조개의 말을 들은 그가 입가를 일그러뜨렸다.

"이놈, 뭐라고? 떡?"

순간, 창을 거꾸로 쥔 마초가 달려들었다. 퍼퍼퍼퍼퍽! 경비는 순식간에 창대로 수십 군데를 맞아 쓰러졌다. 마초가 엎어진 경비를 보며 내뱉었다.

"감히 누굴 보고 떡이라고. 여포한테 쫓겨서 왔더니 내가 우스워 보이나?"

조개는 쓰러진 채 속으로 생각했다.

'다혈질인 놈이군. 자, 마초. 어서 날 집어들어라. 네 멋진 육체를 차지해서 그 보답으로 여포도 씹어먹을 강자가 되어 주마. 《삼국지》 최강의 무장은 여포나 관우가 아니라, 마초로 기록되게 해주겠단 말이다.'

마초는 경비병을 발로 툭툭 찼다. 그러나 조개는 꼼짝도 하지 않았다.

"기절했나? 그럼 잠깐 구경만 할까……. 그 정도는 괜찮겠지?"

마초가 탁탑천왕의 창대를 잡으려는 순간이었다. 소란을 들었는지, 내성에서 누군가가 나왔다. 마초는 얼른 손을 오므리고 일어났다.

"아니, 이게 다 무슨 일입니까?"

검은 관복 차림의 사내가 놀라서 물었다. 내성에서 나온 자는 전예의 부하였다. 흑영대원 중 내성 안쪽을 지키는 자로, 검은 관복은 그 표식이었다.

"마초 님? 지금 경비병을 죽인 겁니까?"

마초는 화들짝 놀라 손을 내저었다.

"아니, 절대 아니오! 안 죽었소!"

"그럼 이 친구가 여기 왜 쓰러져 있습니까?"

"그게, 이 청년이 창을 가져왔는데 갑자기……."

괜히 폭행 누명이라도 쓰고 쫓겨나면 곤란하다. 마초는 자기가 본 것을 열심히 설명했다.

"그렇게 된 거요. 보시오. 경비병이 창을 쥐고 있지 않소. 청년도 쓰러져 있고. 저자가 청년을 찌르고 창을 빼앗았을 뿐만 아니라 그 광경을 목격한 내게도 덤벼들기에 어쩔 수 없이 대응한 거요."

"흠…… 일단 아무것도 손대지 말고 이 자리에 계십시오. 현장을 잘 보존해야 하니까요. 저는 국양 님을 불러와야겠습니다."

검은 관복의 사내가 다시 되돌아 들어갔다. 그사이 마초는 몇 번이나 창을 곁눈질했다. 조개는 애가 탔다.

'어서 날 잡아라, 마초!'

마초는 끝내 창을 만지지 않고 견뎌냈다.

"흐아아. 이거 고문이 따로 없군."

잠시 후, 지하에서 올라온 전예가 날카로운 눈빛으로 주변을 살펴보았다. 이윽고 어정쩡하게 서 있는 마초에게 말했다.

"맹기 님께선 돌아가셔도 좋습니다."

"오, 역시! 제 무고함을 알아보시는군요."

낭패를 볼 뻔한 마초는 얼른 내성 안으로 들어갔다. 흑영 대원이 전예에게 물었다.

"마초 님이 경비병을 폭행한 게 아닙니까?"

"폭행한 건 맞다. 그는 경비병의 창을 거꾸로 들고 있었다. 창날에 피도 안 묻었고. 그건 창대로 때리긴 했으되 죽일 마음은 없었다는 뜻이다."

"그래도 감히 내성을 지키는 병사를 때리다니요. 그건 큰 죄가 아닙니까?"

"왜 그랬는지는 모르겠는데, 이자가 먼저 마초를 공격했다. 봐라."

전예는 손가락으로 경비병을 가리켰다.

"지금 손에 낯선 창을 들고 있지. 한눈에 보기에도 보통 창이 아닌데, 저게 마초의 것이라면 굳이 제 무기를 두고 조잡한 경비병의 창을 들 이유가 없다. 또 입수한 정보에 의하면,

마초는 어린 나이에도 불구하고 상당한 강자. 한낱 경비병에게 무기를 빼앗겼을 리도 없다. 즉 이자가 원래 가졌던 창을 버리고 저 창을 들었다는 뜻이다. 경비병은 이 자리를 떠난 적이 없으니, 아마도 저 창은 저쪽에 뻗어 있는 친구가 가져왔겠지. 그뿐만 아니라, 발자국과 싸운 흔적만 봐도 마초의 말은 앞뒤가 맞아."

조개는 전예의 말을 들으며 생각했다.

'마초만큼 강하진 않겠지만, 저자도 쓸 만하겠다. 진용운과 업성에 대해 방대한 정보를 가지고 있을 것 같군. 자, 이제 날 집어라!'

전예는 경비병의 손에 쥐어져 있던 탁탑천왕의 창대를 잡았다.

'옳거니. 드디어!'

조개는 재빨리 천기를 발동했다. 영혼전염!

이제 전예의 혼은 육체에서 내쫓기고 그 자리를 조개의 혼 일부가 차지해야 했다. 그러나 아무 일도 일어나지 않았다.

'응?'

당황한 조개는 곧 원인을 알았다. 전예가 손에 꽤 두꺼운 장갑을 끼고 있었던 것이다. 맡은 일의 특성상 그는 여름에도 얇은 장갑을 끼는 경우가 많았다. 하물며 지금은 겨울이었다.

'이런!'

창을 든 전예가 말했다.

"일단 이 창은 아래로 가져가서 조사를 좀 해봐야겠군. 어째 어디서 본 것 같단 말이야……. 자네는 저 두 사람이 깨어나면 무슨 일이 있었는지 취조해보도록. 혹시 모르니 의원도 부르고."

"알겠습니다."

조개는 분통이 터졌으나, 겨우 마음을 가라앉혔다.

'그래. 창을 조사하는 동안, 분명 한 번은 손으로 만질 때가 있을 것이다. 그때가 네놈이 나의 꼭두각시가 되는 때다!'

전예는 조개가 깃든 탁탑천왕을 들고 자신의 집무실, 어두컴컴한 업성 지하로 내려갔다.

마초 또한 자기가 꼭두각시가 될 뻔한 것도 모르고 안도의 한숨을 내쉬며 거처로 돌아갔다.

조개가 일으킨 소동은 일단 이렇게 정리되었다.

그 시각, 용운은 관도에 진채를 차리고 있었다. 역사에서 조조와 원소가 싸웠던 관도성이 아니라, 같은 이름의 현이었다. 행정구역상으로는 기주 위군 관도현이다. 업성이 기주 위군 업현이니 비교적 가까운 거리였다. 위치는 업에서 북동쪽으로 올라간 곳이었다. 원소가 이미 평원을 점령했다는 소식에, 그 아래인 관도에서 저지하기로 한 것이다. 소위 '관도대전'이라 일컬어지는 전쟁이 벌어진 장소는 오히려 복양성보다도 훨씬 남쪽이었다. 그래도 용운은 뭔가 감회가 새로웠다.

'그래. 관도대전에서 결국 원소가 패배했듯 난 이곳 관도에서 그를 격파하겠다. 빨리 와라, 원소. 당신을 털어서 탁현으로 보낸 문추의 병력을 철수시킬 수밖에 없도록 해줄 테니까.'

상념에 빠진 그에게 장합이 다가왔다.

"주공, 바람이 찹니다."

"괜찮아요. 그보다 탁현 쪽에서 새로운 소식은 없나요?"

"예, 아직."

"후우……."

용운은 깊은 한숨을 내쉬었다.

잠깐 망설이던 장합이 말했다.

"너무 심려치 마십시오. 자간 님께선 잘해내실 겁니다."

"그래요. 분명, 그렇겠죠."

용운의 시선이 어둑한 북쪽으로 향했다. 저 광야 너머에서 노식이 악전고투를 벌이고 있을 터였다. 용운은 몸을 돌려, 이번에는 반대쪽인 남쪽을 바라보았다.

'자룡 형님도 지금쯤 복양성에 도착하셨겠지.'

복양성 쪽은 조조의 포위를 뚫고 어떻게 태사자와 합류하느냐가 관건이었다.

'전풍과 저수가 있으니 어련히 잘하겠지만…….'

이상하게 마음이 불안했다. 워낙 바쁜 탓에 최근 조운과 대화를 나눌 기회가 좀체 없었다. 용운은 이번 전투가 끝나고 조운이 무사히 돌아오면, 꼭 술자리라도 갖겠다고 결심했다.

"주공, 행군하느라 지치셨을 텐데 들어가서 좀 쉬십시오."

장합의 거듭된 권유에 용운은 막사로 돌아왔다. 침상에 앉자 급격히 피로가 몰려왔다. 그는 하품하며 주위를 둘러보았다.

'응? 다들 어디 갔지?'

검후는 이번에 당당히 교위 관직을 받았다. 이는 그녀 휘하에 병력을 거느렸다는 뜻이었다. 자기 부대 막사에 있을 검후나 어디선가 술을 마시고 있을 성월은 그렇다 치고 사린과 청몽마저 보이지 않았다.

'어째 쓸쓸하네.'

사천신녀는 조금씩 제 역할이 굳어지고 있었다. 제일 두드러진 건 검후였다. 성월도 병사들에게 궁술을 가르치는 궁술도감이 되었다. 심지어 사린조차 식량의 조달 및 정찰 등의 임무를 받았다. 대놓고 최전방에 내몰진 못하겠지만, 그녀들 같은 강력한 전력을 놀려선 안 된다는 곽가의 설득 때문이었다. 사실 용운도 다른 가신들과의 형평성이 마음에 걸리긴 했다. 어디까지나 제일 소중한 건 그녀들이었지만. 그래서 고민 끝에 업무를 하나씩 안긴 것이다.

대군에 둘러싸여 있는데도, 그녀들이 없으니 허전했다. 그때였다. 한줄기 찬바람이 불더니 막사 구석에 별안간 검은 그림자 두 개가 나타났다. 아니, 원래부터 거기 서 있었던 듯했다. 용운은 등골이 오싹해지며 소름이 돋았다. 깜짝 놀란 그가 청몽을 부르려 했다.

"청……."

그러다 자기도 모르게 말을 삼켰다. 문득 두 그림자가 친숙하게 느껴졌기 때문이다. 아니나 다를까, 둘은 용운이 잘 아는 너무도 소중히 여기는 사람들이었다.

"아…… 언제 왔죠? 왜 그러고 계세요?"

말하던 용운이 비명을 질렀다.

"앗!"

밝은 곳으로 나선 두 그림자는 전신에 온통 피를 흘리고 있었다. 두 사람이 입을 모아 슬픈 목소리로 말했다.

"주공, 부디 평안하십시오."

"반드시 대업을 이루시길 바랍니다."

두 그림자가 서서히 사라져갔다.

용운은 눈물을 쏟으며 울부짖었다.

"안 돼. 가지 마세요!"

그때 누군가가 다급히 용운의 몸을 흔들었다.

"주군! 왜 그래요?"

슬피 울던 용운이 눈을 떴다. 눈앞에 걱정스러운 표정의 청몽이 보였다.

"악몽이라도 꾸셨어요?"

"아…… 나 언제부터 잔 거지?"

"조금 전 막사에 들어와서 침상에 앉더니, 바로 누워서 잠드셨어요. 많이 피곤하셨나 보다 하고 지켜보는데, 갑자기 흐느끼기 시작하셔서……."

용운은 제 뺨을 만져보았다. 뺨이 온통 눈물로 젖어 있었다.

"응. 나 뭔가 꿈을 꿨던 것 같아. 몹시 슬픈 꿈……. 그런데 어떤 꿈이었는지 기억이 안 나."

"저런. 꿈은 반대라니까 너무 걱정하지 마세요."

위로하는 청몽을 용운이 끌어당겼다. 그리고 침상 앞에 서 있는 그녀의 명치 어림에 얼굴을 묻었다.

"은근슬쩍 뭐하시는 거죠?"

"잠시만 이러고 있어줘."

"아휴, 참. 어쩔 수 없네."

청몽은 용운의 머리를 살살 쓰다듬었다.

용운은 그녀의 손길을 느끼며 불길한 예감을 억누르려고 애썼다.

11

관도 전투 개막

출정 직전, 가신들이 모두 모였을 때의 일이었다. 용운은 화타에게 따로 부탁했다.

"화타 님께서는 군의관을 맡아주셔야겠습니다."

화타는 고개를 갸웃거렸다.

"군의관? 그게 무엇입니까?"

본래 의미는 군대에서 의사의 임무를 맡은 장교다. 하지만 화타는 장교라거나 하는 말을 모를 테고 체험상 '자동 번역 기능'은 저런 것까지 세세히 번역해주지는 않았다. 용운은 적당한 어휘를 골라 설명했다.

"의원의 임무를 행하는 부장입니다. 평소에는 제 곁에 계시다가 병들거나 다친 병사가 나오면 치료해주시면 됩니다."

"으음…… 후방이나 전투가 끝난 후의 성에서 부상자를 치료한 적은 있습니다만, 전투에 처음부터 참여하여 관직까지 받는 건 처음이군요."

용운은 화타가 거절할까 봐 걱정했는데 어쩐지 좋아하는 눈치였다.

'의술과 연관된 관직을 받았다고 여겨서일까?'

잠깐 생각하느라 방심한 사이, 화타의 손이 용운의 명치를 슬슬 어루만지고 있었다. 어느새 옷섶을 헤치고 맨살을 더듬는 중이었다.

"화타 님?"

용운이 저렇게 부르니, 어느새 화원화의 호칭은 '화타'로 굳어졌다. 화 선생이란 뜻이다. 잡술로 취급받는 의학의 위상을, 자신이 다스리는 성에서만이라도 높여주려는 용운의 사전 작업이었다. 아무래도 주목이 '선생'이라 부르는 사람을 막 대하긴 어려우리라.

화타는 황홀한 표정으로 대꾸했다.

"아, 오해하지 마십시오. 다치셨던 부위를 살피려는 겁니다. 이제 거의 다 나으셨군요."

"아하하, 네……."

용운은 화타가 이럴 때마다 난감했다. '성에 남는 조건으로 몸을 살피게 해주겠다'고 약속까지 해버렸으니 막기도 어려웠다.

'더 큰 문제는 불쾌하지가 않다는 거야. 다들 이렇게게…… 아니, 아니야. 이건 화타가 가진 특기의 효과라고!'

화타는 눈으로 보아 병세를 살피는 '망진'과 손으로 만져 짐작하거나 치료를 활성화하고 빠르게 하는 '촉진'이 가능했다. 둘 다 그의 특기, '신의(神醫)'의 하위 기술이다. 그의 긴 손가락이 닿는 것만으로도 상처의 고통이 줄어드는 부상병이 많았다.

손을 뗀 화타는 주위를 두리번거렸다.

"겨울이 빨리 오는지 어째 춥군요."

그럴 것이었다. 청몽이 살기를 뿜어대는 중이었으니.

어느새 진지해진 표정의 화타가 말했다.

"상세는 매우 좋습니다만, 기혈이 뒤틀릴 정도로 분노를 터뜨리거나 슬퍼하는 등 격한 감정의 분출은 절대 금물입니다. 자칫 상처가 터지거나 덧나서 처음보다 더 위험해질 수 있어요. 제가 드리는 탕약도 계속 드셔야 하고요. 아시겠지요?"

이럴 때 보면 변태가 아닌 영락없는 의사였다. 참 종잡을 수 없는 인물이었다.

용운은 이 전투에 화타뿐만 아니라 곽가, 순유, 진궁을 대동했다. 그의 부재 시 전권을 위임받아 성을 관리하는 순욱, 행정을 책임지는 최염과 내정 쪽에 써먹을 생각이지만 아직 적응할 기간이 필요한 사마랑, 조운을 보좌해 복양성으로 간 전풍과 저수를 제외하면, 책사를 다 데려온 셈이다.

그뿐만 아니라 남은 청광기와 철기, 게다가 성을 방어하는 데 필요한 최소한의 수를 제외한 나머지 병력을 모조리 끌고 왔다. 이 전투에 대한 용운의 의지가 엿보이는 부분이었다. 그렇게 끌어모은 병력이 대략 이만 오천. 장합과 장료가 각각 일만씩을 거느렸다. 삼천은 예비대였으며 나머지 이천은 보급 및 수송대로서 진궁이 지휘하고 있었다.

'항복한 흑산적 수만을 받아들였지만, 아직 정예라 하기에는 이르다. 무엇보다 말(馬)이 모자라. 다행히 반란을 일으킬 걱정은 없을 듯하니 순욱에게 맡겨 성의 방어와 수확 등 필요한 곳에 쓰면 될 거야. 행여 불미스러운 사태가 생겨도 전예와 흑영대가 있으니까.'

장합이 총지휘를 맡은 용운군은, 출전한 지 이틀 만에 관도에 도착해 진을 쳤다. 관도현은 발해보다 업에서 훨씬 가까웠다. 덕분에 늦게 출발했음에도 먼저 도착한 것이다.

용운의 부대는 열 명씩 한 조를 이루는 십인대 체제로 구성됐다. 십인대 하나당 이동식 막사 하나씩이 배정되었다.

각 십인대에는 십인장과 부십인장이 있었다. 또 그 안에서 허드렛일부터 정찰까지, 각자 임무를 맡았다.

특히, 십인장은 반드시 흑산적 출신이 아닌, 용운을 따른 지 오래된 병사들로 임명하여 십인대의 규율 유지 및 '보급품' 관리를 맡겼다. 현대로 치면 분대장에 해당한다. 십인장은 공을 세우면 백인장, 천인장으로 승진하며 그 자리는 부장이 메웠다. 그리고 조원 중 공적이 있거나 십인장과 부십인장이 동시에 지명하는 자가 새로운 부십인장이 된다.

보급품으로는 매일 나오는 하루치의 식량, 매 전투 때 나오는 갑옷과 무기, 의복 등이 있었다. 무기는 주로 창인데, 따로 검술이나 궁술을 배운 자에게는 그에 맞는 무기를 지급했다. 그 밖에 용운과 화타가 함께 개발한 구급 의료 세트, 떡과 같은 간단한 부식 등도 있었다. 용운이 현대의 군 체제를 일부 적용한 것이다.

이런 것들은 다른 세력의 군대에서는 눈 씻고 찾아봐도 없었다. 그나마 하루 세끼 밥이라도 잘 먹여주면 후한 편이었다. 용운은 군 미필자였으므로 정확히 알진 못했지만, 21세기의 한국인이라면 어떤 형태로든, 하다못해 텔레비전 예능에서까지 군대에 대한 지식을 접하기 마련이었다. 특히, 용운은 스치듯 접한 정보도 모두 기억했으므로 이럴 때 큰 도움이 되었다.

'반드시 빨리, 그것도 원소가 위기감을 느낄 지경으로 이겨야 한다. 그래서 탁현으로 보낸 부대까지 불러내릴 정도로. 여기에 이젠 노식뿐만 아니라 자룡 형님과 태사자의 안위까지 걸렸으니, 현대의 지식을 활용하는 걸 꺼릴 때가 아니다. 하긴 그 전에 내가 지면 내 안위도 끝장일 테지.'

용운은 자신이 밀덕(밀리터리 덕후)이 아닌 게 이토록 아쉬웠던 적이 없었다. 화포의 제조법이라도 봐뒀으면 좋았으련만.

이틀 후, 척후병이 보고해왔다.

"원소군이 십 리(약 4킬로미터) 밖에서 진군해오고 있습니다. 수는 대략 삼만. 총사령관은 안량이며 부장은 고람입니다. 원소의 본진은 고당현 근방에 있습니다."

마침 용운은 막료들과 더불어 막사에 있었다. 옆에 있던 곽가가 턱을 어루만지며 말했다.

"아슬아슬하게 맞춰 도착했네요. 그나저나 본진은 따로 있는데도 삼만이라니. 본진의 병력은 그 이상일 테지요. 그렇다면 최소 육만. 역시 원소의 저력은 무시할 수 없습니다."

순유도 고개를 끄덕이며 맞장구를 쳤다.

"원소를 견제할 능력이 있던 공손찬이 낙양에서 시간을 허비하는 사이, 차곡차곡 세력을 키운 게지요. 아마도 지금의 원소는 하북 최강자라 해도 과언이 아닐 겁니다."

용운은 진궁, 곽가, 순유 세 막료를 둘러보았다. 말과는 달리 크게 두려워하는 기색은 없었다.

"첫 번째 전투는 매우 중요합니다. 좋은 계책이 있으면 허심탄회하게 말해보세요."

용운의 말에, 제일 먼저 입을 연 것은 순유였다.

"적은 먼 길을 진군해오느라 피로할 터. 놈들이 진용을 정비하기 전에, 적군이 도착할 시간에 맞춰서 일단 한 번 두들겨주는 게 좋겠습니다."

점잖게 생긴 외모와는 반대로 변칙적인 책략을 내놨다.

'그러고 보니 정사에서 관도대전 때, 순유의 작전이 조조에게 여러 번 채택됐지. 그 결과 안량과 문추를 모두 잡았고. 순유가 원소군에 상성이 좋은지도 몰라.'

진궁이 고개를 끄덕이며 거들었다.

"장합과 장료 장군은 둘 다 철기부대로 감행하는 돌격전이 특기입니다. 적군이 도착한 직후, 대열을 맞추고 있다가 들이친다면 분명 미처 대비하지 못하고 큰 피해를 볼 것입니다."

"지금으로선 최선의 책략입니다. 적은 우리를 무시하고 있으므로, 감히 선제공격을 해오리라 생각하지 못할 것입니다."

곽가도 찬성하자 용운은 급습 실행을 결의했다.

"좋아요. 우선 그대로 행한 후, 다시 생각하죠."

용운이 보기에 소규모 부대로 감행하는 돌격대의 지휘엔

장합보다는 장료가 적임이었다. 또 장료는 개인적인 무력도 출중해서, 잘하면 공황에 빠진 적장을 베는 것도 기대해볼 만했다.

'대부분의 청광기를 조운 형님께 넘겨드리는 바람에, 현재 가용한 철기는 오천이 전부다.'

이에 용운은 장료로 하여금 오천의 철기를 내주어, 적군이 도착한 직후 허를 찌르도록 했다.

선봉은 용운의 예상대로 안량이었다. '원' 자가 쓰인 깃발 틈에, '안'이라 쓰인 깃발이 펄럭이고 있었다. 아마 원소 진영에서는—역사와 달리 용운의 사람이 된 저수 대신—봉기가 안량을 혼자 출전시켜서는 안 된다고 반대하자 원소가 그 말을 무시했을지도 모른다.

장료는 철기대의 돌진력을 극대화하기 위해, 약간 높은 구릉 위에서 적을 내려다보고 있었다.

이윽고 전장이 될 벌판에 안량군 병사들이 도착했다. 그들은 한동안 용운의 진영을 살폈다. 그러더니 말에서 내려 목책을 세우는 등 진채를 만들기 시작했다. 언덕 위에 장료군이 있음을 눈치챈 기색은 전혀 없었다.

'척후조차 제대로 운용하지 않는가. 이는 오만에서 나온 실수일 터. 우리를 얕본 게 얼마나 큰 실수인지 깨닫게 해주마.'

마음속으로 적을 비웃은 장료가 명했다.

"돌격!"

와아아아아아! 거대한 함성과 함께 철기대가 뾰족한 창끝 같은 모양을 이뤄 안량군에게 돌진했다. 비탈을 내려가며 가속도가 붙은 철기대라는 이름의 창은 더욱 날카롭고 위력적이 되었다. 그 창의 선두에 맹장, 장료가 있었다. 그는 삼첨도를 휘둘러 닥치는 대로 적을 베었다.

예상치 못한 기습에 안량군은 크게 당황했다. 그러자 기세를 늦추기 위해 적장이 뛰어나왔다.

"진형을 이루고 선전포고를 하기도 전에 기습해오다니. 도리도 모르는 놈들 같으니!"

장료를 꾸짖으며 달려나온 자는 여위황(呂威璜)이라는 장수였다.

그를 힐끗 본 장료는 일언반구도 없이 단 1합 만에 말에서 찔러 떨어뜨렸다. 그 바람에 장료군의 기세만 드높이고 말았다.

"이놈, 꽤 설치는구나!"

보다 못한 또 다른 장수가 말을 몰아 달려왔다. 그는 고람(高覽)이라 하며, 정사에서 공융이 장합, 순우경과 더불어 원소군의 용장이라고 평한 장수였다. 또한 안량군의 부장이기도 했다.

'대어로군.'

장료는 쾌재를 부르며 삼첨도를 내질렀다. 그러나 고람은 창을 휘둘러 공격을 쳐냈다. 장료가 눈을 살짝 치떴다. 과연 여위황처럼 순순히 죽어주진 않았다. 장료와 고람은 각자의 병기를 내리치고 찌르며 치열한 싸움을 벌였다.

한편, 용운은 나무를 쌓아 만든 전망대에서 전장을 지켜보고 있었다. 장료와 고람의 싸움이 몇 합 지나자 그가 입을 열었다.

"성월."

"네에."

성월이 적예궁의 시위를 당겼다. 본래 두 장수가 단기전을 벌일 때는 끼어들지 않는 게 보통이었다. 예의를 차려서라기보다 괜히 나섰다가 손발이 맞지 않아 오히려 위험을 자초할 수 있기 때문이었다. 《삼국지연의》에서 유비, 관우, 장비 삼형제가 한꺼번에 여포와 싸우는 장면만 봐도, 딱히 비난받을 짓은 아니었다. 참고로 저 세 사람은 함께 오래 싸워와 손발이 맞았기에 가능했던 일이다.

하물며 자칫 아군을 맞힐 수도 있는 저격은 더욱 위험했다. 하지만 성월은 백 리 밖을 나는 기러기의 눈을 쏴 떨어뜨릴 수 있는 궁술의 소유자였다. 혀로 빨간 입술을 핥은 그녀가, 한마디 말과 함께 시위를 놨다.

"맞아라!"

풋! 화살은 전망대 위에서부터 맹렬히 회전하며 일직선으로 고람에게 날아갔다. 뭔가 번쩍인다고 생각한 직후, 고람은 이미 오른쪽 눈에 화살을 맞아 절명했다.

"저 붉은 화살은 성월 낭자의 솜씨인가."

장료는 한층 더 신이 나서 날뛰었다. 안량군의 진형이 점차 붕괴되기 시작했다. 전망대 아래에서 전황을 유심히 바라보던 곽가가 장합에게 말했다.

"장군, 적장이 둘이나 쓰러진 지금이 기회입니다. 예정에는 없었지만, 기세를 타 몰아칩시다!"

"음."

장합은 그 말이 옳다 여겨, 즉시 남은 철기와 보병을 이끌고 돌격했다. 장료가 한 차례 헤집고 나가 채 정리되지 않은 진형을 장합이 다시금 두드렸다. 용운군의 정예 철기는 엉망진창인 적 대열을 누볐다. 장합의 양옆에서 검후와 사린도 사납게 싸웠다. 감히 세 사람을 막아설 수 있는 자가 없었다.

"으으, 괴물들이다."

"도저히 막을 수 없어!"

이제 안량군의 진형은 걷잡을 수 없이 무너졌다.

"제길. 후퇴! 후퇴하라!"

견디다 못한 안량이 퇴각을 명했다.

장료와 장합은 후퇴하는 안량군을 추격하며 적병을 죽이

고 물자를 빼앗았다. 결국 안량은 삼천의 전사자를 내고 오리 밖까지 물러날 수밖에 없었다. 이렇게 해서 서전은 용운의 승리로 끝났다. 급습이 제대로 먹힌 결과였다.

"정말 잘해줬어요."

용운은 돌아온 장료와 장합을 치하하고 화타로 하여금 다친 병사들을 치료케 했다. 그때 문득 진궁이 말했다.

"적은 생각지도 못한 대패로 경황이 없을 것입니다. 자고로 물이 들어왔을 때 노를 저으라 했습니다. 지금 은밀하게 병력을 이동시켜뒀다가 깊은 밤에 야습을 해보는 건 어떻습니까?"

성공한다면 적에게 치명적인 타격을 입힐 수 있었다. 용운은 그 계책이 그럴듯하다고 여겼다. 그런데 호전적인 곽가가 어쩐 일로 반대하고 나섰다.

"안량은 분명 단순한 자이나, 원소가 거느린 책사들은 그렇지 않습니다. 이 한 번의 패배로 우리 쪽에도 뛰어난 장수와 책사들이 있음을 알고 대비할 것입니다."

잠시 생각하던 용운은 진궁의 손을 들어주었다.

"불과 반나절 만의 야습이에요. 더구나 안량은 원소의 본진이 있다는 고당현까지 퇴각한 것도 아니고 여전히 관도에 있습니다. 설마 그사이 원소의 책사들이 손을 쓰진 못했겠지요. 우둔한 안량이 지휘할 때 최대한 피해를 입혀두는 편이 좋을 듯해요."

"정 그러시다면, 야습부대를 둘로 나누어 순차적으로 투입하십시오."

용운은 곽가의 그 말은 수용하기로 했다. 이에 장합과 장료에게 예비대 삼천을 주어, 각각 천오백씩 거느리게 하고 안량이 퇴각한 지점 주변으로 조용히 진군하도록 보냈다. 용운은 자기도 모르는 사이 조급해져 있었다.

'문추가 이끄는 병력은 훨씬 전에 출발했다고 하니, 아마 지금쯤 탁현을 공격 중일 거야. 조금이라도 서둘러 원소군 본진을 무너뜨려서 노식을 구해야 해. 또 그러면 복양성 쪽의 공세도 주춤해질 것이고. 내가 빨리 이겨야 모두가 살아!'

후퇴하여 겨우 병력을 수습한 안량은 침중해져 있었다. 단숨에 무너뜨리리라 자신한 적의 기세가 생각보다 거셌다. 삼천의 전사자도 문제지만, 무엇보다 우수한 장수인 고람을 잃은 게 타격이 컸다.

'서전에서 패해 기세가 꺾였으니 이를 어찌 만회한다…….'

그는 문득 출진 전에 봉기가 건네준 비단 주머니가 떠올랐다. 자신이 혼자 선봉으로 나서길 고집하자, 곤란한 지경에 처했을 때 열어보라며 준 것이었다. 그때는 내심 봉기를 비웃으며 대충 받아서 품에 넣었었다. 그러나 이제 지푸라기라도 잡는 심정이 되어 주머니를 열어보았다. 주머니 안에서는 작은 양피지 두루마리가 나왔다. 봉기가 직접 대비책을 써둔 것이었다.

안량 장군, 만약 이 주머니를 열었다면 아군의 도착을 기다려 급습한 적에게 패했다는 뜻이겠지요. 하지만 장군의 역량으로 보아, 어떻게든 사태를 수습하여 물러났을 터. 기습으로 재미를 본 적은, 아직 장군이 경황이 없을 것으로 생각하여 야습을 감행해올 가능성이 높습니다. 진채에는 불만 켠 채 비워두고 기다리되, 외곽에 궁병을 배치해두십시오. 그리고 적군이 야습해왔을 때 포위하여 화살을 퍼부으면 낮의 손해를 만회할 수 있을 것입니다.

마치 안량의 전투를 지켜본 듯한 조언이었다.

"오오!"

글을 읽은 안량은 무릎을 탁 쳤다. 어째서 봉기가 원소에게 가장 신임받는지 알 만했다.

'그래, 밑져야 본전이니.'

그는 처음의 패배를 반성하고 정찰병을 여러 갈래로 내보냈다. 과연 얼마 후 돌아온 정찰병들이 말했다.

"적군이 근처에 잠복하는 기척이 있습니다."

안량은 껄껄 웃으며 말했다.

"진용운의 책사가 누군지는 몰라도, 원도(元圖, 봉기의 자) 님의 예측을 벗어나지 못하는구나!"

그는 즉각 병력을 움직여, 봉기의 말대로 배치했다. 또 병사들을 든든히 먹여 야습에 대비했다.

해가 지고 밤이 깊었다. 장합과 장료는 안량의 진채 부근에서 숨죽이고 매복해 있었다. 적이 밥을 짓는 연기가 오르더니, 얼마 뒤 조용해졌다. 모두 식사 후 잠에 빠진 모양이었다.

장합은 속으로 생각했다.

'패한 뒤 몇 리나 쫓겨왔으니 지쳐서 경황이 없는 모양이군. 공대 님의 말대로인가.'

그는 장료에게 숨죽여 말했다.

"내가 먼저 들어가겠네."

"괜찮으시겠습니까?"

"염려 말고 신호하면 곧장 따라오게."

말을 마친 장합이 협곡에서 튀어나와, 안량군의 진채로 돌격했을 때였다.

"응?"

기세 좋게 달려 들어온 장합이 멈칫했다. 진채에는 훤히 불이 켜져 있었으나, 병사 한 명 뛰쳐나오지 않았다. 그는 뭔가 잘못됐음을 직감했다.

"이런, 돌아나가라! 함정이다!"

그때, 장합군을 향해 사방에서 일제히 화살이 날아들었다.

"으악!"

"윽! 장군, 몸을 피하십시오!"

불을 밝혀두어 사방이 환한 진채 가운데 뛰어든 장합군은 화살의 표적이 되기에 딱 좋았다. 화살이 비 오듯 쏟아지자 여기저기서 병사들이 쓰러졌다.

"달려! 어서 달려나가라!"

장합은 목이 터져라 외쳤지만, 이미 포위당한 후라 그마저도 여의치 않았다. 결국 장합 자신도 몸에 화살이 세 개나 꽂히고 말았다.

'젠장, 이런 곳에서……'

그때였다. 진채 바깥쪽에서 동요가 일어나더니 화살 공격이 멈췄다. 장료가 이끄는 일군이 장합에게 일어난 이변을 깨닫고 궁병부대를 들이친 것이다. 덕분에 장합은 간신히 진채를 빠져나올 수 있었다.

얼마 후, 진영으로 돌아온 장합과 장료를 맞이한 용운은 아연해졌다.

무릎을 꿇은 장합이 힘없는 목소리로 보고했다.

"적은 야습을 알고 진채를 비워둔 채 대비하고 있었습니다. 전사 일천이백, 부상 구백 명 이상입니다. 송구합……."

말하던 장합은 정신을 잃고 앞으로 쓰러졌다.

"장군!"

옆에 있던 장료가 놀라서 그를 부축했다.

용운은 황급히 뛰쳐나가 장합을 안았다.

"준예! 정신 차려요!"

화타가 얼른 나서서 장합의 상태를 살폈다. 그는 심각한 표정으로 말했다.

"등과 어깨에 화살을 맞았는데, 그중 등에 꽂힌 화살촉에 독이 발라져 있었나 봅니다. 여기로 오는 사이 독이 골수에 미쳤습니다. 어서 해독하지 않으면 위험합니다."

용운은 눈앞이 캄캄해졌다. 그런 그의 옆으로 곽가가 다가왔다.

"주공."

"봉효, 내가 멍청했어요. 그대의 말을 듣지 않아서 장수를 다치게 했네요."

곽가는 개의치 않고 말했다.

"주공, 지금 바로 다시 야습을 명하십시오."

"……네?"

"적은 우리가 이렇게 크게 당해서 물러난 뒤에 곧바로 재차 공격해오리라고는 생각하지 못할 것입니다. 게다가 듣자 하니, 문원 장군이 포위망 밖에서 궁병대를 들이쳐 제법 피해를 입혔다고 합니다. 지금이 기회입니다."

"아……!"

용운은 감탄과 두려움이 동시에 들었다. 아군이 당한 것조차 책략의 일부로 사용하다니. 뒤통수를 치고 또 치고. 이런 게 전쟁인가.

그러나 야습을 행할 마땅한 장수가 없었다. 장합은 중상을 입었고 장료도 많이 지쳐 있었다. 그러자 용운의 뒤에 시립해 있던 검후가 나섰다.

"주군, 절 보내주세요."

"위험한 임무야, 검후."

"저는 야습 아니라 정면으로 싸워도 자신 있답니다."

사린도 냉큼 손을 들었다.

"저도! 저도 언니랑 갈게요!"

"사린……."

사실, 두 사람만 출격해도 적에게 엄청난 피해를 줄 수 있으리라. 하지만 문제는 용운 자신에게서 멀어지면 힘이 약해진다는 것이었다.

'장합이 부상을 당해 전력에 큰 손실이 왔다. 여기서 최소한 안량이 이끄는 선봉은 무너뜨려야 타산이 맞아. 여기에 승

부를 건다.'

결심한 용운이 말했다.

"검후와 사린은 남은 병사를 모두 이끌고 곧바로 안량의 주둔지로 출발할 준비를 해. 성월은 남아서 본진의 장합과 수송대를 지켜줘."

"옛!"

"그리고 나도 간다."

용운의 말을 들은 진궁이 기함했다.

"주공! 절대 안……."

"공대도 따라와요."

"네?"

"야습 실패에 대한 책임을 지고, 두 번째 야습을 대비하여 적이 매복하고 있는지를 확인하세요. 그리고 내 옆에 딱 붙어서 날 보호하고요."

"아, 알겠습니다."

할 말이 없어진 진궁은 허겁지겁 갑옷을 입었다.

그날 오후, 탁현.

문추(文醜)는 안량과 더불어 원소가 아끼는 맹장이었다. 특히, 기병을 다루는 데 뛰어났으나 지략은 다소 부족했다. 원소는 용운에게 대대적인 공격을 감행하기에 앞서, 문추를 상장으로 한 삼만의 정예 기병을 탁군으로 보냈다.

이는 순욱의 넷째 형, 순심의 책략. 용운의 기반이라 할 수 있는 탁군을 빼앗음과 동시에, 신뢰받는 노장 노식을 쓰러뜨려 용운에게 타격을 주기 위해서였다. 용운의 행보를 들은 순심은 그의 성정을 대략 파악한 터였다.

'유약하며 제 사람을 아끼는 성격. 그렇다면 노식이 포로가 되거나 죽었을 때 크게 흔들릴 터.'

순심의 책략을 세우는 방식이 대략 이와 같았다.

하옹(何顒)이라는 후한 말의 명사가 있었다. 어렸을 때부터 학식이 깊고 분별력이 뛰어났다. 환관과 불화하여 쫓겨 다닐 때는, 가는 곳마다 사람들이 그를 반겨 수많은 선비가 따랐다. 젊은 시절의 원소 또한 하옹과 분주지우(奔走之友, 위기에 처하면 바로 달려와 줄 친구)의 연을 맺기도 했다.

그는 명문인 순씨 오형제와 학문이며 책략을 논한 적이 있었다. 그 후 말하길, 다섯 중에서도 순연, 순심, 순욱이 빼어나며, 특히 막내인 순욱은 '왕좌지재(王佐之才)'를 가졌다고 칭찬하였다. 왕좌지재는 왕을 도울 만한 재능이라는 뜻이다.

춘추시대 제나라의 재상인 관중(管仲)이 바로 그런 사람이었는데, 주군을 섬기면서 그를 위대하게 만드는 능력이 있었다. 그 관중 덕에, 제나라의 환공은 춘추시대의 첫 번째 패자가 된다. 즉 왕좌의 재능을 가진 책사란, 자신이 모시는 주군을 천하의 주인으로 만들 능력이 있다는 의미이기도 했다.

"또 셋째 순연은 책사보다는 무인의 자질이 있다. 주인을 잘 만난다면 열후(列侯, 군공에 따라 토지와 노비를 내리는 작위)의 자리까지는 오를 것이다."

그리고 하옹은 입을 다물었다. 그 자리에 있던 선비 중 하나가 의아하여 물었다.

"어찌하여 순심에 대한 얘기는 하시지 않습니까?"

잠시 망설이던 하옹이 말했다.

"순심은 순욱 못지않은 재주를 가졌으나 시기와 질투가 많고 관상이 어둡다. 아마 적의 약점을 찌르고 음험한 계책을 쓰길 주저하지 않을 것이다. 순욱이 왕을 보좌하는 봉황이라면…… 순심은 패자(覇者, 패도로 천하를 다스리는 자)의 어깨에 앉길 즐기는 독(鷲, 독수리)이라 할 수 있다."

지금 그 독수리가 탁군에 검은 날개를 드리우고 있었다.

노식은 성벽에 서서 적 진영을 살피는 중이었다. 해가 어스름하게 넘어가는 시각이었다. 그의 그림자가 길게 성벽 아래로 드리워졌다. 노식이 입은 갑옷은 온통 먼지와 피투성이였다. 얼마나 고단한 싸움 중인지 갑옷이 보여주고 있었다. 초췌한 모습의 그가 중얼거렸다.

"과연 원소의 상장, 문추. 버티기가 쉽지 않구나. 하물며 원소가 직접 왔다면 성은 오래전에 떨어졌을 것이다."

노식을 보호하듯 뒤에 서 있던 장수가 말했다.

"허나 어째 우직하게 정면으로만 공격해오는 느낌입니다. 저 문추란 장수의 성정 때문인지, 아니면 원소가 책사들을 모조리 데리고 간 건지."

"으음. 단순한 공격 덕이기도 하지만, 무엇보다 그대가 잘 싸워줘서 버티고 있는 거요, 추정."

"과찬이십니다."

추정은 포권을 취해 예를 표했다.

노식은 그를 보며 생각했다.

'이런 사내가 초야에 묻혀 있었다는 것부터가 현재 조정이 얼마나 흔들리고 있는지를 보여주는 증거일 터.'

추정은 황건의 난 당시부터 의병을 일으켜 싸웠다. 한동안 유비 삼형제와 함께 행동한 적도 있었다. 그는 여러 곳에서 적지 않은 공을 세웠다. 하지만 그 공이 전혀 알려지지 않아 관직이나 은상을 전혀 받지 못했다. 이는 환관에게 뇌물을 바치지 않은 탓이었다.

노식은 뒤를 돌아보았다. 그리 높지 않은 성벽 아래쪽에 무수한 병사와 백성들이 붙어 앉아 있었다. 병사들은 당연히 싸우기 위해서고, 백성들은 수성전에 한손이라도 보태려고 나온 것이었다. 손에 제 머리만 한 돌을 든 아이까지 있었다.

아이는 노식과 눈이 마주치자 양손으로 돌을 들어올려 보였다. 그 돌 하나면 막강한 적군을 끝장낼 수 있다고 믿기라도 하는 것처럼.

노식은 그만 가슴이 아려와 숨을 삼켰다.

'이건 어쩌면 나의 이기심 때문이 아닌가? 지금이라도 내가 성문을 열고 항복하면 백성들과 병사들은 다치지 않고 끝날 수 있다.'

이런 생각이 들었다가도 금세 고개를 젓고 말았다.

'아니, 그건 나에 대한 주공의 믿음을 배신하는 길이다. 본초는 분명 탁군뿐만 아니라 남쪽의 조조와 손을 잡고 복양성을 공격할 것이며 자신은 직접 업을 칠 것이다. 탁현이 떨어지면 주공은 무려 세 방향에서 적을 맞이하게 된다. 내가 일각을 더 버틸수록 주공의 부담이 줄어든다.'

해가 산 뒤편으로 넘어갔다. 대치한 가운데 어둠이 깔리자, 추정이 말했다.

"오늘도 어찌 버텨낸 것 같습니다."

"으음. 들어가서 잠시 쉬지."

노식은 성벽 아래로 내려가 돌을 들고 있던 소년의 머리를 쓰다듬었다.

"고맙구나. 조금만 더 힘내다오."

눈이 동그래진 소년이 씩씩하게 외쳤다.

"예, 태수님!"

뒤따라오던 추정이 물었다.

"태수님, 야습 대비는 어찌할까요?"

처음 몇 차례, 문추군의 야습 시도가 있었다. 하지만 대비하고 있던 노식에게 번번이 막혔다. 그 후로는 한 번도 야습을 당한 적이 없었다.

그래도 노식은 지금까지 철저히 경계를 시켜왔다. 그러기를 며칠째. 병사들은 낮엔 성벽을 지키느라 바쁘고 밤에는 밤대로 야습 대비에 잠을 못 잤다. 그들의 피로가 쌓여가는 게 눈에 보였다.

'병력이 부족하니 교대를 시키기도 어렵고…….'

잠시 고민하던 노식이 말했다.

"오늘은 경계병의 수를 오백으로 줄이고 나머지 병사들을 푹 재우게."

"그래도 괜찮겠습니까?"

"어차피 지금 병사들의 상태로는 야습해온다 해도 막지 못할 걸세."

"하긴 며칠 동안 하루에 한 시진도 겨우 잘까 말까 하면서 혹사하긴 했지요. 슬슬 불만의 목소리도 나오고 있습니다."

"그래도 오늘만일세. 순간의 방심이 큰 화를 부르는 법이니. 단, 병사들 옆에는 화톳불을 피우고 성벽 위 나머지 공간에는 허수아비를 촘촘히 세우게. 오백의 병사 중 절반으로 하여금 그 허수아비들 사이를 바삐 오가도록 지시하고. 적은 이미 야습해왔다 당한 적이 있으니, 그러면 감히 못 쳐들어오지 않겠나."

"아!"

추정은 새삼 감탄했다. 왜 노식이 문무를 겸비한 노장이라 칭송받는지 알 만했다.

"과연 묘안이십니다!"

"이게 통하면 며칠에 한 번씩 오백의 경계병을 제외한 나머지 병사를 쉬게 할 생각일세."

노식은 추정과 대화를 나누며 성벽에서 멀어져갔다. 그런 그의 걸음걸이는 확실히 전투가 시작됐을 무렵보다 느리고 힘이 없었다. 가뜩이나 일흔이 넘은 노구였다. 병사와 백성들에게 피로가 누적됐듯, 노식도 마찬가지였다.

피로가 그의 정신을 흐리게 한 것일까. 아니면, 자신에 대한 죄책감과 더불어 군소리 없이 함께 싸워주는 백성들을 너무 믿은 탓일까. 노식은 어찌 보면 기밀이라 할 수 있는 작전을 소리 내어 말해버렸다. 물론 큰 소리로 떠든 건 결코 아니었다. 그저 평상시보다 작은 소리로 얘기했을 뿐이다.

하지만 그는 미처 몰랐다. 성벽 아래에 앉아, 그의 말에 유난히 집중하여 귀를 기울이는 남녀가 있었음을. 그들은 돌을 들고 있던 소년의 부모였다. 또한 이미 익주를 제외한 대륙 거의 전역에 퍼진 성혼단원이기도 했다.

첩자로 교육받은 두 사람은 독순술(讀脣術. 입술의 움직임을 보고 상대의 대화 내용을 알아내는 수법) 또한 익히고 있었다.

12

노장, 임무를 다하다

해가 지고 사방이 어둠에 잠겼다. 어느덧 191년도 11월에 이르렀다. 밤이 되자 기온이 급격히 내려갔다. 불을 피우지 않고서는 견디기 어려울 정도였다.

세력을 막론하고 병사 중에는 농민 출신이 많았다. 그들은 곧 서리가 내릴 것임을 알았다. 그 전에 이 싸움이 끝나, 무사히 집으로 돌아가는 것만이 그들의 바람이었다.

탁현의 문추군 진영에서는 저녁식사를 마친 참이었다. 병사들의 식사는 쌀을 섞어 만든 풀죽이었다. 이미 익숙한 일이라 누구도 불평하지 않았다. 오히려 작은 고깃덩어리가 한두 개씩 섞여 있는 게 호사스럽다고 생각했다.

장수와 부장들은 막사 안에서 찬바람을 피했다. 일반 병사들은 화톳불 주변에 모여 차가운 땅바닥에 몸을 뉘었다. 가죽 몇 장 덮는 걸로는 추위가 가시지 않았다. 병사들은 옹기종기 붙어 서로의 체온에 의지해 밤을 보냈다.

탁현 정벌군의 지휘관은 문추(文醜)라는 장수였다. 그는 지휘관 막사에서 분통을 터뜨리고 있었다. 공성전이 생각대로 안 풀리는 까닭이었다.

"빌어먹을!"

문추는 검붉은 얼굴에 치켜올라간 눈과 팔자수염이 인상적인 장한이었다. 마치 관우와 화웅, 그리고 《삼국지연의》에서 묘사되는 장비를 고루 섞어놓은 듯한 외모였다. 그런 얼굴로 화를 내자 엄청난 박력이 느껴졌다. 그는 흔히 안량과 쌍벽을 이루는, 원소 진영 최강의 무장이라 칭해진다.

정사에서 원소와 조조가 벌인 '관도 대전'을 앞두고 있을 때였다. 기록에 의하면, 조조 측 반전파(反戰派, 전쟁을 반대하는 무리)였던 공융이 문추를 평하길 "안량과 더불어 하북을 대표하는 맹장"이라 했다. 반면, 주전파(主戰派, 전쟁하길 주장하는 무리)인 순욱은 "안량이나 문추나 평범하게 용맹한 자들일 뿐"이라는 상반된 평가를 내렸다.

안량이 백마에서 관우에게 죽은 후, 원소는 문추와 유비를 연진으로 보내 조조를 공격하게 했다. 그때 조조는 순유의 진언에 따라 수송대를 미끼로 문추를 유인했다. 과연 문추군은 치중(輜重. 말이나 수레에 실은 짐)을 쫓아가느라 진형이 어지러워졌다. 이때 조조가 육백 기를 거느리고 공격하여 문추군을 격파, 문추도 그 과정에서 사망했다.

이게 정사에 남은, 문추에 대한 기록의 전부다. 하북 최강의 맹장치곤 초라하기 짝이 없다.

어쨌든 문추는 원소가 대우해준 만큼 자부심이 강했다. 그런데 탁성을 공략하는 과정에서 문추는 그 자존심에 상당한 손상을 입었다.

"노식, 저 망할 늙은이! 아니, 대체 왜 저런 허술한 성벽을 못 무너뜨리는 건가?"

필연적으로 날씨가 추워질수록 원정군에게는 불리했다. 야외에 주둔해야 했기 때문이다. 두툼한 솜옷을 껴입고 불을 피워도 한계가 있었다. 더구나 탁현은 상당히 북쪽에 치우쳐 있어 추위가 빨리 찾아왔다. 토질이 척박하니 현지에서 식량을 조달하기도 힘들었다. 보급선이 늘어져서 가져온 군량을 아껴 먹고 있었지만, 얼마 못 갈 듯싶었다.

한물간 늙은이라고 깔본 노식은, 예상외의 실력을 발휘하여 탁성을 철통같이 지켰다. 유주성에 있는 유우의 움직임도 불안 요소였다. 이런 것들이 문추를 더욱 초조하게 만들었다.

막사 안쪽 정면에 앉은 문추를 기준으로, 왼편에 있던 부장 하나가 조심스레 말했다.

"노식은 비록 늙었으나 노련한 자입니다. 또 탁성의 백성들까지 똘똘 뭉쳐서 싸우는 바람에……."

"허어, 멍청한 것들. 우리 태수님의 다스림을 받는 게 훨씬 살기 편해지는 줄도 모르고."

전체적으로 초조한 분위기가 막사 안을 채운 가운데, 유독 여유로워 보이는 두 사람이 있었다. 바로 쌍창장 동평과 급선봉 삭초였다. 안량이 원소의 허락을 받아, 문추에게 딸려 보낸 장수들이었다.

동평의 정체는 위원회 상위 멤버로, 천강급 서열 15위의 강자다. 재량껏 원소를 도우라는 송강의 명에, 익주에서 멀리 발해까지 왔다. 거기서 안량의 눈에 띄어 임관하는 데 성공했다.

'문추 놈, 목소리 한번 시끄럽네. 영 품위가 없어.'

그는 '쌍창장'이라는 별칭 그대로 두 자루 장창이 주 무기였다. 창은 길이와 무게가 똑같았다. 본래 넥타이와 정장을 고집하는 신사였으나, 지금은 어쩔 수 없이 시대에 맞는 갑옷을 착용 중이었다.

삭초는 위원회 천강급 서열 19위였다. 급한 성격과 어울리지 않게 몹시 과묵했다. 하루에 한 마디 할까 말까 한 정도. 지나치게 성질이 급해, 한꺼번에 말이 쏟아져 나와서 더듬게 되는 까닭이었다. 더듬어서 우스꽝스럽게 보이느니, 입을 다물어 과묵해 보이자, 라는 게 그의 생각이었다.

사실 그는 주변의 시선, 특히 여자들의 시선에 엄청나게 신경을 썼다. 각진 얼굴 때문에 구레나룻까지 기르고 있었다. 지속 전투력은 동평이 위였으나, '급선봉'이라는 별칭에 어울리게 선제 공격이나 순간 전투력은 삭초가 그를 웃돌았다. 아무튼 그도 동평과 더불어 원소를 도우라는 송강의 명령을 받았다.

삭초는 씩씩대는 문추를 보며 생각했다.

'원소를 도우라는 이유가 뭔지 몰랐는데……. 그가 진용운과 싸우게 됐으니, 여기서 원소를 도우면 저절로 진용운을 처단하게 될 수도 있다. 그리고 지금은 확실히 우리 도움이 필요한 상황. 과연 송강 님, 여기까지 내다보신 건가?'

삭초는 돌아가는 상황에 속으로 감탄했다.

하지만 동평은 생각이 조금 달랐다.

'아무리 생각해도 뭔가 이상하다. 왜 송강 님은 지살위의 형제들과 연락을 취하시지 않는 거지? 원소가 왕으로 선택된 것도 아닌데, 그를 도우라는 이유는 또 뭐고?'

진의를 캐내기에는 정보가 너무 부족했다.

'일단 위원장의 명이니 따르긴 하겠지만, 좀 조사해봐야겠어. 이 건은 어차피 진용운을 무너뜨리는 일이니 굳이 거역해서 불이익을 받을 필요는 없겠지. 슬슬 저 문추의 고성(高聲)과 공성전이 지겹기도 하고.'

조금 전, 동평은 탁성에 있는 첩자에게서 기밀 정보를 건네받았다. 오늘 밤 탁성의 야간 경계가 소홀하리라는 것. 그것을 감추려고 눈속임을 할 거란 내용이었다.

그 첩자는 본래 익주 쪽에서 활동하던 성혼단원들이었다. 현재 익주에는 성혼단원이 전무했다. 이미 송강이 익주 전체를 장악한 상태라, 굳이 필요가 없었기 때문이다. 대신 익주에 있던 성혼단원들은 훈련을 거친 후 대륙 전체에 첩자로 보내졌다.

어쨌거나 이것은 그야말로 알짜배기 정보였다. 동평은 문추를 보며 생각했다.

'저 돌대가리는 정면공격만 고집해서 대체 병사를 몇이나 죽였는지……. 책략이나 정보를 이용할 생각은 아예 하질 않으니. 원소도 그래. 봉기까지는 아니더라도 곽도나 신평, 신비 정도는 붙여줬어야지. 책사를 죄다 본진에서 끌어가면 어쩌자는 거야? 필요 이상으로 이목을 끌까 봐 본 실력을 다 드러내지도 못하겠고, 짜증나네.'

동평은 속마음을 감추고 정중하게 말했다.

"장군, 오늘 야습을 시도해보심이 어떨지요?"

문추는 마뜩잖은 표정으로 대꾸했다.

"그건 이미 여러 번 실패하지 않았느냐?"

"그간 장군께서 맹공을 퍼부으신 덕에, 적은 피폐해질 대로 피폐해져 있습니다. 아마 오늘쯤은 지쳐서 경계가 소홀해졌을 것입니다."

"흐흠, 그런가?"

단순한 문추는 자신의 용맹을 띄워주는 말에 솔깃해졌다. 잠시 생각하던 그가 입을 열었다.

"좋다. 더 시간을 끌었다간 주공을 뵐 면목이 없으니. 동평, 삭초. 그대들에게 일만의 병력을 줄 터이니 탁성을 야습하라. 상황을 보아 내가 뒤에서 들이치겠다."

위험은 동평과 삭초가 감수하고 공은 자기가 세우겠다는 의미였다.

'그러시든가. 나야 좋지.'

속으로 코웃음 친 동평이 공손하게 답했다.

"알겠습니다. 탁성은 오늘 밤이 가기 전에 반드시 떨어질 것입니다."

탁성이 야습을 당할 위기에 처했을 무렵, 공교롭게도 용운은 반대로 자신이 안량에게 야습을 가하려 하고 있었다. 정확히는 두 번째의 연속된 야습이었다. 최초의 전격 기습은 대성 공을 거뒀으나, 곽가의 반대를 무릅쓰고 진궁이 진언한 야습 을 채택한 게 문제였다.

그 결과, 첫 번째 야습에서는 봉기의 비책을 받아 대비하 고 있던 안량에게 역습을 당했다. 그 과정에서 장합마저 부상 당하는 손실을 봤다. 실의에 빠져 있던 용운에게, 곽가는 뜻 밖에도 재차 야습을 건의했다. 크게 당한 뒤 곧바로 또 야습 을 시도하리라고는 생각지 못할 터이니, 그 허를 찌르라는 것 이었다.

"날이 밝기 전에 해야 합니다."

순유가 곽가의 말에 덧붙였다.

"말의 입에 재갈을 물리고 발굽에는 천을 씌우며, 병사들 의 무기에도 검은 칠을 하는 게 좋겠습니다."

용운의 명으로 병사들은 바삐 움직였다. 조운과 장합 밑에 서 잘 단련된 병사들이었기에, 준비를 마치는 데 오랜 시간이 걸리지 않았다. 특히 십인대 체재로 편성된 것이 도움이 됐 다. 그렇게 해서 두 번째 야습에 참여하게 된 사람은 용운, 검 후, 사린, 진궁 넷이었다.

야습이라곤 해도 새벽 공격이었다. 동쪽 하늘이 어슴푸레 밝아오려 해서 용운은 다소 조급해졌다. 다친 장합은 물론, 그 를 구해 아수라장을 헤치고 나오느라 지칠 대로 지친 장료는 본진에 남았다. 성월이 두 장군과 수송대를 지켜주기로 했다.

진궁은 검 한 자루를 차고 용운과 함께 말에 올랐다. 그는 기본적으로 책사였지만, 최염이 그렇듯 검술에도 조예가 있었다. 게임 수치로 치면 무력 50 이상. 적어도 용운보다는 훨씬 강했다.

물론 수치가 절대적인 기준은 아니었다. 예를 들어, 진궁이 두 명 있다고 해서 무력 100으로 추정되는 여포를 이기진 못한다. 그 여포도, 수치로 따지면 더 강할 청몽을 생포한 전력이 있었다. 전투 지능과 특기, 상성 등 다양한 요소가 작용한 결과였다.

또 수치는 낮아질수록 격차가 커지는 특징이 있었다. 모든 요소를 제외하고 순수하게 무력 수치만을 가지고 비교했을 때를 보면 이렇다. 무력 100과 99의 장수는 호각을 이룬다. 이 경우, 싸움이 길어지면 100의 장수가 결국 이긴다. 무력 80의 장수가 무력 100의 장수를 이기려면, 최소 열 명 이상이 덤벼들어야 한다. 무력 50의 장수 백 명이 와도 무력 100의 장수를 이기기는 어렵다. 순수하게 무력만으로는 진궁 백 명이 여포 하나를 이기지 못하는 셈이다. 무력 10대의 책사가 무력 100의 장수를 이기는 일은, 수백 명이 와도 불가능하다. 덤벼드는 족족 베여서 죽을 뿐이다.

용운이 진궁을 굳이 동행시킨 것은, 그를 처벌하지 않으려는 꼼수였다. 이 시대의 군법은 단순명료해서, '실패한 자에게 책임을 묻는다'는 게 기본 골자였다. 그 실패의 정도에 따라 책망이냐, 곤장이냐, 사형이냐 하는 것들이 정해졌다. 때로는 군주의 기분에 따라 정해지기도 했다. 실제로《삼국지》만 봐도, 전투에서 패배했다는 이유로 참수당한 장수들이 꽤 있었다.

'가장 널리 알려진 예로 마속이 있지. 읍참마속이란 고사성어가 있으니까.'

'읍참마속(泣斬馬謖)'은 촉의 재상 제갈량이, 군령을 어겨 전투에서 패배한 마속을 울며 벤 데서 유래된 말이다. 마속은 제갈량이 매우 아끼던 참모였다. 그러나 그의 지시를 어겼다가, 장합에게 패배하여 군에 큰 손실을 끼쳤다. 그럼에도 불구하고 재능을 아긴 주위 사람들이 마속을 살려주길 청하였으나, 제갈량은 결국 그를 참살하여 군령의 엄함을 드러냈다.

이는 왕윤이 기어이 채옹을 죽인 것과는 달랐다. 제갈량은 미리 정해진 군법에 따른 것이었다. 반면, 왕윤은 자신의 감정에 따라 행했다. 본래 읍참마속은 '원칙을 지키기 위해 사사로운 정을 포기함'을 가리키는 의미이나, 군법이 어떤 식으로 적용되는지도 짐작할 수 있는 말이었다.

'마속이 제갈량의 명을 어겼어도, 만약 그 전투에서 승리했다면 사형까지 당하진 않았을 거야.'

진궁의 계책으로 인해, 결과적으로 이천이 넘는 전력을 잃고 장합도 중상을 입었다. 특히, 장합은 군의 핵심이 되는 장수였다. 이는 진궁을 최소 근신시켜야 할 정도로 큰 피해였다. 그러나 용운은 그렇게 하고 싶지 않았다. 머리는 아는데 가슴이 그러길 거부했다.

'진궁이 야습을 제안했다곤 하지만, 곽가의 만류를 뿌리치고 그 제안을 택한 건 결국 나야. 그러니 내게도 잘못은 있어. 아니, 내 잘못이 더 커. 또 지금 진궁을 벌해봐야 전력만 감소할 뿐이야.'

용운은 자신을 태우고 말을 모는 진궁의 등을 바라보았다. 모든 걸 버리고, 아무것도 없던 자신을 택한 충신의 등이었다. 차마 벌할 수 없었다.

'난 주군이고 진궁은 책사라는 이유로 진궁만 탓하는 건 옳지 않아. 그래도 이렇게 말하고 넘어가면 나쁜 선례가 되고 만다. 그래서 제갈량도 마속을 벴던 거겠지……'

문득 제갈량은 지금쯤 어디서 뭘 하고 있을까 하는 뜬금없는 생각이 들었다. 역사대로라면 현재 제갈량의 나이는 열 살. 낭야군의 부모 슬하에서 자라고 있으리라. 어린 제갈량은 어떨지 궁금했다. 외모는 어떤지. 어릴 때부터 영특했는지. 하지만 단순히 그런 궁금증을 풀려는 목적으로 찾아가기엔 낭야군은 너무 멀었고 용운은 눈코 뜰 새 없이 바빴다.

'일단 염두에 두자. 제갈량, 육손 등 다음 세대의 영웅들이 성장하는 중이라는 것을. 그리고 솔직히 지금은 무장이 더 아쉬워.'

아무튼 용운은 진궁을 이 야습에 동행시켰다. 가뜩이나 위험한 작전에, 책사인 그가 직접 가담하는 것은 분명 처벌 수준이었다.

'이 정도면 곽가나 순유, 혹은 다른 참모들이 진궁을 처벌해야 한다고 따지지 않을 거야. 어차피 나와 진궁은 청몽이 지켜줄 테고.'

그때, 진궁이 앞을 본 채 작은 목소리로 말했다.

"감사합니다. 그리고 송구합니다, 주공."

그는 어째서 용운이 위험까지 무릅써가면서 자신을 동행시켰는지 눈치챈 모양이었다.

진궁의 말에, 용운은 모른 척 대꾸했다.

"뭐가요? 눈먼 화살에 맞지 않게 조심이나 해요."

"하하, 알겠습니다."

진궁은 가슴이 따뜻해짐과 동시에, 어쩐지 콧날이 시큰해졌다. 더불어 위험한 첫 야습을 제안했던 자신이 부끄러워 죽을 지경이었다.

'생각이 짧았다.'

사실 그는 누구 못지않게 노식의 안위를 걱정하고 있었다.

용운이 조급해했듯 그도 마찬가지였던 것이다.

'공대, 공대여. 머리를 차갑게 식히자. 그리고 이 기습에 성공해서 반드시 원소를 끌어내야 한다.'

진궁은 속으로 다짐했다.

소리를 죽인 채 칠흑 같은 밤길을 얼마나 달렸을까. 검후가 이끄는 용운군은 이윽고 안량의 진영 근처에 닿았다.

"잠시 정지."

검후의 명에, 부대는 좀 떨어진 곳에 멈췄다.

안량군 병사들은 화톳불 주위에 여기저기 널브러져 있었다. 대부분 갑옷을 벗고 무기를 내던진 채였다. 안량이 상으로 술이라도 내린 걸까. 곽가의 말대로, 멀리서 보기에도 한눈에 흐트러진 모습이었다. 처음의 패배에 의기소침해 있다가, 역습에 성공을 거둬 의기양양해진 것이었다.

용운은 그들을 보며 생각했다.

'이제부터 저 사람들을 죽여야 하는구나.'

또 얼마나 많은 피가 흐를 것인가. 그러나 마음을 굳게 먹었다.

'저들은 적이다. 노식을 위험에 빠뜨리고 장합을 다치게 한 적. 다 똑같은 생명이라지만, 모두를 구할 수 없다면 내겐 내 사람이 더 중요하다.'

그는 검후에게 고개를 끄덕여 보였다. 그러자 검후가 힘
있는 음성으로 명했다.

"전군, 적을 쳐라!"

와아아아아아! 용운군은 거센 함성과 함께 돌진했다.

용운은 뒤에서 팔짱을 낀 채 그 광경을 보았다. 누구의 눈
에도 보이지 않는 파란 나비들이 그의 몸 주변을 맴돌았다.
처음에는 두어 마리였던 나비는 이제 다섯 마리까지 늘어나
있었다.

'검후에게 분기(奮起) 같은 지휘 계열 특기가 없는 게 아쉽
지만…… 무력만으로도 충분히 메울 수 있을 듯하군.'

검후와 사린은 맨 앞에서 맹렬히 길을 뚫었다. 그 뒤를 철
기병이 두드리고 마지막에 보병이 덮쳤다. 방심하고 있던 안
량의 진영은 풍비박산이 났다. 결국 보다 못한 안량이 직접
나섰다.

"모두 정신 차려라! 질리지도 않고 또 야습이라니…….
빌어먹을 놈들!"

그의 호통에, 우왕좌왕하던 안량군 병사들이 대오를 갖추
기 시작했다. 안량은 말에 오르기는커녕 투구를 쓸 여유도 없
었다. 그저 한 자루 대도를 휘두르며 돌진했다.

그를 본 용운이 눈을 치떴다. 거리가 멀어 대인통찰은 먹
히지 않았지만, 머리 위에 붉은색으로 떠오른 글자는 선명히

보였다.

맹공(猛攻)

장수 자신의 무력과 속도를 대폭 높여주는 특기. 과연 명성이 헛되진 않아서, 용운군 철기가 여럿 쓰러졌다. 그 모습을 본 검후와 사린이 안량에게 달려갔다. 검후가 안량을 향해 외쳤다.

"멈춰라!"

안량도 검후를 보고 움찔했다. 사수관에서 동탁의 부장 화웅을 단칼에 벤 여무사의 이름이 떠오른 것이다.

"오호라, 그대가 검후인가?"

안량의 물음에 검후는 짧게 반문했다.

"안량?"

"그래. 내가 바로 안량이다!"

그러자 검후 옆에 있던 사린이 외쳤다.

"나! 나도 있어! 난 사린이야!"

안량이 검후에게 말했다.

"화웅을 쓰러뜨렸다지? 그래봐야 북쪽 변방에서나 설치던 촌놈. 난 그렇게 허약하지 않다네."

"난 사린이야!"

전황이 기울었음은 안량도 알고 있었다. 하지만 등을 보이고 달아나기에는 자존심이 상했다. 이미 한 번 퇴각하여 몇 리나 물러났지 않은가. 여기서 적장을 베고 수치를 씻으리라.

안량의 말에 검후가 내뱉듯 대꾸했다.

"말이 많군."

사린은 망치를 들고 폴짝폴짝 뛰었다.

"나! 나는 사린……."

안량이 말을 이었다.

"허허, 입이 제법 매서운 년이구나."

"난 사린이야! 나도 적들 많이 날려보냈어!"

"어디, 검 솜씨도 그만큼 매서운가 보자."

"……이씨."

안량이 대도를 치켜들고 검후를 공격하려는 찰나였다. 퍼석! 앞으로 튀어나온 사린이 망치를 휘둘렀다. 망치는 한 방에 안량의 머리를 터뜨려버렸다. 그는 팔을 허우적대더니 짚단처럼 쓰러졌다.

사린이 그를 망치 머리로 쿡쿡 찍으며 외쳤다.

"왜 내 말은 다 무시하는 거야, 왜! 나아느은 사린이라고 오오!"

그러나 이미 고혼이 된 안량은 대답하지 못했다.

안량군 병사들은 얼이 빠져버렸다. 검후가 고개를 설레

설레 저었다. 사린은 이제 적어도 원소 진영에는 이름을 알리게 되었다.

"장군께서⋯⋯."

"돌아가셨다."

가뜩이나 밀리던 차에 안량까지 죽어버렸다. 게다가 죽은 형태가 너무 나빴다. 안량군 병사들의 사기가 급격히 떨어졌다. 전투는 끝난 거나 마찬가지였다. 용운은 큰 소리로 외쳤다.

"달아나는 자는 죽이고 무기를 버리고 항복하는 자는 살려주세요!"

그 소리에 여기저기서 무기를 내던지고 엎드리는 적병이 속출했다.

진궁이 흥분한 기색으로 말했다.

"주공, 대승입니다!"

고개를 끄덕인 용운이 하늘을 우러러보았다. 어느새 아침 해가 떠오르고 있었다. 그는 떠오르는 해를 보며 생각했다.

'보고 있나요, 노식? 조금만 버텨줘요.'

탁성의 방어는 아침 해가 뜨기 전에 뚫리고 말았다. 성벽 위를 빼곡히 메운 경계병들이 속임수라는 걸 아는 동평과 삭초는 거침없이 공격을 가했다. 삭초가 괴력을 발휘해 약한 성벽을 무너뜨렸다. 그 틈으로 병사들이 우르르 밀려들었다.

동평은 두 자루 창으로 성벽을 찔러가며 순식간에 위로 뛰어올랐다.

이상을 눈치챈 노식과 추정을 비롯해, 쉬고 있던 병사들이 다급히 나왔을 때는 이미 늦은 뒤였다. 설상가상으로 성내에 잠입해 있던 성혼단원들이 성문까지 열어버린 것이었다.

"막아라! 어떻게든 막아내야 한다!"

추정은 목이 터지라 외치며 병사들을 수습하려 애썼다.

난전 중 그를 본 삭초의 눈이 빛났다.

천기 발동, 급선봉(急先鋒)!

콰앙! 발 구르는 소리와 함께 삭초의 신형이 그 자리에서 사라졌다. 목표를 지정하여 순식간에 쇄도하는 천기. 그때의 기세를 실어서 공격하면 평소 완력의 스무 배에 해당하는 힘이 실린다.

"헉!"

갑자기 눈앞에 적장이 나타나자, 추정은 기겁했다. 놀라는 그를 향해 삭초의 도끼가 떨어져내렸다. 추정은 경황없는 중에도 검을 들어 도끼를 막으려 했다. 그러나 도끼는 검을 깨부수고도 힘이 남아, 추정의 머리를 반으로 쪼개버렸다. 황건의 난 시절부터 나라를 위해 싸워온 무인의 최후였다.

"추교위!"

그 모습을 본 노식이 비통하게 외쳤다. 그가 삭초에게 달려가려 할 때였다.

"어이, 끈질긴 영감. 당신 상대는 나야."

파팟! 말과 함께 네 차례의 창격이 날아들었다.

"웃!"

노식은 재빨리 뒤로 물러나면서 검을 휘둘러 공격을 피했다. 하나는 쳐내고 둘은 피했으며, 나머지 하나는 아슬아슬하게 스쳐 보냈다. 썩어도 준치라고, 아직 젊은 시절의 실력이 남아 있었다. 또 최근에는 용운의 지시대로 꾸준히 수련하고 탕약을 마셔, 체력도 많이 좋아져 있었다. 어지간한 장수는 그를 감당하지 못할 만큼.

문제는 적이 그저 그런 장수가 아니라는 것이었다. 그를 공격한 자는 쌍창장 동평이었다. 위원회 멤버 중 '천강'의 지위를 손에 넣은 자는 모두 서른여섯. 거기서 제일 말단인 자라도 대략 천 명의 잡병과 대등하게 싸울 수 있었다. 상대가 정예 철기나 중장보병이라면 얘기가 달라지지만, 어쨌거나 말 그대로 일기당천이었다. 하물며 동평은 서열 15위의 강자였다. 이제까지는 문추의 시선을 의식하여 적당히 힘을 발휘해왔지만 지금은 달랐다. 동평은 재미있다는 투로 말했다.

"어쭈, 이걸 막아내?"

"누군지는 몰라도 창 쓰는 솜씨가 제법이구나. 허나 조운 자룡이라는 친구의 창격은 그보다 몇 배는 빠르다."

동평의 눈썹이 꿈틀거렸다.

"그래? 방금은 창 하나만으로 찌른 거라고. 그럼 이건 어 때?"

팟! 팟! 팟! 팟! 노식은 정신없이 공격을 막아냈다. 동평이 그를 조롱하듯 웃었다.

하나, 둘, 셋, 넷…… 점차 찔러오는 창의 수가 늘었다. 그 러더니 갑자기 셀 수도 없을 정도의 창 그림자가 주변을 가득 메웠다. 그 수는 대략 육십 발!

천기 발동, 쌍창무한격(雙槍無限擊)!

파파파파파파파파팟! 노식의 얼굴이 일그러졌다. 그는 전 신에서 피를 뿜으며 휘청거렸다.

"어때, 이래도 내가 조자룡보다 못한가?"

동평은 창 하나를 제 어깨에 얹고 이죽거렸다.

그를 노려보던 노식의 입가에 문득 희미한 웃음이 떠올랐다.

"응? 웃어?"

"……왔구나."

"뭐? 뭐가……."

와아아아아아! 동평은 비로소 거대한 함성이 성을 진동시킴을 느꼈다. 탁성의 병사들이 외치는 소리가 여기저기서 들렸다.

"왔다!"

"원군이 왔다! 백안(유우) 공, 유주목의 군대다!"

동평의 얼굴에서 금세 웃음이 사라졌다.

"이런, 젠장."

그는 노식을 버려두고 성벽 위 전망대로 올라갔다. 과연 유우를 의미하는 '유(劉)'라는 글자가 쓰인 깃발을 높이 세운 군대가 성 앞을 가득 메우고 있었다.

동평과 삭초가 먼저 소수의 병력을 이끌고 성안에 난입하여 싸우는 사이, 성 밖에 있던 나머지 병사들은 유우의 원군에게 유린당하는 중이었다. 병력 자체로도 3분의 1밖에 안 되는 데다 지휘관이 없는 상태에서 허를 찔린 탓이었다. 개개인의 무력은 엄청나지만, 지휘관으로서의 재능은 없다. 이게 동평과 삭초의 단점이었다.

'쯧, 뭐야, 저거 대충 삼만은 되겠는데?'

동평은 마음속으로 재빨리 계산해보았다. 삭초와 둘이 죽기로 싸우면 이만까지는 어찌 되겠지만, 그 이상은 무리였다. 게다가 그렇게까지 할 의리도 없었다. 송강은 분명 재량껏 싸우라고 했으니까. 그렇다면 이쯤에서 달아나는 게 상책

이었다. 동평은 자리를 피하기 전, 노식을 힐끗 돌아보았다.

노장(老將)은 단정히 무릎을 꿇고 앉은 채, 남쪽을 바라보는 자세로 죽어 있었다. 반쯤 뜬 눈이 마치 살아 있는 듯했다.

'……진용운이 있는 방향?'

노식과 싸울 때는 전혀 느껴지지 않던 미미한 두려움이 엄습했다. 일 년 남짓한 짧은 시간에, 저 정도까지의 충성심을 얻어낸 것인가. 동평은 성벽을 뛰어내리며 생각했다.

'진용운이라는 녀석, 어쩌면 제 아비 진한성보다 더 무서운 적이 될지도 모르겠다.'

"태수님, 문추군이 퇴각하고 있습니다. 우리가 기어이 막아냈습니다!"

허겁지겁 달려와 노식을 껴안은 진림이 흐느꼈다.

"그러니…… 눈을 떠보십시오, 자간 님. 으흐흑!"

그러나 피투성이가 된 노식은 말이 없었다. 그의 얼굴에는 임무를 다해낸 자의 만족스러운 미소가 은은히 떠올라 있었다.

191년 11월. 노식 자간, 문추군으로부터 탁성을 방어하던 중 장렬히 전사하다.

향년 71세였다.

13

진혼곡

안량군을 격파한 용운은 동쪽으로 이십 리를 더 나아가 진을 쳤다. 원소의 본진이 위치한 고당현과 관도현의 중간쯤에 위치한 요성현이었다. 용운은 거기서 부상자를 돌보는 한편, 쌀밥과 구운 고기를 내려 병사들을 추슬렀다.

마음 같아선 당장 고당현까지 진군하여 싸우고 싶었으나, 독화살에 맞은 장합이 회복되지 않아 기다리는 수밖에 없었다. 그나마 화타가 없었다면 당장 후송해야 할 부상이었다. 지휘관도 없이 대규모 전투를 치를 순 없는 노릇이었다. 검후는 무력 면에서는 장합을 초월했지만, 만 단위의 병력을 지휘하는 데는 서툴렀다.

'아직 장료 혼자서는 무리야. 아, 미치겠다. 빌어먹을. 자의 님이나 자룡 형님만 계셨어도……'

용운은 이 전투가 끝나면 반드시 장수를 더 영입하리라 다짐했다.

그렇게 이틀이 지났다. 겨울인데도 까마귀가 유난히 울어 대던 날이었다.

쨍그랑! 막사에서 회의 중이던 용운이 찻잔을 떨어뜨렸다. 차가운 날씨에, 그의 몸 상태를 염려한 화타가 지어준 약이 든 잔이었다. 용운은 떨리는 목소리로 말했다.

"그거 이리 내요."

"주공……."

탁현에서 파발꾼이 보내온 급서(急書. 급한 일을 알리는 편지)를 쥔 진궁이 머뭇거렸다. 그는 방금 그것을 읽던 참이었다. 그런 진궁의 눈이 축축이 젖어 있었다.

용운이 다시 한 번 말했다.

"어서 줘요, 공대. 내 눈으로 봐야겠으니까."

"……여기 있습니다."

용운은 눈에 익은 진림의 필체로 쓰인 양피지를 읽어내려 갔다.

(중략) 적의 야습에 성이 위태로운 순간, 유주목이 보낸 원

군이 당도하였나이다. 그리하여 기어이 탁성을 지켜내는 데는 성공했으나, 탁군태수와 교위 추정은 직접 나서서 적과 싸우다 장렬히 전사하였습니다.

이 대목까지는 보고서의 형태로 쓰여 있었다. 하지만 서신이 뒤에 이르자 피를 토하는 듯한 진림의 본심이 드러났다.

주공! 자간 님은 마지막까지 남쪽을 향해 앉은 채로, 주공을 그리며 숨을 거두셨습니다. 부디 자간 님의 희생이 헛되지 않도록 업성을 지켜내어 백성들을 평안케 하소서. 그리고 무도한 원소의 무리를 반드시 단죄하소서. 이 공장(孔璋. 진림의 자)이 눈물을 흘리며 고하옵니다.

여기까지 읽은 용운은 눈앞이 흐려져 글자가 보이지 않았다. 서신을 떨어뜨린 그가 제 가슴을 퍽퍽 쳤다. 숨이 콱 막히는 듯해 견딜 수가 없었다.

"주, 주공!"

당황한 진궁과 순유 등이 용운을 말리려 할 때였다.

"악!"

용운은 결국 외마디 비명과 함께 검붉은 핏덩어리를 토해냈다.

"주공!"

"주, 주군!"

기함한 청몽이 자기도 모르게 모습을 드러냈다. 그녀는 사린과 더불어 용운을 부축했다. 사린은 놀라서 그만 울음을 터뜨렸다. 가신들도 황망하여 어쩔 줄을 몰랐다. 의외로 냉정을 유지한 검후가 재빨리 지시했다.

"사린아, 울지 마. 셋째는 얼른 화타 님을 모셔오고."

"으응!"

검후는 용운을 안아 침상에 누였다. 그사이 홀연히 사라졌던 성월이 화타를 데리고 왔다.

"이게 다 무슨 일입니까?"

어리둥절해하던 화타는, 침상에 누운 용운을 보더니 눈빛이 돌변했다. 황급히 다가가 용운의 상태를 살핀 그가 혀를 찼다.

"격해지시면 안 된다고 그토록 주의를 드렸건만."

침상 옆에 있던 진궁이 목멘 소리로 대꾸했다.

"자간 님이 돌아가셨습니다."

"……저런, 애도를 표합니다. 그럼 격해지실 수밖에 없었겠네요. 다행히 기혈이 뒤틀리진 않았습니다. 영락없이 그럴 줄 알았는데, 확실히 주목님의 신체는 특별한 점이 있어요."

이는 늘 소지하고 있는 금강벽옥접이 용운의 몸을 순간적으로 보호한 덕이었다. 그게 아니었다면 뇌의 기혈이 터져, 현대식으로 표현하자면 뒷목을 잡고 쓰러지는 뇌출혈이 왔을지도 몰랐다.

화타는 창백한 얼굴의 용운을 보며 안타까워했다.

'주부님의 다정함이 독이 되어 돌아오지 않을까 걱정했는데⋯⋯. 난세를 다투는 자라면 그 과정에서 수하의 죽음은 필연적인 것. 그때마다 저리 아파하신다면 어찌 견뎌내시려 하는가.'

진궁도 그때의 대화를 기억해낸 듯했다. 그가 화타에게 말했다.

"이것이었군요, 선생께서 염려한 것이. 주공께서 이토록 비통해하실 줄은 몰랐습니다."

화타는 말없이 고개를 끄덕였다.

입을 굳게 다문 채 팔짱을 끼고 있던 곽가가 불쑥 말했다.

"어쨌든 탁성은 지켜냈군요. 유주목이 원군을 보냈다니 문추는 퇴각할 테고."

진궁이 조금은 노한 음성으로 말했다.

"봉효, 그대는 지금 그런 얘길 하고 싶소? 주공께서 깨어나시면 하구려."

"공대 님, 문추가 퇴각했다곤 하나 그건 이미 겨울이 온 상태에서 탁성을 무너뜨리지 못했고 원군까지 왔으니, 앞뒤로 적을 맞이하게 된 까닭입니다. 절대 격파당해서가 아니란 말입니다."

"……."

순유가 곽가의 말을 이었다.

"그렇다면 그다지 줄어들지 않은 병력이 이쪽으로 오겠군요."

"아마도요. 탁현에서의 실패를 만회하기 위해서라도 최대한 강행군으로 오겠지요. 유우군이 가능한 한 많이 손실을 입혔길 바랄 뿐입니다."

"그 전에 원소의 본진을 격파합니다."

마지막 말을 한 사람은 진궁도, 곽가도, 순유도 아니었다. 어느새 눈을 뜬 용운이 내뱉은 것이었다.

"주공, 정신이 드십니까?"

진궁이 황망히 말했다.

용운은 무표정한 얼굴로 다시 한 번 반복했다.

"문추가 도달하기 전에 원소를 깨부술 겁니다."

"주공, 그 전에 몸부터 추스르셔야……."

"난 괜찮아요. 지금 바로 문원을 불러오세요."

잠시 후, 불려온 장료에게 용운이 명했다.

"문원, 지금 즉시 남은 병력 중 제일 상태가 좋은 철기 오백을 뽑아 단단히 무장시키고 출진 준비를 하세요. 단, 그대는 따라오지 않아도 됩니다. 여기 남아서 아군 본진을 방어하세요."

장료의 눈에 의문의 빛이 떠올랐으나, 그는 곽가처럼 주인의 말에 따지고 드는 성격이 아니었다.

"즉시 이행하겠습니다."

순순히 답한 장료가 막사를 나갔다.

진궁이 곽가에게 눈짓을 했다. 대체 용운이 뭘 하려는 건지 알겠느냐는 뜻이었다. 곽가는 고개를 저었다.

'나도 궁금하외다. 그나저나 완전히 다른 사람 같군. 어쩌면 저게 주공의 진면목인가?'

용운은 여전히 무표정을 유지한 채 침상에 똑바로 앉아 있었다. 그에게서 겨울의 추위보다 더 서늘한 기운이 뿜어져 나왔다. 그와 제일 가까운 사천신녀도 감히 말조차 걸지 못하고 뒤에 시립해 있을 뿐이었다. 검후는 걱정스러운 눈으로 용운을 바라보았다.

고당현. 용운과 안량이 일전을 벌였던 관도현의 동쪽에 위치한 곳이다. 평원현을 점령한 원소는 그 여세를 몰아 고당현까지 진출했다. 그곳의 작은 성에서 군세를 정비 중이었던 원소에게 뜻밖의 비보가 전해졌다.

"뭐라? 안량과 고람, 여위황이 전사하고 삼만의 병사 중

돌아온 게 겨우 이천이라고?"

원소는 노여움을 넘어 차라리 황당한 기색으로 말했다. 대전에 길게 앉아 있던 막료들도 당황해 웅성거렸다.

"안량이 그리 쉽게 당할 사람이 아닌데……. 함정에라도 빠진 것이냐?"

원소의 물음에 피투성이로 돌아온 병사가 엎드린 채 답했다.

"야습을 당한 건 맞사오나, 안량 장군은…… 단 1합에 죽었습니다."

"……뭐? 상대가 누구더냐?"

"그것이…… 사린이라는 이름의 소녀 장수가……."

"소녀?"

원소는 소녀라는 단어를 씹어뱉듯 말했다.

"소녀라 했느냐?"

곽도가 큰 소리로 병사를 꾸짖었다.

"네 이놈! 안량 장군이 소녀에게 당할 리가 없지 않은가. 무서워서 헛것이라도 본 게 아니냐?"

"아, 아닙니다. 분명 소녀였습니다. 커다란 금빛 망치를 든……. 이유는 몰라도 자기 이름을 계속 외치더니, 그 망치로 장군의 머리를 단숨에 깨부쉈습니다."

병사의 뇌리에는 사린이란 이름이 깊이 박혀버렸다. 그 정도로 공포스러운 광경이었다.

"허허."

내막을 알 리 없는 원소가 실소했다. 탁현은 곧 떨어질 것 같다는 전갈이 왔고 평원은 손쉽게 점령했다. 그는 유우가 보낸 원군이 탁성에 도달했으며, 이로 말미암아 문추가 퇴각을 개시했다는 전갈을 아직 받지 못했던 것이다.

'맹덕(孟德, 조조의 자)도 복양성을 맹렬하게 공격 중인 듯하고. 다 되어가던 밥이었는데 재를 뿌리는구나!'

순조롭게 진행되던 하북 제패 계획이 예상치 못한 곳에서 암초에 걸리고 말았다. 상대가 소녀든 노파든, 지난밤 사이 안량이 죽은 건 분명했다.

안량의 패배로 인한 충격이 채 가시기도 전이었다. 가신 중 하나가 황급히 뛰어들어와 보고했다.

"주공! 방금 척후병에게서 들어온 정보인데……."

대전의 분위기가 심상치 않자, 가신은 말끝을 흐렸다.

이제 무슨 소리를 들어도 놀라지 않을 것이라 여긴 원소가 가라앉은 목소리로 말했다.

"말하라."

"그, 진용운이 빠른 속도로 진격해오고 있다고 합니다."

대전이 또 한 차례 술렁였다. 원소의 참모진 중 핵심이라 할 수 있는 봉기가 어이없다는 듯 중얼거렸다.

"이 무슨…… 안량군을 격파한 뒤, 잘해야 고작 이틀이 지났을 뿐이다. 쉬지도 않고 그대로 오고 있단 말인가?"

순심도, 신평과 신비 형제도, 곽도도 심각한 표정이었다. 원소가 아무리 용운을 무시했다곤 하나, 간자(間者, 간첩)를 부지런히 업성에 투입하고 있었다. 그런데 열을 보내면 하나만 겨우 돌아왔다. 전예가 부리는 흑영대의 솜씨였다. 그때부터 뭔가 심상치 않음이 느껴졌다.

용운이 흑산적을 격파하자, 꺼림칙함은 경계심으로 변했다. 우두머리를 골라 죽인 데다 복양태수 왕굉이 지원해준 결과라고 결론 냈지만 찜찜함은 여전했다. 그래도 설마 안량군을 초전박살 내고도 모자라서, 곧장 본진을 노려올 줄은 생각도 못했다.

'아무리 대승이라 해도 분명 사상자가 나오고 피로도 누적됐을 터. 대체 무슨 생각으로……. 혹시 알려진 것보다 병력 규모가 훨씬 큰 것인가?'

여기에 생각이 미친 봉기가 보고해온 가신에게 물었다.

"적의 수는? 대략 얼마나 되는가?"

"그것이……."

잠깐 망설이던 그가 답했다.

"오백 명…… 정도라고."

"……."

좌중에는 침묵이 감돌았다. 잠시 후, 원소가 광소를 터뜨려 그 침묵을 깼다.

"우하하하하! 오백? 오만의 정병을 거느린 나에게, 오백으로 진군해오고 있다고?"

웃음을 그친 원소는 서릿발 같은 기세를 떨치며 자리에서 벌떡 일어났다.

"이 원본초가 제대로 얕보였구나."

곽도가 얼른 그의 말을 거들었다.

"안량 장군이 실수한 덕에 한 번 이긴 것으로, 물정 모르는 애송이가 기고만장한 듯합니다."

"호랑이는 토끼 한 마리를 사냥할 때에도 전력을 다하는 법. 차라리 잘되었다. 온 힘을 다해 진용운을 세상에서 지워주마."

화가 머리끝까지 치민 원소는 전군 출격을 명했다. 순간, 봉기는 어쩐지 불길한 예감이 들었다.

'뭔가 이상하다. 모든 게 예상과 다르게 돌아가고 있어. 진용운, 그자가 미치지 않고서야 불과 오백 기로 덤벼올 리가 없지 않은가.'

봉기는 행여나 하는 생각에 사방으로 척후를 보내어 다른 갈래로 접근해오는 적이 없는지를 살피게 했다. 그래도 그의 불안은 가시지 않았다.

순심도 순심대로, 깊은 생각에 잠겨 있었다. 그의 눈이 스산하게 번득였다.

"주공, 아무리 생각해도 이건 아닙니다."

수레에 탄 곽가는 옆에 앉은 용운을 열심히 설득하고 있었다. 진림의 서신을 읽고 쓰러졌던 용운이 출진을 명한 것은 그로부터 두 시진 후였다.

"안량의 선봉대를 격파하여 기세가 오른 것은 인정합니다. 사상자도 생각보다 적고요. 하지만 이겼어도 분명 피로는 쌓였을 거란 말입니다. 그게 실전에서 독이 되어 아군을 짓누를 겁니다!"

"그래서 쌩쌩한 철기들만 데려왔잖아요."

용운의 대꾸에 곽가가 버럭 소리를 질렀다.

"겨우 오백이 아닙니까! 아무리 좋은 책략이라도 절대적인 수적 열세를 뒤집긴 어렵다고요!"

그랬다. 용운은 건재한 병력 중 가장 상태가 좋은 철기 오백만을 골라 진격하고 있었다. 장료에게 일러 소집하도록 한 병력이었다.

목적지는 원소의 본진이 있는 고당현. 그 길로 출발하여 여기까지 온 터였다.

"그 말은, 우리가 질 게 확실하다는 거죠?"

"확실은 아니지만 거의 그렇습니다."

"그런데 왜 굳이 따라왔어요? 나는 분명 혼자 가겠다고 말했는데."

용운은 화타에게서 치료받는 중인 장합은 물론이고, 장료마저 본진을 지키고 있게 했다. 또 사천신녀를 제외한 참모진도 모두 대기하도록 명했다. 진궁이 노발대발하다 못해 울기까지 했는데도 용운은 단호했다.

그런데 곽가가 막판에 기어이 수레에 올라탔다. 그는 수레에 대자로 누워 말했다.

"수레 밖으로 내던지려면 내던지시고 배를 째려면 째십시오. 전 못 내립니다."

잠깐 뭔가 생각하던 용운은 못 이긴 척 그를 태우고 출발했다. 곽가는 낭패한 표정이 됐다.

그렇게 달려오길 몇 시진. 수가 적으니 행군 속도는 더욱 빨랐다. 만약 밤에도 쉬지 않고 달린다면, 다음 날 아침에는 고당현에 닿을 터였다.

"혹시 가는 동안에 날 설득하려고 탄 거라면 소용없어요."

"눈치채셨습니까……."

머리를 벅벅 긁던 곽가가 말했다.

"꼭 그것만은 아닙니다. 제가 나이는 젊어도, 어지간히 놀 건 다 놀아봤습니다. 온갖 독한 술도 다 마셔봤고 절세미녀하고도 많이 자봤⋯⋯."

그는 수레에 같이 탄 사린과 눈이 마주치자 얼른 입을 다물었다. 하지만 이미 사린의 귀에 들어간 후였다.

"와! 술꾼 아저씨, 바람둥이예요?"

"뭐? 바람둥이가 뭐지?"

곽가는 처음 듣는 말에 고개를 갸우뚱했다.

용운이 한마디로 설명해줬다.

"난봉꾼입니다."

"음? 하핫! 그래, 사린아. 이 몸은 난봉꾼이지."

"어째서 자랑스러워하는 거죠⋯⋯."

용운은 사린과 곽가가 열심히, 애써 밝은 척하는 걸 알고 있었다. 그래도 웃을 기분이 나지 않았다. 어떻게 웃겠는가. 이제 노식을 다시 볼 수 없게 됐는데. 원소에 대한 차가운 분노만이 그의 가슴을 가득 채웠다.

머쓱해진 곽가가 말을 이었다.

"아, 그게 아니고! 왜 얘기가 여기로 흐른 겁니까. 아무튼, 이제 그래서 전 딱히 인생에 여한은 없다 이겁니다. 죽는 게 별로 무섭지도 않고."

그 말에 용운이 버럭 소리를 질렀다.

"그런 말 하지 마요!"

"옛⋯⋯?"

"죽는다느니 그런 말, 쉽게 하지 말라고요."

용운은 가뜩이나 정사에서 곽가가 요절하는 게 불안했다. 더군다나 노식을 잃었다. 어쩌면 그럴지도 모른다고 생각했지만, 막상 닥치니 가슴이 갈가리 찢기는 듯했다.

'미안해요, 자간. 미안해요……. 아아, 더는 누구도 잃고 싶지 않아.'

지금 곽가는 한눈에 보기에도 폐인이었다. 비쩍 마른 데다 눈 밑에는 검게 그늘이 졌다. 그런데 눈동자는 이상하게 번쩍였다. 그 모습을 볼 때마다 두려워졌다. 한 사람, 한 사람 인연을 맺어갈수록 그들을 잃는 게 두려워졌다. 지금 전력을 다해 달려가는 것도 그런 두려움 때문이 아닌가.

"아, 뭐, 죄송합니다. 안 죽을게요. 그렇다고 소리 지르실 필요까진 없잖습니까."

"술, 안 끊었죠?"

곽가는 얼른 말을 돌렸다.

"그, 주공께서 그러실 리는 없지만, 걱정이 됐습니다. 자간 님의 죽음에 대한 슬픔이 너무 지나쳐 폭주하신 게 아닌가 하는……."

"……."

잠시 침묵을 지키던 용운이 말했다.

"봉효, 이번 전투에서 우리에게 제일 중요한 게 뭐지요?"

곽가는 즉시 대답했다.

"시간입니다."

"그렇죠. 시간은 엄청난 대군이 있었어도 단축할 수 있었겠지만……. 아니, 그랬다면 애초에 원소가 공격해오지 않았을 수도 있겠지만 그러지 못했고, 일이 이렇게 된 이상 난 지금 이 방법이 최대한 빨리 적을 섬멸할 방법이라고 결론 내렸어요."

곽가는 수레를 호위하는 형태로 말을 달리고 있는 오백여 기의 철기를 둘러보았다.

"지금 이 방법이요? 소수 정예의 결사대로 강행군하여 급습하는 걸 말씀하시는 겁니까? 분명 아군의 철기는 공손찬의 백마의종 못지않은 정예입니다. 허나 정예 중의 정예인 청광기는 대부분 자룡 장군이 거느리고 갔지요. 혹 이들이 주공께서 키운 비밀부대라도 됩니까?"

"아니요. 내 비밀부대는 이들입니다."

용운은 수레를 몰고 있는 검후와 성월 그리고 수레에 함께 탄 사린과 청몽을 차례로 가리켰다. 청몽은 이례적으로 모습을 드러낸 채였다.

"사천신녀…… 말씀입니까?"

"그래요. 오백의 철기는 최소한의 눈가림? 뭐, 그런 거예요. 이들이야말로 내가 가진 최강의 패입니다."

"낭자들이 강한 거야 잘 알지만……."

오백의 철기조차 눈가림용이라고? 곽가는 말끝을 흐렸다.

본진에 주둔한 원소의 병력은 오만으로 알려졌다. 천하제일의 용장으로 알려진 여포가 열 명이라 해도, 오만 군사를 상대로 뭘 할 수 있을 것 같진 않았다.

용운은 시선을 앞으로 향한 채 조용히 말했다.

"봉효에게 숨긴 게 있습니다. 아니, 봉효뿐만 아니라 가신들 모두에게. 처음 날 만났을 때, 거짓말쟁이라고 했었죠? 그 말이 맞아요."

"……?"

"사실, 자룡 형님이나 진공대에게는 말하고 싶었어요. 허나 두 사람의 반응이 어떨지 두려웠습니다. 더구나 자룡 형님은 검후와 특별한 사이가 된 듯하니……."

듣고 있던 청몽이 말했다.

"남자로서 기분이 별로 좋진 않겠죠. 애인이 실은 자신보다 수십 배는 강하며, 이제껏 그 힘을 봉인해왔다는 걸 알면."

곽가가 중얼거렸다.

"잠깐. 자룡 장군의 애인이라고요? 농담이겠지."

"중요한 건 그 부분이 아닌데요."

"아, 수십 배 강하다고요? 농담이겠죠."

청몽이 그 말에 응수했다.

"농담한 거 맞아요. 댁이 안 믿을 것 같아서 팍 줄여서 말한 거거든."

"……허. 주공, 비밀이라는 게 이겁니까?"

"네. 사천신녀는 평범한 사람, 여기서 말하는 평범한 사람은 인간 그 자체를 의미합니다. 그러니까 보통 사람이 아니에요. 태어난 순간부터 오직 무(武)를 위해 길러진 이들이며 육체도 특별한 방법으로 단련됐어요. 거기에 비전의 무공이 더해졌죠."

물론 비전의 무공 따위는 없었다. 그녀들이 어떻게 생겨났는지도 아직 모른다. 용운은 이 순간마저도 거짓을 말해야 하는 자신이 싫었다.

그러나 아무리 곽가가 상식을 뛰어넘고 관습을 무시하는 천재라 해도, 용운 자신이 아득한 미래에서 왔으며 사천신녀는 그 시대에 존재하는 유희인 '게임'의 부산물인 것 같다는 말을 이해할 수 있을 것인가.

그나마 곽가에게 사천신녀의 강함에 대하여 털어놓고 보여주려는 것도, 그가 제일 틀을 벗어난 인물이었기 때문이다. 또한 아직까지는 곽가에게 자룡만큼 마음을 주지 않았기에, 그의 어떤 반응에도 상처받지 않을 자신이 있어서이기도 했다.

마지막으로, 한 사람 정도는 알고 있어야 할 것 같다는 생각에서였다. 사천신녀의 진정한 힘을. 그래야 최악의 경우, 그것을 감안하여 책략을 짜지 않겠는가.

그랬다. 노식의 죽음을 접한 용운은, 자신이 보유한 최대의 힘 중 하나를 개방하기로 결심했다. 바로 사천신녀의 전력(全力)이었다.

함곡관 전투 때의 사천신녀는 어디까지나 퇴로를 막는 역할이 주였다. 함부로 사람을 죽이지 말라고 한 용운의 다짐이 이제까지 영향을 미치고 있었다.

하지만 이번에는, 말 그대로 급습하여 몰살하는 게 목적이었다. 비보에 쓰러졌다가 눈을 뜬 순간, 용운은 생각했다. 진작 그랬어야 했다고.

"대체 무슨 말씀인지 모르겠군요."

곽가의 말에 용운이 답했다.

"곧 알게 될 거예요."

용운과 사천신녀 그리고 오백의 철기는 도중에 딱 한 번, 몇 시진 잔 걸 제외하면 쉬지 않고 달렸다. 그리하여 대략 하루 만에 고당현 인근에 이르렀다.

용운이 곽가에게 물었다.

"봉효, 그대가 거느린 병력은 오만이고 적은 오백의 결사대입니다. 그렇다면 그대는 성에 의지하여 싸울까요, 아니면 야전을 택할 건가요?"

곽가는 곧바로 물음의 의미를 이해했다.

"당연히 야전이겠지요. 원소만큼 자부심이 강한 사내라면 더더욱. 오는 도중에 척후가 몇 번 보이더군요. 그에게도 이미 우리의 움직임이 보고됐을 터……."

잠깐 뜸을 들인 곽가가 말을 이었다.

"원소는 전력을 다해 우릴 깨부수려 할 겁니다."

"그게 바로 내가 바라는 바예요."

"주공, 대체…… 엇!"

말하던 곽가가 탄성을 질렀다. 저만치 앞쪽에 자욱한 흙먼지가 일어났다. 과연 원소의 본진이 성을 나와 출진한 듯했다. 오만 대 오백의 대결이라면, 누구라도 작은 성을 나와서 평야에서 넓은 진형을 펼쳐 쓸어버리려 할 게 분명했다.

원소는 예비대와 수송대 이만을 제외한 삼만의 병력으로 성을 나섰다. 막료들의 만류에도 불구하고 직접 군을 이끈 것이다. 서전의 패배에 이어, 이런 도발에도 불구하고 성에 틀어박혀 있다면 천하의 웃음거리가 되기 딱 좋았다.

'설마 진짜 오백이 아니라 오천 정도는 되겠지. 그래도 삼만이면 충분하다. 비록 안량과 고람이 전사했다 하나, 내게는 아직 순우경을 비롯해 주령, 곽조, 수원진, 조예, 한거자

등 장수들이 즐비하다.'

'순우경(淳于瓊)'은 《삼국지연의》에서 무능한 장수로 등장한다. 술에 취해 있다가 조조의 공격에 군량고를 잃는 바람에 격노한 원소에게 처형당한 것이다. 하지만 정사에서의 그는 그 정도까지 형편없는 무장은 아니었다. 아니, 상당히 유능한 자라 할 수 있었다.

일단 순우경은 본래 '서원팔교위(西園八校尉)'의 일인이었다. 서원팔교위란 황실 근위대를 이끈 여덟 명의 교위를 의미했다. 거기에는 조조, 원소 등 쟁쟁한 인물들도 포함되어 있었다. 즉 한때 순우경은 원소와 동등한 지위였다는 말이다. 더구나 황실을 경비하는 임무를 무능력한 인물에게 맡길 리 없었다. 서양식으로 표현하자면 황실 근위기사의 대장 격이 아닌가.

관도대전 당시, 보급기지이던 오소에 주둔해 있다가 조조군의 급습에 당한 건 사실이었다. 그러나 그것은 원소의 참모였던 허유(許攸)가 배신한 게 원인이었다. 허유는 귀순 선물로 조조에게 보급기지의 위치를 누설했다. 조조는 순우경을 생포하여 코를 베었으나, 바로 죽이진 않았다. 얼마 후, 그는 순우경을 불러 말했다.

"어쩌다 이런 꼴이 되었소?"

순우경은 당당히 대꾸했다.

"이기고 지는 것은 하늘의 뜻일진대, 내가 무슨 할 말이 있겠소!"

이에 조조는 한때 함께 서원팔교위를 지내기도 했던 순우경을 살려 쓰고 싶었다. 여기서도 순우경이 무능한 인물은 아니라는 게 드러난다. 조조는 오직 인재만을 욕심냈으니까. 그때, 허유가 이렇게 말했다.

"그는 아침에 거울을 볼 때마다, 맹덕 그대를 향한 원망이 나날이 더해질 터인데, 어찌 그대의 사람으로 만들 수 있겠나."

이에 조조는 어쩔 수 없이 순우경을 죽였다. 분노한 원소의 손에 죽은 게 아니라, 끝까지 귀순하지 않다가 조조에게 죽은 셈이니《삼국지연의》의 느낌과는 여러모로 다르다.

원소군이 일으킨 흙먼지를 본 용운은 진군을 멈췄다. 오백의 철기도 자연히 그 자리에 섰다.

용운이 그들에게 말했다.

"그대들은 지금부터 나와 봉효를 호위하세요. 여기서 한 발도 움직이면 안 됩니다."

철기들은 어리둥절했으나 잠자코 있었다. 오백의 우두머리 격인 백인장 하나가 일동을 대표해 답했다.

"그리하겠습니다, 주공."

이어서 용운은 차가운 목소리로 말했다.

"검후, 청몽, 성월, 사린. 사천신녀에게 고한다."

네 여인이 입을 모아 답했다.

"예, 주군!"

"전력을 다해 적을 쓸어버리도록. 이번에 한해, 그대들이 발휘할 수 있는 최대의 힘을 허락한다."

"존명!"

네 여인은 명이 떨어지자마자 기다렸다는 듯이 질풍처럼 튀어나갔다. 삼만의 군세를 향해, 조금의 망설임도 없이.

그녀들의 뒷모습을 바라보던 용운의 눈동자가 잠시 흔들리더니, 곧 다시 차갑게 가라앉았다.

'노식, 나는 다신 이런 식으로 사천신녀를 부리지 않을 거예요. 이건…… 내가 그대의 영전에 바치는 진혼곡입니다.'

14

위원회의 반격

검후는 용운의 명이 떨어지자마자 기다렸다는 듯 말에서 뛰어내렸다. 사린도 타고 있던 수레에서 몸을 날렸다. 성월 또한 질세라 달려나갔다. 말을 앞서 전진했다는 건 달리는 중인 말보다 빠르다는 의미였다. 그런 셋의 뒤에 청몽이 나타났다. 그렇게 사천신녀는 삼만의 적을 향해 돌진했다. 단 넷이서.

오백의 철기는 주군인 용운의 명에 자리를 지켰다. 그러면서 자기도 모르게 힘줘 주먹을 쥐었다. 조금의 주저함도 없이 거대한 적을 향해 돌진하는 네 여인의 뒷모습은, 지켜보는 이들에게 묘한 처연함과 흥분을 동시에 불러일으켰다.

곽가는 사천신녀의 갑작스러운 움직임에 멍해 있었다. 그러다 퍼뜩 정신을 차리고 외쳤다.

"주공! 정말 저 네 사람만 출격시키시려는 겁니까?"

"그래요."

"저들은 여인이지 않습니까! 원소군에는 안량 외에도 서원팔교위 출신의 순우경과…… 아니, 그걸 떠나서 삼만 대네 명이라니요. 만약 적장을 베어 기세를 꺾으려는 전법이라 해도 적장에게 닿는 것조차 불가능합니다!"

곽가는 도저히 이해가 가지 않았다. 오죽하면 '차도살인지계(借刀殺人之計, 남의 칼을 빌려 죽이는 계책. 즉 직접 손을 쓰지 않고 타인을 움직여 상대를 죽이게 하는 것)'라도 쓰려는 건가 하는 생각이 들었을 정도였다.

하지만 진영에 합류한 지 얼마 안 된 그가 보기에도, 용운에 대한 그녀들의 충성심은 진짜였다. 게다가 용운과 가장 친밀한 존재이며 능력도 뛰어났다. 가뜩이나 인재가 부족한데 그런 존재들을 제거할 이유가 없었다. 그간 봐온 그의 성품과도 거리가 멀었다. 곽가의 반응은 당연했다.

용운은 조용히 답했다.

"딱 한 번입니다. 이건 내게도 그녀들에게도 좋지 않아요."

용운은 사천신녀들에게 출격을 명한 순간부터 후회하고 있었다. 그러나 이미 명령은 떨어졌다. 그는 노식을 위해 단 한 번, 나쁜 주군이 되기로 작정했다.

'어쩌면 이것조차 자기만족일지 몰라. 그를 죽게 한 데 대한 죄책감을 덜려는. 하지만 이렇게라도 안 하면 내가…….'

용운은 제 명치를 지그시 눌렀다.

'내가 못 견딜 것 같아.'

사천신녀들에게 충분히 힘이 있다는 걸 알고 있음에도 불구하고 자제하고 아껴왔던 것이다. 반면, 노식은 모든 걸 쏟아내고 죽었다. 용운의 죄책감은 거기서 비롯된 거였다. 그는 자기도 모르게 중얼거렸다.

"이 일로 인해 얼마나 큰 반동이 돌아올지……."

곽가가 용운에게 물었다.

"반동이라니, 무슨 말씀이신지요?"

"이 세계의 말로 풀어보면 업보 같은 거라고나 할까요."

"업보요? 설마 부도(浮屠. 부처)를 섬기는 분이셨습니까?"

"허, 역시 곽가……. 불교를 알고 있었네요. 아뇨, 난 불교 신자는 아닙니다. 그저 예를 들어 설명한 거지요. 그리고 보면 알게 될 겁니다. 그대가 본 것을 받아들일 수 있다면요."

"……."

곽가는 의문에 찬 눈으로 용운을 바라보았다.

일정 거리를 돌격하던 사천신녀는, 도중에 성월만 남겨두고 나머지 셋이 부채꼴로 흩어졌다. 각각 다른 방향으로 총알처럼 튀어나간 것이다.

스릉! 검후는 달리는 도중에 쌍칼을 빼들었다. 서늘한 소리가 울렸다. 이 순간, 그녀는 진심으로 감사했다. 알 수 없는 어떤 힘의 작용으로, 자신이 '살육'에 무감각해진 것을.

그녀는 큰 키와 다소 냉정해 보이는 외모와는 달리, 원래 벌레 한 마리 죽이지 못하는 성격이었다. 그런 그녀가 서슴없이 죽일 수 있는 유일한 대상은 바퀴벌레였다. 하지만 이 세계에서 눈떠, 용운을 해치려던 자들을 대면했을 때 본능적으로 알 수 있었다.

'내 안에서 어떤 부분이 사라졌다.'

정상적인 인간이라면 누구나 가지고 있을 감정. 생명체를 죽이는 데 대한 죄책감과 공포 같은 감정이 말끔히 지워진 것이다. 마치 누군가가 그 부분의 데이터를 삭제하기라도 한 듯이. 애초에 갖지 않았던 것처럼.

'하긴 지금은 몸뚱이 자체가 정상적인 인간의 것도 아니니까.'

그래서 지금의 그녀에게 용운의 적은, 바퀴벌레나 다름 아니었다.

적 진영 근처에 다다르자, 청몽은 홀연히 사라졌다. 검후와 사린은 순식간에 선두 대열로 접근했다. 둘의 존재를 알아챈 적병들이 눈을 치떴다.

"뭐, 뭐냐. 너는!"

입을 열었을 때는 이미 늦은 후였다. 검후는 달려오는 사이, 특기의 시동을 준비했다가 지금 그것을 발동시켰다.

특기 발동, 일진검풍(一陣劍風)

검과 도가 만들어낸 광풍이 적병을 휩쓸었다. 그사이 행한 수련의 결과, 위력이 한층 강해졌다. 현대식으로 표현하자면 레벨이 올랐다고나 할까. 거센 회오리바람 두 개가 교차하듯 움직였다. 그 가운데에 휘말리자 피부가 찢겼다. 버티고 서 있기조차 힘든 건 당연했다.

"으아아아아!"

사방에서 적병들이 낙엽처럼 날아다녔다. 겁먹은 말들이 비명을 지르며 날뛰었다. 순식간에 선두의 대열이 흐트러졌다. 그 빈틈으로 사린이 난입했다.

"역시 큰언니는 엄청나. 아하하. 하지만 나도 이럴 줄 알고 오는 길에 고기를 배터지게 먹어뒀지롱!"

특기 발동, 오구오구(摮毆摮毆)

거대한 금빛 망치의 손잡이 끝을 잡은 사린이 맹렬히 회전하기 시작했다. 그 회전에 부딪히면 창날도 검도 깨져나갔다. 사람은 당연히 무사하지 못했다. 스치기만 해도 살점이 뜯어지고 뼈가 부러졌다. 그러니 안량군 병사들은 회전을 피하기에 급급했다.

"저, 저게 뭐냐! 뒤로 물러나서 석궁을 쏴라!"

당황한 부장들의 명으로, 사수들이 사린과 검후를 향해 석궁을 쐈다. 그러나 검후를 겨냥한 것은 회오리바람에 휘말려 엉뚱한 곳으로 날아갔다. 사린을 노린 쇠뇌들은 죄다 회전하는 망치에 부딪혀 튕겨나가 버렸다.

당황한 궁수들에게 별안간 화살이 빗발치듯 날아들었다. 뒤에 멈춰 선 성월의 솜씨였다. 석궁병들은 벌집이 되어 쓰러졌다. 대응이 안 통하자 병사들은 더욱 혼란에 빠졌다.

그러자 책사들, 정확히는 순심이 먼저 나섰다. 믿기지 않는 광경에 두렵고 혼란스럽기는 그도 마찬가지였다. 하지만 그는 무력이 약한 대신, 용운의 시각으로 말하자면 '냉정' 특기를 소유하고 있었다. 특기가 발동되자 빠르게 마음이 진정됐다. 저게 말로만 듣던, 진용운의 여무사들인가. 오히려 소문이 축소된 감이 있었다. 그러나 생각보다 강했을 뿐, 저들 또한 사람.

"방패병은 앞으로 나서라! 방패를 모아 회전을 막고 그 틈에 도끼병과 장창병이 공격하라!"

그는 검후의 존재는 미처 깨닫지도 못했다. 그저 재수 없게 갑자기 돌풍이 일어났다고 여겼던 것이다. 이에 당장 눈앞의 위협인 사린을 먼저 처리하기로 마음먹었다.

순심의 명을 받은 전령과 부장들이 움직였다. 방패병들이 집결하여 우직하게 전진하고 그 뒤로 도끼병과 장창병이 따라붙었다. 덩달아 '냉정' 특기의 영향으로 진정된 원소 진영 최고의 참모, 봉기도 반격에 들어갔다.

특기 발동, 통찰(洞察)
특기 발동, 전황(戰況)

순간적으로 적의 정체와 상황을 살피는 능력. 봉기는 갑자기 난입한 적 장수들의 뒤편에, 소규모의 병력이 있음을 눈치 챘다. 소규모라곤 해도 오백 정도 되는 무리였다. 어지간히 멀어도 육안으로 파악이 가능했다. 그들이 가진 병기가 햇빛에 반사되어 번쩍였다. 이어서 다음에 취할 행동을 결정했다.

특기 발동, 급습(急襲)

"저 장수들은 순심이 막아줄 것이다. 철기 일천은 내 지시를 따라 움직여라! 장군들, 나와 함께 갑시다."

봉기는 옆에 있던 두 장수, 곽조와 수원진에게 말했다.

곽조(郭祖)는 정사에서 원소에 의해 중랑장에 임명됐다. 후일 조조에게 귀의한 뒤로 도정후(都亭侯) 자리에 올랐을 정도의 실력자였다. 다만, 원소의 패배 후 태산을 거점으로 약탈을 일삼아 백성들을 괴롭힌 만큼, 성품이 썩 좋은 편은 아니었다.

수원진(睢元進, 흔히 휴원진이라고도 함)은 순우경의 부장으로, 《삼국지연의》에서는 '목원진(睦元進)'이라는 이름으로 등장한다. 정사에서는 순우경과 더불어 오소(烏巢)의 보급기지를 지키다가, 조조의 야습에 패해 참수됐다.

곽조가 봉기에게 걸걸한 목소리로 물었다.

"어디로 가시려는 겁니까?"

봉기는 빠른 투로 설명했다.

"저쪽 전방에 아마도 적장이나 적의 책사가 있을 겁니다. 어차피 삼만 대군에 뛰어든 적장은 눈속임이 아니면 무모한 자살행위입니다. 저런 실력자를 사지에 몰아넣을 이유가 없으니 전자겠지요."

"어떤 눈속임입니까?"

"워낙 전력 차가 크자, 두 장수로 시선을 끈 다음 소수 정예를 움직여 아군 지휘부를 치려는 생각인 듯합니다. 그 전에 우리가 놈들을 덮쳐 몰살하는 겁니다."

"과연 원도 님이십니다. 주공이야 오천의 친위대와 순우경 장군이 든든히 지키고 있으니 문제없겠지요."

곽조와 수원진은 봉기를 호위하여, 별동대로 진영을 은밀히 우회하기 시작했다.

원소 진영에게 다행스러운 일이라면, 사천신녀는 무력은 강력하나 상대적으로 통솔력과 지력이 크게 떨어진다는 점이었다. 지시받은 일만 행할 뿐, 전황을 보는 능력이나 적의 움직임을 파악하는 안목은 없었다. 그나마 최근에 관직을 받아, 병사들을 지휘해본 경후가 좀 나은 편이었다. 하지만 그녀도 한꺼번에 수백, 수천의 적과 싸우는 지경에 이르자 그런 데까지 신경 쓰지 못했다. 덕분에 봉기가 이끄는 별동대는 사천신녀들에게 들키지 않고 목표를 향해 움직여갔다.

용운은 뒤쪽, 좀 떨어진 곳에서 곽가과 함께 오백의 정예 철기에 둘러싸여 있었다. 적 진영 뒤편으로 붉은 점 같은 것들이 허공을 수놓는 게 보였다. 멀어서 정확히 글자까지 알아보긴 어려웠다. 그러나 원소의 책사들이 분분히 특기를 발동하기 시작했음을 짐작할 수 있었다. 그는 맹렬히 싸우는 사천신녀들을 보며 생각했다.

'함부로 살인하지 말라고 한 주제에, 너희에게 대놓고 살육을 명하는구나. 미안해. 정말 미안. 대신 나도 이 모든 광경

을 고스란히 기억에 담을게. 그리고 그런 행위를 명령한 자로 나, 진용운의 이름을 남길 거야.'

이런다고 죽은 노식이 살아 돌아오진 않는다는 건 용운도 잘 알고 있었다.

'결국 난 아직 멀었어.'

침울해진 용운과 달리, 걱정하던 곽가는 점차 흥분했다. 사천신녀들의 활약상을 눈앞에서 처음 봤기 때문이다.

"주공, 방금 보셨습니까? 사린 소저가 지나가자 말과 사람이 허공으로 치솟았습니다! 저게…… 저게 바로 낭자들의 진정한 힘이었군요."

용운에게 고개를 돌린 그가 말했다.

"저런 전력이 있었는데 왜 숨기셨습니까?"

"……그녀들은 제 누이나 마찬가집니다. 무기처럼 쓰고 싶지 않았어요. 너무 많은 살인을 저지르게 하고 싶지도 않았고."

"안일한 생각이자 주공의 이기심입니다. 어차피 이렇게 쓰실 거였지 않습니까."

"하하."

용운은 노식의 비보를 들은 이래 처음으로 가볍게 웃었다. 유쾌한 웃음이라기보다는 쓴웃음에 가까웠지만.

다른 가신은 모두 용운을 걱정하고 눈치를 봤다. 허나 곽가는 그가 노식의 죽음에 슬퍼하거나 말거나, 사천신녀를 전장에 내몬 죄책감에 우울해하거나 말거나 할 말을 다 했다.

'난 이래서 곽가가 좋아.'

때로는 솔직하게 독설을 할 사람이 필요했다. 지금의 자신에게는 더더욱.

"이제 이럴 일은 없을 겁니다, 아마도……. 또 사천신녀는 나와 모종의 기운으로 이어져 있어요. 일정 거리 이상 떨어지면 힘을 잃게 됩니다. 그렇다 해도 어지간한 장수보다는 강하겠지만, 시간이 갈수록 점점 약해지지요."

"그건 확실히 작전을 수행하는 데 있어 제약이 되겠군요. 그렇다 해도…… 앞으로 이럴 일은 없을 거라니요. 가진 힘을 굳이 안 쓸 필요는 없지 않습니까."

못내 아쉽다는 듯 혀를 차던 곽가가 말했다.

"혹시 어떤 금지된 종류의 힘입니까? 부정한 사술이나 마약을 썼다거나……."

아무렇게나 던져보는 말이 아니었다. 아직 저주나 도술 같은, 초자연적 힘을 신봉하던 시대였다. 사술(邪術)의 존재는 황건적의 지도자였던 장각에 의해, 마약은 성혼단에 의해 호사가나 책사들 사이에 널리 알려진 후였다. 장각과 그의 형제들은 때로 돌풍을 부르거나 잡귀를 불러내 관군을 겁주곤 했다. 성혼단 또한 '성수'라 부르는 물을 나눠주며, 그 물을 마시면 두려움을 잊고 힘이 세어진다는 소문을 퍼뜨렸다. 곽가처럼 의심 많은 지식층 부류는 그 성수를 아편과 같은 마약으로 추측했다. 그것은 완전히 잘못된 예상은 아니었다.

용운은 곽가의 물음에 고개를 저었다.

"그런 건 아니에요. 세상에 너무 알려지면 안 될 힘이라서 그러는 거지요. 자칫 저들만큼이나 무서운 적이 우릴 목표로 몰려들 수도 있거든요. 당장 원소와 조조를 상대하기에도 버거운 터에."

"그 적이라는 게 누굽니까?"

"성혼단."

"아……."

용운은 슬슬 심복들에게 위원회의 존재를 알려야겠다고 늘 생각하고 있었다. 워낙 바쁜 데다 자꾸 일이 터지는 바람에 좀체 타이밍을 잡지 못했을 뿐.

'말 나온 김에 밑밥이나 깔자.'

용운은 계속해서 말을 이었다.

"그리고 그들을 뒤에서 조종하고 있는 회(會)입니다."

"성혼단을 움직이는 자들이 있단 말입니까? 그건 금시초문입니다."

곽가는 깜짝 놀랐다. 용운은 단어를 잘 골라가며 신중하게 설명했다.

"성혼단처럼 거대한 조직이 하늘에서 뚝 떨어지진 않았을 테지요. 국양(전예)이 조사해온 바에 의하면 처음 그 사교를 창시한 무리가 있는데, 그들을 일컬어 위원회라 합니다. 내 암살을 명한 자들이기도 하고요."

"허어……."

"위원회도 사천신녀와 비슷한 힘을 가지고 있으며 난 그들과 악연이 있습니다. 서로 추구하는 방향이 너무 다른 탓입니다."

"하긴 저 낭자들 같은 적이 떼로 쳐들어온다면…… 생각만 해도 끔찍하군요."

곽가를 이해시키려고 한 말이나, 반쯤은 사실이었다. 위원회는 이미 사천신녀의 존재를 눈치챘다. 이제 그녀들이 전장에서 힘을 발휘한다는 정보를 입수하면, 더 집요하게 용운을 노릴 터였다. 사천신녀는 곧 용운의 힘이며, 그가 강해지는 만큼 위원회의 일에 방해가 될 것임은 분명하니까. 여기까지 생각하던 용운이 입을 틀어막았다.

"큭……!"

"주공?"

끔찍한 고통과 두려움이 호흡을 방해했다. 떠올려버렸다, 암살자에 의해 죽음 직전에 이르렀을 정도로 심각한 부상을 당했던 때를. 그 순간이 생생히 되살아나 용운을 압박했다.

과다기억증후군의 부작용이었다.

"주공! 정신 차리……."

놀라서 용운을 부축하던 곽가의 눈이 빛났다. 그가 멀리 옆쪽을 바라보며 중얼거렸다.

"쳇, 하필 이럴 때."

곽가의 머리 위로, 용운에게만 보일 붉은색 글자가 떠올랐다.

통찰(洞察)

간파(看破)

소위 특급 책사와 일류 정도의 책사를 구분 짓는 것은, 특기의 희소성에 더해 복합 특기 발동의 유무였다. 단순히 함께 쓰는 게 아니라 서로 조합된다. 즉 '간파'로 적의 움직임을 알아차리면서, 동시에 '통찰'이 작용하여 왜, 어떻게 접근했으며 목적이 무엇인지 등을 순간적으로 깨닫는 것이다. 물론 특기를 발동하는 당사자 본인은, 자연스러운 사고의 흐름으로 인식할 뿐이다.

'수는 대략 일천.'

곽가는 쇠의 기운과 날카로운 살기를 느꼈다.

역시 원소의 책사도 만만치 않은 자들이었다. 사천신녀에 의해 삼만 대군이 유린당하는 와중에도, 별동대를 운용하여 옆을 노려온 것이다.

'멍청하긴.'

곽가는 자기 자신을 책망했다. 얼토당토않은 상황에 너무 당황해서, 뻔히 드러난 벌판에 병력을 멀뚱히 세워두었다. 진작 매복하고 있었어야 하는 것을.

'그나저나 최대한 접근해서 돌격해올 모양인데.'

그때쯤에는 용운과 곽가를 호위 중이던 오백의 철기도 적의 병력을 눈치챘다.

가쁘게 숨을 몰아쉬는 용운을 대신해, 곽가가 부장에게 명했다.

"적의 수가 많소. 주공을 호위하면서 뒤편의 협곡으로 빠르게 물러나시오."

"옛!"

그때 겨우 정신 차린 용운이 말했다.

"아니, 그냥 여기 있어도 돼요."

"주공, 괜찮으십니까?"

"네. 이제 괜찮아요. 그보다 굳이 후퇴하지 않아도 됩니다."

곽가가 걱정스레 말했다.

"저쪽은 최소한 일천은 되어 보입니다. 우린 오백이고, 사천신녀도 전부 적진 가운데 있고요. 아, 제 손에 검만 있었어도……."

참고로 곽가의 무력은 15. 용운보다 약한 몇 안 되는 가신이었다. 피식 웃은 용운이 말했다.

"사천신녀 전부는 아니에요."

슈웅! 용운의 말이 떨어지자마자, 청몽이 그의 옆에 불쑥 나타났다. 그녀는 신난다는 투로 말했다.

"하핫, 같이 뛰어들어서 싸우고 싶은 걸 꾹 참고 되돌아온 보람이 있었네."

"청몽, 내가 다 나가 싸우라고 했는데도 역시 안 갔구나?"

"지난번에 말했잖아요. 이제 절대 옆에서 안 떨어진다고."

"대답은 기운차게 해놓고……."

"그, 그건, 넷이 다 같이 대답하는 분위기였으니까, 나만 대답 안 하면 이상하니까……. 이씨!"

"그래, 그래. 잘했어. 그리고 부탁해."

그때쯤에는 봉기가 지휘하는 일천의 별동대가 코앞까지 다가와 있었다.

용운 일행을 본 봉기는 쾌재를 불렀다.

'역시 내가 제대로 짚었구나.'

본래 총군사인 그가 직접 움직이는 일은 드물었다. 하지만 워낙 상황이 상황인지라 급한 대로 나선 것이다. 적진 깊숙이 들어가는 일도 아닐뿐더러 적의 수가 적다는 점도 작용했다.

적병을 본 청몽이 자신만만하게 말했다.

"맡겨둬요."

"아 참, 적 중에 갑옷을 안 입은 책사처럼 보이는 사람이 있으면 죽이지 마!"

"엥……. 그러죠, 뭐."

두두두두두두! 별동대가 용운을 향해 돌격해오기 시작했다.

청몽은 빨간 아랫입술을 살짝 핥았다. 그녀는 전진하면서 사슬낫을 꺼내 들었다. 이어 바닥에 닿다시피 몸을 낮게 숙이면서, 사슬낫으로 앞쪽을 크게 휘저었다. 그 한 번의 움직임으로 대소란이 벌어졌다. 맨 앞에 있던 전투마들의 발목이 잘려나간 것이다.

이히히힝! 말들이 처절하게 비명을 질렀다. 달려오다가 갑자기 발목이 잘렸으니 어찌 되겠는가. 전투마들은 가속도에 의해 앞으로 고꾸라졌다. 등자가 없는 원소군 기병들은 그 바람에 달려오던 방향으로 날아갔다. 바닥에 처박힌 자들의 목이 부러졌다. 허공에 뜬 상태에서, 청몽이 재차 휘두른 사슬낫에 토막 나는 자들도 있었다. 넘어진 아군에게 걸려 연쇄적으로 엎어지기도 했다.

"이 악독한!"

겨우 충돌을 모면하고 달려온 기병들이 이를 갈며 청몽을

공격했다. 청몽은 자신을 찔러오는 여러 자루의 삭(기병용의
긴 창)을 가볍게 뛰어서 피했다. 이어서 허공에 뜬 상태로 특
기를 발동했다.

특기 발동, 허공참수(虛空斬首)

긴 쇠사슬 양쪽 끝에 달린 두 자루의 낫이 순식간에 커지
더니 지상을 왕복했다. 거기 걸려든 적병은 두부처럼 토막나
버렸다. 공중에 뜬 채로 낫을 휘둘러대는 청몽. 그녀를 바라
보던 곽가의 입이 점점 벌어졌다.

'저런 여자를 상대로 나는…… 시비 걸고 말싸움을 했던
건가…….'

일천의 철기 중 오백이 순식간에 도륙당했다. 봉기의 얼
굴이 새파랗게 질렸다. 전장을 경험해보지 않은 건 아니었으
나, 이런 끔찍한 광경은, 그리고 저토록 위협적인 적은 처음
이었다. 어찌나 놀랐는지 책략조차 떠오르지 않았다. 굳어
있던 곽조와 수원진이 보다 못해 나섰다. 곽조가 이를 악물고
수원진에게 말했다.

"혼자서는 저 요괴를 감당할 수 없겠소이다. 협공합시다."

"그럽시다."

곽조는 창을, 수원진은 대도를 휘두르며 각각 왼쪽과 오른

쪽에서 청몽에게 덤벼들었다.

"허접들."

코웃음을 친 청몽은 제자리에서 몸을 비꼬듯 회전했다. 거대한 낫이 양쪽으로 뻗어, 곽조와 수원진의 몸뚱이를 양분했다. 두 장수는 무기 한 번 못 휘둘러보고 상체와 하체가 분리되어 바닥을 뒹굴었다.

"으, 으……!"

공포에 질린 봉기는 말머리를 돌려 달아나려 했다. 그러나 어느새 청몽이 그의 앞을 가로막았다.

"어딜 가시려고. 아저씨가 주군이 말한 책사 맞지?"

"사, 살려주시오."

"안 죽여. 대신 나와 같이 가줘야겠……."

청몽이 봉기를 생포하려고, 그가 탄 말의 고삐로 손을 뻗었을 때였다.

"저, 저기, 그 사람을 잡아가면 곤란해요."

"……?"

청몽의 등 뒤에서 머뭇거리는 여자의 목소리가 들려왔다. 청몽은 순간 소름이 쫙 끼쳤다.

'기척을 전혀 못 느꼈다. 은신술과 기척 감지가 장기인 내가!'

그녀는 재빨리 몸을 돌리며, 두 자루의 낫을 날렸다. 채앵!

날카로운 충돌음과 함께 낫이 튕겨나갔다.

"나, 난폭한 분이네요……. 손 저림……."

청몽은 눈을 치떴다. 상대는 열일곱에서 열아홉 살로 보이는 여자였다. 흰 블라우스에 무릎길이의 남색 치마로 이뤄진 교복 차림을 하고 있었다. 머리는 어깨에 살짝 닿는 수수한 단발이었다. 나이에는 맞지만, 이 시대에서는 너무도 이질적인 외양. 청몽은 그 옷차림만 보고도 정체를 눈치챘다.

"위원회……?"

"네, 네."

교복 차림의 소녀가 수줍게 고개를 끄덕였다. 그녀는 길이가 1미터 정도 되는 두 자루의 철봉을 들고 있었다.

"호, 호연작이라고 해요. 처음 보는 사람에겐 이름을 소개해야…… 그쪽은 진용운 씨의 병마용군이죠? 자, 잘 부탁합니다. 아, 부끄."

"……."

청몽과 호연작이 대치했다. 눈치를 보던 봉기는 남은 병력을 이끌고 슬금슬금 달아나기 시작했다. 하지만 청몽은 그를 추격할 수 없었다. 빈틈을 보였다간 호연작에게 당할 것 같아서였다.

'어벙한 주제에 엄청난 위압감이네. 제길, 어쩌면 나 혼자서는 힘들지도.'

얼핏 어리숙해 보이는 그녀에게선 그 정도로 위험한 기운이 풍겼다.

용운은 용운대로 아연 긴장했다. 이는 그가 예상한 변수에 없던 일이었다.

"저 괴상한 옷차림의 여자는 또 뭡니까?"

어리둥절해진 곽가의 물음에, 용운이 떨리는 목소리로 답했다.

"저게 바로 아까 말한 성혼단을 조종하는 자들…… 위원회의 일원이에요."

후방의 원소는 믿기 어려운 심정으로 자신의 부대가 단 세명의 여인에게 박살 나는 꼴을 보고 있었다. 두 자루의 칼을 쓰는, 큰 키의 여장수. 제 몸만큼이나 거대한 추가 달린 괴상한 무기를 팔랑개비처럼 휘두르는 괴력의 소녀. 뒤쪽에서 비오듯 화살을 날려대는 여자. 그 세 사람이 합세하여 공격해오는 기세는 무시무시했다. 그야말로 일기당천(一騎當千, 한 사람이 천 명의 적을 감당해냄).

'아니, 일기당만(一騎當萬)이라 해야겠구나.'

원소는 헛웃음을 지었다. 이런 일이 가능하리라고는 꿈도 꿔본 적 없었다. 그나마 순우경과 순심이 부대를 필사적으로 지휘하여 버텨내고 있었다. 하지만 그도 오래가지 못할 듯했다.

곽도가 옆에서 초조한 기색으로 말했다.

"저, 주공."

"……."

"아, 아무래도 후퇴를……."

화려한 수레에 탄 원소는 곽도에게 버럭 소리를 질렀다.

"후퇴? 후퇴라 했는가? 단 세 명, 그것도 여자들 때문에 이 원소의 정예 삼만 대군이 후퇴해야 한다고 했나?"

"하, 하지만 보시다시피……."

원소가 분노에 치를 떨 때였다. 등 뒤에서 별안간 낯선 목소리가 들려왔다.

"날 고용하시오."

"헉!"

소스라치게 놀란 원소가 고개를 돌렸다. 어느 틈엔가 뒤쪽에 남녀 한 명씩이 서 있었다. 근위병들이 일제히 둘을 둘러싸고 창을 겨눴다.

"이놈들, 누구냐?"

경계하던 근위병들의 눈이 커다래졌다. 그들 중 여인의 옷차림 탓이었다.

여인은 붉고 푸른색의 화려한 옷을 입고 있었다. 추운 날씨에도 아랑곳하지 않고 가슴을 반쯤, 허벅지는 완전히 드러

낸 채였다. 콧등의 점이 인상적인, 요염한 미녀였다.

그에 비해 사내의 외모는 평범했다. 짧은 머리 모양에 남자다운 얼굴이었다. 콧등을 수평으로 가로지르는 흉터가 있었고, 짙은 눈썹에 콧수염을 길렀다. 마치 산책이라도 나온 양 소매를 좁게 줄인 검은색 도포 차림이었다. 사내는 근위병들의 위협을 전혀 개의치 않는 태도로 말했다.

"계집 셋에게 져서 달아나기가 자존심 상하시겠지. 원본 초, 당신은 자존심 덩어리니까. 하지만 저 계집들은 보통 사람이 아니오. 내가 이기게 해줄 터이니 날 고용하시오."

비로소 정신을 수습한 원소는 상대를 찬찬히 살폈다. 옷차림이 좀 낯선 걸 빼면 평범한 남자였다. 손에 아무 특징 없는 검 한 자루를 들고 있었다. 굳이 특징을 찾자면, 격(格, 검날과 손잡이를 구분하는 돌출 부위)이 없다는 점이었다.

'머리가 짧은 걸 보니 오랑캐인가?'

측근인 곽도조차 달아나길 권하는 상황에서 나선 걸 보니, 실력에는 자신이 있는 듯했다. 최악의 경우라도 이 사내가 시간을 버는 사이 후퇴할 수 있으리라. 마음을 정한 원소가 물었다.

"고용하려 해도 최소한 이름 정도는 알아야 하지 않겠나?"

"이름은 임충(林冲), 자는 표자두(豹子頭)요."

"표자두라……. 표범의 머리라는 뜻인가? 괴상한 자로구면. 혹 흉노나 산월족인가?"

"둘 다 아니오. 그보다 지금 이렇게 한가로이 신상파악을 하실 때가 아닐 터인데."

둘이 잠깐 대화하는 사이에 또 수백의 병사가 죽어나갔다. 원소는 이를 갈며 말했다.

"좋아. 그대를 고용하겠다. 저 세 귀신을 모두 죽인다면, 중랑장 자리를 내리고 금 천 냥을 주겠네. 생포해온다면 금 이천 냥을 주지."

그 말에, 뭐가 우스운지 요염한 여자가 까르르 웃었다. 임충이 그녀에게 주의를 주었다.

"웃지 마시오, 미령(美靈)."

"호호. 죄송해요. 하지만 중랑장이라니. 깔깔!"

임충은 다시 원소에게 시선을 돌렸다.

"좋소. 계약은 성립됐소."

위원회 서열, 천강 제5위. 무력으로만 따지면 위원회의 2인자라 할 수 있는 임충이 모습을 드러낸 순간이었다.

15

천강위의 위력

익주성 깊숙한 모처의 칠흑같이 어두운 방 안. 화려한 태사의에 한 여인이 앉아 있었다. 그녀는 속삭이듯 중얼거렸다.

"왜 그러는 거야, 송강 언니. 우리 처음 계획과 다르잖아."

새빨간 눈에 두건을 덮어쓴 송강이 대꾸했다.

"모르면 잠자코 있어, 송청."

"가깝게는 같이 온 사람들을 다 구하고 멀게는 우리 후손을 위해서 시작한 대업인데……. 지살위의 형제들한테 어째서 그러는 거야, 언니?"

"같이 온 사람들을 다 구하고 후손을 위한다고? 하하하! 넌 이 판국에도 그런 말이 나와? 모든 게 엉망이 돼버렸는데!"

"그걸 조금이라도 바로잡아야지. 왜 점점 더 복잡하게 만드는 거야. 게다가 언니는 지금 역사에 너무 깊이 개입했어. 난《삼국지》를 잘 모르지만……."

《삼국지》를 잘 모른다며 끝을 흐리는 여인의 말투는, 예전 송강의 말투와 매우 닮아 있었다. 처음 익주를 점령했을 당시, 송강이 신병마용인 '가영'에게 칭얼대던 어조였다.

— 이래도 될까? 우린 역사에 직접 관여하면 안 되는 거 아니었어?

— 난《삼국지》는 잘 몰라.

— '시간의 수호'는? 바꾼 만큼 곧 반작용이 되돌아올 텐데……. 또 후손들은?

마침 흰색 폴로셔츠 차림의 사내, 가영이 방문을 열었다.

"여기 계셨습니까. 송강 님."

그가 벽에 달린 촛대 위의 초에 불을 붙였다. 환해진 방 안에는 뜻밖에도 송강 혼자뿐이었다. 송강의 붉은 눈에 눈물이 살짝 맺혀 있었다. 그녀의 기색을 살피던 가영이 말했다.

"송강 님, 또 그분이 다녀가셨습니까?"

"그래. 망할 계집."

송강의 말투는 어느새 유언을 '유언찡'이라 부르며 조롱하던 때의 그것으로 돌아가 있었다. 여유롭고 자신감이 있으며, 장난기가 배어나오는 말투. 하지만 그 아래에는 엄청난 증오와 분노가 깔려 있었다. 그때 곧바로 송강의 입에서 다른 목소리가 새어나왔다. 소극적이며 얌전한 어조의, 더 여린 음성이었다.

"나 아직 안 갔어요, 가영."

"……송강 님, 인격 교체 텀이 더 짧아졌군요."

"송강이라고 하지 마요. 지금의 난 송청이야. 엄연히 지살위에 자리도 있는……."

"그 자리는 공석이지요. 처음엔 저도 미처 모르고 송강 님처럼 대했습니다만."

가영의 말을, 다시 나타난 송강의 인격이 잘랐다.

"정신 차려, 송청. 넌 이미 죽었고 이 몸의 주인은 나, 네 언니인 송강이라고!"

대답은 더 이상 들려오지 않았다. 송청의 기척이 완전히 사라진 것이다. 송강은 짜증스럽게 내뱉었다.

"빌어먹을. 신병마용과 계약할 때 괜히 그년을 잠깐 떠올렸다가 유계(幽界, 저승의 다른 말. 여기서는 5차원을 의미함)와 이어지는 바람에……."

"그래도 송청 님을 직접 당신의 육체에 담아주신 덕에 대신 제가 깨어날 수 있었지요. 두 분이 쌍둥이였기에 가능한 일이었고요."

"딱히 널 위해서는 아니야. 신병마용 넘버 원, 최고의 병마 용군에 청이 같은 나약한 애의 혼을 담았다가 제 성능을 발휘 하지 못할 게 걱정됐던 거지."

"그러시겠지요. 후후."

"네가 응해주리라곤 생각 못했다. 나와 그리 좋은 사이는 아니었으니까."

가영은 미동도 하지 않고 서 있었다.

피식 웃은 송강이 말했다.

"됐고. 원소 건은?"

가영은 정중하게 대꾸했다.

"분부하신 대로 무력으로는 최강인 두 분을 추가로 붙여 줬습니다. 이제 원소도 그리 쉽게 무너지지 않고 진용운을 괴 롭혀댈 겁니다."

"그래. 그렇게까지 했는데도 격파당하면 어쩔 수 없지."

"그런데 그 두 분이 과연 원소의 말을 고분고분 들을까요? 멋대로 진용운을 습격할까 봐 걱정도 되고 말입니다. 강한 만 큼 통제가 어려운 분들이라……."

"내가 암살을 포기한 이유는, 조개와 이규가 실패한 데서 알 수 있듯이 비효율성 때문이야. 귀중한 자원인 소수의 천강

위로 강력한 다수의 적에게 둘러싸인 채 싸워야 하니까. 하나라도 잃는 순간 우리 손해가 되거든."

"그랬지요."

"이규만 해도 봐. 아직도 깨어나지 못하고 있어. 그 강인한 육체를 갖고서도 말이야. 그 기간만큼 우리에겐 결국 손해인 거야. 조개 장로도 여전히 업성에 갇힌 채 소식이 없고."

송강은 앉아 있던 태사의에서 일어나, 방 안을 어슬렁거리며 말을 이었다.

"하지만 역시, 가능하다면 빨리 제거해야 할 필요가 생겼어. 어느 정도 위험을 무릅쓰고라도."

"동평 님이 보내온 전갈 때문이군요."

"그래……. 진용운 그 자식, 건방지게 '왕'의 특성을 보이고 있어. 노식이라는 노장이 끝까지 진용운을 위해 성을 지키다가 그쪽으로 무릎을 꿇은 채 죽었다고 하더군."

"그건, 대단하군요."

"짧은 기간에 그 정도의 충성심을 얻어내다니. 더구나 업성의 백성들 모두 놈에게 홀려 있다고 해. 그런 식으로 세력을 늘리면, 놈은 점점 더 큰 장애가 될 거야."

송강은 못마땅한 듯 발을 굴렀다.

"하지만 이제 진용운은 성을 나와 전장 한가운데 있지. 그를 지키던 장수들도 흩어졌고. 전장은 뜻밖의 기회를 만들기도 해. 만약 진용운이 허점을 보인다면, 굳이 그걸 흘려보낼 필요는 없어. 성공하면 더없이 좋고 실패하더라도 전투 중의 혼란을 틈타 몸 하나 빼낼 여력은 있을 거야. 그들이라면."

가영이 고개를 끄덕였다.

"하긴 진용운이 거느렸다는 신병마용의 수를 줄이거나, 그가 아끼는 가신을 죽이는 것만으로도 성과는 있겠군요. 그런 쪽으로 집착하는 성격이라 하니 말이죠. 크게 흔들릴 겁니다."

"제 아비는 피도 눈물도 없는 괴물인데, 어울리지 않게…… 쯧."

"조조 쪽은 아무래도 책사가 부족한 듯해서 오용 님을 파견하는 큰 투자를 했는데 잘되고 있는 모양입니다. 아무리 진용운이 대단해도 원소와 조조를 한꺼번에 감당하진 못할 겁니다."

"다른 자들은?"

"유우는 온건한 성품에 한 황실밖에 모르는 자입니다. 공손찬은 끝난 거나 마찬가지고 유표는 제 땅에 틀어박혀 있을 인물이니 염려 안 하셔도 되겠습니다. 원술이야 놔둬도 자멸할 그릇이고요. 다만……."

"다만?"

"손책과 유비가 세력을 확장하는 모양새가 심상치 않습니다."

가영의 목소리가 조심스러워졌다.

"손책은 본격적으로 진한성의 도움을 받는 모양입니다. 또 화영 님의 보고에 의하면, 유비도 최근 조정으로 불려간 공융의 천거로 북해상 자리를 물려받아 힘을 키우고 있다고 합니다. 그 둘을 내버려둬선 안 될 것 같습니다."

송강이 고개를 끄덕였다.

"이제 슬슬 유비와 손책에게도 더 신경을 써야겠군. 본래 더 키운 뒤 삼킬 예정이었지만, 손책은……."

송강의 눈이 새빨갛게 빛났다.

"진한성과 손잡은 이상 어쩔 수 없이 말살 대상이니까. 역사대로 요절시켜주지. 시간의 수호도 우릴 돕겠군."

"혹 진한성도 이제 세력을 키우기로 마음먹은 걸까요?"

"그러면 둘 다 없애버리면 돼. 그쪽에 몬스터가 있다면, 우리에겐 고스트(ghost, 유령)가 있다고. 마침 힘을 다 회복했다는 연락이 왔어."

가영은 조용히 웃으며 그녀의 말을 받았다.

"천하는 곧 송강 님의 것이 될 겁니다."

한편, 용운 일행은 사천신녀를 이용해 원소군을 공격하던 중, 후방에 갑자기 나타난 여자와 대치하고 있었다.

이 시대에 있을 수 없는 교복 차림의 소녀. 바로 위원회의 멤버였다. 이름까지《수호지》의 영웅 중 하나인 '호연작'이라 밝혔으니 확실했다.

용운은《수호지》에 대한 내용을 떠올렸다.

'호연작이라면 일단 양산박 서열 7위에 쌍편(雙鞭, 두 자루의 편. 사전적 의미의 편은 채찍이지만, 실제는 전체가 금속으로 이뤄진 철봉 모양의 타격 무기)의 명수……'

그러고 보니 자신을 호연작이라 칭한 여고생(?)도 두 자루 의 철봉을 들고 있었다.

용운은 그녀를 향해 대인통찰을 발동했다.

다음 순간, 그는 자신의 눈을 의심했다.

'뭐, 뭐, 뭐지? 저 무지막지한 무력 수치는?'

그러나 아무리 봐도 호연작의 무력은 185였다.

'대신 통솔력이나 지력, 정치력 등이 엉망이긴 하지만, 그래도 185라고! 게다가 호감은 왜 70이야, 무섭게!'

그녀는 용운과 눈이 마주치자, 부끄러운 듯 고개를 숙이며 중얼거렸다.

"조, 존잘……."

"……?"

위원회와 영 어울리지 않는 외양과 언행. 대체 뭐라고 말했기에, 저 중국어를 '존잘'이라는 21세기 한국의 인터넷 비속어로 번역한 걸까.

'뭐지? 싸우러 온 게 아닌가? 호감도도 높은데.'

그러나 이어지는 말을 듣자 역시 그녀 또한 회의 인물이란 실감이 났다.

"잘생겨서 죽이기 아깝네요. 심쿵……. 그래, 얼굴은 안 때리고 죽여야지……."

단순히 외모가 마음에 들었던 모양이다. 용운은 침을 꿀꺽 삼켰다. 이제까지 접한 위원회의 인물들은 대부분 36위 아래, 지살성이라 불리는 등급이었다. 그런데도 괴이한 능력을 가져 만만치 않은 상대였다. 그런데 대뜸 한 자릿수라니!

또한 용운은 한 가지 사실을 새로 알았다. 바로 천강성 등급 위원회 멤버의 전투력은 무시무시하다는 것. 그럴지도 모른다고 생각한 적은 있었으나 예상 이상이었다.

호연작의 말을 듣던 청몽의 이마에 핏대가 섰다.

"그런데 이게 듣자 듣자 하니까 누구보고 잘생겼느니 죽인다느니 개수작……."

슈웅! 말하던 그녀는 황급히 허리를 숙였다. 순식간에 다가온 호연작이 철봉을 휘두른 것이었다.

"거, 건방지네요. 인형 주제에 욕을 했어."

호연작은 다른 쪽 철봉을 내뻗어 청몽의 복부를 가격했다. 퍼억! 둔탁한 소리와 함께 청몽이 뒤로 날아갔다.

"청몽!"

놀라서 외치던 용운은 곧 안심했다. 허공에서 한 바퀴 돈 그녀가 무사히 착지한 것이다.

'그래, 난 분명 게임에서 청몽의 무력을 255로 설정했었어. 절대 호연작보다 약하지 않아.'

다음 순간, 청몽은 배를 움켜쥐고 비틀거렸다.

호연작이 그녀에게 한 걸음 다가서며 말했다.

"아, 깜놀……. 스스로 뒤로 뛰면서 충격을 줄인 건가. 제법이네요. 그래도 다 해소하진 못했겠지만……."

그사이 정신을 차린 오백의 철기가 일제히 호연작에게 덤벼들었다. 정체는 알 수 없지만, 용운을 위협했고 게다가 그의 호위인 청몽을 공격했으니 적이 분명했다.

용운과 청몽이 거의 동시에 외쳤다.

"아, 안 돼요!"

순간, 호연작의 신형이 사라졌다.

천기 발동, 격타난무(擊打亂舞) dancing of blow

퍽퍽! 퍼퍼퍽! 투구가 찌그러지고 깨지는 소리가 울려퍼
졌다.

"으억!"

"으악!"

여기저기서 철기들이 비명을 지르며 쓰러졌다. 피와 쇳조
각이 어지러이 튀어올랐다. 호연작은 오백의 철기 사이를,
제대로 보이지도 않을 정도의 속도로 옮겨 다니면서 철봉으
로 두드려대고 있었다. 더구나 한 발 한 발의 공격이 모두 뼈
가 부러질 정도로 강력했다. 그야말로 압도적인 무위였다.

굳어 있는 용운과 곽가에게 청몽이 다가왔다.

"주군, 쪽팔리고 미안하지만 인정할게요. 나 혼자선 이기
기 어려운 상대예요."

그녀의 얼굴은 수치심과 분함으로 가득했다. 용운의 시선
이 청몽의 배에서 멎었다. 옷이 찢기고 그 자리에 시커멓게
멍이 들어 있었다. 이때, 용운은 처음으로 알게 됐다. 이제까

지 사천신녀의 능력치는 정확히 몰랐다. 천기 대인통찰이 통하지 않았기 때문이다. 그런데 무력 수치 185인 호연작을, 청몽이 이기기 어렵다고 자인했다. 실제로도 밀렸다.

'그렇다면 청몽이의 무력 수치는 185 아래. 그것도 5 이상 차이가 날 가능성이 높다. 여포와 싸웠을 때 혹시나 했지만, 역시 보정돼 있었어……. 너무 무지막지하게 설정한 탓일까, 아니면 뭔가 다른 이유가 있는 걸까.'

연이어 용운은 한 가지 무서운 사실을 추가로 깨달았다.

'잠깐. 서열 일곱 번째가 저 정도면…… 더 위의 인물들은? 서열 1위인 송강은 원래《수호지》에서도 무력보다는 인덕으로 그 자리에 오른 사람이고 서열 3위인 오용도 책사이니 제외한다 쳐도, 서열 2위 노준의, 4위 공손승, 5위 임충, 6위 진명 같은 자들은 대체 얼마나 강하다는 거지?'

사천신녀도 대적하지 못하는 적의 존재를, 용운은 미처 생각해본 적이 없었다. 반드시 거기에 대한 대책을 마련해야 할 터였다.

'단, 여기서 무사히 돌아갈 수 있다면.'

어쨌든 결론은, 지금 일행은 매우 위험한 상황에 빠졌다는 거였다. 청몽이 빠른 투로 말했다.

"두 분을 데리고 달아나야 할 것 같아요."

청몽은 용운과 곽가의 허리를 각각 한 팔로 안아 들었다.

그때, 매서운 바람이 두 사람의 귓가를 스쳤다.

"으, 으어흭?"

놀라고 겁먹은 곽가가 이상한 소리를 냈다.

잠시 달리던 청몽이 문득 멈춰 섰다. 용운은 무슨 일인가 하고 고개를 들었다. 그들의 앞에 한 사내가 서 있었다. 맨 처음 든 생각은 '잘생겼다'는 거였다. 하지만 유리나 얼음조각을 깎아 만든 것처럼 차가워 보였다. 사내는 냉랭한 인상에 어울리는 파란 무복 차림이었다. 그가 입을 열었다.

"네가 진용운이냐?"

용운은 기함했다. 여기서 천강급의 위원회 인물이 더 가세한다면 살아 나가긴 글렀다.

'아니, 갑자기 이놈들이 왜 이래?'

설마 원소와 손이라도 잡은 걸까? 동탁 세력과 그랬던 것처럼. 용운은 반사적으로 사내를 향해 대인통찰을 썼다. 그의 능력치와 특기를 파악하여, 조금이라도 빠져나갈 확률을 높이기 위해서였다.

그런데 반응이 없었다. 수치를 나타내는 표가 떠오르기는커녕 아무 일도 일어나지 않았다.

'아니?'

놀란 용운은 두통을 무릅쓰고 곽가에게 재차 대인통찰을 사용해봤다. 다행히 그에게는 정상적으로 먹혔다. 이것은 앞을 가로막은 사내가 보통 사람과 뭔가 다르다는 뜻이었다. 그리고 이제까지 대인통찰이 먹히지 않은 대상은 한 부류뿐이었다.

'그렇다면 저 사람도 검후나 청몽, 성월, 사린이와 같은? 그럴 리가…….'

위급한 가운데 온갖 생각이 어지러이 파도쳤다. 뭔가 하나가 빠져 있어 명확한 결론이 나지 않았다.

청몽은 어쩔 수 없이 두 사람을 내려놓았다.

용운에게 곽가가 숨죽여 물었다.

"또 적입니까?"

"그런가 봐요."

"생각보다 적이 많으시네요."

사내가 재차 말했다.

"네가 진용운이냐고 물었다."

"아니, 그런데…… 댁은 누구신데요?"

거기에 대한 답은 호연작이 대신했다.

"우, 우주 최강 미남……. 줄여서 우최미. 제 보디가드인 백금(白金)이에요. 부끄."

용운과 곽가는 경악해서 고개를 돌렸다. 청몽이 달린 시간은 일각(一刻, 약 15분)에도 훨씬 못 미쳤다. 괴상한 외양의 저 소녀가, 그 짧은 동안 오백의 철기를 격파하고 쫓아왔단 말인가? 비로소 곽가는 용운이 해준 말을 실감했다.

'이게 주공이 두려워하던 적인가.'

호연작이 '백금'이라 칭한 사내가 말했다.

"멍청한 호칭 좀 붙이지 마라, 호연작."

"끄, 끄으……. 주인인 내게 저렇게 건방진 게…… 매력이야. 치명적인 매력. 줄여서 치매."

"……죽여버린다."

둘은 용운 일행을 사이에 두고 실없는 소리를 주고받았다. 용운은 그들의 대화를 유심히 듣고 있었다. 확실히 위원회는 용운이 아는 것과는 또 다른 정보를 많이 가지고 있었다. 그런 것들을 조금이라도 더 캐내기 위해서였다. 나중에 닥쳐올 그들과의 싸움에 대비해서.

'분명 주인이라고 했어. 역시 나랑 사천신녀의 관계와 비슷한 것 같아. 말투는 많이 다르지만……. 아무튼 그녀들을 탄생케 한 원인이 게임이 다가 아니란 말이야? 위원회 전원이 나처럼 게임을 하다가 이 세계로 왔을 리는 없잖아. 아, 차근히 생각을 좀 정리하고 싶은데 미치겠네. 의논할 사람도 없고.'

용운은 새삼 아버지에 대한 생각이 간절해졌다. 늘 밖으로 떠도는 아버지를 원망했지만, 그는 분명 현명하고 또 강했다. 먼저 이 세계로 와서 위원회와 대립 중인 아버지라면 분명 많은 걸 알고 있으리라.

'무리를 해서라도 강남으로 떠나야 하는 걸까. 순욱이나 진궁에게 대리를 맡기면⋯⋯.'

그때, 청몽이 일언반구도 없이 공격을 가했다. 목표는 백금이라는 사내였다.

특기 발동, 파멸암흑(破滅暗黑)

이것은 그녀가 가진 가장 강력한 특기였다. 불리한 상황이니 뭐든 아낄 때가 아니었다. 단번에 승부를 보기로 한 것이다. 대신, 그만큼 몸에 가해지는 부담과 위험도도 높았다.

'그나마 다행히 저들은 나를 무시하고 있다. 그때 전력을 쏟아내 일말의 틈이라도 만들어낸다. 오직 주군을 살리기 위해!'

백금의 발아래에 검은색의 원이 생겨났다. 거기서 무수한 손이 튀어나와 그의 다리를 붙잡았다. 그가 심드렁하게 중얼거렸다.

"뭐야, 이건?"

그때를 놓치지 않고 청몽은 그를 향해 돌진했다. 그녀는 달려나가면서 두 개의 낫을 하나로 겹쳤다. 그러자 낫은 그녀 자신보다 더욱 커졌다.

백금은 눈을 가늘게 떴다. 그 낫에서 제법 강한 기운을 느껴서였다.

'하지만 그래봐야 두 자리 숫자 서열의 병마용군⋯⋯. 원 넘버인 내 상대는 못 된다.'

상위 열 개의 병마용군은 강하기도 하거니와 각각 특별한 속성과 호칭을 추가로 가졌다. 송강을 모시는 가영을 예로 들어보면 충성스럽고 교활한 빛(光)이었다.

'그리고 난 얼음(氷)의 백금. 흰 강철 같은 얼음을 지배한다.'

백금이 보아하니 저 여자는 어둠(暗)의 하위 속성력을 가진 듯했다. 저런 것에게 당할 리가 없지. 백금은 양 손바닥을 앞으로 펴고 말했다.

특기 발동, 백빙방벽(白氷防壁)

지잉! 그의 손 앞에 백색 얼음으로 이뤄진 벽이 홀연히 나타났다. 높이 약 3미터에 폭은 2미터 정도였다. 두께는 30센티미터 정도 됐다. 그와 청몽의 사이에 거대한 얼음벽이 생겨난 것이다. 동시에 얼음벽에서 뿜어진 차가운 기운이 청몽을 엄습했다. 방어를 수행하며, 냉기로 적을 둔하게 하는 특기 백빙방벽. 백금이 자랑하는 장기였다.

청몽은 갑자기 시야가 가려지며 몸이 둔해지자 당황했다. 이중 도약으로 얼음벽을 뛰어넘지도 못하게 됐다. 이대로라면 빙벽에 충돌할 판이었다.

'뭐야, 이건? 갑자기 왜 이렇게 추워?'

이제껏 대륙 북부의 혹한에도 추위를 못 느꼈는데, 몸이 얼어붙을 것만 같았다. 그녀는 어쩔 수 없이 얼음벽을 향해 낫을 내리쳤다. 그 광경을 본 호연작이 다급히 외쳤다.

"배, 백금. 그거론 못 막아! 기술 이름에 ㅂ이 네 번이나 들어가서 대단하지만……."

"무슨 멍청한 소리냐. 내 백빙방벽은 전차포도 막아낼 수 있다."

자신만만하게 대꾸하던 백금의 안색이 변했다. 서걱! 시커멓고 거대한 낫이 얼음벽을 자르며 파고들었기 때문이다.

"역시 너도 나와 마찬가지로, '혼의 계약'을 한 자였군. 어쨌든…… 소멸해라, 멍청아."

"이럴 수가?"

끼기기기기긱! 마찰음을 발하며 순식간에 내려오던 낫의 날 끝이 백금의 미간 바로 위까지 도달했다.

"이런, 씨……."

막 백금의 머리가 쪼개지기 직전이었다. 퍼퍼퍼퍼퍼퍼퍼퍼퍼퍼퍽! 난입한 호연작이 두 개의 철편으로 청몽을 사정없이 두들겨 팼다. 1초 사이에 무려 열두 번의 타격이 가해졌다.

이게 청몽의 특기, '파멸암흑'의 약점이었다. 공격 시에 완전한 무방비 상태가 된다는 것. 온몸이 으스러지는 것 같았다. 청몽은 아득해지는 의식 속에서 이를 갈았다.

'이런 젠장. 저 얼음벽만 아니었으면 끝내버릴 수 있었는데……'

불과 몇 초가 지체되는 바람에 실패하고 말았다. 청몽은 지면에 내리꽂히다시피 나가떨어졌다.

"우욱!"

그녀는 피를 토하며 바닥을 뒹굴었다.

무슨 일이 있었냐는 듯 백금의 옆에 선 호연작이 수줍게 말했다.

"근자감. 거봐. 내가…… 못 막는다고 했잖아."

백금은 믿기지 않는다는 듯 중얼거렸다.

"말도 안 돼. 어떻게? 공석(空席, 빈자리)으로 짐작해보면 저 여자는 9, 12, 24, 25, 33번 중의 하나일 텐데. 설령 9번이라 해도 나보다 두 계단이나 아래라고!"

"특기의 상성이라는 것도 있고……."

"얼음과 암흑은 딱히 상성이 없어!"

"그럼 주인을 생각하는 필사적인 마음이 만들어낸…… 초인적인 힘? 백금도 내게……. 꺄아, 부끄……."

"……가뜩이나 기분 더러운데 입 다물어라."

호연작과 백금은 여전히 여유로웠다.

용운은 다급히 청몽에게 달려갔다.

"청몽!"

그녀의 양팔이 기이한 방향으로 뒤틀려 있었다. 한눈에 보기에도 부러졌음을 알 수 있었다. 그녀가 힘겹게 말했다.

"주군…… 어서, 달아나요……."

용운은 얼른 무릎을 꿇고 앉아 그녀를 안았다.

"널 두고는 안 가!"

"멍청이, 빨리……."

그때, 겨우 숨통이 트인 곽가가 한숨을 내쉬면서 팔짱을 꼈다.

"이거야 원. 괴물 같은 무사들이 설치니, 머리나 쓰는 저 같은 위인은 초라해 보이는군요."

호연작이 백금에게 속삭였다.

"저 사람…… 누구야? 조금 잘생겼……. 아니, 그런데 내 취향은 아니야."

"아마 곽가일 거다. 그가 진용운에게 임관했다는 말을 들었다."

"어? 곽가라면…… 나도 들어본 적 있어. 책에서 봤나? 아무튼 무지 똑똑한 사람 아니야?"

"그렇긴 한데, 그 머리는 전장에서 책략을 꾸밀 때나 쓰이는 거지. 이 상황에서 뭘 하겠냐. 그보다 난 저년을 부숴야겠어. 날 망신 줬으니."

퉁명스레 내뱉은 백금의 말에, 곽가가 재빨리 대꾸했다.

"날 아나 보네. 내가 나오는 책이라니, 무슨 인명록이라도 있는 건가. 어쨌든 그렇지. 분명 이 머리는 전투 참모로서 전장에서 쓰라고 달려 있는 거다. 그렇다면……."

그 바람에 호연작과 백금은 또 그에게 주의가 쏠렸다. 곽가는 팔을 풀더니 소매 안에서 자연스럽게 뭔가를 꺼냈다. 그것은 작은 뿔피리였다.

"기억하고 있었어야지. 이곳 또한 전장임을."

말을 마치자마자 곽가는 힘껏 뿔피리를 불었다. 삑! 피리를 불자마자 그의 팔이 축 늘어졌다. 순간 이동하듯 달려온 호연작이 곽가의 오른쪽 어깨를 내리친 결과였다. 청몽도 완전히 못 피해낸 공격을 곽가가 피할 수 있을 리 없었다. 그는 한 방에 정신을 잃고 나동그라졌다. 비명조차 지르지 못했다.

호연작은 당황스럽다는 듯 두서없이 중얼거렸다.

"어, 개허약……. 어쩔……. 피리 같은 것만 놓게 하려고 했는데, 어깨뼈가 부러졌네요. 병약한 꽃미남 콘셉트? 졸귀……. 미안합니다. 하지만 난 귀찮은 걸 싫어해서. 수작은 금지."

백금이 쯧 하고 혀를 찼다. 멀지 않은 곳에서 한 무리의 기마대가 빠르게 다가오는 기척이 느껴져서였다. 아니, 무리라고 하기에는 좀 많았다.

'삼천 정도. 하지만 하나하나가 일반 병사보다 훨씬 강해.'

거기다 꽤 강력한 기를 내뿜는 자도 둘이 섞여 있었다. 이 시대의 인물이라는 게 믿기지 않을 정도로 강한 기파였다. 그가 호연작에게 외쳤다.

"여자! 방해꾼들이 오고 있다. 그만 놀고 얼른 진용운을 죽여!"

"히잉, 그, 그럴까나. 하지만 방해꾼이 와봐야……. 아니, 나의 치매 백금이 그러라고 했으니까."

용운은 청몽을 제 무릎 위에 눕힌 채 곽가가 쓰러지는 모습을 멍하니 바라보았다. 그 와중에도 그의 오감은 주변 상황을 계속 파악했으며 두뇌는 빠르게 회전하는 중이었다. 이에 곽가의 생명에는 지장이 없음을 파악했다. 또한 그가 뭔가를 했다는 것도.

'곽가, 처음부터 이러려고 동행한 거였구나. 내가 말을 안 들을 걸 알고 아군 부대를 떨어져서 뒤따르게 했어. 그리고 이 지점 근처에 매복시켜둔 거야. 저 남자는 뼛속까지 책사라는 걸 고려하지 않았네.'

그러고 보니 청몽이 이쪽으로 달려왔다는 건, 그녀 또한 아군 복병의 존재를 알고 있었다는.

'난 나쁜 군주인 데다 멍청하고 무능력하기까지 한 건가.'

이 와중에도 헛웃음이 나왔다.

슉! 갑자기 그런 용운의 시야가 어두워졌다. 호연작이 그의 코앞에 서서 내려다보고 있었다. 그녀의 눈동자가 스산하게 번득였다.

"저기…… 진용운 씨, 얼른 죽이고 가야 할 것 같아요. 좀 더 얘기를 나눠보고 싶었는데……. 미안합니다. 대신 고통은 없을 거니까……."

슈웅! 철봉이 용운의 정수리를 향해 수직으로 떨어졌다.

"그럼 실례할게요. 안녕히 가세요."

말과는 달리 독하게 마음먹은 듯 태산이라도 쪼갤 것 같은 힘이 실려 있었다.

용운은 눈을 질끈 감는 대신 크게 떴다. 떨어져내리는 철봉이 이상하게 느려 보였다. 이렇게 보호받기만 하다가 꼴사납게 죽을 순 없다. 절대로!

콰드드득! 엄청난 소리와 함께 용운이 앉아 있던 지면이 깨지고 움푹 파였다. 내리친 철봉의 충격파가 만든 결과였다. 뒤로 1미터 정도 물러난 용운은 거친 숨을 몰아쉬었다. 청몽을 양팔로 안은 채였다.

"헉, 헉, 허억!"

그의 이마에서 흐른 피가 코 옆을 타고 턱으로 떨어졌다. 아슬아슬하게 피했는데도 이마가 찢어져버렸다. 관자놀이의

핏줄이 터질 듯 부풀어 있었다.

청몽은 고통스러운 와중에도 눈을 동그랗게 뜨고 용운을 올려다보았다.

"주군……?"

놀라기는 공격한 호연작도 마찬가지였다.

"어라?"

그녀는 이해가 안 간다는 듯 바닥과 용운을 번갈아 바라보더니 고개를 갸웃거렸다.

"어떻게 한 거……? 당신, 두뇌 계열 아니었나요? 방금 반응 속도는 나보다 빨랐던 것 같은 착각이…….'"

그때, 누군가의 우렁찬 고함이 울려퍼졌다.

"적장은 주공을 핍박하지 마라!"

두두두두! 동시에 땅이 울렸다.

그 자리에 있던 모두의 시선이 그쪽으로 향했다.

기마대 맨 앞에서 황망한 얼굴로 말을 몰아오는 장수가 보였다. 바로 장료였다. 그 뒤에는 아직 채 회복 못한 장합도 있었다. 장료와 장합이 시선을 교환했다. 두 장수는 달려오던 기세 그대로 백금을 공격해왔다.

백금이 호연작에게 외쳤다.

"글렀어, 멍청한 여자야! 여유 부리더니만. 이들뿐만 아니라 삼천의 철기까지 상대해야 한다고!"

"삼천…… 정도는 우습게……."

"보통 삼천이 아니야. 됐으니까 빠져나가자!"

"이잉……."

못내 아쉬운 듯 용운을 바라보던 호연작이 생긋 웃었다.

"하긴 밑져야 본전이라는 생각으로 공격해본 거거든요, 진용운 씨. 어차피 오늘 꼭 죽여야 하는 건 아니에요."

"……당신도 시공을 이동해온 거야?"

"다, 당연한 걸 물으시네. 하악, 그런데 목소리도 예뻐."

"저 백금이라는 남자는 네가 이 세계에 왔더니 생겨나 있었고?"

"응? 생겨나 있었다뇨? 나의 백금은 당연히 내가 '불러' 왔죠."

불러 왔다? 용운이 그 단어를 머릿속에 입력했을 때였다.

백금이 재차 소리를 질렀다.

"아, 정말! 여자! 가자고!"

그는 얼음벽을 만들어가며 장료와 장합, 그리고 수천 병사의 공격을 막아내고 있었다.

"알았어. 갈게!"

대꾸한 호연작의 어깨가 움찔했다. 후아앙! 바람 가르는 소리와 함께 용운은 또 몇 미터 뒤로 물러나 있었다.

공격을 실패한 호연작이, 그가 서 있던 자리에서 계면쩍게 웅얼댔다.

"에이. 방심했나 싶어서 마지막으로 찔러봤는데, 또 실패네. 뻘쭘…… . 당신, 생각보다 재미있는 상대네요? 마치 진한성처럼 잘도 빠져나가. 그 아저씨의 아들이라서 그런가. 역시 부전자전. 뭐, 그럼 다음에 봐요. 기회는 앞으로도 많으니까…… ."

용운은 아무 말도 하지 않고 서 있었다. 다리의 근육이 팽팽해지다 못해 찢어져버릴 것만 같고 머리는 깨질 듯 아팠다. 한 번 더 공격해온다면, 이번에는 못 피할 것 같았다.

다행히 호연작은 등을 돌렸다. 그녀는 순식간에 백금에게 다가갔다. 이어서 한바탕 철편을 휘둘러 두 장수와 병사들을 떨쳐냈다.

"비켜, 비켜엇. 다 비키세요! 내 남자입니다. 헤헤. 깨알광고…… ."

장료와 장합은 가뜩이나 백금의 기이한 수법에 속으로 깜짝 놀라던 차였다. 거기에 호연작의 거센 공격이 더해지자 물러나는 수밖에 없었다.

호연작은 백금을 가볍게 업고 말했다.

"이건 마지막 선물이에요. 역시 그냥 가기에는 좀 심술 나니까…… 랄까…… ."

천기 발동, 연환갑마(連環甲馬)

교복 차림이던 그녀의 전신이, 갑자기 나타난 흑색 갑주에 휩싸였다. 그런데 이 시대의 갑옷과는 모양이 많이 달랐다. 일단 이음새가 전혀 없었다. 발끝부터 머리끝까지 매끄러운 흑요석 같은 검은 갑주로 둘러싸였다.

호연작은 그 상태로 철기 사이를 거침없이 뚫고 질주했다. 거기 부딪힌 병사들은 예외 없이 피떡이 되어 날아가버렸다.

순식간에 멀어지는 그녀를 보며, 냉정한 장합조차 절로 중얼거리지 않을 수 없었다.

"저럴 수가……."

그때, 장료가 다급히 내뱉었다. 용운이 비틀거리는 모습을 본 것이다.

"주공!"

두 장수는 서둘러 용운과 곽가에게 달려갔다.

16

혈투

용운의 코에서 피가 주룩 흘러내렸다. 그는 방금 뇌를 한계 직전까지 혹사하여 몸의 모든 감각을 최대치로 끌어올렸다. 또한 몸이 강제로 뇌의 명령을 따르도록 했다. 엔도르핀과 아드레날린을 폭발적으로 분비시키고 젖산을 태워 없앴으며 근육을 부풀렸다. 알고 한 게 아니라 무의식중에 행한 것에 가까웠다. 그 부작용이 나타나고 있었다.

놀란 장료가 그를 부축하며 말했다.

"괜찮으십니까, 주공!"

용운은 간신히 손을 내저었다.

"난 괜찮아요. 그보다 봉효와 몽이를……. 준예(장합), 그대가 후방으로 옮겨줘요. 아군 본진까지."

거무스름한 얼굴과 거친 호흡. 용운은 한눈에 장합의 상태가 정상이 아님을 알았다. 이에 곽가와 청몽을 평계로, 그도 함께 돌려보내려 한 것이다.

"데려온 병력은 남겨두고요."

장합은 잠깐 망설였으나 곧 고개를 끄덕였다. 급한 김에 달려오긴 했는데, 그도 자신의 몸 상태를 잘 알았다. 적장으로 보이는 자들도 물리쳤고 장료도 있으니 어떻게든 될 것이다. 아니, 오히려 자신은 방해만 될 듯했다.

"알겠습니다."

그는 힘센 수하에게 일러, 곽가와 청몽을 업도록 했다. 장합이 두 부하만 거느리고 되돌아가려 할 때였다.

청몽이 용운을 향해 안타깝게 말했다.

"주군, 어쩌시려고요!"

"아직 원소와의 싸움이 끝나지 않았어. 그리고 다른 사천 신녀가 걱정돼."

"하지만…… 적들이……."

'너무 강하다'는 말을, 그녀는 안으로 삼켰다. 다행히 호연작이라는 여자와 그녀의 병마용군으로 보이는 남자는 물러났다. 그러나 위원회의 또 다른 인물이 가까이에 있을지도 몰랐다. 그 증거로 용운이 위험에 처했을 때도, 청몽 자신이 당했을 때도, 사천신녀 중 누구 하나 달려오지 않았다. 그녀들은 심령이 연결되어 있어서 어렴풋이 서로의 상태를 느낄 수 있었다. 그런데도 오지 않았다. 오지 않은 게 아니라 오지 못한 것이다.

"걱정 마. 내가 구할 거야."

청몽은 힘주어 말하는 용운을 보다가 눈을 가늘게 떴다. 어쩐지 눈이 부셨다. 그러다 문득 깨달았다. 용운은 이제 옆에 선 장료와 키 차이가 크게 나지 않았다.

'남자가 됐네, 주군.'

아아, 한심하다. 목숨 걸고 지켜내야 할 대상에게서 오히려 구원을 받다니. 하지만 그때의 기분은 너무도 달콤했다.

"어서 가요, 준예."

용운의 명에, 장합은 청몽과 곽가를 데리고 움직였다.

병사의 등 위에서 청몽은 또 한 번 다짐했다.

'더 강해져야 해.'

그녀는 아직 자신의 몸에 부여된 힘을 온전히 끌어내지 못하고 있었다. 본능적인 거부감 탓이었다. 자전거만 타던 소녀에게 갑자기 스포츠카를 몰라는 격이었다. 하드웨어는 최상인데 정신이 거기 따르지 못했다. 몸을 지배할 새로운 정신, 곧 운영체제를 깔기 위해서는 포맷이 필수였다.

두 기억이 공존해봐야 충돌할 뿐이다. 이번에야말로 정말

다 잊기로 했다. 용운의 가까이에서 보냈던 원래의 삶을.

'잊지 마. 나는 청몽이다. 싸우고 지키기 위해 만들어진 고대의 병기, 신병마용의 스물다섯 번째 전투 인형…….'

처음 그 목소리가 들려왔을 때, 아득히 먼 시공에서 홀로 위기에 처한 저 남자를 위해 혼의 계약을 맺을 수 있느냐고 물어왔을 때, 이미 다짐했었다. 그의 옆에만 있을 수 있다면 모든 걸 버리겠다고. 그러나 그녀도 사람이기에, 원래 세상에 한 가닥 미련이 남았던 모양이다. 청몽은 힘겹게 고개를 돌려 멀어지는 용운을 끝까지 바라보았다.

용운이 청몽과 곽가를 보내자, 장료가 어색하게 말을 꺼냈다.

"저, 주공…… 송구합니다. 본진을 지키라는 명을 어기고 멋대로 움직인 죄는 돌아가서 달게 받겠습니다."

길게 심호흡을 한 용운이 답했다.

"멋대로가 아니겠지요. 곽가의 명이 아니던가요?"

"……실은 그렇습니다."

"어떤 명입니까?"

"본진 병력 중 최정예 삼천을 뽑아서 자기가 지정한 장소에 매복해 있다가, 신호를 보내면 달려나와 주공이나 사천신녀를 구하라고 했습니다."

"전장에서 장수는 군사의 말을 최우선으로 수용해야 합니다. 그게 옳다고 판단했다면 더더욱. 결과적으로 그 덕에 나와 청몽이 목숨을 구했습니다. 그대와 준예는 벌이 아니라 상을 받아야 해요."

그런 용운에게서 이제까지와 또 다른 위엄이 느껴졌다.

"알아주시니 감사합니다."

"여기까지 왔으니 이제 원소에게 결정타를 가합시다. 문원, 여기 있는 병력을 모두 이끌고 검후, 성월, 사린과 합류하러 가죠."

"옛!"

장료는 힘차게 포권을 취했다.

한편, 원소군 본진.

삼만이던 병사는 절반으로 줄어 있었다. 가까이에서 원소를 호위하느라 움직이지 않는 근위병 오천을 제외하면, 대략 일만의 병사가 사라졌다. 불과 한 시진(두 시간) 사이에.

검후, 성월, 사린은 시간당 각각 천육백의 적을 도륙했다. 1분에 스물여섯 명, 거의 2초에 한 명씩 죽여댄 셈이었다. 무시무시한 살상력이 아닐 수 없었다. 용운이 무의식중에 지켜오던 '선(線)'을 포기한 결과였다.

모든 힘에는 원인과 결과 그리고 작용과 반작용이 있다. 심지어 이 법칙은 자연과 에너지에도 적용됐다. 시공의 법칙이 뒤틀린 이 세계에선 더욱 그랬다. 원래대로 흘러가게 되돌리려는 거대한 반동. 이에 세 여인의 막강한 힘은, 가능한 한 원소를 오래 써먹으려던 송강이 그에게 붙여주었던 '어떤 존재'를 불러냈다. 송강은 원소의 세력이 치명적인 타격을 입을 때만 나서라 명했다. 그 존재가 보기엔 지금이 바로 그때였다.

스릉! 적병 셋을 한꺼번에 베어버린 검후가 문득 움직임을 멈췄다. 그녀의 뒤로 사린이 와서 등을 대고 섰다.

"언니야."

"응…… 너도 느꼈지?"

별안간 숨 막힐 듯한 압박감이 주위를 둘러쌌다. 마치 공기 자체가 무거워진 듯한 느낌이었다. 두 사람을 둘러싸고 싸우던 원소군 병사들도 분분히 뒤로 물러났다. 그때, 둘 사이에 벼락이 떨어졌다. 콰앙!

"아악!"

"끄앙!"

검후와 사린이 양쪽으로 튕겨 날아갔다. 사린은 망치를 쥔 채 바닥을 데굴데굴 굴렀다.

"끄…… 아아아아아으앙!"

검후는 간신히 균형을 잡고 섰지만, 속이 온통 뒤집히는 느낌이었다.

"큭!"

그녀는 핏물을 꿀꺽 삼켰다. 갑작스러운 공격이 일으킨 충격파 때문이었다. 직접적인 공격의 효과가 아니라, 오직 그게 만들어낸 진동만으로 두 여인이 타격을 입고 날아간 것이다.

그녀들뿐만 아니라, 주변에 있던 원소군 병사들도 뒤로 날아가거나 쓰러졌다. 가까이 있던 이들은 피를 토하며 죽기도 했다. 적과 아군을 가리지 않는 공격이었다.

아연해진 검후가 한쪽 눈을 떴다.

'누구지?'

먼지와 연기가 걷히고, 한 남자가 모습을 드러냈다. 군인처럼 짧은 머리카락에 콧등 위를 가로지르는 흉터가 있는 남자였다. 격(格, 검날과 손잡이를 구분하는 돌출 부위)이 없어서 언뜻 곤봉처럼 보이는 짧은 검 한 자루를 왼손에 들고 있었다.

'설마 방금 공격은 저 검으로……?'

그의 발아래에 폭 30센티미터, 길이는 2미터 정도 되는 홈이 파였다. 깊이는 정확히 알 수 없었다. 말 그대로 땅이 '베인' 것이다.

검후를 향해, 사내가 입을 열었다.

"그대가 진용운의 병마용군이오?"

"……누구냐?"

"임충."

특기 발동, 흐규흐규(噓刲噓刲)

　사내가 자신의 이름을 말한 직후였다. 어느 틈에 일어난 사린이 거대한 망치를 그의 머리 위로 내리쳤다. 본래 이런 식의 기습을 하지 않는 그녀였다. 그만큼 사내에게서 위협을 느꼈다는 의미였다.

　쩡! 오른손 검지를 들어 망치를 멈춰 세운 임충이 평온하게 말을 이었다.

　"회의 다섯 번째 자리에 있소. 사정이 있어 원소를 도와 그대들을 죽이러 왔으니 양해 바라오."

　사린은 깜짝 놀라 뒤로 훌쩍 뛰어 물러났다.

　임충은 아무렇지 않게 오른손을 몇 번 흔들었다.

　사린이 울상이 되어 말했다.

　"큰언니, 이 아저씨 뭐야, 이상해."

　"조심해, 사……."

　검후의 말이 채 끝나기도 전이었다. 임충은 가볍게 상체를 틀면서, 그 반동으로 사린을 향해 검을 휘둘렀다.

　콰아앙! 사린이 있던 자리에 거대한 폭음이 일었다. 땅거죽이 수십 미터나 솟구치더니 근처에 있던 병사 몇이 거기 휘말려 고깃점처럼 흩어졌다. 흙먼지가 걷히자 피투성이가 된 사린이 쓰러져 있었다. 그녀는 미동도 하지 않았다.

"사린아!"

검후가 비통하게 외쳤다. 사린의 호흡이 느껴지지 않았다. 이 임충이라는 자는, 단 한 수의 공격으로 사린을 죽인 것이다. 검후는 지금 이 세계로 온 이래 최강의 적을 맞닥뜨렸음을 깨달았다. 사린의 죽음에 울부짖고 싶었으나, 그조차 여의치 못했다. 마치 고양이를 앞에 둔 쥐가 된 기분이었다.

임충은 무슨 일이 있었냐는 듯 덤덤하게 말했다.

"그럼, 다시 가겠소."

그는 왼손의 검을 들었다가 가볍게 수직으로 휘둘렀다. 콰드드득! 몇 미터 떨어진 곳에 있던 검후를 무형의 검격이 덮쳤다. 그녀는 반사적으로 총방도를 들어 막았다. 쩌엉! 우두둑! 검후가 눈을 부릅떴다. 터져나올 뻔한 비명을 겨우 삼켰다.

총방도를 든 쪽의 손목이 으스러졌다. 부러진 손목은 순식간에 부풀어 올랐다. 갈비뼈도 한두 대 부러진 듯했다. 양쪽 다리는 정강이까지 땅에 파묻혔다. 그냥 공격이라고 표현할 만한 게 아니었다. 그것은 벼락이고 번갯불이었다.

검후는 이제야 임충이 어떻게 사린을 단숨에 죽일 수 있었는지 이해가 갔다. 총방도를 들었는데도 이 정도이니, 사린이 이 공격을 방어하지 못하고 몸에 받았다면 그 결과는 치명적일 터였다.

임충이 눈에 이채를 띠었다.

"평범한 도가 아니로군."

그는 다시 한 차례, 이번에는 가로로 검을 휘둘렀다. 정확히 허리를 양단하는 각도였다.

발이 파묻혔으니 막을 수밖에 없다. 검후는 총방도를 비스듬히 정면으로 세웠다. 그때, 또 한 차례 엄청난 충격이 가해졌다. 순간적으로 눈앞에 불이 번쩍였다가 캄캄해지더니 다시 밝아졌다.

그사이 그녀의 상체는 뒤로 확 꺾였다가 겨우 원래의 자리로 돌아왔다. 검후는 정신을 차리기 위해 머리를 흔들었다. 막았는데도 상체의 의복이 터져나갔다. 그 아래의 피부와 근육이 찢겨 피가 흘렀다. 늘 단정히 묶어, 전장에서조차 한 번도 흐트러진 적 없던 머리카락은 엉망으로 풀어 헤쳐졌다. 단 두 차례, 검격을 막은 것만으로 검후는 만신창이가 되고 말았다.

"내 공격을 두 번이나 막다니. 유물의 힘만으로 될 일이 아니오. 혹 그대가 아홉 번째였소?"

묻는 임충을, 검후는 이를 악물고 노려보았다.

"몰라, 그딴 거. 난 아홉 번째가 아니라, 사천신녀의 첫째, 검후다."

"사천신녀라. 그럴듯한 호칭을 붙여놨구려. 어쨌든 진용운 그자가 회의 전력을 넷이나 손상했으니 여기서 복구해야겠소."

키이이이잉! 임충의 검이 기이한 소리를 냈다. 주위의 공기가 압축되어 모여들면서 검이 진동하는 소리였다.

'저건 못 막아.'

절망이 검후를 엄습했다. 총방도는 부서지지 않는다 쳐도, 도를 든 검후의 손과 그 뒤의 몸뚱이가 견뎌내지 못할 것이었다.

'사린이의 복수도 못 하고, 주군을 지켜주지도 못 하고 이렇게……'

그때, 임충의 뒤통수로 매서운 화살 한 발이 날아왔다. 그는 마치 뒤에도 눈이 달린 것처럼 태연히 고개를 틀어 피했다. 하지만 그게 다가 아니었다. 그의 머리를 지나친 화살은 공중에서 방향을 틀어 인중을 노렸다. 임충의 고개가 뒤로 덜컥 젖혀졌다가 제자리로 돌아왔다. 입에 화살 하나가 물려 있었다. 검에서 나던 진동음이 멈췄다. 화살을 뱉은 임충이 처음으로 언짢은 기색을 드러냈다.

"또 있었나. 아, 사천신녀라고 했으니 넷이겠군."

'성월……'

순간, 검후는 임충을 쓰러뜨릴 수도 있을지 모를 기술 하나를 떠올렸다.

'공간참.'

물질이 아니라, 해당 위치의 공간 자체에 순간적으로 균열을 내는 궁극의 검술. 그것이라면 누구라도 쓰러뜨릴 수 있다. 문제는 강력한 만큼 준비 시간이 길다는 거였다. 또한 사용 후의 허점도 컸다. 그러나 선택의 여지가 없었다.

'누군가 10초, 아니 5초만 시간을 벌어준다면……'

사린은 아직 살아 있었다. 정확히는 반쯤 가사 상태에 빠져 있었다. 그 위를 흙과 모래가 뒤덮은 상태였다. 그 바람에 가뜩이나 미약한 호흡과 박동이 검후에게 전혀 느껴지지 않았다.

'아파……'

정신을 잃은 사이, 이제 아득하게만 느껴지는 옛날의 일이 꿈처럼 머리를 스쳤다. 그녀는 충격으로 인해 점점 현실과 환상을 구분하기 어려워졌다.

'나, 뭐하고 있었지? 아, 맞아. 언니랑 편의점에 가는 길이었쪄. 내가 아이스크림 사준다고 했는데……'

밸런타인데이인 동시에 언니네 학교의 종업식 날이었다. 그날, 언니는 종일 기분이 별로였다. 언니가 너무나 좋아하는 용운 오빠가 약속을 펑크 냈기 때문이다. 전날 밤새 초콜릿을 만들며 기대했기에 실망이 더 큰 듯했다. 결국 저녁도 거르고 방에 틀어박혀 있었다. 그런 언니를 위로하려고 억지로 끌고 나온 길이었다.

언니는 비가 와서 싫다고 했지만, 떼를 썼다. 사린은 언니와 한 우산을 쓰길 좋아했다. 얼마나 걸었을까. 갑자기 사방이 환해지더니 비가 멈췄다. 주위는 낯선 순백의 공간으로 변했다. 이어서 이상한 목소리가 들려왔다. 영화에서 나왔던, 컴퓨터가 말하는 것 같은 목소리였다.

—네임 데이터 일치. 인지 데이터 일치.

다른 시공의 진용운이 당신을 수호자 '병마용군'의 재료로 호출했습니다. 혼의 계약을 맺겠습니까?

거부할 경우, 진용운의 혼은 차원의 틈에 갇혀 영원히 떠돌게 됩니다. 승낙할 경우, 당신의 혼은 새로운 힘과 몸을 얻어 그의 곁에 머무르게 됩니다. 단, 이쪽 세계에서의 당신의 육체는 혼을 잃게 됩니다.

정확하진 않지만 대충 이런 내용이 골자였다. 이상한 목소리는 같은 내용을 계속 반복했다.

사린은 덜컥 겁이 났다. 혼을 잃는다니.

"언니, 이게 무슨 소리야?"

고개를 돌려 언니의 표정을 본 사린은 깨달았다. 언니는 이 이상한 제안에 응하고 말 것임을. 설령 이것이 몰래카메라거나 악마의 장난이라 해도.

'나도 용운 오빠 좋아. 그리고 언니도 좋아. 다시는 두 사람을 못 보게 되는 건 싫어.'

"뭔진 몰라도 해요."

"계약할게요."

자매가 동시에 혼의 계약에 응한 순간, 주변은 다시 어두운 밤 골목으로 돌아왔다.

멍해 있는 두 사람을 트럭이 덮쳤다. 잔뜩 취한 운전자가 인도 위로 트럭을 돌진시킨 것이었다.

"꺄아악!"

그때 느낀 온몸이 부서지는 듯한 아픔. 그 고통에 사린은 눈을 떴다. 그녀는 다시 꿈속 세상에 돌아와 있었다.

그랬다. 사린은 이 상황,《삼국지》세계에서의 일을 언니와 함께 꾸는 꿈이라고 믿었다. 안 그러면 어떻게 자신이 이토록 무시무시한 힘을 발휘하며, 또 용운 오빠가 언니와 자신을 알아보지 못하겠는가. 아무리 '목소리'의 엄포로 정체를 밝히지 않았다고 해도.

'끄으래. 이건 꿈이야. 꿈인데 난 내가 꿈을 꾸고 있다는 걸 알아. 꿈에선 내가 못할 일이 없어.'

사린은 쓰러진 채 임충을 노려보았다. 그는 검후를 공격하고 있었다. 든든한 철옹성 같던 검후는 금세라도 쓰러질 듯 위태로워 보였다.

'큰언니, 다쳤어. 피났어…… . 내가 더 세져야 해. 더 세져서 언니들이랑 오빠, 아니 주군을 지켜야 해.'

사린이 그런 생각을 떠올린 직후였다.

—삐이. 넘버 나인, 코드네임 '화염의 아귀'. 봉인 해제 요구합니다.

—톱 텐에게 주어진 특권에 의해 리미트를 해제합니다. 단, 부작용을 초래할 수 있습니다.

—'화염의 아귀' 특성, '급격연소' 발동. 대량의 에너지가 필요합니다. 칼로리를 섭취하세요.

갑자기 미칠 듯이 배가 고팠다. 원소군을 도륙하느라 속이 텅 비었다. 사린은 배에 구멍이 난 듯한 공허함에, 허겁지겁 망치가 있는 쪽으로 기어갔다. 그 안에 담아둔 고기를 꺼내기 위해서였다.

한편, 후방의 성월은 또 다른 적을 맞아 싸우고 있었다. 콧등에 점이 난, 뇌쇄적인 외모의 여자였다. 붉고 푸른 색의 노출도가 심한 옷을 입고 있었다. 여자는 성월이 위기에 처한 검후를 엄호한 직후 나타났다.

"여기 쥐새끼처럼 숨어서 활질 중이었네? 호호호!"

그녀는 말을 마치기가 무섭게 공격해왔다.

임충의 병마용군. 톱 텐 중 하나이자, 다섯 번째 병마용군인 '미령(美靈)'이었다.

성월은 그녀의 정체를 몰랐지만, 적이라는 사실은 분명했다. 그것도 엄청난 강적. 늘씬한 팔다리를 휘둘러 쉴 새 없이 치고 걷어차 왔다. 보기에는 아름다우나 거기 실린 위력은 무시무시했다. 게다가…….

'바람. 움직일 때마다 바람이 일어나.'

미령이 성월의 목으로 우아하게 팔을 뻗었다. 성월은 수도(手刀)를 간신히 피해냈지만, 거기서 뿜어진 칼날 같은 바람까지는 미처 피하지 못했다. 쉭! 그녀의 어깨에 붉은 실금이 그어졌다. 거기서 피가 뿜어져 나와 순식간에 어깨를 적셨다.

미령이 입술을 핥으며 입맛을 다셨다.

"아까워라. 조금만 깊었으면 팔을 잘라버릴 수 있었는데……. 이상하네? 어떻게 피한 거지?"

잠시 성월을 보던 그녀가 알겠다는 듯 손뼉을 쳤다.

"아하! 너도 바람 속성의 병마용군이구나? 나보다 훠~얼씬 하위이긴 하지만."

그 손뼉에서조차 바람이 새어나와, 성월은 황급히 바닥을 굴러야 했다.

"나 말고 내 아래의 바람 인형이 몇 번이더라?"

미령이 말하며 발길질을 했다. 쉬익! 구르던 성월이 위로 홀쩍 뛰어올랐다. 그녀의 발을 아슬아슬하게 스치며 불어나 간 바람이, 뒤쪽의 고목 한 그루를 썽둥 잘랐다.

"에, 설마 33번? 깔깔! 너 진짜 33번이야?"

박장대소하는 미령에게, 허공에 뛰어오른 상태의 성월이 활을 쐈다.

"대답해주려 해도 뭔 소린지 알아야 하죠오. 대신 이거나 드세요!"

특기 발동, 초절난사(超絶亂射)

성월은 손이 보이지 않을 만큼 빠르게 움직였다. 그녀는 한 손에 네 개씩의 화살을 끼워, 동시에 네 발씩 미령을 향해 쐈댔다. 다음 사격도 거의 동시에 이뤄졌다. 처음 네 발의 화살이 미령에게 채 닿기도 전에, 다음번 네 발을 쏘는 식이었다. 수백 발의 화살이 미령을 향해 새까맣게 날아갔다.

미령은 그때까지도 웃고 있었다.

"아하하하. 33번 따위가 나를, 그러니까."

휘이이잉! 그녀는 웃으면서 제자리에서 몸을 회전시켰다.

"이겨보시겠다?"

그러자 강력한 회오리바람이 일어났다. 특기조차 쓰지 않았음에도 불구하고 검후의 일진검풍보다 더욱 거센 바람이었다. 성월의 화살은 그 바람을 뚫지 못하고 사방으로 흩어졌다. 회오리가 사라졌을 때, 미령의 모습은 그 자리에 없었다.

"쳇!"

착지한 성월이 혀를 찼다. 한데 그녀가 땅에 서자마자, 미령이 그녀의 뒤에 나타났다. 성월이 활로 미령을 후려치려고 몸을 돌리려 할 때였다. 하이힐을 신은 미령의 발끝이 한발 먼저 성월의 목 옆에 와 닿았다. 그 자세에서 미령은 스산한 목소리로 말했다.

"나대지 마. 두 자리 넘버 주제에……."

"나이를 뜻하는 건 아닌 것 같네요오."

"깔깔깔! 머리를 쳐 잘라주지."

슈우우우! 미령의 발에서 불어나온 바람이 성월의 목을 갈랐다.

검후와 싸우던 임충은 조금씩 싫증이 났다. 그가 상대하던 병마용군은 인형임에도 불구하고 검술을 익히고 있었다. 그것도 상당히 고급 검술이었다. 거기에 흥미가 생겨 적당히 공격하며 관찰했다. 하지만 검술은 금세 바닥을 드러냈다. 아무리 검술이 뛰어나도, 그것을 뒷받침할 힘과 속도가 부족하면 몇 단계 위의 강자에겐 소용없었다.

'인형은 인형일 뿐인가. 그만 끝내야겠군.'

임충은 이제까지 천기를 한 번도 사용하지 않았다. 하지만 이제 그것을 쓰기로 마음먹었다. 악착같이 버틴 검후에 대한 예우로, 천기를 써서 부숴주려 할 때였다.

후끈! 엄청난 열기가 등 뒤에서 느껴졌다. 놀란 임충이 고개를 돌렸다. 분명 파괴했다고 여겼던 다른 인형 하나가 서 있었다. 불꽃이 타오르는 망치를 든 채로.

조금 전 사린은 망치 안에 숨겨뒀던 고기를 모조리 씹어 삼켰다. 그러자 곧바로 전신에 힘이 솟구치며 뜨거운 기운이 뱃속에서부터 일어났다. 심각한 부상 몇 군데도 회복됐다. 그녀는 망치를 움켜쥐고 일어섰다. 뜨거운 기운이 팔과 손을 따라 움직이더니, 망치 머리에서 확 피어올랐다. 푸르스름한 불길이었다.

"야앗!"

사린은 기합과 함께 임충을 향해 망치를 휘둘렀다. 손으로 쳐내려던 그는 마음을 바꿔 공격을 피했다. 뺨을 살짝 스쳤는데, 그 자리가 붉게 부풀어 오르며 물집이 생겼다.

'내 몸을 상하게 하다니. 엄청난 열기로구나.'

임충은 그제야 깨달았다.

'이 아이가 아홉 번째였군. 화염의 아귀.'

사린은 불이 타오르자 또 배가 고파졌다. 파란 불을 유지하는 데는 엄청난 에너지가 필요했다.

'이 불이 꺼지면 저 아저씨를 못 이겨.'

고기는 이미 다 먹어버렸다. 뭔가 더 먹을 게 없을까.

뒤로 물러난 임충이 검을 휘두른 건 그때였다. 조금 전, 검후와 사린을 농락했던 무형의 검격.

"불길은 안 닿으면 그만."

저기 맞으면 어떻게 되는지 잘 알고 있는 검후가 안타깝게 외쳤다.

"사린아!"

사린은 더없이 맛있는 게 날아옴을 깨달았다. 그야말로 순수한, 응축된 기의 덩어리였다. 그녀는 입을 크게 벌려 숨을 빨아들였다. 그녀의 머리로 날아오던 임충의 검격이 입속으로 쑥 빨려 들어갔다.

사린의 뺨이 크게 부풀어 올랐다 가라앉았다. 그녀는 바삐 우물대다가 뭔가를 꿀꺽 삼켰다. 그때, 망치 머리에서 이글대던 푸른 불꽃이 더욱 거세졌다. 잔잔하던 임충의 표정이 크게 흔들렸다.

'삼켰어? 내 무형검(無形劍)을?'

다음 순간, 그는 깜짝 놀랐다.

"크아아아!"

어느 틈에 사린이 코앞에 나타난 것이다. 아까와 비교할 수도 없는 속도였다. 그녀는 크게 입을 벌려 임충의 팔을 물려고 했다. 그 입안에서 얼핏 넘실거리는 불꽃이 보였다.

임충은 오싹 소름이 끼쳤다. 그는 팔을 치우면서, 동시에 팔꿈치로 사린의 머리를 내리쳤다.

콰앙! 사린은 그대로 고꾸라져 땅에 처박혔다. 하지만 곧바로 용수철처럼 튕겨 일어나, 머리로 임충의 턱을 들이받았다. 빠악! 그의 고개가 덜컥 꺾였다.

"윽!"

드디어 임충의 입에서 신음이 새어나왔다. 턱에 불이 붙어 문드러져버린 것이다. 부딪힌 충격보다 그 자리에 붙은 불길이 더 문제였다. 임충은 다급히 물러나며 손을 움직여 불을 껐다. 그 손도, 심지어 사린의 머리를 찍은 팔꿈치에도 화상을 입었다. 말 그대로 불덩이 그 자체와 싸우는 기분이었다.

임충의 표정이 서서히 가라앉았다. 원래도 잔잔한 얼굴이었지만 그것과는 달랐다. 섬뜩하도록 굳은, 무표정한 얼굴이었다.

그 얼굴을 본 검후는 등골이 쭈뼛해졌다.

'저자, 뭔가를 하려 한다.'

검후는 사린의 분전에, 또 그녀가 살아 있음에 마음속으로 감사했다.

'하지만 아무것도 못할 것이다. 공간참의 장전이 끝났으

니까.'

그때는 임충도 천기 발동 준비가 끝난 후였다. 그가 막 사린을 향해 천기를 날리려던 차였다. 오른쪽 몸 전체가 따끔따끔했다. 전신의 털이 곤두섰다. 머릿속에서 본능이 위험하다고 아우성을 쳤다.

임충은 몸을 틀어, 사린에게 쓰려던 천기를 오른쪽으로 쏴보냈다. 검후가 그의 오른편으로 공간참을 발동한 것과 동시였다.

천기 발동, 절대심검(絶大心劍)

특기 발동, 공간참(空間斬)

생각한 대상을 가르는 베기와, 공간 자체를 나누는 베기가 허공에서 충돌했다. 순간, 충돌한 지점의 공간이 일그러졌다. 이어서 거대한 폭발이 일어나 주위의 모든 걸 집어삼켰다. 임충과 검후, 사린은 물론이고 반경 수백 미터 내에 있던 원소군 병사들이 모조리 거기에 휘말렸다. 안전한 곳에서, 임충과 검후 및 사린의 싸움을 맘 졸이며 지켜보던 원소는 아연실색했다.

"저게 정녕 인간이 벌인 일이란 말인가?"

혼비백산한 곽도가 그에게 애걸했다.

"주공, 여기 있다간 큰 화를 면치 못할 것 같습니다. 이미 남은 병사도 팔천 정도가 다입니다. 여긴 저 임충이란 자에게 맡기시고 자리를 피하시지요."

"으음……."

이미 전황을 뒤집긴 어려울 듯했다. 그건 저 임충이란 자가 진용운의 여자 무사들을 죽여도 변함없었다. 그러나 한 가닥 미련이 퇴각을 주저하게 했다. 단 세 사람에게 너무도 어이없이 패하여 실감이 나지 않았다. 이 전투에서 졌다는 사실이.

그때였다. 한 무리의 군세가 함성을 지르며 들이닥쳤다. 용운과 장료가 지휘하는 오천의 병력이었다. 거기 둘러싸이면 그나마 달아나기도 어려워질 터. 그러자 원소도 정신이 번쩍 들었다. 그는 가신들에게 다급히 명령했다.

"어서 퇴각하라!"

원소는 자신을 둘러싼 친위대와 함께 허겁지겁 후퇴하기 시작했다. 용운과 장료는 함께 그 모습을 봤다. 원소의 숨통을 끊을 좋은 기회였다.

하지만 그러지 못했다. 땅에 움푹 파인 거대한 구덩이—용운은 마치 핵폭탄이라도 폭발한 것 같다고 생각했다—그리고 그 안에서 몸을 일으키는 한 남자 때문이었다.

"방심했군."

남자가 중얼거렸다. 말할 때마다 입에서 연기가 새어나왔다. 그는 바로 임충이었다.

구덩이 안에는 검후와 사린이 의식을 잃고 쓰러져 있었다.

임충의 상태도 썩 좋지는 않아 보였다. 불에 탄 옷 사이로 드러난 상체에는 큰 화상을 입었고 오른쪽 팔이 축 늘어져 덜렁거렸다.

"내가 고작 인형 따위에 이런 꼴이 될 줄은."

임충은 이제 앞으로 딱 한 번, 천기를 쓸 수 있을 것 같았다. 기(氣) 대부분을 방어에 써버렸다. 그는 고개를 들어 구덩이 위쪽을 바라보았다. 그 순간 구덩이 밖의 용운과 그의 눈이 마주쳤다.

용운은 막 대인통찰을 써서 임충의 정체를 파악한 후였다.

'임충. 무력…… 220?'

경악한 용운이 입을 떡 벌렸을 때였다.

"단 한 발이라면 선택의 여지는 없지."

선언하듯 말한 임충은 용운에게 가차 없이 천기를 발동했다.

"그대를 베겠소, 진용운."

천기 발동, 절대심검(絕大心劍)

순간, 용운은 똑똑히 보았다. 옆에 있던 장료가 자신의 앞쪽으로 나서며, 그 공격을 몸으로 받아내려 하는 것을. 보이지는 않아도 무인의 본능으로 뭔가를 직감한 것이다.

'안 돼, 장료!'

공격의 정체가 뭔지는 용운도 정확히 알 수 없었다. 아마도 조금 전 일어난 거대한 폭발과 이 구덩이의 원인이리라. 지금의 광경으로 보아 검후와 사린조차 감당하지 못한 공격이었다. 그렇다면 장료는?

"주공, 피하십시오. 모셔서 영광⋯⋯."

미처 끝맺지 못한, 비장한 장료의 외침이 용운의 귓가에 울렸다. 이어서 눈앞이 캄캄해졌다.

17

떠난 자와 남은 자

장료는 미처 말을 끝맺지 못했다. 그는 구덩이 근처에 털썩 엉덩방아를 찧었다. 용운에 의해 밀쳐졌기 때문이다.

"……?"

장료는 평소, 자신의 주인이 누구보다 온후하며 현명하지만 조금 허약한 게 아닌가 걱정스레 생각해왔다. 얼핏 아름다운 여인처럼 보이는 외모도 그렇고, 검 한번 잡아본 적 없는 듯한 가느다란 손목도, 버들가지처럼 나긋한 허리와 몸매도 그랬다. 장료 자신이 무장 출신이기에 더 눈에 들어왔다. 그런데 그런 용운에게 가볍게 밀려나 넘어지기까지 했다. 그 사실이 준 황망함도 잠시, 장료는 안타까움에 휩싸여 절박하게 소리 질렀다.

"안 됩니다, 주공!"

용운은 거의 무의식중에 장군를 밀쳐냈다. 주변의 모든 것들이 느리게 움직였는데, 사실은 용운의 반응속도가 빨라진 결과였다. 호연작의 공격을 피했을 때와 비슷한 상태였다. 단, 연이어 사용해보는 건 처음이었다. 공기의 흐름부터 거기 떠다니는 먼지 하나까지 생생하게 보였다.

일종의 초감각이었다. 이는 그가《삼국지》세계에 와서 얻은 천기 '경새전뇌(竞赛电脑)'와 원래부터 가지고 있던 순간기억능력 및 과다기억증후군이 합쳐져 생긴 효과였다.

경새전뇌는 이 세계의 정보 대부분을 게임화한 시각 데이터로 볼 수 있는 강력한 천기다. 대인통찰과 사물통찰의 바탕이 되는 천기이기도 하다. 오직 용운만이 가진 고유 천기라 할 수 있었다. 거기다 항상 발현 중인 순간기억능력과 과다기억증후군까지 더해지니, 용운의 뇌는 그야말로 무시무시한 연산작용을 늘 수행하고 있었다.

뇌는 쓰면 쓸수록 발달한다는 연구 결과가 있다. 절체절명의 위기임을 인식하면, 원래도 보통 사람의 수백 배에 달하는 활동을 하던 용운의 뇌는 짧은 시간 동안 수만 배까지 활성화했다. 그 결과는 엄청났다. 뇌는 신경과 육체의 사령탑으로서 뇌의 기능이 수만 배로 올라가자, 용운은 자기 주변에서 벌어지는 모든 상황을 분석하고 대응하며, 신체능력을 한계 이상까지 발휘 및 통제하는 특수한 '모드'로 들어가게 됐다. 그는 아직 몰랐으나, '상태' 명령어로 자기 자신을 봤다고 가정했을 때 약 10초간 유지되다 사라지는 그 모드의 이름은…….

초상감각절대통제(超象感覺絕代統制)

진한성이 자신의 수명을 대가로 시간을 거슬러 올라간다면, 용운은 현재 자기 주변의 시간을 통제하는 거나 마찬가지인 힘을 갖게 된 것이다. 알고 보면 반천기는 그 부산물에 불과했다.

장료를 밀쳐낸 용운은, 응축된 에너지 덩어리가 자신의 명치에 닿기 직전임을 감지했다.

'기의 종류는 극대화한 사념. 즉 확장된 정신 에너지를 검기로 표출, 대상에 닿는 순간 대폭발을 일으킨다.'

그 구성과 속도, 원리를 분석하여 돌려보낸다. 거기까지 걸리는 시간은 찰나에 불과했다. 그 일련의 과정을 통틀어 반천기라 했다.

천기 발동, 반천기(反天技)

콰득! 콰아아앙!

잠시 정적이 흘렀다.

임충은 등 뒤에서 들려온 굉음에 고개를 돌렸다. 그를 기점으로 하여, 부채꼴의 거대한 협곡이 생겨나 있었다.

"으음……."

이어서 그는 고개를 숙여 아래를 내려다보았다. 복부에 주먹만 한 구멍이 뚫려 있었다. 배를 관통한 기파(氣波)가 땅거죽을 뒤집어 협곡을 생성한 것이다. 임충은 상처를 잡고 비틀거리며 중얼거렸다.

"이것은 나의…… 무형검을 반사한……."

그는 말을 채 끝맺지 못하고 무릎을 꿇었다.

장료는 멍하니 임충을 보고 그 뒤로 파인 구덩이를 보다가, 다시 용운을 보았다. 임충을 내려다보는 용운의 눈동자가 금빛으로 번쩍였다. 장료는 경이에 차 중얼거렸다.

"주공, 대체……."

그러다 정신이 번쩍 들었다.

'이럴 때가 아니다.'

원소의 본대가 퇴각했다 하나, 아직 엄연히 전장이었다.

'저자의 숨통을 끊은 뒤 주공을 모시고 여길 벗어나야 한다.'

장료는 삼첨도를 양손에 들고 구덩이 아래로 뛰어내렸다.

이어서 임충을 향해 달려갔다.

그로부터 몇 분 전이었다. 성월은 목에 선뜻한 감각을 느끼며 눈을 감았다. 임충의 병마용군, 미령의 발끝에서 뿜어진 바람이 성월의 목을 가르고 있었다. 상대가 너무 강해서 억울하다는 기분조차 들지 않았다.

'이거 사기 아니야? 엄청난 힘을 갖게 된다고 해놓고 훨씬 더 센 놈들이 나오네. 이렇게 죽는 건가? 아 참, 난 이미 죽었었지.'

정말 죽을 때가 된 건지 봉인해뒀던 기억이 문득 떠올랐다.

그녀는 원래 술을 좋아했다. 교사라는 신분 때문에 자제했지만 그래도 틈만 나면 술 마시기를 즐겼다. 하지만 그것 때문에 결국 사달이 났다.

그녀는 매일 아침, 집 뒤편의 산을 오르는 습관이 있었다. 좋아하는 술을 더 많이, 오래 마시기 위해 운동을 병행했던 것이다.

문제의 그날은, 전날 밤에 눈이 내린 후라 날씨가 추웠다. 추워서 나가기 싫었지만 그녀는 조금씩 술을 홀짝거리면서 산을 올랐다. 몸이 따뜻해진다고 생각한 것도 잠시. 그만 발을 헛디뎌 계곡 아래로 추락하고 말았다. 떨어진 장소도 나빴다. 삐죽하게 솟은 돌들이 머리와 척추에 치명적인 타격을 입혔다. 이게 마지막이구나, 하던 순간 부모님과 더불어 한 학생의 얼굴이 떠올랐다.

'진용운……'

이유는 알 수 없었다. 너무나 예쁜 외모 때문에 그 천재적인 머리가 가려지는 아이. 직접 말하진 않았으나, 자신에 대한 연모의 감정을 그 아름다운 눈동자로 드러내던 아이. 기쁘고 고마웠는데 일부러 모른 척했었다. 금지된 사랑을 하기에 그녀는 잃을 게 너무 많았던 것이다.

'슬퍼해줄 거야.'

그 아이가 자기 죽음을 슬퍼해주리라는 확신이 조금이나마 위안이 됐었다. 그리고 지금, 또 죽음의 순간을 맞이했다.

'괜찮아. 죽어봤자 그곳으로 다시 돌아갈 뿐.'

그곳이란 수많은 죽은 영혼들이 모여 살아가는 또 다른 세상이었다. 그 세계에서 제일 오래된 한 학자의 영혼이 말하길, 그곳은 5차원이며 '유계(幽界)'라고 했다.

'거기서 영원히 살 줄 알았지.'

정체불명의 목소리가 혼의 계약을 제안해오기 전까지는.

— 네임 데이터 일치. 인지 데이터 일치.

다른 시공의 진용운이 당신을 수호자 '병마용군'의 재료로 호출했습니다.

혼의 계약을 맺겠습니까?

거부할 경우, 진용운의 혼은 차원의 틈에 갇혀 영원히 떠돌게 됩니다. 승낙할 경우, 당신의 혼은 새로운 힘과 몸을 얻어 그의 곁에 머무르게 됩니다.

병마용군이 뭔지, 이 목소리의 정체는 뭔지 아무것도 궁금하지 않았다. 그저 죽어서 모든 게 다 끝난 줄 알았는데, 다시 용운을 보며 그의 곁에 머무를 수 있다니. 이제 사라진 줄만 알았던 어떤 감정이 맹렬히 치솟았다.

순간, '성월'은 비로소 깨달았다. 자신 또한 용운을 좋아했음을. 교사와 학생, 성인과 미성년자라는 입장 때문에 더 이상 진전시키지 않고 외면해왔다는 것을. 미모와 육감적인 몸매 탓에 수많은 남자가 접근해왔지만, 철벽을 쳤던 것도 그래서였을까. 어차피 죽은 몸. 그녀는 주저 없이 답했다.

"계약합니다."

성월의 회상은 거기에서 끝났다. 생각은 길었으나 그 시간은 0.1초에 불과했다.

'미안, 나의 주군. 마지막까지 지켜주지 못해서. 또 한 번 내가 먼저 그대를 떠나서……'

그녀가 막 모든 걸 포기하려던 찰나였다.

"성월!"

획! 누군가 성월의 허리를 잡아채더니 단단한 팔로 안았다. 동시에 뜨거운 액체가 몸에 확 튀었다. 눈을 뜨자, 거기에 익숙한 얼굴이 보였다. 자신만 보면 뺨을 붉히고, 가뜩이나 말수가 적은데 아예 입을 다무는 남자. 그게 재미있어서 자꾸 놀리게 되는 사람이었다.

"장합……?"

그가 처음으로 성월의 이름을 크게 불렀다. 그런 그의 왼쪽 어깨가 깊게 베여 있었다. 속 근육이 보일 정도로 심한 상처에서 검붉은 피가 엄청나게 흘러나왔다.

정신을 차린 성월이 놀라 외쳤다.

"장합!"

장합은 오른팔로 성월의 허리를 안은 채 미령으로부터 몸을 돌려 감싼 자세였다. 성월의 목에는 길게 베인 상처가 나긴 했으나, 그 덕에 치명적으로 깊진 않았다. 오히려 '칼날 바람'을 몸으로 받아낸 장합의 어깨 상태가 훨씬 심각했다.

미령이 짜증스러운 어조로 내뱉었다.

"이건 또 뭐야? 인형 주제에 천기자도 아닌 인간 남자의 보호를 받아? 같이 죽여줘?"

그녀가 양손을 크게 펼쳤을 때였다.

"피해, 셋째야!"

사슬낫이 미령의 목을 노리고 날아왔다. 한 병사에게 업혀

있던 청몽이, 그의 등에서 내려와 다리에 사슬을 휘감아 차 보낸 것이다. 양팔이 부러져 어쩔 수 없이 택한 방법이었다. 당연히 손을 썼을 때보다 위력과 정확도는 떨어졌다. 그래도 미령의 움직임을 잠깐 멈추게 하기엔 충분했다.

"아, 진짜!"

바람을 일으켜 사슬낫을 쳐낸 미령이 멈칫했다.

"어?"

이어서 그녀는 엄청난 속도로 어디론가 달려가버렸다. 방금까지 싸우던 성월과 자신을 공격한 청몽은 안중에도 없다는 태도였다.

"……?"

자매는 잠시 어리둥절했다. 무슨 영문인지는 알 수 없었지만, 아무튼 감당하기 어렵던 적이 사라졌음에 잠깐 안도할 수 있었다.

한숨을 내쉰 성월이 장합에게 말했다.

"고마워요오. 이제 놔줘도 돼요."

"……."

장합은 그때까지도 성월을 몸으로 덮듯 감싸고 있었다.

말이 없던 그가 그녀의 목덜미에 머리를 기대왔다.

"어머?"

목에 닿은 그의 이마가 불타는 듯 뜨거웠다. 그러고 보니 이 남자, 독화살에 맞아 중독됐었다지 않았나?

'그 몸으로 주군을 구하기 위해 매복군을 이끌고, 또 여기 달려와서 날 구한 거야? 바보.'

고맙고 안쓰러웠다. 성월은 축 늘어진 장합을 업고서 피하고 싶었다. 하지만 먼저 지켜야 할 사람이 있었다. 이전 생에서 죽기 직전에 떠올렸고 방금 죽음의 위기에서 역시나 떠올린 단 한 사람. 만약 바람의 칼날을 일으키던 그 여자가 용운에게 간 거라면 큰일이었다.

"언니, 주군은?"

성월의 물음에 청몽이 답했다.

"큰언니와 너 그리고 사린이가 걱정된다며 전장 한복판에 남으셨어."

"설마 혼자?"

"아니. 장료와 그가 지휘하는 별동대랑 같이. 난…… 보다시피 양팔이 이 꼴이라. 미안해, 성월. 뭐라 할 말이 없다."

"아냐. 이 사람을 부탁해. 그리고 언니도, 이 사람도…… 본진에 도착하면 바로 화타 님에게 가봐요."

"응. 그렇게. 조심해."

성월은 장합을 남겨두고 용운의 기운이 느껴지는 방향으로 달려갔다. 마음속으로 장합에게 사과하면서.

'미안해요.'

장료는 구덩이 아래로 뛰어내리자마자 임충에게 돌진했다. 달리던 기세 그대로 목을 베어버릴 참이었다.

조금 전, 용운이 신묘한 수법으로 막아낸 그 공격을 장료 자신은 듣지도 보지도 못했다. 그저 감으로 느끼고 막으려 했을 뿐.

'이자는 대체 누구지?'

안량은 이미 죽었고 순우경은 더더욱 아니었다. 그렇다고 탁현에서 남하 중일 문추도 아니었다. 원소군에 저런 장수가 있다는 얘긴 금시초문이었다. 위험하기 짝이 없는 자였다. 놔뒀다간 반드시 용운에게 후환이 될 듯했다. 무저항 상태의 적을 죽이는 취미는 없지만, 어쩔 수 없었다.

"이야압!"

임충의 코앞까지 쇄도한 장료가 삼첨도를 휘둘렀을 때였다. 쉬이익! 한줄기 싸늘한 바람과 함께 삼첨도의 칼날이 뎅겅 부러져버렸다.

"아니?"

허공만 가른 장료는 놀라 휘청거렸다. 어느 틈에 나타난 여인이 임충을 업고 있었다.

정신이 든 임충이 중얼거렸다.

"미령……."

"참 나, 이게 무슨 꼴이에요? 십대장로에다 절대십천 중

하나의 주인이란 사람이."

"면목이 없소."

"휴. 맘 같아선 저것들을 다 끝장내고 싶지만."

미령은 부러진 삼첨도를 겨누고 서 있는 장료와, 위에서 내려다보는 용운을 차례로 흘겨보았다.

"당신 상태가 위험해 보이니 이번에는 일단 피할게요."

"그래 주시오⋯⋯."

"그래 주시오라니, 깔깔! 당신 말투, 들을 때마다 엄청 웃긴 거 알죠?"

미령은 임충을 업은 채 바람처럼 달리더니, 구덩이를 훌쩍 뛰어올라 순식간에 멀어져갔다.

"오호호호호!"

길게 늘어지는 웃음소리만을 남기고.

그쪽을 바라보는 장료에게 용운이 외쳤다.

"쫓아가지 마요, 문원!"

장료는 엉거주춤한 자세로 생각했다.

'어차피 못 쫓아갑니다, 주공. 너무 빠릅니다⋯⋯.'

그는 용운을 살펴보기 위해 몸을 돌렸다. 그때 마침 성월이 도착했다.

"주군! 괜찮으세요?"

"아, 성월⋯⋯ 무사했구나."

용운이 가슴을 쓸어내리며 그 자리에 주저앉았다. 성월도 안도의 한숨을 내쉬었다. 긴장이 풀리자 고통이 찾아왔다. 짧은 시간 동안 뇌를 너무 혹사한 탓에 머리가 깨질 것 같았다. 한계 이상으로 움직여서 온몸이 부서질 듯 아팠다. 주륵. 한쪽 코에서 또 피가 흘러내렸다. 용운의 코피를 본 성월이 기겁했다.

"주군!"

용운은 손등으로 코를 훔치며 말했다.

"난 괜찮아. 조금 지친 것뿐이야. 그보다 검후와 사린이가…… . 문원, 두 사람을 데리고 나와줘요."

"저도 도울게요!"

성월이 얼른 구덩이 아래로 뛰어내렸다. 장료와 성월은 혼수상태인 검후와 사린을 각각 안고 나와, 일단 수레에 눕혔다. 성월은 눈물을 글썽이며 자매들을 살폈다. 큰 외상은 없었지만 둘은 정신을 차리지 못했다.

용운이 굳은 표정으로 말했다.

"어서 화 선생에게 보여봐야겠어."

"그럼, 제가 남아서 이곳을 수습하겠습니다."

"그래 줘요, 문원. 고마워요."

"별말씀을. 저야말로 구명지은에 감사드립니다. 주공을 지키는 방패이자, 적을 쳐부술 검인 제가 오히려 구함을 받다니. 부끄럽기 짝이 없습니다."

아까 용운이 자신을 구하려고 몸을 내던진 일은 장료의 뇌리에 깊숙이 박혔다. 아마도 평생 지워지지 않으리라. 장료의 머리 위로, 호감도 수치 변화를 알리는 숫자가 떴다. 무려 97이었다. 용운은 마음이 어지럽고 힘든 와중에도 작은 기쁨을 느꼈다.

'정사에서 마지막까지 여포를 따른 것도 그렇고 적이 된 후에도 관우와의 인연을 이어간 걸로 보아, 한번 마음을 준 사람에게서 쉽게 돌아서지 않는 성격. 어쩌다 내가 목숨까지 구해준 셈이 됐으니, 이제 장료는 완전히 내 사람이라고 봐도 되겠구나. 이러려고 한 행동은 아니었지만.'

용운은 장료의 어깨를 가볍게 토닥이고 몸을 돌렸다.

장료가 남은 병력이며 포로 등을 정리하는 사이, 용운과 성월은 수레를 끌고 본진으로 향했다. 용운은 수레에 누워 눈을 꼭 감은 두 여인을 보면서 간절히 빌었다.

'제발 무사해야 해.'

임충의 도주를 마지막으로 전투는 끝났다. 내막이야 어쨌든, 결과는 용운의 대승이었다.

원소는 탁현 공략에 실패하고 관도에서도 무려 이만 오천의 병력과 어마어마한 양의 물자를 잃은 채 물러났다. 그 과정에서 안랑을 비롯한 무수한 장수가 죽었다. 고작 며칠에 걸쳐 벌어진 전투라기에는 믿기 어려울 정도로 피해가 컸다. 그나마 전투 시작부터 참전했던 동평과 삭초 외에도, 나중에 가담한 임충, 호연작 등의 맹장을 얻은 게 위안이었다.

"진용운. 이 수모는 반드시 갚겠다."

원소는 평원에 약간의 병력을 남긴 채 후일을 기약하며 발해로 돌아갔다.

관도현 전투 결과 항복한 적병이 대략 오천이요, 거둬들인 말이 사천팔백 필이며 각종 도검과 활 등의 무기는 헤아릴 수 없을 지경이었다. 살아 돌아간 원소군의 수에 비해 항복한 자가 적은 것은 그만큼 많이 죽었다는 뜻이었다.

반면, 용운군의 전사자는 사천 정도였다. 적은 수는 아니나, 원소군의 절반도 못 됐다. 그 사천 중 이천 이상이 호연작한 사람의 손에 죽고 말았다. 전투에서는 승리했지만, 위원회 상위 서열의 무력에 어떻게 맞설 것인가 하는 문제가 용운에게는 무거운 과제로 남았다.

성월은 본진 막사에서 검후, 청몽, 사린을 보살피고 있었다. 용운은 조금 전까지 함께 있다가, 바쁜 일을 처리하러 마지못해 지휘관 막사로 갔다. 전쟁 후라 할 일이 태산이었다.

화타의 진단에 의하면, 검후와 사린은 걱정과 달리 큰 부상은 없었다. 다만, 기력이 크게 쇠했다고 했다.

"혼수상태라기보다 깊은 잠에 빠진 쪽에 가깝습니다. 당분간 보양식을 먹으면서 푹 쉬어야 합니다. 무리는 절대 금물입니다."

실려 오기 직전까지만 해도, 검후는 오른팔이 으스러지다시피 했고 청몽은 아예 양팔이 부러졌었다는 걸 화타가 알았다면 경악했을 것이다. 아무튼 덕분에 용운은 한시름을 덜었다.

청몽이 성월에게 말했다.

"야, 이거 봐라. 대박."

그녀는 부러졌던 양팔을 흔들어 보였다.

"나 벌써 뼈 붙는 중이다."

"나도 목의 상처가 아물기 시작했어."

"대체 어떻게 생겨먹은 몸이야? 최대한 빨리 나아서 또 싸우라는 거잖아? 만신창이가 돼도 금세 낫게 해줄 테니 싸우기만 하라는 거잖아. 이 '그릇'을 만든 인간은 변태가 분명해."

자조적으로 말하는 청몽에게 성월이 상냥하게 답했다.

"언니, 그래도 그 덕에 주군의 곁에 계속 있을 수 있잖아."

"응, 그건 그래."

"또 흉터 걱정할 필요도 없고요."

"그것도 맞네. 하핫!"

청몽은 비로소 평소대로 밝게 웃었다. 그녀에게 살짝 웃어 보인 성월이 일어섰다. 청몽이 물었다.

"어디 가게? 난 이왕 이렇게 된 거 좀 빈둥거리려고 하는데."

"응, 저어, 잠깐."

청몽의 눈이 장난스럽게 반짝 빛났다.

"알았다. 너, 그 사람 살펴보러 가는 거지?"

"응? 아, 아니야."

"아니긴. 나중에 걸리면 죽는다."

"그, 휴…… 맞아. 맞는데, 이상한 거 아니야아. 그래도 나 구하다가 다쳤으니까 들여다보는 게 예의일 것 같아서."

"누가 뭐래? 얼른 가보셔."

성월은 사천신녀의 막사를 나와, 종종걸음으로 장합이 치료받고 있는 막사로 향했다.

'자기 일은 둔하면서 남 일에는 눈치 엄청 빠르네.'

그녀가 막사 앞에 도착했을 때였다. 평소와 달리 엄한 화타의 목소리가 들려왔다. 성월은 자기도 모르게 걸음을 멈추고 대화를 들었다.

"장군, 제정신입니까? 독이 골수에 미쳤다고 말씀드렸었지 않습니까."

"하지만 화 선생이 준 약을 먹고 움직일 만해서."

"그건 독기를 눌러둔 것뿐입니다. 그 상태에서 치료를 하기 위해서죠. 한데 이걸 뭐라 해야 할지. 대량 출혈을 하면서 독기가 함께 많이 흘러나왔습니다. 그 덕에 겨우 죽음을 면한 줄로나 아세요."

성월이 안도의 한숨을 내쉴 때였다.

"그보다, 그…… 성월 낭자는 괜찮습니까?"

"허허, 장군이 지금 남 걱정할 때가 아닙니다만. 낭자는 장군보다 백배는 상태가 좋습니다."

잠깐 조용하던 장합이 웃음기 어린 목소리로 말했다.

"정말 다행입니다."

성월은 조용히 돌아서서 그 자리를 떠났다. 지금의 새빨개진 얼굴로 장합을 마주할 자신이 없어서였다. 그녀는 작은 소리로 중얼거렸다.

"뭐지, 갑자기 훅 들어오네에. 이건 반칙이잖아. 아, 어디 가서 술이나 마셔야겠다."

용운은 진궁, 곽가, 장료와 더불어 앞으로의 일을 논의 중이었다.

진궁이 말했다.

"관도에서 대승을 거뒀으나, 문추군이 남하하고 있으며 평원에도 원소의 병력이 여전히 남아 있습니다. 물론 다시 도발할 가능성이 낮긴 하지만, 만일을 대비해 장 장군을 관도에 주둔시키는 편이 좋겠습니다."

곽가가 창백한 안색을 하고 그 말을 받았다.

"저도 공대 님의 의견에 찬성입니다."

그는 호연작의 구타로 오른쪽 어깨뼈가 부러졌다. 그것 때문에 팔에 부목을 대고 기름 먹인 천으로 어깨를 한 차례 감싼 다음, 찰흙을 발라 굳힌 상태였다. 일종의 깁스를 한 것이다. 뼈를 맞춘 후, 움직이지 않아야 한다는 화타의 말에 용운이 알려준 방법이었다.

"오! 이거라면 부러진 곳이 어긋나거나 잘못 붙는 일이 없겠군요."

기뻐하는 화타에게 용운이 말했다.

"사부님에게서 배운 기부수(氣附戍)라는 방법입니다."

"기부수라. 기운을 합쳐서 지킨다는 뜻이군요. 주목님의 사부는 정말 대단한 분인 듯합니다. 사천신녀들이 익힌 무예도 그렇고. 기회가 된다면 꼭 한번 뵙고 싶습니다."

묘한 웃음을 띠고 하는 화타의 말에, 용운은 어색하게 마주 웃을 수밖에 없었다. 아무튼 곽가는 그 기부수를 하고서, 쉬라는 용운의 말도 듣지 않고 고집스레 앉아 있었다.

두 책사의 말에 장료가 입을 열었다.

"맡겨주신다면 관도는 제가 책임지고 방어하겠습니다."

"좋습니다. 그럼 문원이 수고해주세요."

진궁이 잔뜩 쌓인 죽간 중 하나를 들어 펼쳐보며 말했다.

"탁성은 유주목(유우)이 보낸 원군의 지휘관인 선우보라는 자에게 내준 모양입니다. 공장(진림)이 노자간(노식) 님의 시신을 수습하여, 남은 군사를 이끌고 업성으로 향하고 있답니다."

말하는 그의 목소리가 가라앉았다. 노식의 죽음을 떠올린 용운과 곽가도 침울해졌다.

용운이 답했다.

"탁군은 원래 유주에 속해 있었어요. 그대로 선우보가 다스리게 하고 유주목에게는 따로 감사의 뜻을 전하게 하세요. 조금 늦은 게 천추의 한이지만, 그 원군이 아니었다면 그나마 진공장마저 변을 당했을지도 모르니까요. 그리고 자간은……."

잠깐 숨을 삼킨 용운이 말을 이었다.

"돌아가는 대로 성대하게 장례를 치르고 그의 유족들은 제가 책임지겠습니다. 육이는 나이가 차는 대로 임관시킬 거고요."

"현명하신 판단입니다. 자간 님도 기뻐하실 겁니다."

"당연한 일인걸요."

노식이 죽음으로 지켜낸 탁성을 넘겨주기가 싫었지만, 이제 용운에게는 그리로 보낼 장수도, 병력도 없었다. 또 그랬다간 선의를 베푼 유우까지 적으로 돌리게 된다. 지키기 어려운 성을 내주되, 대신 유우와 우의를 다지는 것, 현재로선 이게 최선이었다. 용운은 노육이 장성할 때까지 그를 책임지고 돌봐줌으로써 노식에 대한 마음의 빚을 갚을 생각이었다.

"한데 복양성 쪽은 어찌 됐는지 걱정이군요. 혹시 전갈이 온 게 없었나요?"

용운이 걱정스러운 표정으로 말했을 때였다. 마침 업에서 파견한 전령이 도착했다. 순욱의 서신을 가져온 것이다. 용운은 서둘러 그를 들게 하여 서신을 받았다. 그걸 읽어내려가던 용운의 얼굴이 점차 어두워졌다.

진궁이 조심스레 물었다.

"문제가 생겼습니까?"

"다행히 업성에는 별일 없습니다. 한데 복양성의 상황이 쉽지 않은 모양이에요. 자룡 형님은 우리 상황을 잘 아니까 원군 요청을 하지 않은 모양이지만, 문약(순욱)의 의견으로는 지원을 해주는 게 좋겠다고 하는군요. 국양(전예)이 입수한 정보에 따르면 돌아가는 상황이 심상치 않다고."

"저런…… 유대와 여포가 움직이지 않은 겁니까?"

"그럴 수도 있고, 조조군이 예상 이상으로 강해서일 수도 있죠."

여기에는 특급 책사인 곽가도 난감해졌다. 병력은 그렇다 치고 장수가 없었다. 장료는 관도를 수비해야 했으며, 장합은 도저히 싸울 상태가 아니었다.

그때, 서신의 뒷부분을 읽어가던 용운의 눈이 반짝 빛났다.

"마초와 방덕이!"

"주공, 마초와 방덕이라니요?"

궁금한 듯 묻는 진궁에게 용운은 순욱이 쓴 대로 간단히 설명해주었다. 양주 군벌인 마등이 낙양에서 여포와 싸우던 중 한수의 배신으로 몰락했다는 것. 그로 인해 마등은 여포의 손에 죽었으며, 그의 장남인 마초와 부장 방덕이 한수에게 쫓기다가 업에 의탁해왔다는 내용이었다.

"내가 알기로 마초는 아직 열일곱 살이지만 용맹하기가 이루 말할 데 없고, 방덕 또한 뛰어난 장수입니다. 그들에게 군사를 맡기면 일을 그르치지는 않을 거예요."

용운의 말에, 장료가 우려 섞인 투로 답했다.

"허나 그들에게 군사를 내줬다가, 자칫 딴마음을 먹으면 어떻게 합니까? 제 아비의 복수를 하겠다고 나설 수도 있고 양주로 돌아가버릴 수도 있으며 최악의 경우에는 업성을 차지하려 들지도 모릅니다."

"그러진 못할 겁니다. 각자 말 한 필씩만 내줘서, 오직 마초와 방덕 두 사람만 돈구현으로 보낼 거거든요."

"그 둘이 아무리 용맹하다 해도 대군을 상대로 뭘 하겠습니까? 게다가 왜 복양성이 아닌 돈구현에……."

말하던 곽가가 성한 왼손으로 무릎을 탁 쳤다.

"아! 주공, 설마 여기의 병력을⋯⋯."

"이끌고 돈구현으로 가서, 거기서 마초와 방덕과 합류할 생각입니다."

돈구현은 업성 및 관도의 아래쪽, 역삼각형의 꼭짓점을 이루는 자리에 위치했다. 두 곳에서 다 하루면 충분한 거리였다.

진궁이 감탄한 어조로 말했다.

"그리하면 저와 봉효로 인해 책사진도 더불어 갖춰지는군요. 또 설령 그들이 배신하더라도 바로 처리할 수 있을 것이고. 사천신녀가 있으니."

곽가도 말을 거들었다.

"돈구에서 우회하여, 복양성을 공격 중인 조조군의 뒤를 칠 수도 있겠지요. 우리가 원소를 워낙 빨리 이겨버린 덕에, 조조 입장에서는 갑자기 적이 허공에서 떨어진 것처럼 느껴질 겁니다. 잘도 그런 생각을 해내시는군요."

솔직히 거기까지 생각한 건 아니었지만, 용운은 그냥 넘어갔다.

"그럼 문약에게 그렇게 전하고, 빨리 준비해서 돈구현으로 갑시다. 자룡 형님과 자의가 많이 고단한 상태인 모양이니까요."

"옛!"

입을 모아 답한 세 가신이 고개를 조아렸다. 이렇게 해서,

용운은 원소를 격퇴하자마자 복양성으로 향하게 되었다.

과연 마초와 방덕이라는 새로운 힘을 손에 넣을 수 있을지는 알 수 없었다. 그보다도 용운의 마음은 조운에 대한 염려로 가득 찼다. 아직 노식의 죽음도 실감 나지 않는 차였다. 얼마 전에 꾼 기이한 악몽이 자꾸 떠올랐다. 그때, 피에 젖어 울던 사람은 분명 둘이었다. 그게 가까운 이의 죽음을 의미한 예지몽이라면 아직 하나가 남아 있었다.

'쓸데없는 생각을.'

용운은 불길한 생각을 떨쳐버리려 애썼다.

'부디 무사하셔야 해요, 형님.'

18

벗이여

관도 전투가 매듭지어질 무렵, 순욱이 용운에게 알려온 대로 복양성의 상황은 긴박하게 돌아가고 있었다.

조운은 성 바깥쪽의 야산에 진을 치고 있었다. 그믐달이 뜬 밤이었다. 그는 복양성을 바라보며 입술을 깨물었다.

'어떻게든 자의(태사자) 님과 접촉해야 하는데.'

그런 조운의 코에서 허연 김이 뿜어져 나왔다. 도착한 지 제법 시일이 흘렀건만, 조조군의 방어태세를 뚫지 못했다. 그렇다고 물러나게 하지도 못했다. 온갖 방법을 시도해보고 여러 차례 공격도 해봤다. 그때마다 조조군은 원군을 거뜬히 물리쳤다. 그 바람에 조운군만 피해가 누적되고 있었다. 뿐만 아니라 복양성도 한계에 다다랐다. 식량과 물이 차단되어 힘겹게 버티는 중이었다.

'하후돈, 하후연, 악진, 이전…… 장수들의 실력도 실력이지만, 뛰어난 책사까지 있는 게 분명하다. 우리 움직임이 모두 읽히고 있어.'

고심하는 조운에게 전풍이 다가왔다.

"자룡 장군."

"원호 님, 쉬시지 않고 어쩐 일이십니까?"

"제게 한 가지 계책이 있어 왔습니다."

조운이 반색했다.

"계책이라 하심은?"

전풍은 조조군 진영의 횃불을 가리키며 말했다.

"지난 며칠간 살펴본 바로는, 조조군이 진채의 위치를 조금씩 이동하더이다. 아마 병사들의 긴장 상태를 유지하는 동시에, 야습에 대비하기 위해서일 터. 지금은 복양성 앞을 흐르는 강변에 자리를 잡았습니다. 옆과 뒤로 강물이 흘러 방어하기에 편하고 식수 보급에도 용이한, 좋은 위치입니다."

말끝에 전풍이 눈을 가늘게 떴다.

"강가에 무성한 마른 갈대밭만 아니라면 말이지요."

조운은 즉각 전풍의 생각을 알아차렸다.

"화공을 생각하시는 겁니까?"

"허허, 맞습니다."

"허나 자칫 아군마저 휩싸일 우려가 있습니다."

전풍이 웃으며 말했다.

"겨울이라 이 시기에는 북풍만 붑니다. 게다가 지형상 바람의 방향이 바뀌는 일은 거의 없습니다. 저희가 있는 이 산을 타고 강 쪽으로 바람이 불어 내려가기 때문입니다."

"오호라."

"밤이 깊었을 때, 아군 병력을 반대편 갈대숲으로 전진시킨 다음 불을 놓게 할 겁니다. 조조군이 빠져나갈 길은 복양성 쪽밖에 남지 않습니다. 그때 자의 님께서 호응을 해주신다면 조조는 독 안의 쥐 신세가 됩니다."

조운이 들어보니, 그야말로 오늘이 아니면 행하기 어려운 귀신같은 계책이었다. 그는 크게 기뻐하며, 즉각 군을 움직여 전풍의 말대로 준비했다.

"모두 말의 입에 재갈을 물리고 발굽을 헝겊으로 싸서 소리를 죽여라. 무기에도 재를 물에 개어 발라, 빛을 반사하지 않게 하라. 서둘러라!"

다행이라면, 그믐달인 데다 날까지 흐려서 매우 어둡다는 거였다. 산에서 내려온 조운의 부대는 갈대숲 쪽으로 은밀하게 전진했다. 매서운 바람 소리와 그 바람에 부대끼는 갈대숲 소리가 조금이나마 소음을 가려주었다.

전풍이 중얼거렸다.

"유독 바람이 거세군. 불이 금세 번지겠어."

곧 조운군은 갈대숲 가운데서 조조의 부대와 마주 본 모양
새가 됐다. 단, 조운의 부대는 북쪽, 조조의 부대는 남쪽에 있
었다. 따라서 북풍을 탄 불길은 오직 조조군만 덮칠 터였다.

조조군 진채에는 조용한 가운데 여러 개의 횃불만이 타오
르고 있었다.

전풍이 옆에 있던 저수에게 말했다.

"조조의 책사가 누군지는 몰라도, 마지막 순간에 악수를
두는구려. 겨울에 저렇게 큰 갈대밭 가운데다 진채를 차리는
것은 병법에서 엄히 금하는 일인데."

주위를 둘러보던 저수가 반문했다.

"그래서 말이오만, 이제껏 뛰어난 솜씨를 발휘하던 자가
갑자기 왜 그런 것 같소?"

"이제까지 아군의 맹공을 오롯이 막아냈으니, 방심한 게
아니겠소?"

"방심이라……."

전풍이 넓은 시야와 뛰어난 머리로 책략을 구사하는 스타
일이라면, 저수는 그보다 더 감각적인 면이 있었다. 그는 뭔
가가 영 불안했다.

'이제까지 나와 원호가 세운 다양한 책략을 대부분 간파하

다시피 한 책사가 이제 와서 방심을? 그러고 보니 예전에 내가 주공을 치려고 출격했을 때도 찜찜한 느낌이 있었지.'

전풍이 서두르는 기색도 마음에 걸렸다. 그러나 돌이키기에는 이미 일이 많이 진행되어 있었다. 또 저수가 생각하기에도 딱히 실패할 이유가 없긴 했다.

'괜한 우려인가. 예민해진 모양이군, 나도.'

조운은 나름의 지략과 신중함을 가진 장수였다. 그는 전풍의 책략에 위험성이 별로 없으며 성공 가능성이 매우 높다고 판단했다. 이 지역과 지형, 계절과 날씨 자체가 증거였다.

"불을 놓아라."

조운의 지시에, 병사가 기름 먹인 횃불을 갈대숲에 던졌다. 마른 갈대는 즉시 타오르기 시작하여 순식간에 불길이 커졌다. 큰불이 작은 불을 잡아먹고 점점 더 커져갔다. 이윽고 화마(火魔)는 갈대숲을 타고 빠르게 남쪽으로 이동하기 시작했다. 그 모습에 조운은 기쁨을 감추지 못했다.

"적 진영이 불에 휩싸이면 바로 돌격해서 적을 친다."

조운군은 언제라도 뛰쳐나갈 준비를 하고 불길의 움직임을 주시했다.

한편, 조조군 진영에서는 이 모든 상황을 살펴보고 있었다. 갑옷 차림의 조조가 말했다.

"이거 이거, 군사 말만 믿고 이러다 우리 다 타죽는 거 아닌가?"

말은 그렇게 해도 그의 목소리는 여유로웠다. 뒤로는 이미 무장을 갖춘 병력이 대기 중이었다.

조조의 옆에 있던 오용이 쓴웃음을 지었다. 그는 위원회 서열 제3위로, 회에서 몇 안 되는 책사이자 주무의 스승이기도 했다.

"그럴 리가 있겠습니까."

오용은 아직도 반신반의하는 장수들에게 말했다.

"자, 이제 출격 준비를 하십시오."

검은 쇠부채를 치켜든 오용이 천기를 발했다. 손으로는 부채를 휘둘러 마치 바람을 일으키는 것처럼, 입으로는 하늘에 주문을 외는 것처럼 하면서.

"하늘이여, 간곡히 고하나니 제 청을 받아 잠시나마 바람의 방향을 바꿈을 허락하소서."

'……는 페이크고.'

천기 발동, 천변만화(天變萬化), 풍향(風向), 폭(暴)

오용의 천기, 천변만화는 염(炎, 더위), 우(雨, 비), 한(寒, 추위), 풍(風, 바람)의 네 가지 날씨를 조종할 수 있는 무서운 힘이었다. 그 네 가지는 강도에 따라 다시 극(極), 폭(暴), 평(平), 미(微)의 네 단계로 나뉘었다. 그는 그중 바람을 움직이는 '풍'의 천변만화로 방향을 바꾼 것이다.

휘오오오오오!

"오오!"

조조군 진영 사이에서 나직한 탄성이 일었다. 얼굴 정면으로 불어오던 북풍이 멈춘 대신 등 뒤에서 바람이 느껴지고 있었다. 조조군 진채를 향해 다가오던 불길이 멈칫했다. 그러더니 방향을 바꿔 뒤로 물러나기 시작했다. 오는 길에 태우고 남은 갈대로는 부족하다는 듯, 다른 연료를 찾아 집요하게 지면을 핥으면서.

천기 사용을 마친 오용이 뻣뻣하게 굳어 그 자리에 쓰러졌다. 미리 옆에 대기하고 있던 병사 둘이 재빨리 그를 부축했다. 그의 천기는 바꾼 날씨에 따라 부작용이 있었다. 바람과 관련됐을 경우에는 한동안 마비되어 움직이지 못했다. 미리 언질을 받은 조조는, 오용을 편안한 수레에 태우도록 명했다. 그리고 흡족한 표정으로 상황을 지켜보았다.

조운군 진영이 혼란에 빠지는 데는 그리 긴 시간이 필요치 않았다.

"부, 불길이 우리 쪽으로 번져온다!"

조운이 아무리 명장이라 해도, 불에 휩싸여 공포에 질린 부대를 통제하기란 어려웠다. 멀리서 보기에도 우왕좌왕하는 모습이었다. 거기에 조조가 결정타를 가했다.

"지금이다. 화살을 쏴라!"

파파파파팟! 화살은 이제 남에서 북으로 맹렬히 불어대는 바람을 타고 조운군에게 큰 피해를 주었다. '폭'의 바람이라 함은 곧 폭풍. 화살은 몇 배의 위력으로 조운군에게 날아갔다. 한바탕 화살 세례를 퍼부은 후, 연이어 조조의 명령이 떨어졌다.

"전군, 공격하라!"

둥! 둥! 둥! 둥! 아군의 사기는 돋우고 적의 마음은 무겁게 하는 북소리가 울렸다. 하후돈이 지휘하는 선봉과 그 뒤를 받치는 하후연의 중군이 정면에서부터 돌격했다. 이어서 조운군의 오른편에서는 악진이, 왼편에서는 이전이 각각 삼천의 병력을 거느리고 튀어나왔다.

조운군은 더욱 극심한 혼란에 빠졌다. 저수는 아연해졌다. 바람의 방향이 바뀐 것만도 황당한데, 올 수 없는 곳에서 적이 나타난 것이다.

"어떻게? 저쪽은 다 강줄기로 둘러싸여 있을……."

말하던 그는 문득 깨달았다.

'강이 얼어 있었구나!'

당연히 저수와 전풍도 그 점을 고려했었다. 날씨가 춥긴 했으나, 헤엄쳐 건너오기 곤란한 깊이의 강이 얼어붙을 정도는 아니었다. 한데 풍향이 바뀐 데 이어, 강까지 얼어붙었다. 이는 그 지역의 날씨를 바꾼 오용의 솜씨였다. 한파를 불러내 미리 강을 얼려둔 것이다.

"크악!"

"아악!"

사방에서 병사들의 비명이 울렸다. 십중팔구는 조운군의 병사였다.

태사자와 왕굉은 복양성 성벽 위에서 그 광경을 보고 있었다. 멀리서 어지러이 불길이 일고 비명과 쇳소리가 울려 퍼졌다.

"이건 자룡이 조조군에게 화공을 펴 야습한 게 분명합니다."

태사자의 말에 왕굉이 답했다.

"그렇다면 어서 호응해야 하지 않겠습니까?"

"제 생각이 바로 그렇습니다."

태사자는 서둘러 출진 준비를 했다. 무리하지 않고 방어 위주의 전투를 해온 덕에, 지쳐 있을망정 청광기 대부분이 건재했다. 그는 당연히 조운의 부대가 북쪽에 있으리라 생각했다. 불길이 조조군 진채에서 멀지 않은 위치에서부터 시작됐고 지금은 북풍이 부는 때였기 때문이다.

'그렇다면 나는 반대로 움직여, 뒤에서 조조군을 친다. 오늘

에야말로 조조군을 격파하여 복양성을 고단함에서 구하리라.'

잠시 후, 태사자와 그가 이끄는 일만 여의 청광기가 복양성을 나섰다.

조운은 절망적인 상황에서도 분투했다. 용운이 새로 만들어준 한 자루 강철 창을 휘두르며 적을 쓰러뜨리고 또 쓰러뜨렸다. 그 모습은 적의 이목을 끌었다. 호승심이 솟은 악진이 극을 휘두르며 나섰다.

"놈, 제법 설치는구나!"

"……."

조운은 악진의 찌르기를 가볍게 받아넘기고 드러난 빈틈으로 창을 내찔렀다. 그 빠르기가 마치 빛살과도 같았다. 악진은 기겁하여 몸을 비틀어 피했다. 겨우 부상은 면했으나 옆구리가 길게 긁히며 가죽 갑옷이 찢어졌다.

"조심하시오, 문겸(文謙, 악진의 자)!"

악진이 밀리는 걸 본 이전이 그에게 가세했다. 악진과 이전의 합공은, 상대하는 이에게 매우 까다로웠다. 힘 위주인 악진은 키가 작아 낮은 타점에서 공격이 들어왔다. 반면, 속도 위주의 이전은 마르고 후리후리한 키에 긴 팔을 이용, 높고 먼 타점에서 내리치고 빠지길 즐겼다.

그런데 둘이 합공해도 오히려 조운에게 밀렸다. 조운은 창을 세워, 창대 아래쪽으로 악진의 공격을 막아냈다. 이어서 곧장 창을 회전시켜 안면으로 들어오는 이전의 찌르기를 쳐낸 다음, 그의 몸이 아닌 팔을 공격했다. 급기야 이전까지 팔에 상처를 입고 말았다.

'큭! 뭐 이런 놈이······.'

조운은 타고난 재능에 성실성까지 더해져, 검후와 더불어 수련에 매진하는 사이 실력이 일취월장해 있었다.

놀라서 말을 몰아 달려온 하후돈이 말했다.

"난 하후 원양이라고 하네. 그대는 누군가?"

조운은 숨을 고르며 대꾸했다.

"기주목 진용운 공의 장수, 조운 자룡이다."

"원군을 끌고 온 대장이었군. 그대의 솜씨가 출중하여 한 손 거들려 하니, 너무 나쁘게 생각 말게나."

"좋을 대로."

마침내 하후돈까지 가세하여, 조운은 혼자 세 사람의 적장을 상대하게 됐다. 챙! 챙! 채엥! 슈우욱! 쳣소리와 바람 가르는 소리가 연신 주위를 울렸다. 순식간에 10여 합이 지나갔다. 하후돈, 악진, 이전은 조운을 가운데 가둔 채 빙글빙글 돌아가며 사방에서 찌르고 후리고 베었다. 그러나 조운은 마치 신들린 듯 모든 공격을 막거나 피했다. 그러면서 때때로 날카로운 반격을 가해, 세 장수의 간담을 서늘하게 만들기도 했다.

그 모습을 보던 하후연이 시위에 화살을 얹었다.

'오용 님은 분명, 이 바람이 두 시진만 유지될 거라고 당부했다. 쓸데없이 시간을 지체하고 있군.'

그가 막 활을 겨눴을 때였다. 옆에 다가온 조조가 하후연의 손을 잡아 만류하며 말했다.

"저자는 대체 누군가?"

하후연 대신 뒤에 있던 부장 하나가 답했다.

"조운 자룡이라는 자입니다. 진용운이 매우 아끼는 장수라고 들었습니다."

"조자룡이라. 과연 아낄 만하구나."

조조의 눈에 감탄의 빛이 어렸다.

"마치 창과 한 몸이 된 것 같지 않은가."

그는 처음부터 자신을 따랐던 하후돈, 하후연, 조인, 조홍, 조순 등 일족 출신 장수들에 더해 악진, 이전 등의 무장을 얻었다. 최근에는 하후돈의 추천으로 전위(典韋)라는 호걸을 수하로 삼았다. 또 책사로는 오용이 있었는데, 참모진이 부족하다 느낀 조조가 널리 사람을 풀어 재사들을 초빙했으나 아직 뾰족한 성과가 없었다. 아무튼 인재를 아끼는 조조는 조운을 보자 욕심이 일었다. 이에 수하들에게 명했다.

"화살을 쓰지 말고 사로잡아 데려오라."

수하들의 눈에 난감한 빛이 어렸다. 어차피 아군 장수들과

얽혀 싸우고 있으니, 하후연 정도의 명궁이 아니면 화살로 잡긴 어려웠다. 하지만 저리 용맹한 자를 어떻게 사로잡는단 말인가.

'세 장군께서 제압하길 바라는 수밖에.'

결국 모두 숨죽이고 조운과 세 장수의 대결을 바라보는 양상이 되고 말았다.

사방에서 들이친 복병으로 조운군의 진형은 완전히 무너졌다. 그나마 백인장과 십인장들이 각자 자신의 조를 챙긴 덕에 사상자는 비교적 적었다. 전황이 위험해지자 소규모로 뭉쳐 사방으로 흩어지기 시작한 것이다.

하지만 진형의 붕괴만은 어쩔 수가 없었다. 앞과 양옆에서 쥐 잡듯 몰아대니 대열을 유지하는 게 이상할 지경이었다. 그 와중에 조운이 세 장수에게 포위되면서 지휘부도 와해됐다. 저수와 전풍 등은 뿔뿔이 흩어지고 말았다.

'참패다.'

저수는 절망적인 심정이 되어 필사적으로 움직였다. 그를 호위하던 병사들은 모두 죽거나 도망친 지 오래였다.

'어떻게든 살아 나가서 주공께 알려야 한다.'

그나마 다행히, 조운에게 시선이 쏠린 덕에 포위망이 느슨해졌다. 저수는 그 틈에 투구까지 벗어던지고 달아났다. 그러나 개울 하나를 건너자 사방이 적군에, 온통 불과 연기였다. 저수는 허둥대며 속으로 탄식했다.

'내가 오늘 여기서 명줄이 끊기겠구나!'

그때, 그를 부르는 익숙한 목소리가 들렸다.

"저수 공! 이쪽으로 오시오!"

저수가 정신을 차리고 보니, 열심히 손짓을 해대는 인물은 다름 아닌 전풍이었다.

"원호 님, 무사하셨구려!"

저수는 반가운 마음에 다급히 그리로 뛰어갔다.

"이쪽 길이 열렸소. 포위망이 완성되기 전에 피합시다."

전풍이 말했다. 그가 가리키는 방향은 조조군 본진이 있던 쪽이었다.

"이쪽은 조조군 진채 방향이 아니오?"

"등잔 밑이 어둡다 했소. 조조군은 모두 아군 쪽으로 돌격하여, 이 방향이 오히려 허술하오. 또 분명 성에서 이 모습을 본 자의 장군이 선회하여 조조군의 뒤를 칠 것이오."

전풍의 말이 그럴듯하다 여긴 저수가 고개를 끄덕였다.

얼마나 달렸을까. 등 뒤에서 적의 외침과 말발굽 소리가 요란하게 울렸다.

"이쪽이다! 이리로 핏자국이 나 있다!"

저수는 움찔하여 주위를 살폈다.

'핏자국?'

그제야 비로소 전풍의 등에 꽂힌 두 대의 화살이 눈에 들어왔다. 전풍의 등은 온통 검붉게 물들어 있었다. 그의 등에서 흐른 피가 옷을 흠뻑 적시고 바닥으로 떨어졌다.

"원호 님! 그 상처는……."

"허어, 여기까진가."

쓸쓸히 내뱉은 전풍이 휘청 무릎을 꿇었다. 저수가 서둘러 그를 부축했다.

"원호 님!"

전풍은 이를 악물고 말했다.

"날 두고 어서 가시오."

그의 얼굴이 온통 땀으로 젖어 있었다. 호흡이 거칠었지만 달리는 게 힘들어서 그런 줄만 알았다. 저수는 진작 알아채지 못했음을 자책하며 말했다.

"아니 될 말이오. 어찌 그러시오?"

저수는 전풍을 일으키려고 안간힘을 썼다. 하지만 전풍은 영 힘을 내지 못했다. 그런 그의 눈에서 점차 빛이 사라져갔다. 그는 자신을 어떻게든 데려가려고 애쓰는 저수를 보며 말했다.

"미안하오. 그대 의견을 좀 더 귀담아듣지 않고 화공을 행해서."

"그런 말 마시오. 어차피 나도 찬성했지 않소."

"미안하오. 날 상대하느라, 다른 이들과 가까워질 기회를 많이 빼앗기지 않았소."

"무슨 말을……."

"또 미안하오……. 걸핏하면 이상한 사람 취급을 하면서…… 거리를 둬서……."

전풍의 몸이 축 늘어졌다. 놀란 저수가 외쳤다.

"원호 님! 정신 차리시오!"

전풍은 헐떡이며 간신히 말을 이었다.

"……난 고집스럽고 괴팍한 성격 탓에, 한복의 밑에 있을 때부터 벗이라 할 만한 이가 없었소……. 처음 주공께 투항하자고 권유해줬을 때, 그대가 날 택해줘서…… 기뻤소……. 주공의 가신이 되어 늘 함께 일하면서, 벗이 되자고 하고 싶었소. 한데 영 쑥스러워서…… 그렇게밖에 표현을 하지 못했소……."

전풍은 저수의 손을 붙잡았다. 저수가 그 손에 힘을 주었다. 말하던 전풍의 목소리가 점점 작아졌다.

"절대 붙잡히지 말고 살아서…… 돌아……."

결국 그의 고개가 저수의 어깨에 툭 떨어졌다.

"원호 님……!"

저수는 가슴이 덜컥 내려앉았다. 이 사람이, 이 불세출의

천재가 이런 곳에서? 그는 전풍의 코 밑에 떨리는 손을 대보았다. 더는 호흡이 느껴지지 않았다. 굳게 감은 눈도 다시 뜨이지 않았다. 저수는 눈물을 줄줄 흘리며 말했다.

"내게 그대는 이미 벗이었네."

그는 전풍의 시신에서 화살을 뽑아낸 후, 옆의 바위 아래에 곱게 눕혔다. 그리고 자신의 장포를 벗어 덮어주었다. 저수는 잠든 듯 평온하게 눈감은 전풍을 내려다보며 말했다.

"두고 가서 미안하네. 대신 반드시 살아 돌아가서 주공을 뵙겠네. 그리고 조조를 격파하고 말겠네. 편히 쉬게나……나의 벗이여."

저수는 가슴이 찢어지는 심정으로, 차마 떨어지지 않는 걸음을 옮겼다. 과연 전풍의 말대로였다. 조조군 본진 쪽으로 가는 길에는 적군이 거의 없었다. 쫓아오던 자들의 기척도 사라졌다. 전풍의 시신을 발견하고 추격을 멈춘 것일까.

'이는 필시 원호가 나를 보살핌이라.'

저수는 지친 몸을 이끌고 더 열심히 달렸다.

잠시 후, 조조군 진영이 있던 방향에서 뭔가 소란이 일어났다. 군량고를 지키려고 남았던 병력이 태사자의 기습에 격파당한 것이다.

'자의 장군이 호응했구나!'

저수는 어른거리는 불빛으로 청광기의 깃발을 알아보았

다. 그는 온 힘을 다해 달려, 마침내 아군에게 구조되었다. 저수를 알아본 부장 하나가 그를 태사자에게 데려갔다.

태사자는 적 본진의 병력이 예상보다 훨씬 적어 의아해하던 차였다.

"저수 님! 무사하셨군요. 한데 대체 상황이 어떻게 된 겁니까?"

"자의 장군, 이쯤에서 어서 선회하여 성으로 돌아가십시오. 야습은 실패했습니다."

"실패라니요?"

이대로 돌진했다간, 자칫 태사자의 부대마저 적군에게 포위당할 우려가 있었다. 조조의 군량을 털고 남은 것은 태위 타격을 준 걸로 만족해야 했다.

"아군이 화공을 시도했는데, 무슨 영문인지 갑자기 바람이 방향을 바꿨습니다. 게다가 적은 일대에 복병까지 숨겨두고 있었습니다. 마치 야습을 예상했다는 듯이."

저수의 설명을 들은 태사자는 말을 몰아 달려나가려 했다. 저수가 황급히 말고삐를 잡아채며 말했다.

"어딜 가시려는 겁니까?"

태사자는 굳은 표정으로 대꾸했다.

"그럼 저기에 자룡이 있다는 뜻이 아닙니까. 그를 적진 한가운데 버려두고 저만 돌아갈 순 없습니다."

"안 됩니다! 물론 자의 장군의 무용(武勇)은 제가 잘 압니다만, 적의 병력은 어림잡아 삼만 이상이요, 조조가 자랑하는 맹장을 넷이나 이끌고 나왔습니다. 설령 그 포위망을 뚫고 들어간다 해도, 자칫 자룡 장군과 엇갈리기라도 한다면 두 분 다 위험해집니다."

"허나…… 주공께서 자룡을 얼마나 아끼시는지 아시지 않습니까."

"자룡 장군은 기마술이 뛰어나니, 분명 적의 포위를 뚫고 몸을 빼냈을 겁니다. 또한 주공께는 자룡 장군 못지않게 자의 장군도 소중합니다. 부디 눈앞의 일만 생각하지 마시고 상황을 크게 봐주십시오!"

저수의 간곡한 설득에 태사자는 뜻을 꺾는 수밖에 없었다. 한창 휘몰아치는 불길 속으로 청광기를 몰아넣기란 그도 쉽지 않았다.

"알겠습니다. 성으로 돌아가지요."

태사자는 조운이 무사하길 기원하며, 조조군의 군량을 최대한 챙겨 복양성으로 돌아갔다.

한편, 조운은 점차 수세에 몰리고 있었다. 악진과 이전까지는 감당할 만했다. 문제는 나중에 가세한 하후돈이었다. 그는 조조군에서도 손꼽히는 맹장이었다. 힘과 기교가 적절히 어우러진 그의 공격은 대응하기가 몹시 까다로웠다.

조운이 비록 어려운 상황에 처했으나, 그를 상대하던 조조 군 장수들도 힘들긴 마찬가지였다. 세 명이서 합공하기를 수십 합, 아직 제대로 된 상처 하나 내지 못했다. 특히, 하후돈은 자존심이 상함과 더불어 경계심이 일었다.

'아직 젊은 자다. 앞으로 더욱 성장할 것이다. 여기서 놓아 보내면 훗날 반드시 맹덕의 앞길에 큰 장애가 될 터.'

그의 얼굴에 떠오른 살기가 진해졌다.

'지금 반드시 죽여야 한다.'

그 모습을 보던 조조가 신음했다.

"흐음, 원양 저 친구, 독이 올랐군."

조조는 손짓으로 신호를 보냈다. 그러자 쇠그물을 든 병사 여럿이 조운에게 다가가기 시작했다.

조운 또한, 하후돈의 뒤쪽에서 다가오는 쇠그물 부대를 봤다. 그의 눈에 다급한 빛이 떠올랐다.

'날 생포할 셈인가?'

그리고 보니 주위는 온통 적군으로 가득했다. 수만의 적병 가운데 홀로 남겨졌으니 아무리 조운이라도 막막하지 않을 수 없었다.

'여기서 붙잡혀 주공을 곤란하게 해선 안 된다.'

조운은 조조에게 항복하여 귀순하는 일 따위는 아예 생각하지조차 않았다. 그저 그가 자신을 볼모로 하여 용운에게 무리한 요구를 할까 걱정이었다. 조운이 아는 용운의 성격이라면, 업성과 맞바꾸자고 해도 선뜻 내놓을지도 몰랐다.

'힘을 아낄 때가 아니다. 전력을 다해 공격하여 포위를 뚫고 탈출한다.'

조운의 눈이 번쩍 빛났다.

그의 기파가 끓어오름을 감지한 하후돈이 다급히 외쳤다.

"모두 조심하게!"

절기, 섬전(閃電)

용운이 이 자리에 있었다면, 조운의 머리 위에 '섬전'이란 붉은 글자가 떠오르는 걸 봤을 것이다.

번쩍! 한줄기 번갯불이 된 창이, 조운의 정면으로 뻗어나갔다. 쿡! 촤악! 창끝은 맞은편에 있던 악진의 목젖을 정확히 뚫고 빠져나갔다. 악진은 그 공격을 보지도, 느끼지도 못했다. 그저 뭔가 번쩍인다고 생각한 순간, 목에서 피가 터져나왔다. 그는 비명도 지르지 못하고 낙마했다.

"문겸!"

악진이 쓰러지자 이전도 덩달아 흐트러졌다.

조운은 맹렬히 창을 휘두르며 그의 옆을 스쳐 달려나갔다.

쇠그물 부대가 헐레벌떡 달려왔으나, 말을 탄 조운을 뒤쫓기는 역부족이었다.

"빌어먹을! 만성(曼成, 이전의 자), 문겸을 보살피게!"

하후돈은 다급히 조운을 뒤쫓았다. 준마를 탄 하후연이 바로 뒤에 따라붙었다.

"묘재(妙才, 하후연의 자)."

"원양 형님, 저자를 그냥 보내선 안 됩니다."

"내 생각도 같네."

하후돈과 하후연 그리고 하후연이 거느린 수백의 기병이 조운을 추격했다.

조운이 이때 어떻게든 포위를 뚫고 복양성 쪽으로 내달렸다면, 귀환하는 태사자의 부대와 조우했을지도 몰랐다. 하지만 그는 안타깝게도 반대 방향을 택했다. 실수가 아니라 어쩔 수 없는 선택이었다. 본진의 이상을 감지한 조조가 복양성 앞쪽으로 병력을 대거 이동시킨 탓이었다.

조운은 큰 부상은 없었으나 많이 지친 상태였다. 그는 추격자들의 존재를 눈치챘다. 지금은 도저히 거기에 맞서 싸울 자신이 없었다. 얼마 지나지 않아 너른 강이 나타났다. 복양성 남쪽을 흐르는 '복수(濮水)'라는 강이었다.

'단숨에 뛰어넘는다.'

조운은 달리는 속도를 높였다.

하후돈이 초조한 목소리로 외쳤다.

"이러다 놓치겠네!"

"그럴 순 없지요."

하후연은 이미 활을 겨누고 있었다.

"이럇!"

조운이 말과 함께 복수 위로 뛰어오른 그때.

"맞아라!"

하후연은 한 소리 기합과 함께 시위를 놓았다. 밤공기를
가르며 날아간 화살은 정확히 조운의 등 한복판에 꽂혔다. 보
통 화살이 아니라, 조조군 제일의 명궁이라는 하후연이 온 힘
을 다해 쏜 것이었다.

움찔한 조운은 말고삐를 놓쳤고, 말에서 거꾸로 떨어져 강
에 빠지고 말았다. 말은 구슬픈 울음소리와 함께 허우적거리
다가 아래로 떠내려갔다.

"이런!"

하후돈이 보니, 복수는 계절에 맞지 않게 매우 수량(水量)
이 많고 세차게 흐르고 있었다. 더구나 깊기까지 했다. 여기
까지는 오용이 미처 얼려놓지 못한 것이다. 조운의 모습은 이
미 보이지 않았다. 하류 쪽을 망연히 바라보는 하후돈에게 하
후연이 말했다.

"제 화살을 정통으로 맞은 데다 이 계절에 차가운 급류에

빠졌으니 살아남기 어려울 겁니다. 설령 무사하다 해도 멀리 가기 어려울 테니, 정 찜찜하시면 하류 쪽으로 내려가면서 찾아보지요."

"그게 좋겠네."

하후돈이 복수의 하류로 내려가려 할 때였다. 다급히 말을 몰아온 전령이 외쳤다.

"장군님! 빨리 돌아오시라는 주공의 명입니다. 긴급한 상황이 발생했답니다!"

"뭐? 하필……."

하후돈은 혀를 찼지만 어쩔 수 없었다. 그는 콸콸 흘러가는 복수를 힐끗 바라본 후 말머리를 돌렸다. 곧 하후돈과 하후연은 조조가 있는 쪽을 향해 달려가기 시작했다.

사실상 용운이 겪은 첫 번째의 대패인 복양 전투가 마무리되는 순간이었다.

19
.
연이은 비보

업성에서 동남쪽으로 이어지는 길 위를, 두 필의 말이 달리고 있었다. 각각 눈처럼 흰 말과 칠흑같이 검은 말이었다. 꽤 오랜 시간을 쉬지 않고 달린 듯했다. 말의 몸에서 김이 무럭무럭 피어올랐다.

흰 말은 은빛 갑옷을 입은 귀공자가, 검은 말은 검은 갑옷 차림의 장수가 몰고 있었다. 바로 마초와 방덕이었다. 두 사람은 순욱의 부탁으로, 용운을 지원하기 위해 돈구현으로 향하는 중이었다.

시간을 거슬러, 이날 새벽이었다. 사람을 보내 마초와 방덕을 부른 순욱이 말했다.

"이렇게 일찍부터 오시라 하여 죄송합니다."

순욱은 하인에게 일러 차를 내왔다.

마초는 그가 권하는 대로 등받이가 있는 푹신한 의자에 앉았다. 처음 보는 이 물건 또한 진용운이 개발했다고 들었다. 업성에는 참 신기한 물건들이 많았다. 마초는 약간의 경계심이 담긴 기색으로 답했다.

"아닙니다. 무슨 일이신지……."

처지가 처지인 만큼 마초는 온갖 생각이 다 들었다. 혹시 여포나 한수로부터 압박이 들어왔으니 나가달라는 것일까. 아니면, 지난번 사건의 혐의를 벗지 못한 것일까.

그런데 순욱의 말은 생각지도 못한 내용이었다.

"실은 두 분 장군께 긴히 부탁할 일이 있어, 실례를 무릅쓰고 불렀습니다."

"부탁이라 하심은?"

"아시겠지만 우리는 현재 원소와 전쟁 중입니다. 그리고 바로 어제, 주공께서 원소를 대파했다는 전갈을 받았습니다."

그 말에 마초는 내심 깜짝 놀랐다.

'원소를 이겼다고? 대단한데? 어쩌면 기주목의 저력은 나와 영명(令明, 방덕의 자) 님이 생각한 것 이상일지도 모르겠구나.'

순욱은 두 사람의 기색을 살피며 말을 이었다.

"그런데 다른 문제가 터졌습니다. 원소가 관도로 밀고 내려오는 사이, 그의 명령을 받은 조조가 복양성을 공격해온 겁니다. 복양성의 동군태수 왕굉 님은 흑산적 토벌 때 병력을 지원해주어, 주공과 동맹을 맺은 사이입니다. 이에 주공께서 즉시 1차 구원군을 파견했으나 그마저 쉽지 않은 상황에 처한 듯하여 부득이 두 분께 부탁하게 됐습니다."

듣기만 하던 방덕이 처음으로 입을 열었다.

"가서 싸워달라는 말씀입니까?"

"그렇습니다."

순욱의 말에 마초는 고개를 갸웃거렸다.

"동맹이라 봐야 동군이 기주에 속한 것도 아니요, 기주목은 진씨고 동군태수는 왕씨인데 굳이 의리를 지킬 필요가 있겠습니까?"

아버지의 의형제 수준이던 한수에게서도 배신당한 마초였다. 생판 남을 돕는다는 게 진심으로 이해가 안 갔다.

순욱은 부드러운 표정으로, 그러나 단호하게 말했다.

"주공은 신의를 중시하는 분입니다. 동맹을 저버렸다는 평판이 퍼지면, 앞으로 어찌 세력을 넓혀 대의를 도모하겠습니까?"

"흐음…… 뭐, 알겠습니다."

어쨌거나 그냥 무위도식하기에는 눈치도 보이고 지루하던 차였다. 마초와 방덕은 그 제안에 승낙하여 바로 출발한 것이었다. 그 후로 쉬지 않고 달려, 해질 때쯤에는 돈구현에 도착할 듯했다. 문제는 병력을 전혀 내주지 않았다는 거였다.

방덕이 다소 굳은 얼굴로 불평했다.

"우리 실력을 보일 좋은 기회이긴 하지만, 단둘이서 돈구현까지 가라니. 너무한 처사가 아닙니까."

마초는 의외로 그리 기분 나빠 보이지 않았다. 아직 젊은 그는 돌아가는 상황이 재미있었다. 또 아버지의 죽음을 되새기며 침잠해 있는 것보다 이렇게 뭐라도 하는 편이 백배 나았다.

"병력이 없다지 않습니까. 따지고 보면 남이나 매한가지인 우리에게 성의 병력을 선뜻 내주기도 곤란했겠지요."

그리고 병력 대신, 좀 과장하면 기보(奇寶, 기이한 보물)라 할 만한 것들도 얻었다.

"특히 이 장비들을 보면 성의가 없는 건 아닙니다. 쓰던 창이 이가 빠지고 낡아 고민이었는데 마음에 쏙 드는군요. 사실 저는 어쩌다가 이 창을 먼저 보게 됐는데 그때부터 한눈에 반했거든요. 이게 제 손에 들어올 줄은 몰랐습니다."

"그러셨습니까."

순욱은 특별한 창 한 자루를 마초에게 선사했다. 통짜 철로 된 데다가 날 부분도 특이했다. 보통 창처럼 납작하고 뾰

족하게 간 날이 아니었다. 끝은 예리하되 창대를 그대로 갈아
낸 원뿔형이었다.

"이런 모양의 창은 난생처음 봤습니다. 처음 봤을 때부터
예사롭진 않았지만."

이것은 마치 현대의 드릴처럼 나선형으로 홈이 파여 있었
다. 찌르기 쉬우며, 빼낼 때 내부를 파괴하고 출혈을 심하게 하
는 장치였다. 이 시대의 기술로는 만들 수 없는 창이었다. 마초
가 혹한 것도 무리는 아니었다. 창의 정체는 바로 위원회의 장
로, 조개의 본체인 유물 '탁탑천왕(托塔天王)'이었으니까.

전예는 그간 창을 꼼꼼히 조사해보고 사건 현장도 수사했
으나, 별다른 특이점을 찾지 못했다. 이화라는 청년은 깨어
난 후 아무것도 기억하지 못했고 문지기 병사도 마찬가지였
다. 그러다 수하에게서, 마초를 경비병 폭행범으로 오해했다
는 얘길 들었다.

'객으로 온 장수를 범죄자 취급한 것인가.'

그 일이 마음에 걸리던 중, 이번에는 마초를 증원군의 지
휘관으로 파견해야 할 것 같다는 말을 순욱이 해왔다. 그래도
괜찮을지, 혹 다른 세력이 뒤에 있는 건 아닌지 조사해달라는
의뢰와 함께. 전예는 이미 마초가 업에 도착한 직후부터 조사
를 시작한 상태였다.

'확인해본 결과, 마초의 처지에 대한 얘기는 모두 사실이

었다. 타 세력과의 연결고리도 전혀 없었다. 그렇다면 그냥 이렇게 보내기에는 미안한 일이 아닌가. 주공의 평판이 깎일 수도 있는 일이다.'

고심하던 전예의 시선이 문제의 창에 닿았다. 그는 원래 창을 주 무기로 쓰지 않았다. 그나마 흑영대를 맡은 후로 전면에 나서서 싸울 일도 없었다. 그래도 이 창이 보통 무기가 아니라는 사실은 확실히 알 수 있었다.

'극히 정밀하며 기이한 모양도 그렇고. 가끔 내게, 세상으로 내보내 달라고 외치는 것 같단 말이야. 그래, 마침 마초가 창을 쓰는 듯하니 이걸 선물로 줘야겠다. 그럼 지난번 일에 대한 사과도 되겠지.'

이런 사연으로 탁탑천왕이 마초의 손에 들어오게 된 것이었다. 마초는 황홀한 표정으로 창신을 어루만졌다. 마치 여인의 몸을 쓰다듬듯, 은근하고 부드러운 손길이었다. 창 속에서 조개가 진저리치며 외쳤다.

'하지 말라고, 미친놈아!'

"이러고 있으면, 마치 창이 저한테 말을 거는 것 같다니까요."

마초의 말에 방덕도 고개를 끄덕였다.

"이 등자라는 물건도 대단합니다. 훨씬 힘을 덜 들이고 안정적으로 말을 탈 수 있습니다. 덕분에 예상보다 훨씬 빨리 목적지에 도착할 것 같습니다. 지금 작은 주공께서 양손을 다 놓고 창을 만질 수 있는 것도 등자 덕이지요."

일이 자꾸만 꼬이자 조개는 미칠 지경이었다. 그는 영혼체만 존재하는 특수한 형태였다. 본체인 창을 누군가가 만지면, 그 대상의 혼을 내쫓고 육체를 차지하는 '영혼전염'이란 천기를 가졌다. 그 특성을 이용해 용운을 암살하려 했다. 그의 측근에게 들어가거나, 강자(強者)의 몸을 차지해서.

한데 이 마초란 놈에게는 영혼전염이 통하질 않았다. 인체의 면역력이 약해질 때 병이 파고드는 것처럼 영혼전염 또한 영혼의 약점을 노리는 방식이었다. 혼의 약점이란 자신에 대한 불안감, 죄책감, 열등감 등 다양한 형태가 있었다. 그런 감정이 정도 이상으로 커질 때 약점이 되는 것이다. 그런 약점은 누구나 가지고 있기 마련이었다. 하지만 마초는 그런 게 없었다. 아예 조개의 목소리가 제대로 전달되지도 않는 듯했다.

'영혼전염이 안 먹히는 대상은, 혼은 있으나 자아성찰이 부족한 바보 혹은 자부심이 너무도 강해서 정신적으로 약한 부분이 없는 자인데.'

그때, 마초가 창을 머리 위로 팔랑개비처럼 돌리며 외쳤다.

"우하하, 방덕! 이 정도면 서량의 금마초라고 불러도 되지 않겠습니까?"

금마초란 아름다운, 빼어난 마초라는 의미였다. 현대식으로 표현하자면, '난 서울의 꽃미남 장동건이야!'라고 제 입으로 외치는 꼴이었다.

'……이놈은 바보인 데다 자부심도 넘치는구나. 둘 다네, 둘 다야.'

방덕은 익숙했는지 별로 신경도 쓰지 않았다.

창을 말안장의 가죽 고리에 매단 마초가 화제를 돌렸다.

"업성은 뭔가 다른 곳과 달랐어요. 화려하기로 치면 낙양에 못 미치고 규모로는 무릉(부풍군 무릉현. 마초의 고향)보다 작았지만, 훨씬 잘 정비되고 세련된 느낌이었습니다. 다른 고장에서는 못 본 신기한 물건도 많았고요. 특히, 전쟁 중임에도 불구하고 백성들의 표정이 밝고 행색이 깨끗하여 놀랐지요."

"진용운…… 확실히 범상치 않은 인물인 모양입니다."

"언제 보나 했는데, 덕분에 기주목을 더 빨리 대면하게 됐으니 그것도 잘된 일입니다. 조조군을 상대로 한번 힘 좀 써 봅시다."

둘의 대화를 듣던 조개는 마음을 가라앉혔다.

'그래, 알아서 진용운의 곁으로 가주는 모양이구나. 가서 다른 놈이 날 만지게 하면 된다. 오히려 잘된 일인지도 모른다.'

마초와 방덕은 달리는 말에 박차를 가했다.

한편, 용운은 용운대로 부지런히 남하 중이었다. 장합이 중독되고 장료는 관도현에 주둔해 원소를 견제하는 임무를 맡은 까닭에 용운은 가용할 장수가 없었다. 그때, 업성의 순욱에게서 마초와 방덕에 대한 소식이 왔다.

'그 둘이라면 병력을 맡길 만하다. 마초가 아직 열일곱 살이라는 게 좀 걸리지만.'

다행히 혼수상태이던 검후와 사린이 깨어났다. 용운은 안도와 더불어 큰 기쁨을 느꼈다. 그녀들이 얼마나 소중한지 새삼 실감했다.

"걱정을 끼쳐 송구합니다, 주군."

검후는 이번 전투에서 깨달은 게 있다며 명상을 시작했고…….

"끄으, 배고파!"

사린은 무서운 기세로 먹어댔다.

청몽과 성월의 부상도 거의 회복되었다.

'좋아, 이제 움직일 수 있겠어.'

용운은 승전의 기쁨을 누릴 여유도 없이, 직접 남은 병력을 이끌고 복양성 북쪽의 돈구현으로 향했다. 거기서 마초 및 방덕과 조우하여 병사를 맡기기로 한 것이다.

곽가와 진궁의 지략이 뛰어나다 하나, 선두에서 일군을 이끄는 데는 또 다른 능력이 필요했다. 또한 때에 따라 직접 적장과 싸우게 될 수도 있는 이 시대의 전투에서, 두 사람이 병력을 지휘할 수는 없었다. 이는 용운도 마찬가지였다.

사천신녀는 개개인의 무력은 뛰어나지만, 지략과 통솔력이 부족했다. 싸움이 벌어지면 병사들은 잊어버리고 혼자 뛰어들어 날뛸 게 뻔했다. 분명 조운, 장합, 장료, 태사자 등은 어느 세력에 가더라도 수만의 대군을 이끌 수 있는 장군감들이다. 그러나 전투를 거듭하면서 용운은 장수가 더 필요함을 뼈저리게 실감하게 되었다. 그런 그에게 마초와 방덕은 단비와도 같았다.

잠깐씩 쉬며 행군하다 보니, 서쪽으로 저녁노을이 지고 있었다.

"이제 돈구현 초입입니다."

수레에 탄 용운에게 근위병이 알려왔을 때였다.

"주공, 이자가 급히 전할 말이 있다고 합니다."

척후병이 장년인 한 사람을 데려왔다. 겉보기에는 평범한 장사치처럼 보이는 자였다.

그는 용운을 보자, 검은 나무로 만든 패를 꺼내 공손히 양손에 올렸다.

'이건 흑영대의 표식.'

용운이 직접 쓴 '흑영(黑影)'이란 글자를, 특수한 나무에 조각한 패였다. 사실 그 패가 아니더라도 용운은 그의 얼굴을 기억하고 있었다. 한 번 본 적이 있기 때문이었다. 그는 전예가 복양성에 잠입시켜둔 대원이었다. 전예는 동맹도, 심지어 순욱이나 조운, 진궁조차 완벽하게 믿지 않았다. 그가 용운에 대한 충성을 믿어 의심치 않는 사람은 사천신녀와 자기 자신뿐이었다.

용운은 잠시 행군을 멈추고 주위를 물렸다. 곽가와 진궁 그리고 사천신녀를 제외한 전원이, 용운의 수레를 중심으로 말소리가 들리지 않을 거리까지 물러났다. 흑영대원이 직접 찾아와 패를 보이는 행동은, 전달할 정보가 시급을 다투는 것인 동시에 기밀이라는 의미였기 때문이다.

"주공께서 한발 빠르게 돈구현까지 오셔서 정말 다행입니다."

예를 표한 흑영대원은 용운이 기함할 소식을 전했다.

"지난밤 조운 장군께서 조조의 본대에 화공을 펼침과 동시에 야습을 행하셨으나, 적의 반격을 받아 실패했습니다. 그 결과 아군 부대의 반 이상이 죽거나 사로잡혔고 군사 전풍이 사망했습니다. 또한 조운 장군은 적장 하후연의 화살에 맞아 강물에 빠지신 후 행방불명입니다. 아마도 그 또한 사망으로 추정……."

보고가 이어질수록 사람들의 안색이 변했다.

철그렁! 쇳소리가 울렸다. 검후가 들고 있던 검을 떨어뜨린 소리였다. 그녀는 다급히 검을 다시 주워들었다.

그때 문득 흑영대원이 보고를 하다 말고 입을 다물었다. 숨이 콱 막히는 기운이 그를 짓누른 탓이었다. 마치 서서히 주위를 잠식해가는 밤의 어둠 같은, 그러나 그보다 훨씬 음험하고 농밀한 기운이었다.

용운이 가라앉은 목소리로 말했다.

"뭐라고?"

그의 옆에 있던 진궁이 놀라서 입을 열었다.

"주군······."

용운은 수레에서 천천히 몸을 일으켰다. 말들이 겁에 질려 투레질을 했다.

"뭐라고 했지? 누가 어찌 됐다고?"

"······."

흑영대원의 얼굴이 퍼렇다 못해 검게 질렸다. 뭔가 말을 하고 싶었으나 숨쉬기가 어려웠다. 그는 원래 군더더기를 빼고 사실만 전달하도록 훈련받았다. 정확한 정보를 전함과 동시에 시간을 절약하기 위해서였다. 그러나 그 말을 곧이곧대로 전한 게 용운을 분노케 한 듯했다.

그때, 진궁이 차분한 목소리로 재차 말했다.

"주공, 진정하시지요. 봉효가 힘들어합니다."

그 말에 용운은 퍼뜩 정신이 들었다.

'내가 뭘 한 거지?'

그는 방금 극에 달한 분노의 감정을 살기(殺氣)로 바꿔 몸 밖으로 내보냈다. 살기란 곧 죽이고자 하는 기운이었다. 현대에서도 예민한 사람이라면, 섬뜩한 기분 등으로 살기를 감지할 수 있다. 그러나 용운은 그것을 넘어서서 주위에 직접 영향을 끼쳤다.

'뭔가 이상해.'

용운은 자신의 몸에 기이한 변화가 일어나고 있음을 느꼈다. 곧 192년이었다. 스물하나, 만으로는 딱 스무 살이 되는 해였다. 용운은 몰랐지만, 허약하던 진한성이 확 바뀌기 시작한 것도 만 스무 살 무렵부터였다.

용운은 황망한 심정으로 주위를 둘러보았다. 곽가는 안색이 창백했고 진궁도 낯빛이 나빴다. 임무를 다했을 뿐인 흑영대원은 또 무슨 죄인가. 용운은 상황을 깨달은 즉시 그의 손을 잡고 사과했다.

"미안해요. 정말 미안합니다. 제가 감정을 추스르지 못해서. 그런데……."

입술이 떨렸다. 기어이 눈물이 터져나왔다. 주군으로서의 위엄? 그런 것 따위에 신경 쓸 여력이 없었다. 그저 방금 들은 얘기가 착오이길 바랄 뿐.

"정말입니까? 전풍이 죽었고 자룡 형님마저……."

"……송구합니다."

용운은 필사적으로 눈물을 삼켰다. 고갯짓으로 흑영대원을 물러나게 한 진궁이 말했다.

"주공, 너무 심려치 마십시오. 원호 님은 애석합니다만, 자룡 장군의 죽음은 아직 확실히 확인된 건 아닙니다."

그런 진궁의 목소리도 걷잡을 수 없이 떨렸다.

곽가는 이맛살을 찌푸린 채 고민에 빠졌다. 쉽지 않으리란 예상은 했다. 하지만 조운이란 뛰어난 장수에, 전풍과 저수라는 책사까지 붙었는데 이런 결과가 나온 것은 예상 밖이었다.

'조조, 생각보다 훨씬 뛰어난 자였나? 1차 지원군이 격파당했다면 우리도 쉽지 않은 싸움을 하게 될 가능성이 높다. 마초와 방덕이라는 장수들의 역량이 어느 정도인지가 더 중요해졌다.'

무엇보다 걱정되는 건 용운의 상태였다. 곽가는 부드럽기만 한 줄 알았던 용운이 돌변하는 모습에 적잖이 놀랐다. 이는 그만큼 조운의 존재가 크다는 얘기였다.

사람은 복수심에 사로잡히면 분별을 잃게 되는 법. 역사적으로 유비가 그랬다. 의형제인 관우의 죽음에 눈이 돌아간 그는, 제갈량과 조운 등 중신들의 만류에도 불구하고 오나라를 치려고 대군을 일으켰다. 그 결과는 촉나라 몰락의 시발점이 된 대패였다.

곽가는 조운이 사망했다는 최악의 경우를 염두에 두고 앞으로의 일을 생각했다.

'이 일이 주공에게 악영향을 미치면 안 되는데.'

용운은 서둘러 진궁에게 명령했다.

"지금 바로 발 빠르고 눈 좋은 병사 오백, 아니 천을 은밀히 보내서 형님이 화살을 맞았다는 강과 그 일대를 샅샅이 조사하도록 하세요."

"알겠습니다."

"그리고 진군을 재개하도록 하지요. 원군이 패배했다면 복양성의 상황은 더 나빠졌을 테니…….."

부대가 다시 움직이기 시작했다.

용운은 어느새 격정을 가라앉힌 듯 보였다. 곽가는 그 모습에 안도의 한숨을 내쉬었다. 이는 용운이 가진 '냉정(冷靜)' 특기 덕이었다. 이성을 일깨워 감정에 사로잡혀 무분별한 행동을 하지 않게 해주는 특기였다. 그렇다고 감정 자체가 사라지는 건 아니어서, 용운의 마음속은 조운에 대한 걱정으로 가득 차 있었다.

'전풍을 잃었는데 형님까지……. 아니, 그럴 리가 없어. 시신을 확인한 것도 아니잖아!'

마음 같아서는 다 때려치우고 조운을 찾는 일에 전력을 쏟아뭇고 싶었다. 하지만 그러다 자칫 동맹인 왕굉은 물론, 태사자마저 잃을 우려가 있었다.

그때, 수레 곁으로 다급히 말을 몰아온 병사 하나가 보고했다.

"북쪽에서 두 사람이 다가오고 있습니다. 자신들이 각각 마초와 방덕이라고 하는데, 미리 주공께 전갈이 갔을 거라고 말했습니다."

드디어 마초와 방덕을 만나는 순간이 왔다. 억지로 감정을 추스른 용운이 말했다.

"정중히 모셔와요."

마초와 방덕은 돈구현 초입에서 대군을 만났다. 아직 완전히 해가 떨어지기 전이라, 부대 위로 '진(秦)'이라 쓰인 깃발이 보였다. 깃발은 노을에 반사되어 핏빛으로 물들었다.

"기주목의 군대인 모양입니다."

방덕의 말에 마초가 고개를 끄덕였다. 두 사람은 좀 떨어진 곳에 말을 세웠다.

곧 기병 셋이 달려와 물었다.

"어디서 오신 분들이십니까?"

정중하되 경계는 풀지 않은 태도였다.

"나는 서량의 마맹기, 이쪽은 나의 일행인 방영명이오. 이 부대는 기주목 진용운 공의 것이오?"

"그렇습니다."

"돈구현에서 그분과 합류하기로 했소. 뵙고 인사드려야 하니 안내해주시오."

"조금만 기다려주십시오. 바로 확인해보겠습니다."

기병 셋 중 하나가 본진 쪽으로 향했다. 나머지 둘은 남아서 마초와 방덕을 주시했다. 마초와 방덕은 눈짓을 주고받으며 속삭였다.

"규율이 잘 잡혀 있군요. 일반 병사치고는 실력도 상당해 보이고."

"그렇습니다."

잠시 후, 앞서 본진으로 갔던 병사가 되돌아와 말했다.

"실례했습니다. 바로 모시고 오라십니다. 아, 여기서부터는 말에서 내리셔야 합니다."

"먼 곳에서부터 쉬지 않고 달려온 말이니 잘 보살펴주시오."

마초는 병사의 뒤를 따르려다, 문득 걸음을 멈추더니 돌아서서 안장에 매단 창을 들었다. 창 속에서 조개가 탄식했다.

'쓸데없이 철두철미한 놈이로구나.'

그리고 마침내 마초는 용운과 대면했다.

'이자가 진용운.'

'이 사람이 마초……'

둘은 서로를 유심히 관찰했다.

"처음 뵙겠습니다. 진용운이라고 합니다. 어려운 청을 들어주셔서 감사합니다."

용운의 인사에 마초도 마주 포권을 취했다.

"아닙니다. 갈 곳 없는 몸을 받아주셨으니 저희야말로 은혜를 입었습니다."

용운은 마초와 방덕에게 대인통찰을 사용했다. 능력이 어느 정도인지 궁금한 것도 있었지만, 진짜 마초와 방덕이 맞는지, 또 자신에 대한 그들의 감정이 어떤지 확인할 필요도 있어서였다.

용운은 수치를 보며 생각을 정리했다.

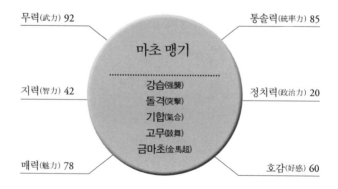

무력(武力) 93	통솔력(統率力) 80

방덕 영명

강습(强襲)
돌격(突擊)
기사(騎射)
분전(奮戰)

지력(智力) 70	정치력(政治力) 45
매력(魅力) 65	호감(好感) 50

'일단 내게 악의가 있는 건 아니다. 마초는 오히려 나에 대해 약간의 호감 또는 흥미가 있는 상태. 방덕은 냉철하다고 알려진 성격답게 중립이고. 그나저나 마초, 열일곱 살인데 벌써 무력이 92…… . 아직 방덕보다는 낮지만 더 성장하겠지.'

거기에 '금마초'라는 고유 특기를 가지고 있었다. 이름만 봐서는 전혀 감이 안 잡혔다. 어떤 효력이 있는지는 몰라도, 고유 특기는 대부분 유니크급이니 강력한 위력을 발휘하리라. 그 밖의 특기도 전형적인 돌격대장형이었다. 다만, 낮은 지력이 마음에 좀 걸렸다. 이제껏 비교적 지력이 높은 지장들을 주로 접해온 터라 더 그랬다.

'책사는 필수로 붙여야겠네. 단독으로 보내면 안 되겠어.'

마초도 용운을 보며 이런저런 생각 중이었다.

'나보다 나이가 많다고? 아무리 봐도 열여섯 정도로밖에 안 보이는데. 게다가 사내가 뭐 저리 예뻐?'

그러던 그의 시선이 뒤쪽에 선 여인들에게로 향했다. 사천 신녀에 대해 미리 얘기를 듣긴 했다. 업성을 돌아다니다 보면 늘 화제인지라 모르는 게 더 이상했다. 솔직히 그녀들 중 한 사람이 화웅을 단칼에 벴다거나 하는 얘긴 믿기지 않았다. 마초의 활동무대는 양주 쪽이었기에, 화웅이 얼마나 강한지 잘 알고 있었기 때문이다.

'그 화웅이 여자에게? 과장이겠지.'

그렇다 보니 마치 선녀처럼 묘사되는 그녀들의 미모도 과장일 거라 여겼다. 한데 직접 보자, 소문이 실제보다 못한 면이 있었다. 놀라던 마초가 사린을 보는 순간 눈을 부릅떴다.

사린은 열심히 만두를 먹는 중이었다. 조운이 죽었을지도 모른다는 소식은 슬펐지만, 그래서 더욱 든든히 먹어둬야 했다. 그의 몫만큼 싸워야 하니까.

마초의 시선을 느낀 사린도 그를 쳐다봤다. 입가에 고기 부스러기를 잔뜩 묻힌 채였다.

마초는 이 순간 난생처음 첫눈에 반한다는 감정을 실감했다.

'허억, 무, 무진장 귀여워! 저 소저는 기주목과 무슨 사이일까. 설마 첩실은 아니겠지?'

넋 나간 듯 사린을 보는 마초에게, 용운이 말했다.

"여기까지 먼 길을 서둘러 오셨으니, 일단 오늘 밤은 푹 쉬십시오. 내일 아침에 작전회의 후 바로 병력을 배정해드리겠습니다."

"……."

마초는 여전히 사린에게 시선이 꽂혀 있었다. 당황한 방덕이 작은 목소리로 말했다.

"작은 주공."

"어? 네? 아, 알겠습니다! 제가 당장 조조군을 박살내 드리지요. 하하하!"

사린은 그를 바라보며 생각했다.

'바보다.'

용운은 마초의 말에 부드럽게 웃었다.

"그것참, 듣기만 해도 든든하군요. 활약을 기대하겠습니다."

용운은 수하에게 일러, 두 사람에게 고기와 술을 충분히 내리게 하고 막사를 배정토록 했다.

마초와 방덕이 물러간 후, 곽가가 말했다.

"주공, 방덕이라는 장수는 확실히 쓸 만해 보였습니다만, 마초는 허풍쟁이 애송이 아닙니까?"

"이 년 후쯤 마초는 방덕보다 강해질 것이고 오 년 뒤에는 장료나 조운과 호각을 다툴 것입니다."

"……그 정도입니까? 저는 잘 모르겠습니다."

마초와 방덕은 병사가 알려준 막사에 들었다. 막사 또한 자못 신기한 모양새였다. 이는 용운이 현대의 군용 천막을 응용한 것으로, 설치와 철거가 간편하면서도 아늑했다.

방덕은 피곤했는지 금세 곯아떨어졌다. 하지만 마초는 좀체 잠을 이룰 수 없었다. 자꾸 눈앞에 어른거리는 한 소녀의 얼굴 때문이었다.

'이름은 뭘까. 몇 살일까. 날 빤히 바라보던 걸 보면, 그쪽도 내게 관심이 없진 않아 보였는데.'

마초는 잠자리에서도 창을 껴안고 있었다. 방덕이 잠든 듯하자, 그는 창에게 중얼거렸다.

"나의 창아, 너도 봤지? 아까 그 소녀 말이야. 정말 아름답지 않더냐?"

'그만해라…… 천기, 영혼전염!'

"음, 그러고 보니 나의 창이라고 부르니까 이상하구나. 네게 이름을 붙여주마. 뭐가 좋을까…….'

'영혼전염!'

"오, 그래! 천하제일의 영웅이 될 이 몸, 금마초의 창이니 금마창(金馬槍)이라 해야겠구나."

마초는 창신에 입을 맞추며 말했다.

"나와 함께 멋지게 싸워보자꾸나. 그래서 그 소녀의 마음을 훔쳐오는 거다."

조개가 절규했다.

'제발 그만하라고, 미친놈아!'

용운은 용운대로 잠들지 못하고 뒤척였다. 전풍의 죽음이
준 충격과 조운에 대한 염려 탓이었다.

검후는 수련한다고 나가서 돌아오지 않았다. 아마 그녀도
큰 충격을 받았을 것이다. 나머지 사천신녀는 어느새 잠들었
는지 조용한 숨소리만 들려왔다.

'전풍이 죽다니…… 아직 그의 능력을 제대로 발휘해보
지도 못했는데.'

용운은 전풍의 강직한 얼굴을 떠올렸다. 자신이 건강을 염
려해줄 때면 어쩐지 쑥스러워하던 표정도. 자꾸 눈시울이 뜨
거워졌다.

동시에 과연 조조라는 생각도 들었다. 순욱으로 시작되
는 그의 책사진을 거의 빼앗아오다시피 했다. 순욱, 곽가, 사
마랑, 순유. 모두 원래는 조조의 책사가 돼야 했을 인재들이
아닌가. 그럼에도 불구하고 아군이 패배했다. 전풍과 저수,
거기에 조운까지 가세했음에도. 이것은 조조 자신의 능력인
가? 아니면 혹, 역사가 변화하자 거기에 맞춰 다른 책사를 손
에 넣은 걸까?

'어쨌든 하후연의 손에 자룡 형님이 변을 당한 게 사실이

라면⋯⋯.'

절대 용서하지 않겠다. 모든 힘을 쏟아부어 반드시 조조의 세력부터 박살내고 말리라. 용운은 이를 악물고 다짐했다.

부대 근처, 좀 떨어진 야트막한 언덕에서는 한 여인이 밤하늘을 하염없이 바라보고 있었다. 유난히 큰 키에, 양쪽 허리에 각각 검과 도를 찬 여인. 바로 검후였다. 그녀는 조운이 죽었을지도 모른다는 말을 듣는 순간, 비로소 깨달았다. 자신이 그를 얼마나 사랑하는지.

이 세계에서 반드시 해야 할 일이 있었다. 사랑 같은 감정은 사치라고 생각했다. 엄밀히 말하면 이미 죽은 몸이기에 상관없었지만, 생전에 사랑했던 이에 대한 죄책감도 있었다. 그러나 무시하고 억누르기에는, 조운에 대한 마음이 너무 자라 있었다. 늘 변함없는 시선으로 자신을 바라봐주고 조용하지만 은은하게 타오르는 사랑을 주던 남자.

—당신은 정말 대단한 사람이오. 연모하오.

조운의 나지막한 목소리가 귓가에 맴돌았다. 깊은 한숨을 내쉰 검후가 중얼거렸다.

"무사한 거죠?"

밤하늘의 그믐달이, 자신을 볼 때면 늘 부드럽게 휘어지는 그의 눈썹을 떠오르게 했다.

"꼭 돌아와야 해요, 자룡."

여러 사람이 잠 못 이루는 밤이 깊어가고 있었다.

(5권에 계속)

외전

1

반란의 불꽃

184년, 양주.

후한의 서쪽 끝인 무위, 서평, 금성, 천수, 농서 등이 포함된 넓고 황량한 지역으로, 서쪽에 있다 하여 서량이라고도 불렸다.

후한 제국이 흔들리기 시작한 지는 꽤 됐지만, 그중에서도 방치해두다시피 한 양주 등지의 실상은 참혹했다.

특히, 양주자사 경비(耿鄙)는 세금을 마구 거둬들이고 강족과 저족 등의 이민족을 무참히 박해했다. 양주는 척박한 환경과 불안한 정세 탓에 이민족과의 화합이 필수였는데 이를 무시했다.

그러다 그가 강족 여인들을 대거 납치해와 겁탈하고 죽이는 사건이 벌어졌다. 조금씩 들끓어 오르던 역심이 이 사건으로 인해 임계점을 넘어서고 말았다. 참다못한 강족들이 들고 일어난 것이다.

강족의 이름난 족장이자 호걸 '북궁백옥(北宮伯玉)'이 왕이 되고 호족 '이문후(李文侯)'가 장군이 되어, 강족, 저족에 대월지(大月氏, 고대 중앙아시아의 유목민족 국가로, 월지국이 흉노에 패하여 서쪽으로 쫓겨가 세운 나라)까지 가담한 대군이 양주성을 향해 물밀듯이 쳐들어왔다.

이 급보를 들은 경비는 휘하의 장수 영징(冷徵)을 호강교위(護羌校尉, 강족을 막는 교위. 교위와 중랑장 등은 상황에 따라 각기 다른 명칭을 붙임)로 임명하고 다급히 금성군으로 보내어 반란군을 진압하도록 했다.

그 와중에도 자사 좌창이라는 자는, 군세를 동원하는 틈을 타서 수천만 전을 착복하였으니, 후한의 기강이 얼마나 해이해져 있는지 알 만했다.

금성군은 진의(陳懿)라는 자가 태수로 있었다. 금성군에 속하는 파강현은 반군이 첫 번째로 접하는, 제대로 된 관문이었다. 앞선 안이현은 제대로 된 대응도 못해보고 순식간에 무너졌으나 파강현은 달랐다.

진의의 사람됨 자체가 건실하여, 금성의 방어는 대체로 충실한 편이었다. 경비도 그 점을 믿고 금성으로 수하와 병력을 보낸 것이었다. 승승장구하던 반란군이 처음으로 주춤한 순간이었다.

북궁백옥이 보니 금성군 공략은 이제 시작인데 입구 격인 파강현을 무너뜨리기가 만만치 않았다. 금성군의 치소인 윤오현까지는 닿지도 못했다. 시간을 끄는 사이, 중앙 조정에서 원군을 보내오기라도 하면 낭패였다.

이에 그는 장군 이문후와 송양, 송건 등을 불러 의논했다.

"파강의 방비가 제법 단단하니, 어찌 뚫고 가면 되겠소?"

이에 잠시 생각하던 이문후가 답했다.

"파강이 만만치 않은 이유는, 앞선 성들과는 달리 관리와 백성들이 합심하여 대항해오기 때문입니다. 금성군 내의 명망 있는 호걸이나 재사를 우리 군에 가담시키면, 백성들은 혼란스러워하고 화합 또한 깨져 무너뜨리기 어렵지 않을 것입니다."

북궁백옥은 그럴듯한 의견에 기뻐하며 물었다.

"끌어들일 만한 자가 있소?"

"제가 알아보니 재사로는 변윤(邊允), 장수는 한약(韓約)이라는 자가 있습니다. 변윤은 신안현령과 독군종사 등의 벼슬을 지낸 자이나, 매번 승진에 탈락하고 변두리로만 돌아 조정에 불만이 많습니다. 또 한약은 무력이 뛰어난 데다 머리도 잘 쓰는 야심만만한 자입니다. 마침 둘 다 파강 근처에 있으니, 제가 직접 수하를 이끌고 가서 그 둘을 포섭하겠습니다."

이문후는 힘세고 날랜 자 여럿을 데리고 변윤과 한약을 찾아갔다. 변윤은 처음에는 펄쩍 뛰며 거부했지만, 그럼 이 자리에서 죽을 것이냐는 이문후의 겁박을 버텨내지 못했다. 한약은 변윤이 가담했다는 말에 기다렸다는 듯 쉽게 수락했다.

이문후는 두 사람을 북궁백옥에게 데리고 갔다. 북궁백옥은 크게 기꺼워하며 변윤과 한약에게 각각 이만의 군사를 주어 금성 공략의 선봉으로 세웠다. 이문후가 삼만 병력으로 그 뒤를 받쳤다.

과연 이문후의 예측대로였다. 파강성을 지키던 병사와 백성들은 선두에 선 변윤, 한약을 보고 동요를 금치 못했다.

"저분은 변윤 님이 아닌가."

"한약 님도 함께다. 설마 저들이 강족과 손잡고 반란군에 가담했단 말인가?"

그때 성문이 열리더니 한 장수가 기세 좋게 뛰쳐나왔다. 사기가 저하됨을 우려하여, 호강교위 영정이 직접 나선 것이었다. 그는 말채찍으로 한약을 가리키며 말했다.

"네 이놈! 오랑캐의 앞잡이 노릇을 하다니. 부끄럽지도 않느냐? 염치가 있다면 당장 스스로 오라를 받아라!"

껄껄 웃은 한약이 대꾸했다.

"강족 봉기의 원인이 양주자사 경비의 폭정이었음을 세 살배기 어린애도 아는 터. 너야말로 탐관오리의 개가 아니냐?"

영징은 버럭 성을 내며 달려들었다. 한약도 지지 않고 마주 달려나갔다. 하지만 한약의 실력이 예상보다 뛰어난 데다 격분하기까지 한 영징은 금세 손발이 어지러워졌다.

"이놈, 실력을 감추고 있었구나!"

결국 그는 몇 합 겨루지도 못하고 한약에게 목이 떨어졌다.

'지금이다!'

지켜보던 이문후가 기회를 놓치지 않고 병력을 일제히 돌진시켰다. 마침내 파강현은 이레 만에 무너지고 말았다.

파강현을 무너뜨린 반군은 곧장 태수 진위가 있는 윤오성으로 진격을 개시했다. 선두에는 변윤과 한약이 있었다. 변윤은 돌아가는 상황을 보며 착잡함을 금하지 못했다. 평소 황실과 조정에 불만이 많았던 건 사실이나, 조정의 녹을 먹은 몸인데 이런 식으로 반란군이 되리라곤 꿈에도 생각지 못했기 때문이다. 나직이 탄식하는 그에게 한약이 말했다.

"어차피 이리 죽으나 저리 죽으나 매한가지였소. 저들의 청을 거절했다면 반군의 손에 죽었을 테니 말이오."

"그건 그렇소만……."

"당금 조정은 어지럽고 환관들이 득세한 데다 황건의 난을 거친 뒤라 반란에 제대로 대응하지 못할 것이오. 이왕 이렇게 된 것, 힘을 손에 넣은 김에 이 나라를 한번 뒤엎어보는 게 어떻소?"

변윤은 한약을 물끄러미 바라보았다.

"당신은……."

원래부터 반골 기질이 있었구려, 라는 말을 변윤은 차마 하지 못했다. 이 한약이라는 사내에게서는 위험한 기운이 풍겼다. 한약이 말을 이었다.

"그러고 보니 이름도 바꿔야 할 거요."

"이름은 왜?"

"북궁백옥과 이문후는 본래 호(胡, 오랑캐)족이라 그러려니 하겠지만, 조정에서는 한인으로서 반란에 가담한 우리를 더욱 괘씸해할 거요. 필시 암살자를 보내거나 현상금을 걸 것이니, 이름을 바꿔 조금이라도 회피하는 게 좋겠소."

이에 얼마 지나지 않아 변윤은 변장(邊章)으로, 한약은 한수(韓邃)로 이름을 각각 바꾸었다. 변장과 한수는 윤오성으로 치고 들어가 태수 진의를 죽였다. 그러자 조정에서는 한약, 아니 한수의 예견대로 이 난을 변장과 한수의 난이라 칭하고 식읍 천 호의 제후 자리를 현상으로 내걸기에 이르렀다.

양주자사 경비는 소식을 들을수록 더욱 불안해졌다.

진의와 영정의 최후가 그럴진대 자신은 무사하리란 법이 없었다. 그는 조정에 사람을 보내 구원을 재촉하는 한편, 즉시 공문을 내걸고 장수와 병사를 모집하였다.

양주성 저자거리에서 그 방문을 물끄러미 바라보고 서 있는 장한이 있었다. 유난히 큰 키에, 기골이 장대한 자였다. 또한 피부는 갈색에다 코가 몹시 크고 우뚝했으며 눈이 부리부리했다. 그는 제 몸집보다 더 큰 나뭇짐을 진 채였다. 장한의 뒤에 함께 서 있던 사내가 말했다.

"저걸 보니, 자사님도 꽤나 급했던 모양입니다. 수성 형님."

"음……."

수성(壽成)은 장한의 자로, 그의 이름은 마등이었다. 마등이 사내에게 느릿한 어조로 답했다.

"저기 지원해볼까 하네, 영명."

영명(令明)이라 불린 사내, 방덕은 그 말을 듣고 깜짝 놀랐다.

"헉! 형님께서 말입니까? 저야 종사이니 어쩔 수 없이 참전해야겠지만, 몹시 위험할 겁니다. 굳이 이런 일을 안 하셔도……."

"맹기가 올해 벌써 여덟 살이네. 한데 아비라는 자는 변변한 자리 하나 없이 나무꾼 노릇이나 하고 있으니. 나보다 훨씬 어린 자네도 종사 관직에 있는데 말일세."

방덕은 젊어서부터 무재에 재능이 있어, 군리와 주종사를 두루 거쳤다. 마등은 그 일을 두고 한 말이었다. 방덕이 쑥스러운 기색으로 대꾸했다.

"그래도 형님께서는 복파장군 마원의 후손이 아니십니까. 아직 때를 못 만난 것뿐입니다."

마원(馬援)은 후한의 명장이자 개국공신으로, 기원전 14년경 출생하여 서기 49년에 사망한 인물이었다. 어릴 때부터 영특하여 큰 꿈을 품었으며, 감숙성(甘肅省) 방면의 강(羌)족, 저(氐)족 등의 외민족을 토벌하는 큰 공을 세웠다.

광무제에 의해 복파장군(伏波將軍)이 된 뒤에는 현재의 베트남에 해당하는 남방을 토벌하는 데 성공하여 큰 칭송을 받았다. 육순의 나이에도 북방의 흉노, 오환족 토벌에 활약하였으나, 남방의 만족을 토벌하러 출정했다가 열병 환자가 속출하여 고전하던 중 진중에서 병들어 죽었다.

"시조님을 생각하면 부끄러울 따름이네. 지금이 바로 일어설 때가 아닌가 싶으니. 이번 반란에서 공을 세워 관직을 받아야겠네."

마등의 뜻이 확고함을 알자, 방덕도 고개를 끄덕였다.

"형님의 뜻이 그러시다면 저도 돕겠습니다. 윗분들께 백인장으로 적극 추천하도록 하지요. 형님 같은 분이 졸개부터 시작할 필요는 없으니까요."

마등은 본래 풍채가 훤칠한 데다 성격도 좋아 따르는 이들이 많았다. 그는 방덕의 추천에 더하여, 건장한 신체와 곧 실전을 앞두고 있음에도 조금도 떨지 않는 배포로 장수의 눈에 들었다. 이에 교위로 배치되어 반군과의 전투에서 여러 차례 공을 세웠다.

그때쯤 반군의 기세는 거침이 없었다. 반군이 나날이 세력을 확장하자 수많은 관리들이 겁을 먹고 달아났다. 양주는 한 명의 인재도 아쉬운 판이었다. 그 와중에도 마등은 전장에서 활약하여, 짧은 시간에 군사마의 자리에까지 올랐다. 이쯤 되자 마침내 양주자사 경비가 직접 마등을 불렀다.

"음, 그대가 수성인가?"

"……그러하옵니다, 자사님."

경비의 방으로 간 마등은 순간적으로 당황했다. 그가 미약에 반쯤 취한 채, 두 여인 사이에 껴서 반라가 되어 해롱대고 있었기 때문이다. 경비는 손을 흐느적거리며 웃었다.

"아아, 괘념치 말게. 이렇게라도 하지 않으면, 잠조차 잘 수가 없어서 말이야. 오랑캐 놈들과 반역자들이 감히 양주자사의 목을 노려 반란을 일으켰다니, 내 어찌 마음 편할 수가 있겠나."

"그렇습니까."

"그러고 보니 자네, 코가 무척 크구먼? 코가 크면 양물도 크고 정력이 세서, 밤일을 그렇게 잘한다던데 정말인가?"

"별로 기력이 달리는 것 같지는 않습니다."

"그래? 거참 부럽구먼. 으하하!"

한바탕 웃던 경비가 정색하고 말했다.

"긴 말 않겠네. 직접 보니 인물이라는 판단이 섰네. 그대에게 편장군의 관직을 내려 나의 부장으로 삼고 이만의 군세를 주겠네. 반군을 쳐서 진압하게나."

"명을 받들겠습니다."

장교에서 시작한 마등이 편장군이 되기까지 걸린 시간은 이 년 남짓했다. 그야말로 초고속 승진이었다. 장군이 된 마등은 온 힘을 다해 반군과 맞서 싸우니, 마침내 반군 사이에서도 그의 이름이 알려지기에 이르렀다.

187년. 농서 인근의 반란군 진영.

난이 일어난 지 삼 년째 되던 해였다.

온통 피로 물든 지휘관 막사 안에서, 심복 염행(閻行)을 대동한 한수가 쓰러진 자들을 내려다보고 있었다. 그들은 놀랍게도 모두 함께 난을 일으켰던 동료들인 북궁백옥, 변장, 이문후 등이었다. 염행과 한수의 손에 들린 검에서 핏물이 뚝뚝 떨어졌다.

　최근 반란군은 조정에서 보낸 거기장군 장온과 그의 부장 동탁 등에게 대패하여 유중(楡中)까지 달아났다가, 추격해온 탕구장군 주신의 보급로를 차단하는 계책으로 기사회생한 참이었다. 이에 한수가 그간의 고생을 서로 위로하자는 명목으로 주연회를 열었는데, 거기서 갑자기 칼을 꺼내든 것이었다. 무방비 상태로 왔던 북궁백옥 등은 속수무책으로 당할 수밖에 없었다.

　가슴을 깊이 베인 북궁백옥이 엎어진 채 피를 토하며 말했다.

　"네 이놈, 한수! 감히 주군을 치다니, 이게 무슨 만행이냐!"

　"주군?"

　한수는 그의 말을 비웃듯 한 번 더 곱씹었다.

　"주구운? 네놈이 한 게 뭐가 있다고?"

　"네, 네가 감히……."

　"날 끌어들였으면 답답해지지 않게 했어야지. 네놈들 하는 양을 보고 있자니, 내가 열불이 터져서 죽을 지경이란 말이야. 지금쯤 승승장구해서 낙양까지 치고 들어갔어야 하는데, 제대로 싸우지도 못하고 미적대기만 하니 차라리 죽여 없애는 게 낫겠더라고."

"크윽, 저 미친······."

반군 수장들은 경악과 분노를 금치 못했다. 특히, 함께 전장에서 싸웠던 변장과 한수를 영입한 이문후 등의 배신감은 컸다. 변장이 애처로운 목소리로 말했다.

"하, 한 공! 크흑, 왜 이러시오? 우리 여러 전장에서 고락을 함께하지 않았소이까? 얼마 전, 탕구장군 주신을 쫓아 보낸 것도 우리의 계책이 성공해서가 아니었소? 한데 왜······."

한수는 변장 앞에 쪼그리고 앉았다.

"말은 바로 합시다, 변 공. 보급로를 차단하자는 건 내가 낸 계책이었지. 그대는 그저 주신에게 쫓겨 유중성에 갇혔다고 허둥대기만 하지 않았소?"

"내가 없으면, 앞으로 조정에서 계속 보내오는 토벌군을 상대하면서 그나마 머리를 쓸 자가 있을 것 같소?"

"그게, 미안하지만 그대보다 훨씬 젊고 더 똑똑한 참모 녀석을 구해서 말이오. 금성 출신의 성공영이라는 애송이인데 아주 전망이 밝소. 속 끓일 바에는 그냥 그대들을 쳐버리고, 십만 대군을 내 휘하에 넣으라는 조언도 그 녀석이 해준 거거든."

계속 잠자코 있던 이문후가 처음으로 입을 열었다.

"앞으로 너는, 누구도 믿지 못하게 될 것이다. 네놈이 먼저 배신으로 참람한 길을 열었으니까. 진정한 친구 따위는 네 인생에 없을 것이며, 늘 누군가 배신하지 않을지 의심하고 두려위하며 살게 될 것이다. 지금 옆에 둔 염행이라는 자도 결국 너를 저버릴……."

그는 더 말을 잇지 못했다. 염행이 훌쩍 몸을 날려, 그의 목을 단칼에 쳐버렸기 때문이다.

"장군의 마음을 어지럽히려는 수작입니다. 듣지 마십시오."

"신경 안 쓴다. 마지막에 할 수 있는 말이 고작 악담에 저주라니, 애잔하군그래."

그 염행이 한수를 버리고 떠나는 것은 이로부터 약 이십오 년 후의 일이었다. 한수는 조조에게 가려는 그의 마음을 붙잡기 위해 자신의 어린 딸까지 아내로 주었으나, 결국 그의 배신을 막지 못했다.

한수는 북궁백옥 등의 병력을 모두 흡수하여 십만 대군을 거느리고 농서를 공격했다. 농서태수 이상여(李相如)가 한수에게 항복하고 문을 열자, 이제 양주성까지는 코앞이었다.

그때 또 예기치 못한 일이 벌어졌다. 직접 한수를 토벌하려고 나섰던 양주자사 경비가 부하에게 배신당하여 죽은 것이다. 또 한수는 한양태수 부섭(傅燮)과 싸운 끝에 그를 베니, 반군의 사기는 최고조에 올랐고 양주 대부분이 그의 손에 들어가기에 이르렀다.

마등은 방덕과 함께 시름에 빠져 있었다. 방덕이 심각한 어조로 그에게 말했다.

"이제 남은 건 형님 혼자나 마찬가집니다. 조정에서 원군을 보내주긴 하겠으나, 쓸 만한 사람도 몇 없고 무엇보다 기약이 없습니다."

"으음…… 앞으로의 일을 어찌해야 할지 모르겠군."

마등이 한창 고민하던 중, 한 청년이 그를 찾아왔다. 마등의 막사로 안내받아 들어온 청년은 태연한 기색으로 말했다.

"수성 님이십니까?"

"그대는 누군가?"

"처음 뵙겠습니다. 과연 듣던 대로 풍채와 기상이 남다르시군요. 저는 한수 님을 곁에서 모시고 있는 참모, 성공영이라고 합니다. 오늘은 긴히 드릴 말씀이 있어 실례를 무릅쓰고 이렇게 찾아뵈었습니다."

"뭐라고?"

마등은 날카로운 눈빛으로 성공영을 노려보며 검을 뽑아들었다.

"간덩이가 부었구나. 한수의 참모라면 반군일진대, 감히 여기가 어딘 줄 알고 혼자서 찾아왔느냐?"

"장군, 진정 이 난이 일어난 이유를 모르십니까? 바로 죽은 경비의 폭정 때문입니다. 이제 당사자인 경비는 죽었다고 하나, 장군께서 그의 뒤를 이어 나서면 탐관오리의 뒷감당이나 해주는 격이 될 것입니다."

"난 백성들을 지키고 반군을 진압하라는 조정의 명을 받아 싸우는 것이다."

"그 백성들이, 양주자사 경비를 누구보다 증오하고 있습니다. 또 조정은 어디의, 누구의 조정입니까? 황제는 무능하고 조정은 환관들의 뜻에 따라 돌아가는 판입니다. 조정에 주인이 있다면, 그건 천자가 아니라 환관입니다. 장군께서는 환관의 명으로 싸우시려는 겁니까?"

성공영의 조곤조곤한 설명에, 마등은 말문이 막혔다.

방덕이 성공영에게 크게 화를 내며 말했다.

"이놈! 어디서 감히 간사한 세 치 혀로 형님을 꼬드기려는 것이냐?"

"꼬드기는 게 아니라 사실을 알려드리는 것뿐입니다. 이대로 있다가는 수성 님께서는 분명 죽은 금성태수 진의나 양주자사 경비와 같은 꼴이 될 것입니다. 아무도 알아주지 않는, 환관들의 조정에 대한 충성 때문에 말입니다. 그럴 바에는 한수 님을 도와 큰 뜻을 품어보시는 게 어떻습니까? 낙양까지 진격하여 환관들을 쳐서 몰아내고 대장군이 되어보잔 말입니다."

이때 이미 마등의 마음은 흔들리고 있었다. 성공영이 마지막에 한 말은, 그런 마등을 완전히 반군 쪽으로 돌려놓았다.

"또 들기로, 장군의 모친께서는 강족이라 들었습니다. 과연 직접 뵈니 그들의 외양에 가까운 부분이 많군요. 반군의 병력은 반 이상이 강족인데, 핍박받다 못해 일어난 것입니다. 어머니의 혈족을, 그들의 피를 손에 묻히셔야 하겠습니까?"

"그만."

마등이 착 가라앉은 거친 목소리로 말했다.

"충분하니 그만하라. 한수를 한번 만나보고 싶구나."

"기꺼이 모시겠습니다."

며칠 뒤, 마등은 후한의 편장군에서 반군의 일원이 되었다. 한수의 부장이 되어 반군에 가담하기로 한 것이다. 둘은 처음 보자마자 의기투합하여, 곧 의형제를 맺기에 이르렀다. 한수는 마등의 눈동자에서 자신과 비슷한 것을 보았다.

'이 사내도 눈에 불꽃을 담고 있구나. 자신을 억누르는 자들에 대한 반발, 혹자는 역심이라고도 하는 마음을 근본적으로 가지고 있다. 이자와 함께라면 낙양으로 쳐들어가는 것도 꿈만은 아닐 것이다.'

한수와 마등은 왕국(王國)이라는 자를 주군으로 추대하여, 정규군을 거듭 격파했다. 반군을 토벌하기 위해 조정의 명을 받아 출격했던 동탁은 고전을 면치 못했다.

이후, 사태가 심각해지자 참다못한 조정에서 황보숭이라는 걸출한 명장을 보내 토벌하기까지, 두 사내에 의한 반란의 불꽃은 서량 일대에서 무섭게 타오르게 된다.

늘 변방이던 서량의 늑대들이, 중원의 역사에 한 획을 긋는 순간이었다.

191년

3월

• 곽가, 순유, 사마랑 등이 진용운에게 임관.

• 기주목 진용운, 복양태수 왕굉의 구원 요청을 받고 출격하여, 조가현
에서 흑산적 대군을 격파.

4월

• 청주 북해, 황건군에 포위당했으나 유비 등의 도움으로 위기를 극복.

• 원소, 하간국에서 공손찬의 일족 공손월을 격파하고 참수.

• 원소, 세를 키우는 기주목 진용운을 경계하여 탁군 정벌 준비.

5월

• 기주목 진용운, 복양태수 왕굉과 동맹 체결.

9월

• 마등, 가후의 계책으로 사이가 틀어진 한수에게 격파당하여 퇴각하던 중 여포의 손에 사망.

10월

• 마초, 방덕과 함께 업에 입성.
• 원소, 탁군 공격을 시작.

11월

• 기주목 진용운, 원소의 안량군과 교전 끝에 격파.
• 원소의 상장 문추, 탁성을 맹공격하여 탁군태수 노식 전사.
• 유주목 유우, 탁군으로 원군 파견.
• 기주목 진용운, 노식의 죽음에 노하여 원소의 본진으로 진격.
• 기주목 진용운, 관도에서 원소와 맞붙어 대승. 장료를 관도에 주둔시킴.

12월

• 진용운의 상장 조운, 복양에서 조조군에 대패 후 행방불명됨. 책사 전풍 사망.
• 기주목 진용운, 업성에 있던 마초와 방덕을 불러들임.

주요 관련 서적

· **삼국지 정사(三國志 正史)**

중국 서진의 역사가이자 학자인 진수(陳壽)가 저술한 삼국시대의 역사서. 위서 30권, 촉서 15권, 오서 20권, 총 65권으로 이뤄졌으며 위나라를 정통 왕조로 보는 시각에서 쓰였다. 내용이 엄격하고 간결해 정사 중의 명저로 손꼽히나, 인용한 사료가 지나치게 간략하거나 누락되어 훗날 남북조시대에 배송지(裵松之, 372~451)가 주석을 달았다.

· **삼국지연의(三國志演義)**

중국 명나라 말기에서 원나라 초의 사람 나관중(羅貫中, 1330?~1400)이 진수의 《삼국지》를 바탕으로, 전승되어온 설화 등을 더하여 재구성한 장편소설이다. 후한 말의 혼란기를 시작으로, 위, 촉, 오 삼국의 정립시대를 거쳐 진나라가 천하를 통일하기까지, 유비, 관우, 장비 삼형제의 무용과 의리 그리고 제갈공명의 지모를 중심으로 서술했다. 《수호전》, 《서유기》, 《금병매》와 함께 중국 4대 기서의 하나로 꼽힌다. 중국인들에게 오랫동안 애독되었고 한국에서도 16세기 조선시대부터 매우 폭넓게 읽혔다. 현대에도 영화, 게임, 애니메이션 등으로 활발히 재생산

되고 있다. 정사와 다르다는 지적이 많은데, 그 이유는 애초에 정사를 참고한 소설인 까닭이다.

• 한서(漢書)

중국의 역사학자 반고(班固)가 편찬한 전한의 역사서. 한 고조 유방이 한나라를 세운 기원전 206년부터 왕망의 신나라가 망한 서기 24년까지의 역사를 다루었다. 총 100편, 120권으로 이뤄졌다.

• 후한서(後漢書)

남북조시대 송나라의 학자 범엽(范曄)이 후한의 역사와 문화를 정리한 책. 서기 25년부터 220년까지의 시기를 다루었으며 본기 10권, 열전 80권, 지 30권으로 이뤄졌다. 후한서 동이열전에 '동이'에 대한 언급이 있는데, 고구려, 부여와 더불어 일본이 동이로 분류되어 있다.

• 수호지(水滸志)

중국 명나라 때 시내암(施耐庵)이 처음 쓴 것을 나관중이 손질한 장편소설. 북송시대 양산박에서 봉기한 호걸들의 실화를 바탕으로 각색하였다. 우두머리 송강을 중심으로, 별의 운명을 이어받은 108명의 협객들이 호숫가에 양산박이라는 근거지를 만들어, 부패한 조정 및 관료에 대항해 싸워 민중의 갈채를 받는 이야기다. 특히,《금병매》는 이《수호지》의 일부를 부분적으로 확대하여 재생산한 것이다.

호접몽전 4

1판 1쇄 발행 2017년 4월 17일

지은이 최영진
펴낸이 윤혜준
편집장 구본근
고 문 손달진
본문 디자인 박정민

펴낸곳 도서출판 폭스코너 | 출판등록 제2015-000059호(2015년 3월 11일)
주소 서울시 마포구 성미산로16길 32(우 03986)
전화 02-3291-3397 | 팩스 02-3291-3338 | 이메일 foxcorner15@naver.com
페이스북 www.facebook.com/foxcorner15

종이 광명지업(주) 인쇄 수이북스 제본 국일문화사

ⓒ 최영진, 2017

ISBN 979-11-87514-08-4 (04810)
ISBN 979-11-87514-00-8 (세트)

- 이 도서의 국립중앙도서관 출판예정도서목록(CIP)은 서지정보유통지원시스템 홈페이지
  (http://seoji.nl.go.kr)와 국가자료공동목록시스템(http://www.nl.go.kr/kolisnet)에서
  이용하실 수 있습니다.(CIP제어번호: CIP2017007109)